高职高专新课程体系规划教材·计算机系列

C 语言程序设计

胡忭利　主编

刘　辉　范翠香　李学松　副主编

清华大学出版社

北　京

内 容 简 介

本书以培养学生的程序设计能力为出发点，采用流行的"项目引导、任务驱动"模式与传统章节相结合的方式编写，强调工学结合、理论与实践结合，由简到难地全面讲述了 C 语言程序设计的内容。

全书共分 10 章，分别介绍程序设计基础及 C 语言概述，C 语言基础及顺序结构程序设计，选择结构程序设计，循环结构程序设计，数组，指针及其应用，函数，结构体、共用体和链表，文件操作，初学者常见错误分析与改正。

本书以学生成绩管理系统的设计为主线，每章根据主线及学习目标设立了一个项目，再根据教学知识点将项目分解为若干任务，读者通过对相关知识点的学习，能够逐步实现各个任务。教材内容翔实、通俗易懂，例题丰富、实用性强，任务与学生的实际生活紧密结合、语言精炼、分析详尽，突出程序设计的思想，重视算法及实用编程能力的培养与训练。读者可根据例题后的"课堂思考"举一反三、灵活运用。

本书可作为本科非计算机专业、高职院校计算机及相关专业 C 语言程序设计课程的教材，也可作为成人教育、在职培训教材，还可作为 C 语言编程人员的自学参考书。

图书在版编目（CIP）数据

C 语言程序设计/胡忭利主编. —北京：清华大学出版社，2011.8
　（高职高专新课程体系规划教材·计算机系列）
　ISBN 978-7-302-25499-7

Ⅰ. ①C…　Ⅱ. ①胡…　Ⅲ. ①C 语言-程序设计-高等职业教育-教材　Ⅳ. ①TP312

中国版本图书馆 CIP 数据核字（2011）第 084371 号

责任编辑：钟志芳　赵慧明
封面设计：刘　超
版式设计：文森时代
责任校对：张彩凤
责任印制：何　芊

出版发行：清华大学出版社　　　　　　　　　地　　　址：北京清华大学学研大厦 A 座
　　　　　http://www.tup.com.cn　　　　　　邮　　　编：100084
　　　　　社　总　机：010-62770175　　　　邮　　　购：010-62786544
　　　　　投稿与读者服务：010-62776969,c-service@tup.tsinghua.edu.cn
　　　　　质量反馈：010-62772015,zhiliang@tup.tsinghua.edu.cn
印　刷　者：北京富博印刷有限公司
装　订　者：北京市密云县京文制本装订厂
经　　　销：全国新华书店
开　　　本：185×260　印　张：20.25　字　数：468 千字
版　　　次：2011 年 8 月第 1 版　　印　　　次：2011 年 8 月第 1 次印刷
印　　　数：1～4000
定　　　价：36.00 元

产品编号：036675-01

前　言

　　C 语言是一门面向过程的计算机语言,发展至今已有近 30 年的历史。由于其功能丰富、灵活方便,既有一般高级语言的特性,又有低级语言的功能,不仅可用于操作系统的设计,也可用于各类应用程序以及工业控制程序的设计。目前流行的面向对象程序设计语言,如C++、Java、C#等都是在 C 语言的基础上发展派生而来的。因此,C 语言得到了广泛的认可和重视。另外,C 语言还蕴含了程序设计的基本思想,囊括了程序设计的基本概念,各大高职院校在很多专业都将 C 语言作为学习计算机的入门语言和重要的基础课程。

　　本书的主要特色如下:

　　(1)采用“项目引导、任务驱动”的模式与传统章节相结合的方式编写。

　　整部教材以学生成绩管理系统的设计为主线,每章根据主线及学习目标设立了一个项目,每个项目又根据教学知识点分解为若干任务,每节安排一个任务,读者通过对相关知识点的学习,即可逐步实现项目中的任务。教材的编排形式仍以传统的章节编排模式为主,将项目、任务有机地融合到各个章节中,便于教师教学。

　　(2)内容生动灵活,例题丰富、实用性强。

　　教材内容翔实、通俗易懂,例题丰富、实用性强,任务与学生的实际生活紧密结合、语言精炼、分析详尽。

　　(3)在内容的组织和安排上,由浅到深,逐次递进;分析、注释到位,通过例题后的“课堂思考”和“课堂训练”,启发学生活学活用,举一反三。

　　(4)教材中突出程序设计的思想,加强算法的分析,注重学生程序设计思想的培养和编程能力的训练。每章都结合主线给出了综合性的题目,实用性强。

　　(5)内容配套。每章都提供了实验任务和习题,每节也都提出了教学建议。每章的实验任务紧扣教学内容,由简到难地安排了验证性实验和设计性实验以及实验总结。验证性实验以问题的方式呈现,内容细腻,体现了实践动手能力,学生也便于回答。每章的习题按教材的知识点顺序编排,循序渐进,由简到难,比较全面。

　　本书由西安理工大学高等技术学院软件教研室胡忭利老师任主编并组织编写,第 1 章及附录部分由刘焕明老师编写,第 2 章由北京师范大学信息科学与技术学院的王学松老师编写,第 3 章由常婉纶老师编写,第 4、9 章由范翠香老师编写,第 5 章由胡忭利老师编写,第 6、7 章由刘辉老师编写,第 8 章由刘雅君老师编写,第 10 章由杨景林老师编写。整部教材由胡忭利、刘辉两位老师修订,胡忭利老师统稿,范翠香、王学松、杨景林等几位老师也积极参与了最后的审稿工作,刘雅君老师对书稿中的所有源程序进行了验证,并摘录了所有源程序代码和习题答案。在书稿的编写过程中,主编、参编们花费了大量的心血,对书稿的大纲、风格、内容等做了多次详尽、细致、严谨的修改。

　　本书的出版得到了清华大学出版社、西安理工大学高等技术学院各部门的大力支持,同时也得到了相关人员家人的支持和帮助，在此一并表示感谢！

由于笔者水平有限，考虑角度不同，书中难免会有缺点和不足，热切希望得到专家、同行和读者的批评和指正。

为方便教师的教学工作和读者的学习，本书附有配套的源程序代码和习题答案，读者可与编者或出版社联系获取。编者邮箱：BBL_HU@163.com。

编　者

2011 年 6 月

目　　录

【高职高专新课程体系规划教材·计算机系列】

V

高职高专新课程体系规划教材·计算机系列

高职高专新课程体系规划教材·计算机系列

【高职高专新课程体系规划教材·计算机系列】

第1章 程序设计基础及 C 语言概述

如今，我们的生活和工作与计算机有着千丝万缕的联系。离开计算机这个现代化工具，我们的工作效率会大大降低，生活会失去许多便捷和乐趣；对于一些复杂问题，甚至根本无法解决。那么，计算机是如何帮助人类工作的？我们怎样才能让计算机帮助人类做更多的事情？通过本章的学习，读者将会有一个初步了解。

内容摘要：

- ☑ 程序设计基础知识（程序、程序设计过程、计算机高级语言）
- ☑ 算法及算法的描述方法
- ☑ C 语言特点和 C 程序结构特点

学习目标：

- ☑ 理解程序的概念，初步了解程序设计过程及计算机高级语言
- ☑ 掌握算法及算法的描述方法
- ☑ 对 C 语言及 C 程序产生初步的认识

 项目1：了解程序设计过程

1．项目功能

（1）列举一个简单实例如下：

【实例1】已知一个学生的平时和期末考试成绩，利用计算机程序实现：计算该学生的总评成绩，并根据总评成绩给出评定结果。

① 总评成绩计算方法：平时成绩占 30%，期末考试成绩占 70%。

② 评定标准：若总评成绩≥60，评定结果为 Ok，否则为 Not。

（2）通过分析【实例1】，了解程序设计过程和算法的描述方法。

（3）给出用 C 语言实现【实例1】的程序，对 C 语言产生初步认识。

2．项目分解

（1）了解程序设计过程和算法的描述方法。

（2）了解 C 语言及 C 程序。

1.1　程序设计基础知识

任务 1　了解程序设计过程和算法的描述方法

知识与技能：

- ☑ 了解程序及程序设计过程

☑ 了解计算机高级语言
☑ 掌握算法的概念及算法的描述方法

一、任务背景分析

在当今社会，我们知道计算机能够帮助人类处理各种各样的问题，对此我们并不陌生，也知道计算机是依靠程序来实现其强大功能的。那么，怎样用计算机来解决生活和工作中的各种问题，如简单的【实例1】问题，这就需要了解程序设计的过程。

二、知识点介绍

1．程序设计

为了让计算机完成某一任务，人们需要为计算机编制一组有序的命令，这组有序命令的集合被称为"程序"。

为了编制程序，人们需要分析要解决的问题。程序设计是指从人们分析实际问题开始到计算机给出正确结果的整个过程，如图1-1所示。

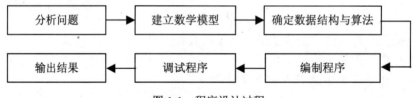

图1-1　程序设计过程

在程序设计中，从分析实际问题到建立数学模型是程序设计人员要解决的最关键问题，数学模型的恰当程度直接影响计算结果的合理性与正确性；从数学模型到确定算法是计算机专业的学习目标；从算法到编程、调试运行程序、输出正确结果是计算机语言课程的学习目标。

2．程序设计语言

计算机语言是计算机能够识别的语言，有一套固定的符号和语法规则。人们要利用计算机解决问题，就必须用计算机语言来告诉计算机"做什么"和"怎样做"，这个过程就称为程序设计。因此，计算机语言是人与计算机进行信息交流的工具，也称为程序设计语言或编程语言。从计算机问世以来，计算机语言伴随着计算机技术的发展而不断变化，分为机器语言、汇编语言和高级语言。

（1）机器语言

机器语言是最早产生和使用的编程语言。它以二进制形式表示所有操作，计算机能够直接识别并执行它。由于这种形式的指令是面向机器的，因此称为"机器语言"。

用机器语言编写的程序难以阅读、理解、记忆，且不易查错，只有少数专业人员才能掌握，编写程序相当困难，程序的生产率低，质量难以保证。

（2）汇编语言

在20世纪50年代中期，人们开始用一些"助记符"来代替机器语言指令中的操作符和操作数，这种用助记符表示的语言称为汇编语言。汇编语言是一种符号语言，它在一定程度上解决了机器语言指令难以记忆、编程困难的问题，但它和机器语言一样也是面向机器的。使用汇编语言编写的程序，计算机不能直接执行，必须借助一种工具，将它翻译成机器语言目标程序，这种工具就称为汇编程序，翻译的过程称为汇编。

使用机器语言和汇编语言都需要对计算机的内部结构有较深的了解，因此用它们编写程序不仅劳动强度大而且程序的通用性差。通常将这两种语言称为"计算机低级语言"。

（3）高级语言

高级语言是用一种接近于人类自然语言和数学语言的方式来描述计算机的操作，不再需要人们熟悉计算机内部的硬件结构，学习和使用起来十分方便，编写出的程序易于阅读、理解、修改，移植性和通用性较好，因而得到了迅速的普及和发展。目前使用的高级语言有一百多种，常用的有几十种，如 QBasic、Pascal、Fortran、ALGOL、Visual Basic、C、C ++、Delphi、Java、C#等，这些计算机语言根据其特点分别应用于不同的领域。

3．高级语言的处理过程

用高级语言编写的程序称为高级语言源程序，计算机不能直接执行它，必须将其翻译成机器语言目标程序，具有翻译功能的程序称为语言处理程序（分为解释程序和编译程序）。每种高级语言都有自己的语言处理系统，而且大多数是集成开发环境，即把程序的编辑、编译（解释）、连接和运行等操作全部集中在一个界面上进行。

1）高级语言的两种处理方式

高级语言程序的处理方式分为解释方式和编译方式。

（1）解释方式：执行源程序时，使用解释程序（具有翻译和执行功能的程序）一边翻译一边执行，即翻译一句执行一句，不产生目标程序。Basic 语言采用解释方式执行源程序。

（2）编译方式：执行源程序前，使用编译程序（具有翻译功能的程序）将高级语言源程序全部翻译成机器语言目标程序。C 语言、Pascal 语言等采用编译方式执行源程序。

2）高级语言源程序的编译、连接过程

采用编译方式的高级语言，在输入完源程序后，需要用编译程序将源程序进行编译，编译之后生成一个后缀为.obj 的二进制文件（称为目标文件）。这个文件不能直接运行，还需要用连接程序将系统提供的库函数和头文件等连接到目标文件，生成一个后缀为.exe 的可执行文件，此文件可独立运行。

高级语言源程序编译、连接的过程如图 1-2 所示。

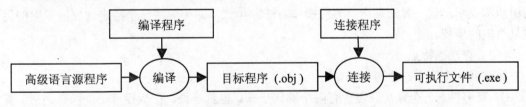

图 1-2　高级语言程序编译、连接的过程

4．常用高级语言和软件开发工具简介

目前，在软件开发和程序设计中普遍采用高级语言。高级语言有一百多种，根据其优势和特色分别应用于不同的领域。常见的高级语言分为以下几种。

（1）面向过程的高级语言

在面向过程的语言中，程序设计人员进行程序设计时，面向的是解题过程，他们不仅要解决"做什么"的问题，还要解决"怎么做"的问题，程序设计者必须详细地规定出计算机操作的每一个细节，如本教材介绍的 C 语言以及 QBasic、Fortran、Pascal 等。

【高职高专新课程体系规划教材·计算机系列】

（2）面向对象的高级语言

在 20 世纪 80 年代，人们提出了一种面向对象的程序设计理念。它以一种全新的、更接近于人类的一般思维方式去看待程序设计，在程序设计中引入对象、属性、方法、事件、类、继承等概念，使得程序设计变得更加简练、自然。近几年，面向对象的程序设计语言得到了迅速的发展和应用，如 Visual Basic、C++、Java、Delphi 等语言。

（3）数据库类开发工具

数据库管理系统广泛应用于各行各业，成为存储、使用和处理信息资源的主要手段。各种数据库管理系统也成为办公自动化系统（OSA）、管理信息系统（MIS）、决策支持系统（DSS）以及电子商务、电子政务等其他现代化信息处理系统的核心。目前，广泛使用的大型数据库管理系统软件有 Oracle、Sybase 和 DB2 等，在 PC 机上广泛使用的则有 SQL Server、Visual FoxPro、Access 等。

（4）Web 开发语言和技术

Web 开发语言和技术应用于动态网页开发。用 Web 开发语言编写的代码运行于 Web 服务器，运行的结果以 HTML 形式返回到 Web 浏览器。目前，常用的 Web 开发技术有 ASP、JSP 和 PHP。

总之，高级语言和软件开发工具很多，要根据自己的需要选择学习。一般来说，C 语言作为学习计算机语言的入门语言很有优势，是一门基础语言。

5. 算法及算法的表示

（1）算法的概念

算法（Algorithm）一词源于算术（Algorism），即算术方法，是指一个由已知推求未知的运算过程。后来，人们把它推广到一般情况，把进行某一工作的方法和步骤称为算法。

程序设计的关键步骤是算法设计。算法在很大程度上决定了程序的效能。著名的计算机科学家 Niklaus Wirth 曾提出：

程序 = 算法 + 数据结构

这个公式说明：程序是由算法和数据结构两大要素构成的。其中，数据结构是指数据的组织和表示形式；算法是指具体的操作方法和步骤，即为解决一个特定问题而采取的确定且有限的步骤。

（2）算法的特点

算法有 5 个特点，分别介绍如下。

① 有穷性。一个算法应包含有限个操作步骤。也就是说，在执行若干个操作之后，算法能正常结束，而且每一步都在合理的时间内完成。

② 确定性。算法中的每一条指令必须有确定的含义，不能有二义性，对于相同的输入必须得出相同的执行结果。

③ 可行性。算法中指定的操作，都可以通过确定的、计算机能识别的基本运算执行有限次后完成。

④ 有零个或多个输入。在计算机上实现的算法，是用来处理数据对象的，在大多数情况下这些数据需要通过输入而得到。

⑤ 有一个或多个输出。算法的目的是为了求"解"，这些"解"只有通过输出才能得

【高职高专新课程体系规划教材·计算机系列】

到。输出形式多种多样，可以输出到屏幕或打印机，也可以输出到一个磁盘文件中。

（3）算法的描述方法

算法可以用多种方法来描述，最常用的是伪代码、流程图和 N-S 流程图。

① 伪代码。伪代码是一种近似高级语言但又不受语法限制的语言描述方式。

② 流程图。流程图是用一些图框和流程线表示各种操作，形象直观，易于理解，被普遍采用，但描述占用面积大。流程图常用符号如图 1-3 所示。

起止框　　　　　输入输出框　　　　　处理框　　　　　判断框　　　　　流程线

图 1-3　流程图常用符号

③ N-S 流程图。N-S 流程图是美国学者 I.Nassi 和 B.Shneiderman 在 1973 年提出的一种流程图形式，用两个学者名字的首字母命名。它去掉了流程线，每一步用一个矩形框来表示，把一个个矩形框按执行的顺序连接起来，使得算法只能从上到下执行。使用这种方法作图简单，描述占用面积小，因此很受欢迎（见图 2-8）。

（4）【实例 1】的算法描述

【实例 1】（已知一个学生的平时和期末成绩，计算一个学生的总评成绩并给出评定结果）。其算法的 3 种描述方法如图 1-4 所示。

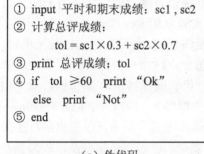

① input 平时和期末成绩：sc1，sc2
② 计算总评成绩：
$$tol = sc1 \times 0.3 + sc2 \times 0.7$$
③ print 总评成绩：tol
④ if tol ≥60 print "Ok"
　 else print "Not"
⑤ end

（a）伪代码

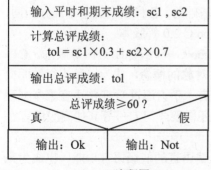

| 输入平时和期末成绩：sc1，sc2 |
| 计算总评成绩：$tol = sc1 \times 0.3 + sc2 \times 0.7$ |
| 输出总评成绩：tol |

（c）N-S 流程图

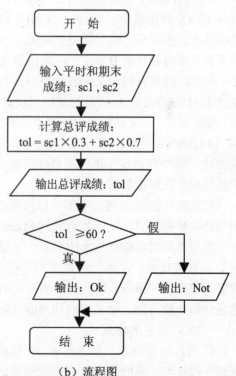

（b）流程图

图 1-4　【实例 1】的 3 种算法描述方法

【高职高专新课程体系规划教材·计算机系列】

1.2 C 语言概述

任务2 了解 C 语言和 C 程序

知识与技能：

- ☑ 了解 C 语言的发展和特点
- ☑ 了解 C 程序的结构特点

一、任务背景分析

C 语言是一种面向过程的通用程序设计语言，具有表达简明、使用灵活等许多特征。它不仅是一种高级语言，还兼有低级语言的功能，因此既可用于编写系统程序，也可用于编写不同领域的应用程序。在学习使用 C 语言之前，需要了解 C 语言和 C 程序。

二、知识点介绍

1．C 语言的发展和特点

（1）C 语言的发展

C 语言的产生可以追溯到 20 世纪 60 年代，是在 B 语言的基础上发展起来的，它的发展与 UNIX 操作系统密切相关。UNIX 的早期版本是用汇编语言编写的，此时的 UNIX 可移植性差、效率低、编程困难，因此，1970 年美国贝尔实验室的 Ken Thompson 设计出了简单且又接近硬件的 B 语言，并用 B 语言编写了 UNIX 操作系统。由于 B 语言依赖于机器，过于简单，功能有限，又无数据类型，所以并没有流行起来。1972—1973 年间，贝尔实验室的 D.M.Ritchie 在 B 语言的基础上设计出了 C 语言。C 语言既保持了 B 语言的特点（精炼、接近硬件），又克服了它的缺点（过于简单、无数据类型等）。1973 年，Ken Thompson 和 D.M.Ritchie 合作，把 UNIX 中 90%以上的代码用 C 语言改写。后来，C 语言进行了多次改进，1977 年出现了不依赖具体机器的 C 语言版本。随后，C 语言迅速普及，成为当今广泛使用的计算机语言之一。

目前流行的 C 语言版本都是以标准 C（ANSI C）为基础的，各种版本的基本部分相同，个别地方稍有差异，经常使用的有 Microsoft C 5.0、Turbo C 2.0 等版本。

随着面向对象编程技术的发展，又出现了 C++、Turbo C++、Visual C++等版本。C++是 C 语言的延伸，它是在 C 语言的基础上，增加了面向对象的概念，成为一种流行的面向对象的程序设计语言，功能更加强大。初学者应从 C 语言入手，通过学习 C 语言来掌握程序设计的一般方法。如果要设计功能复杂的大型程序，还需要学习 C++等其他高级语言。

（2）C 语言的特点

C 语言功能强大，发展迅速，不仅提供了类似于汇编语言的低级语言功能，也成为系统程序设计和工程应用程序设计广泛采用的程序设计语言。总体来看，C 语言的特点如下：

① C 语言是一种高、低级兼容的语言。它比其他高级语言更接近硬件，比低级语言更接近算法，也可以直接访问内存的物理地址，并能对二进制数据进行位操作。

② C语言是一种结构化程序设计语言。

③ C语言的数据类型和运算符十分丰富，可以方便地描述各种算法和运算。

④ C语言向用户提供了大量的、丰富的库函数，可供用户直接调用。

⑤ C语言具有较强的移植性。

⑥ C语言可以直接对部分硬件进行操作。

C语言的不足主要表现在以下3个方面。

① 运算种类太多，运算符的优先级规定繁杂，不便记忆。

② 数据类型检验太弱，转换比较随便。

③ 没有数据边界自动检查功能，使用不太安全。

C语言是一种功能很强的计算机高级语言，可用于各种型号的计算机和各类操作系统，因此，在业界得到了广泛的认可和重视。另外，C语言还蕴含了程序设计的基本思想，囊括了程序设计的基本概念，各类院校的很多专业都将其作为学习计算机语言的入门课程。

2．C程序的结构特点

（1）【实例1】的C程序

下面给出用两种方法编写的【实例 1】（按平时和期末成绩百分比计算总评成绩并给出评定结果）的C语言源程序，希望能使大家对C程序有初步的认识。

方法1：用main( )函数实现。程序如下：

```
# include   <stdio.h>              /* 输入输出文件包含预处理命令 */
void   main( )                     /* 声明主函数main( ) */
{    int   sc1 , sc2 ;             /* 声明变量sc1、sc2为整型变量 */
     float   tol ;                 /* 声明变量tol为实型变量 */
     scanf( " %d , %d" , &sc1 , &sc2 ) ;   /* 输入数据给sc1、sc2两个变量 */
     tol = sc1*0.3f + sc2*0.7f ;   /* 计算总评成绩tol */
     printf( " tol = %.1f \n " , tol ) ;   /* 输出总评成绩tol */
     if   ( tol >= 60.0f )    printf( "Ok" ) ;   /* 总评成绩≥60分，输出"Ok" */
     else    printf( "Not" ) ;     /* 总评成绩<60分，输出"Not" */
}
```

说明：

① main( )函数前的 void 为空类型，表明 main( )函数调用结束时不给调用者传回任何值。如果在 main( )前不写 void 也不写别的类型，函数返回时会给调用者传回一个整数。

② 由于 main( )函数通常是由操作系统调用的，故函数的返回值不会对程序的正常运行产生影响。在本书中例题的main( )函数前可以不加 void。

方法2：用main( )函数和用户函数实现。程序如下：

```
# include   <stdio.h>              /* 输入输出文件包含预处理命令 */
float   tol_cj( int   sc1 , int   sc2 )   /* 定义用户函数tol_cj( ) */
{    float   tol ;                 /* 声明变量tol为实型变量 */
     tol = sc1*0.3f + sc2*0.7f ;   /* 计算总评成绩tol */
     return   tol ;                /* 返回总评成绩tol到主调函数处 */
}
void   is_ok( float   sc )         /* 定义无返回值的用户函数is_ok( ) */
```

```
{   if  ( sc >= 60.0f )    printf ("Ok") ;          /* 如果sc≥60分, 输出 "Ok" */
         else    printf ("Not") ;                    /* 否则, 输出 "Not" */
}
void   main( )                                        /* 声明主函数main( ) */
{   int   sc1 , sc2 ;                                 /* 声明变量sc1、sc2为整型变量 */
    float   tol ;                                     /* 声明变量tol为实型变量 */
    float   tol_cj( int   sc1 , int   sc2 ) ;         /* 用户函数tol_cj( )调用声明 */
    void   is_ok( float   sc ) ;                      /* 无返回值的用户函数is_ok( )调用声明 */
    scanf("%d,%d" , &sc1 , &sc2 ) ;                   /* 输入数据给sc1、sc2两个变量 */
    tol = tol_cj( sc1 , sc2 ) ;                       /* 调用用户函数tol_cj( )计算总评成绩 */
    printf(" tol = %.1f \n " , tol ) ;               /* 输出总评成绩tol */
    is_ok( tol ) ;                                    /* 调用用户函数is_ok( ), 给出评定结果 */
}
```

说明：

① 程序使用了 3 个函数，即 main( )、tol_cj( )和 is_ok( )。其中 tol_cj( )用于计算课程的总评成绩；is_ok( )用于判断课程的总评成绩，并给出评定结果；main( )函数用于提供平时和考试成绩，并调用其他两个函数。3 个函数在一起构成了一个源程序。

② 在此程序中，3 个函数的前后位置可以变换，不影响程序的运行（对函数进行了原型声明）。

（2）C 语言源程序的结构特点

从【实例 1】的两个完整程序中，可以总结出 C 程序的结构特点，其结构特点如下：

① C 语言源程序由函数组成，函数是构成 C 程序的基本单位。

一个 C 程序可以由一个或多个不同的函数组成，如【实例 1】程序中的 main( )、tol_cj( )和 is_ok( )函数等，其中 tol_cj( )、is_ok( )函数是用户自己定义的函数。

② 一个 C 程序中有且仅有一个 main( )函数（称为主函数）。main( )函数的位置可放在程序的任何地方。C 程序总是从 main( )函数开始执行，并且在 main( )函数中结束。main( )函数可调用别的函数，而别的函数不能调用 main( )函数，其他函数之间可以互相调用。

③ 每一个函数均由两部分组成，即函数声明部分和函数体部分，其结构如下：

```
函数类型 函数名( 形参表 )        —— 函数声明部分（也称函数头）
{
    声明部分                   ⎫
    可执行部分                 ⎬  函数体
}                             ⎭
```

④ C 语句使用 ";" 作为语句的结束符。

⑤ 在 C 程序中，大小写字母代表不同的含义。C 程序中的关键字使用小写字母，变量名通常也用小写字母，符号常量及宏定义通常用大写字母。

⑥ 可以给语句或程序添加注释，注释内容由一对 "/* */" 括起来。注释内容只对语句或程序的功能进行说明，对程序执行不产生影响。注释可放在程序中的任何地方，一般放在程序的开头或语句的后面。"/*" 和 "*/" 要成对出现，且 "/" 和 "*" 之间不允许出现空格。

⑦ C 程序书写格式自由。可以一行写一条语句，也可以一行写多条语句，还可一条语句分几行写。通常，一行写一条语句，便于阅读。

（3）C 程序的编写风格

C 程序编写格式灵活，若从编写清晰、便于阅读、理解、维护的角度出发，在编写程序时最好遵循以下规则：

① 一个说明或一个语句占一行。

② 用"{ }"括起来的部分，通常表示程序的某一层次结构。"{ }"一般与该结构语句的第一个字母对齐。

③ 标识符、关键字之间必须至少加一个空格以示间隔。若已有明显的间隔符，也可不再加空格来间隔。但函数名和其后的小括号之间不能加空格。

④ 用分层缩进的格式显示嵌套的层次结构，可以使层次看起来更加清晰，并增加程序的可读性。示例如下：

```
main ( )
{    int   x ;
     float   y ;
     scanf( "%d", &x );
     if ( x > 0 )    if  ( x >= 100 )   y = 500.0f;
                     else  y = 200.0f;
     else            if  ( x == 0 )   y = 0.0f;
                     else  y = -100.0f;
     printf( "x = %d,  y = %f", x, y );
}
```

⑤ 在程序中加注释，有助于阅读、理解程序。

良好的程序设计风格有助于编写出既可靠又容易维护的程序，保证程序结构清晰合理。在学习程序设计的初期，应注意培养好的编写风格，养成良好的习惯，减少错误，从而提高编程及调试程序的效率。

本节教学建议：

（1）实验：无

（2）作业：习题 1

习　题　1

一、选择题

1. 程序设计包括（　　）。

　　A. 分析问题、建立数学模型　　　　　B. 编写、输入、运行程序

　　C. 算法设计　　　　　　　　　　　D. 以上都有

2．下面叙述中，正确的是（　　　）。
  A．程序设计就是编写程序　　　　　　　B．程序设计和程序是一回事
  C．程序也称软件，但软件不仅仅包括程序　D．程序不包括算法

3．以下不是算法特点的是（　　　）。
  A．确定性　　　　B．有穷性　　　　C．效率高　　　D．可行性

4．C程序的组成单位是（　　　）。
  A．语句　　　　　B．函数　　　　　C．程序　　　　D．main( )函数

5．在C程序中，main( )函数的个数是（　　　）。
  A．1个　　　　　B．2个　　　　　C．3个　　　　D．任意个

6．关于C语言，下列叙述中正确的是（　　　）。
  A．计算机能直接运行C语言源程序
  B．C语言源程序经编译后，生成的.obj文件可以直接运行
  C．C语言源程序经编译、连接后，生成的.exe文件可以直接运行
  D．C语言采用解释方式翻译源程序

7．关于C程序，下列叙述中正确的是（　　　）。
  A．程序是按照从上往下的顺序运行
  B．程序是从main( )函数开始运行，并在main( )函数中结束
  C．C程序中不区分大小写
  D．一个C程序只能有一个函数

二、填空题

1．一个C程序有且只能有一个_____函数，程序执行从_____开始。

2．C语句以_____作为结束标志。一行可以书写_____语句。

3．在C程序中，"/*"和"*/"之间的内容为_____，这部分内容计算机_____。

4．写出你所知道的计算机高级语言：_____。

5．根据图1-5描述的算法，请写出该流程图实现的函数功能。
  y =
  若给x输入-3，y值是_____；
  若给x输入3，y值是_____。

6．请用伪代码写出求一元二次方程：$ax^2 + bx + c = 0$的两个实根的算法_____。

7．请画出求两个任意整数中最大数的算法流程图_____。

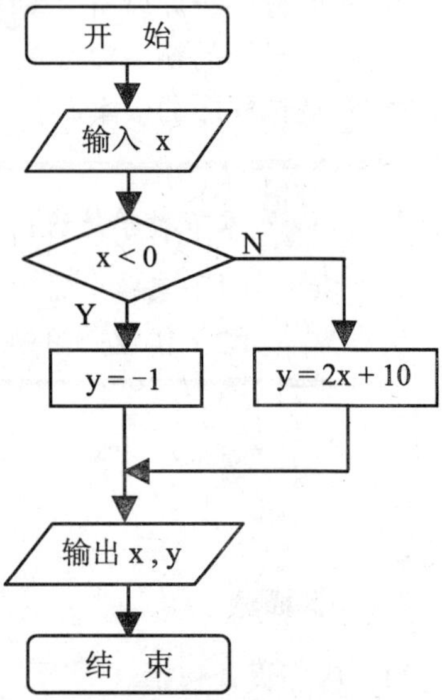

图1-5　算法流程图

高职高专新课程体系规划教材·计算机系列

第2章 C语言基础及顺序结构程序设计

通过第1章的学习，使我们对程序设计和C语言有了初步的认识。如果我们用C语言来解决一些简单的问题，就必须先学习C语言的基础知识和数据的输入与输出方法。

内容摘要：

- ☑ 数据类型、数据的输入与输出
- ☑ C语言的运算符
- ☑ 简单程序设计及C程序的上机过程

学习目标：

- ☑ 掌握C语言的基本数据类型及其输入与输出方法
- ☑ 熟练使用C语言的常用运算符
- ☑ 掌握简单程序设计方法
- ☑ 熟悉上机环境，掌握C程序的上机过程（Visual C++环境、Win-TC环境）

 项目2：一个学生课程成绩的输入与计算

1. 项目功能

（1）正确输入、输出一个学生各种类型的3科成绩，计算学生期末的总分和平均分。

（2）输入学生一门课程的平时成绩和期末考试成绩，按固定比例计算该生该课程的总评成绩。

（3）设计学生成绩管理系统的欢迎界面。

2. 项目分解

该项目可分解为3个任务。

任务1：成绩的输入与输出。

任务2：一个学生课程成绩的计算。

任务3：欢迎界面的设计。

2.1 数据类型及其输入与输出

任务1 成绩的输入与输出

知识与技能：

- ☑ C语言的基本数据类型

☑ 常量、变量的表示方法

☑ 基本类型数据的输入与输出方法

一、任务背景分析

课程成绩有百分制、5 分制、等级制等多种形式，大多数时候用百分制整数，有时也用小数。不管用哪种形式，若用计算机来处理，就必须解决数据的输入、存储、输出等问题。

任务分解：

（1）一个学生 3 科成绩（整型、实型、字符型）的表示及输出。

（2）一个学生 3 科整型成绩的输入与输出。

（3）一个学生 3 科不同类型成绩的输入与输出。

二、知识点介绍

1．C 的数据类型

（1）数据类型的概念

日常生活中，人们会遇到各种各样的数据，如各种各样的测量数据、企业的生产销售数据，学生的个人信息（姓名、性别、年龄、家庭住址、考试成绩、学习生活费用、个人爱好）等。其中一些数据项的特征分析如表 2-1 所示。

表 2-1 学生个人信息数据项的特征分析

数 据 分 类	数据项及特征	常进行的加工处理方式
数值型数据	年龄——整数 考试成绩——整数或实数 学习生活费——整数或实数	加、减、乘、除等数学运算
字符型数据	姓名——一串字符 性别——单个字符 家庭住址——一串字符	查找、比较等

由此可见，不同类型的数据，其表现形式不同，对其加工处理的方法也不相同。数据的这种特定的表现形式和加工处理方法的属性称为数据的数据类型。

（2）数据类型的分类与说明

C 语言提供了丰富的数据类型。其分类如图 2-1 所示。

说明：

① C 语言中最常用的是基本类型。本章主要介绍基本类型。

② 每个数据都要存放在内存或寄存器中，如何存放、占多大空间，计算机会根据每个数据的类型给其分配相应的内存空间，用于存放该数据。即数据类型决定了数据所占内存的字节数、取值范围及在其上可进行的操作。

③ 数据在计算机中所占用的内存字节数被称为数据的"数据长度"。不同类型的数据，其长度不同。因此，在使用数据之前，编程人员必须清楚数据的类型。

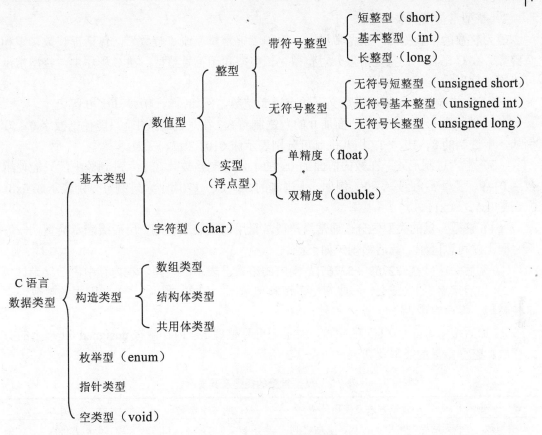

图 2-1　C 语言的数据类型

2．常量及其表示

请看示例：用 C 语言编写计算 10+20 的程序。程序如下：

```
# include     <stdio.h>            /* 包含输入输出函数的头文件 */
# define   A   10                  /* 定义符号常量A，其值为10 */
main( )
{   int  b , s ;                   /* 定义b、s为整型变量 */
    b = 20 ;                       /* 将20赋给变量b */
    s = A + b ;                    /* 计算两个整数的和并赋给变量s */
    printf("10 + 20 = %d \n" , s );    /* 输出和 */
}
```

从程序中可以看到，10 和 20 直接写出，称为常量，A 为符号常量，其值为 10。b、s 用于存放数据，称为"变量"。

1）常量的概念

（1）常量的概念：常量是指在程序的执行过程中其值不能被改变的量，即通常所说的常数。使用时，不需要事先定义，在程序需要的地方直接写出即可。

（2）常量的类型：在 C 语言中，常量分为整型常量、实型常量、字符常量和字符串常量，如 1、1.23、'A'、"abc"等。不同类型的常量在程序中的书写格式不相同。

2）整型常量及其表示方法

值为整数的常量称为"整型常量"，简称"整常量"或"整数"，包括正整数、零和负整数。在 C 语言中，整型常量分短整型、长整型和无符号整型。在 C 程序中，整型常量可以用 3 种形式表示。

（1）十进制形式：指通常意义下的十进制整数。例如，8、10、-17、0 等。

（2）八进制形式：在数的前面加 0 的八进制整数。在八进制数中，只能使用数字 0～7。例如，十进制的 8、10、-17 用八进制可分别表示成 010、012、-021。

（3）十六进制形式：在数的前面加 0x 的十六进制整数。在十六进制数中，只能使用数字 0～9、字母 a～f 或 A～F。例如，十进制的 8、10、-17 用十六进制可分别表示成 0x8、0xa 或 0xA、-0x11。

（4）整型常量的类型区分：通常，整型常量用前缀表示进制，用后缀表示类型，一般从字面上就可以区别。其后缀规定如下：

① 无后缀，且在-32768～32767 范围内的整数，表示短整型，在内存中占 2 字节。

② 加后缀字母 l（或 L），或超出了短整型范围，但在 $-2^{31}\sim2^{31}-1$ 范围内的整数，表示长整型，在内存中占 4 字节。

③ 加后缀字母 u（或 U）的整数，表示无符号整型，在内存中按 unsigned int 规定的方式存放。整型常量的类型及其表示如表 2-2 所示。

表 2-2　整型常量的类型及其表示

类　　型	表示方法及使用的进制	所占字节数	举　　例
短整型数	无后缀，可用十、八、十六进制	2	12、012、0xa 或 0xA
长整型数	加后缀 l 或 L，可用十、八、十六进制	4	12L、012 L、0x17 L、45000
无符号整数	加后缀 u 或 U，可用十、八、十六进制	unsigned int	12u、012u、0x17U

说明：

① 八进制整常量前的数字"0"以及十六进制整常量前的"0x"，它们只起一个标识的作用，用以表示后面的数是八进制整数或是十六进制整数。

② 正整数前面的"+"可省略，负整数前面的"-"不能省略。

③ unsigned int 类型：在 Turbo C 中，占 2 字节；在 Visual C++6.0 中，占 4 字节。

课堂训练：

写出 20 的八进制、十六进制形式；-12 和-12L 有什么不同？

3）实型常量及其表示方法

在现实生活中，经常有许多数值带有小数，如圆的面积、人的体重、银行的利率等，这类数据属于实型数据。值为实数的常量称为"实型常量"，简称实数，又称浮点数。在 C 语言中，实型常量分单精度和双精度两种类型。在 C 程序中，实型常量只能用十进制一种进制两种形式来表示。

（1）十进制的一般形式：也称十进制的小数形式，由正/负号、整数部分、小数点和小数部分组成，而且必须有小数点。例如，12.34、-123.4、0.61、.123 或 123.都是 C 语言中合法的实数。

在书写时，正数前面的"+"可以省略，整数部分和小数部分只可以省略其一，小数点不能省略。0.0 可写成 0.或.0。另外，特别要注意的是，0 表示整数，0.或.0 表示实数。

（2）十进制的指数形式：指用科学计数法表示的实型常量，如 1.23456e+2、-1.23E-2。

科学计数法通常在数学上这样表示：

$$\pm 尾数 \times 10^{\pm 指数}$$

如 123.456 可以表示成 1.23456×10^2、12.3456×10^1、12345.6×10^{-2} 等多种表达式。

在 C 语言程序中，科学计数法这样表示：

$$\pm 尾数 E \pm 指数 \qquad 或 \qquad \pm 尾数 e \pm 指数$$

说明：

① 尾数前的"±"表示数的正负，尾数表示数的有效位，"E"或"e"表示数的幂底为 10，指数前面的"±"表示指数的正负。

② 实型常量的指数形式由尾数、字母 e（或 E）和指数 3 部分构成。e（或 E）必须要有，尾数部分可以是整数，也可以是实数，指数部分只能是整数（1~3 位），尾数和指数前的"+"均可省略，尾数和指数部分不能省，字母 e（或 E）的前后及数字之间不得插入空格。例如，数学上的 1.23456×10^2 可以表示成 1.23456e+2 或 1.23456E+2，数学上的 -12.3456×10^{-3} 可以表示成-1.23456E-2 或-1.23456e-2。

2.75e3、6.E-5、.123E+4、1e0 等都是 C 语言中合法的指数形式实型常量，而.E-8、e3、3.28E、8.75e+3.3、1e、e +1 等都是错误的 C 语言实型常量。

③ 一个实数可以有多种指数表示形式。例如，125.46 可以表示为 12.546E1、1.2546e+2 等。在这些形式中，如果尾数部分被写成小数点前有且仅有一位非 0 数字，那么就称这种形式为"规范化的指数形式"，如 1.2546e+2。在 C 程序中，以指数形式输出实数时，都是按规范化的指数形式输出。

（3）实型常量的类型区分：实型常量也分类型，也用后缀进行区分。其后缀规定如下：

① 无后缀的实数，C 编译系统将其作为双精度来处理，分配 8 个字节存放。

② 加后缀字母 f 或 F 的实数，C 编译系统将其作为单精度来处理，分配 4 个字节，此时，数值范围和有效位都少了。

例如，12.345 是双精度实数，存储时需要 8 个字节；12.345f 是单精度实数，存储时需要 4 个字节。

课堂训练：

写出-123.456 的规范化指数形式。1.2 和 1.2F 有什么不同？

4）字符常量及其表示方法

在处理数据时，经常会遇到像性别、姓名、住址等具有文本特征的数据。这些数据有单个字符和字符串之分，在 C 语言中对它们的定义及处理方式不相同。

（1）字符常量：是指用一对单引号括起来的单个字符。例如，'b'、'G'、'='、'6' 和 '\n' 等都是字符常量。C 语言中字符常量有两种表示：一种是用单引号括住的单个字符；另一

高职高专新课程体系规划教材·计算机系列

种是用单引号括住的转义字符。

说明：

① 字符常量只能是单个字符，只可以用单引号括起来。

② 字符常量在内存中占据一个字节的存储空间，在这个字节中，存放的是该字符的 ASCII 码值，而不是该字符本身。

③ 大写字母和小字母是不同的字符常量。例如，'a'和'A'不同。

④ 字符可以是字符集中的任意字符。但数字被定义为字符常量之后，就不再表示原值。

例如，'5'和 5 是不同的常量，'5'是字符常量，5 是整型常量，'5'在内存中存放的是其 ASCII 码值 53，而 5 在内存中放的就是整数 5。字符常量'a'在内存中存放的是其 ASCII 码值 97，而'A'在内存中存放的是 65。

⑤ 注意''和'␣'不同。''（一对单引号）是空字符，'␣'是空格字符（符号"␣"在本书中表示空格）。

（2）转义字符：对一些不可显示的字符，比如换行符、回车符、退格符等，还有一些有特殊意义的字符如单引号、双引号等，需要用转义字符来表示。C 语言中的转义字符是以"\"开始的一个字符序列，"\"后面的字符不再表示原本的字符，而是转变成另外的意义。例如，\n'、'\x41'和'\101'等都是字符常量，'\n'表示回车换行符，'\x41'和'\101'都表示'A'。

常用转义字符如表 2-3 所示。

表 2-3　常用转义字符

转 义 字 符	ASCII 码值	含　义
\n	10	回车换行
\t	9	横向跳到下一制表位置
\v	11	竖向跳格
\b	8	退格
\r	13	回车
\a	7	鸣铃
\f	12	走纸换页
\\	92	反斜线符 "\"
\'	39	单引号符
\"	34	双引号符
\ddd		1~3 位八进制数所代表的字符
\xhh		1~2 位十六进制数所代表的字符

由表 2-3 可以看出，如果在程序中要表示回车换行，应写成'\n'；要表示单引号，应写成'\''；要表示反斜线符，应写成'\\'；而字符'A' 可以写成 '\x41'或'\101'。

需要强调的是，转义字符不论形式上有几个字符，其本质上是一个字符。所以，用单引号前后括住，也就形成了一个字符常量。

课堂思考：

0 和'0'有什么不同？ 'D'和'd'有什么不同？

【高职高专新课程体系规划教材·计算机系列】

　　5）字符串常量及其表示方法

　　（1）字符串常量的定义：用一对双引号括起来的字符序列，可以是 0 个字符，也可以是多个字符。例如，"ABCD"、"China"、"1+2"等。在字符串常量中，可以使用转义字符。

　　（2）字符串常量的长度：字符串常量中所包含的有效字符个数，称为字符串常量的长度。字符串中若有转义字符，应将其作为一个整体，当作一个字符来计算。例如，"\\A\102"代表的字符串是"\AB"，故它的长度为 3。

　　（3）字符串常量的存放形式：字符串常量在内存中占用一片连续的单元，按字符串中的字符顺序依次存放，一个字符占一个字节，用于存放该字符的 ASCII 值，最后放一个字符串结束标记'\0'（'\0'是一个 ASCII 码值为 0 的空操作符）。因此，字符串常量在内存中占用的字节数是字符串长度+1 或有效字符个数+1。

　　例如，"12+34"：长度是 5，占 6 个字节；"\\\101abc\x42"：长度是 6，代表字符串"\AabcB"，占 7 个字节。

　　注意："A"与'A'不同。"A"是字符串常量，占 2 个字节；'A'是字符常量，占一个字节；""是合法的字符串常量，称为"空字符串"，长度为 0，占一个字节。

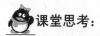 课堂思考：

"123"与'\123'有什么不同？'D'和有"D"有什么不同？

　　6）符号常量

　　在 C 程序中，如果一个常数被反复多次地使用，则可以用一个标识符来代替。也就是说，允许用户自己定义一个符号，用这个符号来代表一个常量。我们把表示一个常量的符号称为符号常量。符号常量是一类特殊的常量，其值在程序的运行过程中是不能改变的。符号常量必须先定义，后使用。定义的方法是在程序的开头用下述语句：

define　符号常量名　常量

　　符号常量仍是常量，其类型为其后的常量类型，可以是整型、实型、字符型。一旦定义，不能再重新赋值。符号常量的标识符常用大写字母表示。前面示例中定义的 A 就是一个符号常量。使用符号常量可以提高程序的可读性，减少输入工作量，实现"一改全改"。

　　例如，在计算圆的周长和面积时，圆周率多次用到，则可以先将其定义为一个符号常量 PI，在程序中，凡是用到圆周率的地方，均可用 PI 代替。定义方法为：

define　PI　3.14159　　　　　　　　　　　/* 定义符号常量PI代表圆周率3.14159 */

　　3．变量及其定义

　　1）变量的概念

　　（1）变量及其作用：在程序的执行过程中，其值可以发生变化的量，称为"变量"。在程序中，通常用变量来保存程序执行过程中输入的数据、计算的中间结果以及最终结果。

　　（2）变量名及变量的值：变量是用来存放数据的，每个变量都应该有一个名字，这个名字称为变量名。变量名代表了内存中指定的存储单元，在这些存储单元中，存放的是变量的值。程序通过变量名访问变量的存储单元，从而得到变量的值。

变量、变量的存储单元与变量的值之间的关系，如图2-2所示。其中，a 是变量名，方框表示变量a所占的存储单元，方框内的数据 12 是变量 a 的值。一个变量，只能存放一个数据，当有多个数据需要同时存放时，就必须有相应多个不同的变量。在程序的运行过程中，变量名始终不会改变。

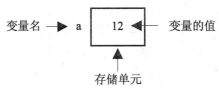

图 2-2　变量、变量的存储单元与变量的值之间的关系

（3）变量的命名规则：为了存放数据，用户应该为程序中用到的每一个变量起一个合法的名字，以示区别。为变量取名字，应遵循标识符的命名规则。

标识符的命名规则如下：

① 只能以字母或下划线开头。

② 在第一个符号的后面，可以跟字母、数字或下划线。不能使用␣（空格）、*、.、/、\、? 等字符。

③ 区分字母的大、小写，如 A、a 是不同的两个变量。

④ 长度一般不超过 8 个字符。

⑤ C 语言的保留字不能作为标识符使用，如不能使用 int、for、if、float 等。

给变量命名时，尽量做到见名知义，建议用小写字母表示。例如，sum、name、age、a1、a2、a_1 等。

💡 提示：

> 在 C 语言中，①用户为了区分程序中的变量、函数和数组等，给它们取了不同的名字，组成名字的字符序列，称为"标识符"。②把用于构成语句成分或作为存储类型、数据类型说明的字符序列称为"保留字"或"关键字"，这些关键字具有特定含义和用途且不得作为他用。

【例 2-1】试判断下面所给出的字符序列，哪些是合法的 C 语言变量名。

x	_1	A1	a_1	a.1	int	a1
ab?	a_1	a2.c	a.doc	a.*	a-1	

解：根据构成标识符的命名规则可知，合法的变量名是：

x　_1　A1　a_1　a1　（其中，A1和a1是不同的变量名）

（4）变量的类型：变量的类型可以是 C 语言中任何一种数据类型。变量的基本类型有整型、实型和字符型。注意没有字符串变量。

在程序运行时，系统会根据变量的数据类型，自动为其在内存中分配相应的存储单元，每个变量所占据的存储单元是连续的，所占存储单元的数目，由变量的数据类型决定。有

高职高专新课程体系规划教材·计算机系列

关 C 语言的基本数据类型、变量的类型等，请参见表 2-4 和表 2-5。

表 2-4　常量、变量的小结

常量			变量		
常量类型	在程序中的表示	举　例	变量类型	类型及标识符	举　例
整型	十进制 八进制（前缀 0） 十六进制（前缀 0x） 长整型：后缀 l（L） 无符号整型：后缀 u（U）	12 014 0xc 12L 12U	整型	有关变量的数据类型、标识符、字节数、数值范围等，参见表 2-5	int　a，b；
实型	小数形式 指数形式	12.34 1.234e+001	实型		float　x，y；
字符型	用单引号括住	'A'	字符型		char　c；
字符串型	用双引号括住	"OK"			

表 2-5　C 的基本数据类型及说明

数据类型及标识符		Turbo C 2.0		Visual C++ 6.0	
		字节数	数值范围	字节数	数值范围
整型数据	有符号短整型（short）	2	（−32768~+32767）	2	（−32768~+32767）
	有符号整型（int）	2	（−32768~+32767）	4	−2147483648~ 2147483647
	有符号长整型（long int）	4	−2147483648~ 2147483647	4	−2147483648~ 2147483647
	无符号短整型（unsigned short）	2	（0~65535）	2	（0~65535）
	无符号整型（unsigned int）	2	（0~65535）	4	（0~4294967295）
	无符号长整型（unsigned long）	4	（0~4294967295）	4	（0~4294967295）
实型数据	单精度（float）	4	-10^{38}~10^{38}　有效位：6~7 位		
	双精度（double）	8	-10^{308}~10^{308}　有效位：15~16 位		
	长双精度（long double）	10	-10^{4931}~10^{4932}　有效位：18~19 位		
字符类数据	字符型（char）	1	无符号数：0~255　　有符号数：−128~+127		
	字符串型	字符串型数据只有字符串常量，无字符串变量			

2）整型变量

存放整数的变量称为整型变量。根据存放的数据不同，整型变量分为无符号和有符号两大类。

（1）无符号整型变量

➥　无符号短整型（unsigned short）——2 字节。

➥　无符号基本整型（unsigned int）——2 或 4 字节。

➥　无符号长整型（unsigned long）——4 字节。

（2）有符号整型变量

➥　短整型（short int 或 short）——2 字节。

【高职高专新课程体系规划教材·计算机系列】

➥ 整型（基本整型）（int）——2 或 4 字节。

➥ 长整型（long int 或 long）——4 字节。

说明：

① 通常，若不指定一个数为无符号数，则默指有符号数。

② 不同的 C 编译版本，基本整型的字节数有所不同。其中，Turbo C 中为 2 字节，Visual C++ 6.0 中为 4 字节。

③ 可以使用 C 语言中的 sizeof( ) 运算符查证数据类型的长度。例如，sizeof(int)。

3）实型变量

用于存放实型数据的变量，称为实型变量，也称为浮点型变量。根据存放数据的有效位，实型变量分为单精度、双精度和长双精度。

➥ 单精度（float）——4 字节。

➥ 双精度（double）——8 字节。

➥ 长双精度（long double）——10 字节。

4）字符型变量

用于存放字符型数据的变量，称为字符型变量，只有一种。一个字符变量在内存中占一个字节，只能存放一个字符，实际存放的是该字符的 ASCII 码值。

➥ 字符变量（char）——1 字节。

 课堂思考：

① 在生活中，常用的数据有哪几种？

② 对应到在 C 语言中，如何存放这些数据？

5）变量的定义

在 C 程序中，要求对所用到的任何一个变量，都必须先定义后使用。定义变量，就是根据程序的需要，确定程序中用到的变量名以及变量的类型。

变量定义的一般格式如下：

[存储类型]　数据类型　变量名1，变量名2，…；

其中，数据类型为变量的类型，可以是 C 中的任何一种数据类型。变量名必须遵循标识符的命名规则。当有多个同类型变量需要定义时，可在一个语句中定义，变量名之间用逗号分隔，最后是语句结束符（分号）。例如：

```
int   sum;                /* 定义了一个整型变量sum */
int   a,b,c;              /* 定义了3个整型变量a、b、c */
long  x,y;                /* 定义了两个长整型变量x、y */
unsigned int  m,n;       /* 定义了两个无符号整型变量m、n */
float  x1,x2;            /* 定义了两个单精度实型变量x1、x2 */
char  c1,c2;             /* 定义了两个字符型变量c1、c2 */
```

💡 **提示：**

有关变量的存储类型见本书第 7 章。

6）变量的初始化

定义变量时，可以给变量赋初值，初值必须是确定的数值，此操作称为变量的初始化。变量初始化的一般格式如下：

数据类型　变量名1 [= 初值1],变量名2 [= 初值2] …;

例如：

```
int    sum = 0 ;            /* 定义了一个整型变量sum，给sum赋初值为0 */
int    a , b = 10 , c ;      /* 定义了3个整型变量a、b、c，且给b赋初值为10 */
float   x , y = 10.0f ;      /* 定义了两个单精度实型变量x、y，且给y赋初值为10.0 */
char   c1 = 'A' , c2 ;       /* 定义了两个字符型变量c1、c2，且给c1赋初值为字符A */
```

说明：

① 定义变量时，可给部分变量赋初值，也可给所有变量赋初值。

② 变量若未赋初值，其值不确定，在程序中最好不要使用未赋初值的变量值。

【例 2-2】设有下列数据需要存放，请按照需要定义变量并且完成初始化工作。

12 ，-23 ，45000 ，34.56 ，0.0

解：分析上述数据可知，12、-23、45000 为整数，可用整型变量来存放。但 45000 超出了基本整型数据的范围，必须用长整型变量来存放，或者用无符号整型变量存放。34.56、0.0 为实数，可用单精度实型变量来存放。变量的定义及初始化如下：

```
int    a = 12 , b = -23 ;
long   c = 45000 ;              /* 在Visual C++ 6.0中，也可用int类型（4字节） */
float   x = 34.56f , y = 0.0f ;
```

课堂思考：

"计算两个整数的平均值"需要哪些变量及类型？

4．输入/输出的概念

（1）数据输入/输出的概念

数据的输入输出是数据处理中最常用的操作，也是人机交互的重要途径。原始数据在程序运行时需要输入给计算机，处理后的结果需要输出给用户。因此，正确理解输入输出的概念，掌握数据的基本输入输出方法是编程的基础。

输入输出是相对计算机主机而言的。所谓输入，是指从计算机的外围设备（键盘、鼠标、磁盘等）将数据输入到主机的过程，而输出是指将数据从主机送到外设（显示器、打印机、磁盘等）的过程。

（2）C 语言中数据输入/输出的方法

C 语言本身没有专门的输入输出语句，输入输出是通过调用系统的库函数来实现的。

C 语言提供了丰富的库函数，每个函数实现特定的功能，在编程需要时，可直接调用。为方便使用，C 系统对库函数进行了分类存放，同一类函数的有关信息被包含在一个文件中，这样就形成了很多文件，此类文件称为"头文件"。在编程时，用户需要哪个函数，

【高职高专新课程体系规划教材·计算机系列】

必须用包含命令将包含该函数的头文件包含在用户的源程序中，并且放在源程序的开头。

包含头文件的命令格式如下：

```
# include    <头文件名>      或     # include    "头文件名"
```

在 C 语言中，输入输出数据常使用格式输入和输出函数，即 scanf( ) 和 printf( )。这两个函数都可以一次输入或输出多个相同或不同类型的数据，还可以控制每个数据的输入输出格式，是使用最为方便和频繁的输入输出函数。

输入输出函数均包含在"stdio.h"头文件中。在使用前必须用文件包含命令将头文件包含到源程序的开头。包含输入输出函数头文件的命令如下：

```
# include    <stdio.h>      或     # include    "stdio.h"
```

说明：

① 在使用每个函数时，都应使用包含命令将该函数的头文件包含在程序的开头。

② 在 Turbo C 2.0 中，使用 printf( )和 scanf( )函数时可以不包含其头文件。

💡 提示：

包含命令两种格式的区别：使用< >，系统自动到指定的目录中查找被包含的文件；使用" "，系统首先到当前目录中查找被包含的文件，如果没有找到，再到系统指定的目录中查找。

5．格式输出函数——printf( )

1）printf( ) 函数调用的一般格式

（1）函数的作用：printf( )函数的作用是在标准输出设备（显示器）上按指定格式输出数据。

（2）调用的一般格式：printf( )函数是一个标准库函数，调用的一般格式为：

```
printf ("格式控制字符串", 输出项表列 );
```

例如：

```
printf(" %d , %d \n ", a , b );
printf(" a = %d , b = %3d , s = %5.2f \n ", a , b , ( a + b ) / 2.0 );
```

（3）函数的执行过程：首先计算各输出项表列（不同的 C 语言编译系统，printf( )函数的计算顺序不一样，Turbo C 和 Visual C++ 6.0 的计算顺序为自右向左），然后按照格式控制字符串中指定的格式自左向右依次输出各输出项的值。

（4）函数使用说明：

① 输出项表列中给出的各个输出项之间用逗号隔开。

② "格式控制字符串"用于指定各输出项的输出格式，可由格式字符串和非格式字符串两部分组成。

格式字符串是以%开头的字符串，在%后面跟有各种格式字符，用以说明输出数据的类型、形式、长度、小数位数等，如上例中的%d、%3d 和%5.2f。

非格式字符串也称普通字符，用以指出在输出时需要原样输出的字符，其作用是在输出时给出提示或间隔数据，如上例中的 a =、b =、s =、,、空格等字符。

③ 格式字符串与输出项之间应该一一对应，即顺序、类型、个数要对应匹配。

2）整型数据的输出方法

整型数据分有符号和无符号两种，输出格式字符串不一样。通常，若不指出整型数据是无符号数，则默认为有符号整数。

（1）有符号整型数据的输出格式字符串：

➥ %d——以十进制形式输出有符号整数。

➥ %ld——以十进制形式输出有符号长整数（在 Visual C++中，也可输出整型数据）。

（2）无符号整型数据的输出格式字符串：

➥ %u——以十进制无符号形式输出整数。

➥ %o——以八进制无符号形式输出整数。

➥ %x 或%X——以十六进制无符号形式输出整数。

➥ %lu、%lo、%lx——分别以十、八、十六进制无符号形式输出长整型数据。

（3）附加格式字符串：

➥ %md——按 m 位（或列）输出整数。在指定的 m 位内按右对齐输出整数。

➥ %-md——按 m 位（或列）输出整数。在指定的 m 位内按左对齐输出整数。

说明：

① %x 以小写字母 a~f 输出十六进制数字，%X 以大写字母 A~F 输出十六进制数字。

② 在附加格式中，若指定的 m 位多于数据的实际位数，按指定的 m 位输出，并按照左（右）对齐方式，多余位留出空格。若指定的 m 位少于数据的实际位数，按数据的实际位数输出。

【例 2-3】分析阅读下面程序，请写出运行结果。程序如下：

```
# include   <stdio.h>
main( )
{   int   a = -1, b = 011, s;
    s = a + b;
    printf(" %d + %d = %d \n ", a, b, s);
}
```

分析：程序中定义了 3 个 int 类型变量。其中，给 a 赋值为-1，给 b 赋值为 011（八进制数，是十进制数 9）。运行结果为：

```
-1 + 9 = 8
```

课堂训练：

① 请写出将 a、b 的初值改为-0x1、11 的程序运行结果。

② 请写出程序运行结果形式为 s = 8 的输出语句。

【例 2-4】阅读下面程序，写出运行结果。程序如下：

```
# include   <stdio.h>
main( )
```

【高职高专新课程体系规划教材·计算机系列】

```
{    int   a = 123 , b = -456 ;
     printf("%d,%2d@@\n", a , b ) ;
     printf("%5d,%-5d,%d" , a , b , a ) ;
}
```

分析：程序中使用了%d、%2d、%5d 、%-5d 等输出格式。运行结果为：

```
123,-456@@
␣␣123,-456␣,123
```

课堂思考：

① %d、%5d、%-5d 的区别是什么？

② 若去掉第 1 个 printf( )语句中的 "\n"，程序的输出结果是什么？

3）实型数据的输出方法

实型数据的输出仍使用 printf( ) 函数。

（1）格式字符串：

➥ %f 或%lf——以十进制小数形式输出实数（单精度和双精度）。

➥ %e、%E——以十进制指数形式输出实数。

➥ %g、%G——自动选用%f 或%e 格式中输出宽度较短的一种。

（2）附加格式字符串：

➥ %m.nf——以十进制小数形式输出实数，数据的总宽度为 m 位，小数位为 n 位。

说明：

① %E、%G 格式输出指数时用大写字母 E，%e、%g 输出指数时用小写字母 e。

② 输出实数常用%f 格式，有效位 7 位，小数位 6 位（详细情况见后面的"四、知识扩展中的实型数据在内存中的存放形式及输出有效位"）。

③ 在附加格式中，若数据的实际位数大于 m 位时，整数部分按实际位数输出，小数位数仍按 n 位输出。若仅指出小数位的输出位数，则用%.nf 格式。例如，输出 2 位小数，用%.2f 格式。

【例 2-5】阅读下面程序，写出运行结果。程序如下：

```
# include   <stdio.h>
main ( )
{   float   x1 = 11.23f, x2 =22. 456f ;
    printf(" x1 = %f ,   x2 = %f \n x1 = %e ,   x2 = %.2f ", x1 , x2 , x1 , x2 ) ;
}
```

分析：程序中使用了%f、%e、%.2f 等输出格式。运行结果为：

```
x1 = 11.230000 ,   x2 = 22.455999
x1 = 1.123000e+001 ,   x2 = 22.46
```

课堂思考：

① 输出时要保留 3 位小数如何实现？

② 保留的小数位是如何处理的（是四舍五入还是直接截去）？

4）字符型数据的输出方法

字符数据的输出，可使用 printf( )函数，也可使用 putchar( )函数（后面介绍）。printf( )
函数的格式字符串如下：

↪　%c——按字符格式输出单个字符。

↪　%d——按十进制格式输出字符的 ASCII 码值。

【例 2-6】编程输出字母 A、a 及其各自的 ASCII 码值。程序如下：

```
# include   <stdio.h>
main( )
{    char   c1 = 'A' , c2 = 'a' ;
     printf(" %c , %d \t %c , %d \n ", c1 , c1 , c2 , c2 );
}
```

分析：程序中使用了%c、%d、\t 等输出格式。运行结果为：

```
A , 65        a , 97
```

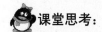**课堂思考：**

字符 A 与 a 的 ASCII 码值差多少？

6．格式输入函数——scanf( )

scanf( )函数的作用与 printf( )函数的作用刚好相反，即按用户指定的格式从标准输入设
备（键盘）输入数据到指定的变量中去。

1）scanf( )函数调用的一般格式

（1）调用的一般格式为：

```
scanf( "格式控制字符串", 变量地址表列 );
```

例如：

```
scanf("a=%d , b=%d , s=%f", &a , &b , &s );
scanf("%d   %d   %f", &a , &b , &s );
scanf("%f , %f", &x , &y );
```

（2）函数的功能：按照"格式控制字符串"中指定的格式读取从键盘输入的若干个数
据，依次存入"变量地址表列"中对应的各变量中。

说明：

① scanf( )函数的格式字符串基本同 printf( )函数。

② 在使用 scanf( )函数时，要得到正确的数据，必须严格按照 scanf( )函数中指定的格

【高职高专新课程体系规划教材·计算机系列】

式正确输入数据；否则，程序正确，但输入数据格式不正确，程序将得不到正确结果。

2）整数输入的格式及方法

整数分有符号整数和无符号整数，可按不同格式、进制输入。因此在输入数值时一定要搞清楚数据的输入格式。

（1）有符号整数的输入格式字符串：

➥ %d——以十进制有符号形式输入整数。

（2）无符号整数的输入格式字符串：

➥ %u——以十进制无符号形式输入整数。

➥ %o——以八进制无符号形式输入整数。

➥ %x 或%X——以十六进制无符号形式输入整数。

说明：

从键盘以%o、%x 格式输入整数时，整数前不需要加前缀 0 或 0x，即直接输入八进制或十六进制数据。

（3）整数常用的输入格式及方法举例：以给整型变量 a、b 分别输入 1 和 23 为例，说明在不同格式下正确输入数据的方法。（注：✓代表回车键）

① scanf("%d,%d" , &a , &b) ;
   正确输入数据的方法：1,23 ✓

② scanf("%d_%d" , &a , &b) ;
   正确输入数据的方法：1_23✓

③ scanf("a=%d , b=%d" , &a , &b) ;
   正确输入数据的方法：a=1, b=23✓

④ scanf("%d%d" , &a , &b) ;
   正确输入数据的方法：1_23✓
   或   1（Tab 键）23✓   或   1✓23✓
   （数据之间只能以空格、Tab 键或回车键间隔）

⑤ scanf("%1d%2d" , &a , &b) ;
   正确输入数据的方法：123✓

⑥ scanf("%o, %x" , &a , &b) ;
   正确输入数据的方法：1,17✓ （1 的八进制数仍是 1，23 的十六进制数是 17。）

【例 2-7】请编写程序，实现下述功能：从键盘以十进制输入任意两个整数，按加法题样式输出这两个整数及其和。例如，1＋2＝3。

程序如下：

```
# include   <stdio.h>
main( )
{   int  a , b ;
    scanf("%d , %d", &a , &b ) ;
    printf(" %d + %d = %d \n", a , b , a + b ) ;
}
```

运行程序，输入：1 , 2✓

【高职高专新课程体系规划教材·计算机系列】

输出：

1 + 2 = 3

课堂训练：

① 若要计算 12 + 34，请写出输入数据的正确方法。

② 若将 scanf 语句改为 scanf("%d%d", &a , &b)；数据如何输入？

3）实数输入的格式及方法

（1）实数输入的格式字符串：

➥ %f——以十进制小数或指数形式输入实数给 float 类型变量。

➥ %l——以十进制小数或指数形式输入实数给 double 类型变量。

➥ %e、%E、%g、%G——以十进制小数或指数形式输入实数给 float 类型变量。

说明：

① 实型数据在输入时，没有%m.nf 格式。

② 数据间隔的方法同整数输入。

（2）实数常用输入格式及方法：以给实型变量 x、y 分别输入 1.1 和 2.3 为例，说明在不同格式下正确输入数据的方法。

① scanf("%f, %f" , &x , &y)；

正确输入数据的方法：1.1,2.3 ↙

② scanf("%f　%f" , &x , &y)；

正确输入数据的方法：1.1　　2.3 ↙

③ scanf("%f %f" , &x , &y)；

正确输入数据的方法：1.1空格2.3↙

或 1（Tab 键）23↙　　或　1↙23↙　（数据之间只能以空格、Tab 键或回车键间隔）

④ scanf("x=%f , y=%f" , &x , &y)；

正确输入数据的方法：x=1.1, y=2.3↙

【例 2-8】 仿照【例 2-7】，写出求 123.45 与任意一个实数和的程序。

程序如下：

```
# include   <stdio.h>
main( )
{    float   x1 = 123.45f , x2 ;
     scanf("%f" , &x2 )；
     printf(" %.2f + %.2f = %f \n " , x1 , x2 , x1 + x2 )；
}
```

运行程序，输入：22.22↙

输出：

123.45 + 22.22 = 145.669998　　　（结果有误差 ）

【高职高专新课程体系规划教材·计算机系列】

课堂训练：

① 若要输出成"s＝145.669998"的格式，程序如何修改？

② 写出求任意两个实数和的程序，并写出输入的数据及格式。

4）字符型数据输入的格式及方法

字符型数据的输入格式字符串：

%c —— 输入单个字符

【例 2-9】编程从键盘输入任意一个小写字母，输出这个小写字母及对应的大写字母。

分析：小写字母比大写字母的 ASCII 码值大 32。因此，小写字母-32 即是对应大写字母的 ASCII 码值。

程序如下：

```
# include   <stdio.h>
main( )
{    char   c1 , c2 ;
     scanf("%c" , &c1 ) ;
     c2 = c1 - 32 ;
     printf("%c , %c \n" , c1 , c2 ) ;
}
```

运行程序，输入：e✓

输出：

e , E

课堂训练：

写出将任意一个大写字母转换为小写字母的程序。

7．小结

（1）常量、变量小结

常量、变量的小结如表 2-4 所示。

说明：

在 C 语言中，无字符串型变量。

（2）变量及其数据类型小结

变量的数据类型、标识符及 C 的基本数据类型说明，如表 2-5 所示。

在表 2-5 中，分别列出了在 Turbo C 2.0 和 Visual C++ 6.0 两种环境下整型数据的字节数和数值范围。

说明：

① 在 Win-TC 环境中，整型数据的字节数及数值范围同 Turbo C 2.0。

② Turbo C 2.0 和 Visual C++ 6.0 不同的只是 int、unsigned int 类型。

③ 可以使用 C 语言中的 sizeof( )运算符查找一种数据类型的长度。

④ 在使用数据时，请注意数据的数值范围，防止溢出。

（3）printf( )和 scanf( )函数的常用格式小结

printf( )和 scanf( )函数的常用格式及简单应用小结，如表 2-6 所示。

表 2-6　printf( )和 scanf( )函数的格式字符及应用举例

格 式 字 符			说　　明	举　　例	输入/输出

整型数	有符号	%d	十进制	int a , b ;
				scanf("%d,%d" , &a, &b);
				printf("%d , %d" , a , b);
					输入：1,2
					输出：
					1 , 2

	无符号	%u	十进制	int a = 123 ; printf(" %u " , a);	123
		%o	八进制	int a = 65 ;　printf(" %o" , a);	101
		%x、%X	十六进制	int a = 255 ;　printf("%x" , a);	ff
	长整型	%ld、%lu %lo、%lx		long a = 1234567 ; printf("%ld" , a);	1234567

实型数	双精度	%lf	十进制
			小数形式
				double x , y ;
				scanf("%lf, %lf" , &x, &y);
				printf(" %.2f , %.2f" , x , y);
					输入：1.23,4.567
					输出：
					1.23 , 4.57

	单精度	%f	十进制小数/
			指数形式
				float x , y ;
				scanf("%f %f" , &x, &y);
				printf("%f , %.2f" , x , y);
					输入：1.23␣4.567
					输出：
					1.230000, 4.57

		%e 　%E	十进制 指数形式	float x = 567.789 ; printf("%e" , x);	5.677890e+002
		%g	e 和 f 中 较短一种	float x = 12.3456789 ; printf("%g" , x);	12.3457
字符	单字符	%c	单个字符	char c = 65 ; printf("%c" , c);	A
	字符串	%s	字符串	printf(" %s" , "ABC"); printf("ABC");	ABC ABC
		%%	%本身	printf("%%");	%

三、任务的实现

1）一个学生 3 科成绩（整型、实型、字符型）的表示及输出

任务描述：一个学生有 3 科成绩，分别为：英语，92 分；数学，87.6 分；体育，B 级。请将 3 科成绩在程序中表示并输出。

（1）分析：3 科成绩分别为整型、实型、字符型，故应定义 3 个不同类型的变量用于存放 3 科成绩，并按各自数据类型的格式输出。

（2）实现的程序：

```
# include   <stdio.h>              /* printf( )的头文件 */
main( )
{    int   en = 92 ;              /* 定义en为整型变量，用于存放英语成绩 */
     float   math = 87.6f ;       /* 定义math为实型变量，用于存放数学成绩 */
```

```
    char   spot = 'B' ;                              /* 定义spot为字符型变量，用于存放体育成绩 */
    printf("en = %d , math = %.2f , spot = %c \n", en , math , spot ) ;
}
```

（3）运行结果：

en = 92 , math = 87.60 , spot = B

2）一个学生 3 科整型成绩的输入与输出

任务描述：一个学生的 3 科成绩均为百分制整型数据，即英语，92 分；数学，68 分；体育，82 分。请编程实现从键盘输入这 3 科成绩，然后输出。

（1）分析：3 科成绩都为整型，故应定义 3 个整型变量用于存放 3 科成绩。从键盘输入成绩，应使用 scanf( )函数。

（2）实现的程序：

```
# include   <stdio.h>                              /* scanf( )、printf( )的头文件 */
main( )
{   int  en , math , spot ;                          /* 定义3个整型变量，用于存放3科成绩 */
    printf("Please  input  en , math , spot(int): " ) ;   /* 给出输入提示信息 */
    scanf("%d,%d,%d", &en , &math , &spot ) ;             /* 从键盘输入数据 */
    printf("en = %d , math = %d , spot = %d \n", en , math , spot ) ;
}
```

（3）运行结果：

运行程序，显示：Please   input   en , math , spot :（输入数据）92 ,68 ,82↙
输出结果：

en = 92 , math = 68 , spot = 82

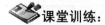 课堂训练：

写出从键盘输入两个实数并输出的程序。

3）一个学生 3 科不同类型成绩的输入与输出

任务描述：一个学生的 3 科成绩为不同类型数据，即英语，92 分；数学，68 分；体育，B 级。请编程实现从键盘输入这 3 科成绩，然后输出。

（1）分析：3 科成绩分别为整型、实型、字符型，故应定义 3 个不同类型的变量用于存放 3 科成绩。从键盘输入成绩，应使用 scanf( )函数，整型、实型、字符型数据的输入格式不同。

（2）实现的程序：

```
# include   <stdio.h>
main( )
{   int   en ;                                      /* 定义en为整型变量，用于存放英语成绩 */
    float   math ;                                  /* 定义math为实型变量，用于存放数学成绩 */
    char   spot ;                                   /* 定义spot为字符型变量，用于存放体育成绩 */
    printf("Please  input  en , math , spot : " ) ;       /* 给出输入提示信息 */
```

```
    scanf("%d,%f,%c" , &en , &math , &spot ) ;                    /* 从键盘输入数据 */
    printf("en = %d , math = %.2f , spot = %c \n", en , math , spot ) ;
}
```

（3）运行结果：

运行程序，显示：Please　input　en , math , spot：（输入数据）92 ,87.6 ,B↙

输出结果：

en = 92 , math = 87.60 , spot = B

课堂训练：

写出从键盘输入 3 科都为等级成绩的程序。

四、知识扩展

1. 字符输入与输出函数

字符数据的输入与输出，也可使用 putchar( )和 getchar( )函数。putchar( )和 getchar( )函数是专门针对字符数据进行输入输出的，使用时应在源程序的开头加上文件包含命令：

```
# include   <stdio.h>
```

1）putchar( )函数

（1）函数功能：输出一个字符到标准输出设备（显示器）的当前光标位置。

（2）调用格式：

```
putchar( ch ) ;
```

说明：

ch 是要输出的字符，可以是字符型或整型的常量、变量或表达式。当 ch 为整数时，其值代表要输出的字符的 ASCII 码，范围为 0 ~ 255。

2）getchar( )函数

（1）函数功能：从标准输入设备（一般指键盘）输入一个字符。该函数是无参函数。

（2）调用格式：

```
getchar( ) ;
```

说明：

getchar( )函数只能接受一个字符（包括控制字符），得到的字符可以赋给一个字符型变量或整型变量，也可作为表达式的一部分。

【例 2-10】输入一个字符，然后输出该字符及其 ASCII 码值。

程序如下：

```
# include   <stdio.h>                 /* putchar( )、getchar( )函数的头文件 */
main( )
{   char c ;
    c = getchar( ) ;                  /* 把从键盘输入的字符赋给字符变量c保存 */
    putchar( c ) ;   putchar( '\t' ) ;      /* 用putchar( )函数输出字符 */
```

```
        printf(" %c ,%d \n", c, c);        /* 用printf( )函数输出字符 */
}
```

运行程序，输入：A✓

输出：

A   A , 65

课堂训练：

① 编程实现：从键盘输入一个任意小写字母对应的大写字母。

② 编程实现：输出字符 0 和 9 的 ASCII 码值。

2. 数据在内存中的存放形式

1）整型数据在内存中的存放形式

整型数据在内存中均以二进制形式存放。其中，无符号整数和有符号整数的存放有所不同。由于不同的 C 编译系统，其数据类型的长度不统一。

（1）无符号整数的存放：无符号整数由于没有符号位，所以把存储字节的全部二进制位用于存放数据。以无符号短整型数据为例，由于在内存中占 2 个字节，存放的数值范围（用十进制数表示）为 0~65535。

（2）有符号整数的存放：有符号整数在存放时要考虑数的正负号，在内存中以补码形式存放。通常，把存储字节的最高位用作符号位，0 表示正数，1 表示负数，其余二进制位作为数值位，表示数的大小（用补码）。整型数据的类型、占用字节数、数值范围等，请参见表 2-5。

例如，设有以下语句：

```
unsigned short    a = 2 ;
short    b = 2 ;
int    c = 2 ;
int    d = -2 ;
```

在 Visual C++ 6.0 中，变量 a、b、c、d 在内存中存放的数据形式如下（注意加下划线的位为符号位）：

无符号短整型变量 a：2		0000 0000	0000 0010	纯二进制数（2 字节）
有符号短整型变量 b：+2		<u>0</u>000 0000	0000 0010	+2 的补码（2 字节）
整型变量 c：2	<u>0</u>000 0000	0000 0000	0000 0000	0000 0010	+2 的补码（4 字节）
整型变量 d：-2	<u>1</u>111 1111	1111 1111	1111 1111	1111 1110	-2 的补码（4 字节）

提示：

补码的求法是，正整数的补码与该数的原码相同；负数的补码是在该数原码的基础上，符号位不变，其余数值位按位取反，最低位再加 1。

【例 2-11】 编程。请将整数 20 分别按十、八、十六进制输出；把-1 分别按十进制有符号数、无符号数的十、八、十六进制格式输出。

程序如下：

```
# include   <stdio.h>
main( )
{   int   a = 2，b = -2；
    printf(" a：%d，%o，%x \n "，a，a，a)；          /* \n为回车换行的转义字符 */
    printf(" b：%d，%u，%o，%X \n"，b，b，b，b)；
}
```

运行结果：

```
a：2，2，2
b：-2，4294967294，37777777776，FFFFFFFE　（请思考此结果）
```

课堂思考：

若将 b 定义为 short int 类型，程序的输出结果是什么？

2）实型数据在内存中的存放形式及输出有效位

实型数据在计算机中用二进制的规范化指数形式存放，指数部分和小数部分被分别存储。由于数据的存储空间是有限的，故实型数据的存储有误差。实型数据的类型及字节数、有效位、数值范围等，请参见表 2-5。

① 单精度实型数据在内存中占 4 个字节，按指数形式存放，有效位 7 位，小数位保留 6 位（十进制数位）。

② 单精度实型数据若整数部分的位数 > 7 位，保留前 7 位不变，第 8 位由其后数值四舍五入得来，第 9 位以后数字无意义，即是一些不确定的数字。例如，把 1234567890.0 按单精度类型存储，则为 1234567936.000000（注意，本数中的最后两位 "36" 不确定）。

③ 单精度实型数据若整数部分的位数 < 7 位，则整数位加上小数位共 7 位有效，第 8 位数仍由其后数值四舍五入得来。例如，把 123.456708999 按单精度类型存储，则为 123.456711。

④ 单精度实数若数字 < 1 为纯小数，此时保留 6 位小数，第 6 位小数由其后数值四舍五入得来。例如，把 0.123456789 按单精度类型存储，则为 0.123457。

⑤ 双精度实数在内存中占 8 个字节，按指数形式存放，最多 16 位有效位，6 位小数。

【例 2-12】阅读下面程序，写出运行结果。程序如下：

```
# include   <stdio.h>
main( )
{   float   x1 = 11.23F，x2 = 1122.23456789F，s；
    s = x1 + x2；
    printf(" x1 = %f，x2 = %f \n  s = %f \n"，x1，x2，s)；
}
```

运行结果：

```
x1 = 11.230000，x2 = 1122.234619
s = 1133.464619
```

高职高专新课程体系规划教材·计算机系列

课堂思考：

① 若去掉两个实数后面的 F，程序的输出结果是什么？

② 若将 float 改为 double，程序的输出结果又是什么？

本节教学建议：

（1）实验：2.4 实验任务 1

（2）作业：习题 2　一、1～7，二、1～5，三、1～4

2.2　C语言的运算符及表达式

任务2　一个学生课程成绩的计算

知识与技能：

☑　常用运算符和表达式

☑　数据的基本计算方法

☑　常用数学函数的用法

一、任务背景分析

数据的计算，在生活和工作中很常见。每学期期末，我们都要根据学生的平时成绩、期末考试成绩（有时还会有期中考试成绩、实验成绩等）来计算学生期末单科的总评成绩和期末的总分、平均分等。

任务分解：

（1）计算一个学生单科成绩的总评分。

（2）计算一个学生多科成绩的总分及平均分。

二、知识点介绍

1. 有关概念

C语言提供了丰富的运算符，用以表示各种运算。

（1）运算符：用来表示各种运算的符号称为"运算符"。它规定了对数据的基本操作。

（2）运算对象：参加运算的量称为运算量或运算对象。有些运算符只需要一个运算对象，这种运算符称为"单目运算符"；有些需要两个运算对象，这种运算符称为"双目运算符"；最多的则需要 3 个运算对象，这种称为"三目运算符"。

（3）运算规则：每个运算符都代表了某种运算，都有自己特定的运算规则，在运算中必须严格遵守运算符的运算规则。C语言中把运算符分为算术运算符、赋值运算符、关系运算符、逻辑运算符、条件运算符、逗号运算符和位运算符等。

（4）表达式及表达式的值：用运算符把运算对象连接起来的式子，称为"表达式"。按运算符的不同，C语言的表达式可分为算术表达式、赋值表达式、关系表达式、逻辑表达式、条件表达式和逗号表达式等。每种表达式按照运算符所规定的运算规则进行运算，最终都会得到一个结果，这个结果被称为"表达式的值"。

（5）优先级：当表达式中有多个运算符时，先做哪个运算，后做哪个运算，必须遵循一定的规则，这种运算符执行的先后顺序，称为"运算符的优先级"。优先级高的运算符要先运算。圆括号能够改变运算的执行顺序，其内的运算符优先级最高。

（6）结合性：对于优先级相同的运算符，由该运算符的结合性来决定它们的运算顺序。在 C 语言中，同级别运算符可以有两种结合性：一种是"自左向右"，即由左向右遇到哪个就先运算哪个；另一种是"自右向左"，即由右向左遇到谁就先运算谁。

附录 C 给出了 C 语言中的运算符分类、运算符符号表示、优先级（数字越小者，优先级越高）和结合性。

C 语言的运算符范围很广，表达式更是灵活多变。大家在学习运用运算符和表达式时，应注意以下几点：

① 运算符的功能及运算对象的个数、类型。

② 运算符的优先级、结合性（尤其要注意那些结合性为自右向左的运算符）。

③ 运算结果的类型。

2．算术运算符和算术表达式

用于实现算术运算的一类运算符，称为算术运算符。算术运算符包括基本算术运算符和自增、自减运算符。其中，基本算术运算符也简称为算术运算符。

1）基本算术运算符

基本算术运算符有+（加）、-（减）、*（乘）、/（除）、%（模）和正负号（+/-），主要对数值型数据进行一般算术运算。其运算规则、运算对象、结合性等如表 2-7 所示。

表 2-7　算术运算符及其运算规则

对象数目	名　称	运算符	运算规则	运算对象类型	运算结果类型	结合性	举　例
单目	正	+	取正值	整型或实型	整型或实型	自右向左	+5，+x
	负	-	取负值				-a，-3
双目	加	+	加法	整型或实型	整型或实型	自左向右	2 + a
	减	-	减法				12 - a
	乘	*	乘法				2*a*b
	除	/	除法				a/b，a/2
	模	%	整除取余	整型	整型		a%b，a%2

说明：

（1）单目运算符（+/-）：两个单目运算符（+/-）都是出现在运算对象的前面，又称前缀运算符，其运算规则同一般的正、负号。

例如：

+5 的运算结果是正整数 5，-(-5)的运算结果也是正整数 5。

（2）双目运算符中的+、-、*：运算同数学上的加法、减法、乘法。

（3）双目除运算（/）：该运算符的运算规则与运算对象的数据类型有关。如果两个运算对象都是整型，则结果是取商的整数部分，舍去小数，即做整除运算；如果两个运算对象中至少有一个是实型，那么结果则是实型，即是一般的除法。

例如：

14 / 3　结果为 4 ；14 / (−3)结果为− 4；14/3.0　结果为 4.666667。

（4）双目模运算（%）：求两个整数相除之后的余数（即求余运算）。该运算符要求两个运算对象必须是整型，结果是整除后的余数，符号与被除数相同。

例如：

14%5 的结果是 4；64%6 的结果是 4；13%3、13%−3 的结果都是 1（商分别是 4、−4）；−13%3、−13%−3 的结果都是−1（商分别是−4、4）。

（5）优先级：单目运算符正/负号（+/−）高于双目运算符；双目运算符*、/、%高于运算符+、−。

（6）结合性：同级单目，自右向左；同级双目，自左向右。

课堂训练：

① 设有 "int　a = 26；"，则表达式：a / 10、a % 10 的结果各为多少？
② 写出表达式：2 + 7 / 2 + 9 % 3 的结果。

2）自增、自减运算符

自增（++）、自减（−−）运算符是 C 语言最具特色的两个单目运算符。其功能是自动给运算对象实现加 1 或减 1 操作，然后把运算结果回存到运算对象中去。

自增、自减运算符的特点是它们既能出现在运算对象之前，如++i、−−i，这种称为"前缀运算符"，也能出现在运算对象之后，如 i++、i−−，这种称为"后缀运算符"。前缀和后缀的运算规则不同。

前缀　　++i：先使 i 值增 1，后使用增 1 后的 i 值。
　　　　−− i：先使 i 值减 1，后使用减 1 后的 i 值。
后缀　　i++：先使用 i 的值，后使 i 值增 1。
　　　　i−−：先使用 i 的值，后使 i 值减 1。

说明：

① ++、−−运算符是单目运算符，其优先级高于双目+、−、*、/，结合性自右向左。

② 运算对象只有一个，且必须是变量，不能是表达式和常量。例如，++7、(a+b)−−均为错误表达式。

③ 特殊情况：当有多个+、−组成运算符串时，C 语言规定：从左到右取尽可能多的符号组成运算符，在使用时应尽量加上括号，以明确运算关系和运算次序。例如：

a+++b　　　相当于　　(a++)+b
a−−−b　　　相当于　　(a−−)−b

④ ++、−−运算符有负作用。建议最好不要在一个表达式中对同一个变量进行多次的++、−−运算，以免出错。

【例 2-13】设有语句 "int　a = 3，b = 7;"，下面表达式运算之后，表达式和变量的值各为多少？表达式为：

++a 、--a 、b++ 、b-- 、a+(++b) 、(a++)-(--b)

解：各表达式的运算结果如表 2-8 所示。

表 2-8　【例 2-13】的运算结果

表　达　式	运算前变量的值		运算后变量的值		运算后表达式的值
	a	b	a	b	
++a	3		4		4
--a	3		2		2
b++		7		8	7
b--		7		6	7
a+(++b)	3	7	3	8	11
(a++)-(--b)	3	7	4	6	-3

【例 2-14】阅读分析下面程序，写出运行结果。程序如下：

```
# include    <stdio.h>
main( )
{    int   a=15,b=7,c,d;
     c=a/b;   d=a%b;
     printf(" \n%d，%d，%d，%d", a,b,c,d);
     printf(" \t%d，%d，%d，%d \n", ++a,--b,a,b);
}
```

运行结果：

15，7，2，1   16，6，15，7

📖📝课堂训练：

若将第二个 printf 语句改为下述语句，程序的输出是什么？
printf(" \n%d，%d，%d，%d \n",a,b,++a,b--);

3．赋值运算符和赋值表达式

在 C 程序中，若要将某个值赋给一个变量，通常用赋值运算来实现。赋值运算是 C 程序中使用最为广泛的一种运算，可分为 3 种，即基本赋值运算符（简称赋值运算符）、算术自反赋值运算符和位自反赋值运算符。本教材只介绍前两种。

1）赋值运算符及赋值表达式

（1）赋值运算符：即"="，是一个双目运算符。它进行的是赋值操作，而不是数学上的"等号"。

（2）赋值表达式：由赋值运算符连接起来的式子，称为赋值表达式。其一般形式为：

变量 = 表达式

使用时左边必须是变量，右边可以是任意的表达式。

x = 6、x = 2 + 3、x = a + 10、x = x + 1 等均为合法的赋值表达式；x + 3 = 2、10 = a + x、x + 1 = x + 1 等均为不合法的赋值表达式。

赋值运算符的功能：先计算赋值号右边表达式的值，再把计算的结果赋给（即存入）左边的变量。

赋值运算符的结合性是自右向左。其优先级较低，低于算术运算符、关系运算符和逻辑运算符。

赋值表达式的运算规则遵循赋值运算符的运算规则。即先计算赋值号右边表达式的值，再把计算的结果赋给左边的变量。

（3）赋值表达式的值：在 C 语言中，赋值表达式的值是赋值操作之后左边变量的值。例如，赋值表达式"x = 2 + 3"的值为 5。

把赋值表达式的值再赋给另一个变量，就会得到一个新的表达式。

例如：y = x = 2 + 3。此时表达式相当于 y = (x = 2 + 3)，y 的值是 5，表达式的值也是 5。但若写成"x = 2 + 3 = y 或 y = 2 + 3 = x"，则是错误的。

 课堂思考：

表达式"x = 2 + 3 = y"错误的原因是什么？

【例 2-15】设有语句"int x = 2 , y = 3;"，执行了表达式 x = (y++) + x 之后，x、y 的值是多少？表达式的值是多少？

解：从题中可知，x 的初值是 2，y 的初值是 3，y++ 是后缀增 1，故 y++ 的值为 3，y 的值是 4，(y++) + x 的值为 5。因此，执行了表达式 x = (y++) + x 之后，x 的值是 5，y 的值是 4，表达式的值是 5。

（4）赋值语句：在赋值表达式的后面加上分号（即语句结束符），就变成了一个赋值语句。赋值语句的一般格式为：

变量 = 表达式 ；

赋值表达式和赋值语句是不相同的，赋值表达式是一种表达式，可以出现在任何表达式允许出现的地方，而赋值语句则不能，它是一条语句，只能以语句的形式出现。通常在程序中是使用赋值语句来实现赋值操作的。

【例 2-16】编程实现：输入两个整数，将其保存在变量中，然后交换两个变量的值，将结果输出。

分析：

① 定义程序中要用到的变量，设两个整型变量为 a、b。

② 要交换 a、b 的值，还需要一个中间变量，设为 t 变量。

③ 设计算法：i) 输入数据；ii) 交换数据；iii) 输出交换后的数据。程序如下：

```
# include   <stdio.h>
main( )
{   int  a,b,t;                    /* 定义变量a、b及一个同类型的中间变量t */
    scanf("%d,%d", &a, &b);       /* 输入数据*/
```

```
        t=a；  a=b；  b=t；              /* 用3个赋值语句交换数据 */
        printf("\n a = %d，  b = %d"，a，b)；
    }
```

运行程序，输入：3 , 7↙

输出：

a = 7， b = 3

课堂思考：

交换数据若用"a=b； b=a；"，其结果会是什么？

2）算术自反赋值运算符

C 语言中提供了另一种赋值运算符，即把"运算"和"赋值"两个操作结合起来，以达到简化程序、提高运算效率的目的，这类运算符被称为算术自反赋值运算符或复合赋值运算符。运算符如下：

+= 、-= 、*= 、/= 、%=

算术自反赋值表达式应用举例：

```
a += b + c  等价于    a = a + ( b + c )
a -= b + c  等价于    a = a - ( b + c )
a *= b + c  等价于    a = a * ( b + c )
a /= b + c  等价于    a = a / ( b + c )
a %= b + c  等价于    a = a % ( b + c )
```

说明：

① 这组运算符都是复合运算符，在书写时，运算符中间不能有空格。

② 这组运算符都是双目运算符，并且本质上都是进行赋值的，所以运算符左边只能是变量，右边可以是任意表达式。和赋值运算符是同优先级的，结合性是自右向左。

③ 由于运算符"%"的限制，算术自反运算符"%="也只能用于整型数据，即左、右两边的值应该都是整型。

【例 2-17】设有"int x = 2，y = 3，s1 = 1，s2 = 2；"，执行语句 s1 += x；s2 *= x + y；后，变量 s1、s2 的值各是多少？

解：s1 += x；s2 *= x + y；均为自反赋值语句，等同于 s1 = s1 + x； s2 = s2 * (x + y)；所以 s1 的值为 3，s2 的值为 10。

4. 逗号运算符和逗号表达式

逗号运算符是 C 语言提供的又一种特殊运算符。逗号运算符就是一个逗号(,)。利用逗号运算符可以把若干个表达式"连接"起来，构成一个完整的表达式，故称其为"逗号表达式"。逗号表达式的一般形式为：

表达式1 , 表达式2 , 表达式3 , … , 表达式n

逗号表达式的执行过程是：从左到右依次计算各表达式的值，并且把最右边表达式的

【高职高专新课程体系规划教材·计算机系列】

值作为该逗号表达式的最终取值。也就是说，逗号表达式的值是其最后一个表达式的值。

说明：

① 逗号表达式中的表达式可以是任意的表达式。

② 逗号表达式的优先级最低，结合性为自左向右。

【例2-18】设有表达式"a＝2*5，a++，a/4"，求该表达式的值和变量a的值。

解：该表达式为逗号表达式，故表达式的值为2，变量a的值是11。

【例2-19】下列两个表达式各是什么类型的表达式？它们的值相同吗？

（1）b＝（a＝2，7％a）　　　　　　（2）b＝a＝2，7/2

解：表达式（1）是赋值表达式。其中，"（）"中是一个逗号表达式，其值为1，故b的值是1，表达式（1）的值也是1。表达式（2）是逗号表达式。其中，第一个是赋值表达式，b和a的值均为2，第二个是算术表达式，其值为3，故表达式（2）的值为3。所以，两个表达式不同，其值也不同。

【例2-20】执行下面程序后，程序的输出结果是什么？

```c
# include  <stdio.h>
main( )
{   int   x＝3，y＝1；
    y＝（x＋1，x*2）；
    printf( " x＝%d，y＝%d \n", x，y)；
    x++；    y++；     ++y；
    printf( " x＝%d，y＝%d \n", x，y)；
}
```

分析：语句"y＝（x＋1，x*2）；"中，"＝"右边是一个逗号表达式，故取x*2的值给y，y的值为6。x++对x而言，进行的是增1操作；y++、++y对y而言，也都是增1操作，故y的值增加了2，所以输出结果是：

```
x＝3，y＝6
x＝4，y＝8
```

 课堂思考：

语句"++y；"和"y++；"，对y而言，其结果有没有不同？

【例2-21】写出下面程序的运行结果。程序如下：

```c
# include  <stdio.h>
main( )
{   int   a＝1，b＝011，c＝0x11，d；
    d＝a ＋＝b；
    printf( " %d，%d，%d，%d \t", a，b，c，d)；
    printf( " %d，%d \n", sizeof( b)，sizeof( 12))；
}
```

分析：

① 变量b的初始值为八进制数11，是十进制数9。变量c的初始值为十六进制数11，

是十进制数 17。

② sizeof( )为单目数学运算符，用于求出括号中数据的数据类型长度（字节数）。在 Visual C++ 6.0 中，int 类型的长度为 4 字节。

运行结果：

```
10 , 9 , 17 , 10        4 , 4
```

三、任务的实现

1）计算一个学生单科成绩的总评分

任务描述：一个学生某门课程有平时、期末考试两个成绩，成绩比例为：平时成绩占 30%，期末考试成绩占 70%；请编程输入平时、期末考试成绩，计算并输出该生课程的总评成绩（成绩均为百分制整数）。

（1）分析：因有平时、期末及总评成绩 3 个整数，故应定义 3 个整型变量用于存放 3 个成绩。成绩的输入用 scanf( )函数，计算用算术运算符和赋值语句实现。由于平时成绩、期末成绩的比例有时需要改变，故将此数据用符号常量表示。

（2）实现的程序：

```
# include    <stdio.h>
# define    B1    0.3f
# define    B2    0.7f
main( )
{    int   com , exa , s1 ;                              /* 定义变量，用于存放成绩 */
     printf("请输入平时,考试成绩(如70 , 80 ) :" );       /* 给出输入提示信息 */
     scanf("%d,%d" , &com , &exa );                      /* 从键盘输入数据 */
     s1 = ( int ) ( com * B1 + exa * B2 );   /* 计算总分。(int)为强制类型转换运算符 */
     printf("s1 = %d \n" , s1 );             /* 输出。强制类型转换运算符在后面介绍 */
}
```

（3）运行结果：

运行程序，显示：请输入平时,考试成绩(如 70 , 80)：（在此输入数据）86 , 90↙

输出结果：

```
s1 = 88
```

课堂思考：

① 按比例计算的总分有无小数？精度如何？如何实现四舍五入？

② 若分数比例每次要指定，程序如何实现？

2）计算一个学生多科成绩的总分及平均分

任务描述：一个学生期末有 3 门课程成绩（英语、数学、体育），均为百分制整数，请编程输入 3 门课程成绩，计算并输出该生的总分和平均分（保留两位小数）。

（1）分析：因 3 门课程成绩均为整数，总分也为整数，平均分为实数，故应定义 4 个整型变量，一个实型变量。平均分的计算应使用：总分/3.0f。

高职高专新课程体系规划教材·计算机系列

（2）实现的程序：

```
# include   <stdio.h>
main( )
{   int   en , math , sport , tol ;                    /*  定义4个整型变量，用于存放成绩  */
    float   ave ;
    printf("Please   input : en , math , sport（int）" );    /*  给出输入提示信息  */
    scanf("%d,%d,%d" , &en , &math , &sport );          /*  从键盘输入数据  */
    tol = en + math + sport ;
    ave = tol / 3.0f ;
    printf("tol = %d ,   ave = %.2f \n" , tol , ave );
}
```

（3）运行结果：

运行程序，显示：Please   input : en , math , sport（int）（输入数据）82 , 71 , 90✓
输出结果：

tol = 243 ,   ave = 81.00

 课堂思考：

请说出 tol / 4.0、tol / 4.0f、tol / 4 的区别？

四、知识扩展

1. 常用数学函数

在解决实际问题时，经常会涉及一些数学函数和数学式子。在程序设计时，要将公式中的一些数学函数用 C 语言的库函数来实现。各种版本的 C 编译系统都提供了大量的库函数，可供用户在自己的程序中直接调用。常用数学函数及清屏、随机数函数等如表 2-9 所示。

表 2-9　常用数学函数

数 学 形 式	C 语言形式	函 数 原 型	函 数 功 能	头 文 件
$\lvert x \rvert$	abs(x)	int abs(int x)	求整数 x 的绝对值	math.h
	fabs(x)	double fabs(double x)	求 x 的绝对值	
$\sqrt{x}$	sqrt(x)	double sqrt(double x)	计算 $\sqrt{x}$ 的值，x 的值≥0	
e^x	exp(x)	double exp(double x)	求 e^x 的值	
lnx	log(x)	double log(double x)	求 lnx 的值	
sinx	sin(x)	double sin(double x)	计算 sinx，x 的单位为弧度	
cosx	cos(x)	double cos(double x)	计算 cosx，x 的单位为弧度	
time	time( )	time_t time(NULL)	取系统的当前时间	time.h
随机数函数	rand( )	int rand(void)	产生 0 ~ 32767 之间的随机整数	stdlib.h
随机数种子数	randomize( )	void randomize( )	产生一个随机数的种子数，可使 rand( )函数在每次运行程序时产生的随机数不同	
初始化随机数发生器	srand( )	void srand(unsigned int)		

说明：

① 在使用这些函数时，要注意：

　　i）函数的功能、函数的头文件。

　　ii）函数的类型、函数形参的类型、函数形参的单位。

② 在 Turbo C 中，可以使用 randomize( )函数、srand( )函数作随机数初始化发生器。在 Visual C++ 6.0 中，使用 srand( )函数作随机数初始化发生器。

③ 有关其他函数参见附录 E。

【例 2-22】产生一个 0~100 之间的随机整数，输出这个数及其平方根值（保留 2 位小数）。

分析：

① 利用 rand( )函数可以产生一个 0～32767 的随机整数，rand( )%100 即是 0～100 之间的随机整数。

② 在 rand( )函数之前使用随机数序列函数 srand( )，而且每次要给 srand(·)不同的参数种子，才可以得到不同的随机数序列。因此，采用系统时间作为伪随机数序列种子，系统时间用 time( )函数，调用格式为 time(NULL)，头文件是<time.h>。

随机数序列 srand( )的使用方法为 srand((unsigned) time (NULL))。

③ 平方根用 sqrt(x)函数。

④ 在程序的开头加上各函数的头文件。程序如下：

```
# include   <stdio.h>
# include   <math.h>                    /* sqrt( )函数的头文件 */
# include   <stdlib.h>                   /* rand( )、srand( )函数的头文件 */
# include   <time.h>                     /* time( )函数的头文件 */
main( )
{   int   x ;
    double   x_sqrt ;
    srand( ( unsigned ) time ( NULL ) ) ;   /* 也可用srand( time ( NULL ) ) ; */
    x = rand( )%100 ;
    x_sqrt = sqrt( x ) ;
    printf( " x = %d ,   x_sqrt = %.2f \n " , x , x_sqrt ) ;
}
```

运行结果：（仅供参考，因是随机数，每次的运行结果不一样）

x = 41 ,   x_sqrt = 6.40

课堂思考：

① 多次运行程序，观察结果有无变化。

② 若要产生 100~200 之间的随机整数，程序如何实现？

2．将数学式子转化为 C 的合法表达式

由常量、变量、运算符、函数等组成的符合 C 语言语法规则的式子，称为 C 语言表达式。在程序设计时，通常要将数学式子转换为 C 语言的合法式子才能进行计算。转换的原

【高职高专新课程体系规划教材·计算机系列】

则大致如下：

① 当分子或分母是表达式时，要加圆括号。

② 函数转换时，自变量一定要加圆括号。

③ 左右括号要对称，当有多重括号时，只能使用圆括号嵌套配对。

④ 三角函数的自变量要变换为弧度。

⑤ 适当转换数据类型，以免产生误差。

【例2-23】 已知 a，b 的值为实型，将数学式子 $\dfrac{a-b}{a+b}+\dfrac{1}{3}$ 转化为 C 语言表达式。

解：由于 a，b 的值为实型，运算结果为实型。故 C 语言表达式应为：

$(a-b)/(a+b)+1/3.0$

【例2-24】 将下列数学式子转化为 C 语言合法表达式。

（1） $\dfrac{x+y}{4(a+b)}+(x+y)\cdot\sin 30°$ 　　（2） $x_1=\dfrac{-b+\sqrt{b^2-4ac}}{2a}$

解：C 语言合法表达式如下：

（1）$(x+y)/(4*(a+b))+(x+y)*\sin(30*3.14159/180)$

（2）$x1=(-b+sqrt(b*b-4*a*c))/(2*a)$

3．不同类型数据间的混合运算和转换

C 语言允许整型、实型、字符型数据混合运算，但不同类型的数据混合运算时，要遵循一个规则，即每个运算符两边的运算量必须是同一类型，这就存在着类型转换。

（1）自动类型转换

当表达式中的运算存在混合运算时，如 4*2.5 + 'B'，系统自动按"先转换，后运算"的原则进行。自动转换的规则如下：

① 在进行运算时，如果一个运算符两边的运算对象数据类型不同，则先转换成同一类型再进行运算。转换时按数据长度长的类型进行转换，以保证精度不降低（即就长不就短或就高不就低）。隐式转换的规则，如图 2-3 所示。

② 图中横向向左的箭头，表示必须的转换。例如，char 型和 short 型参与运算时，必须先转换成 int 型；float 型参与运算时，必须先转换成 double 型。

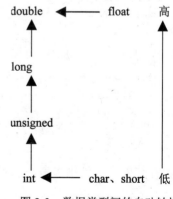

图 2-3　数据类型间的自动转换

③ 纵向向上箭头，表示不同类型的转换级别和方向。不要理解为是逐级转换。例如，int 型和 float 型进行运算，先将 int 型转换为 double 型，float 型转换为 double 型，然后两个 double 型再运算。

【例2-25】 分析表达式：4*2.5 + 'B' − 25 / 2 的运算过程和数据类型。

分析：4*2.5 + 'B' − 25 / 2 是一个混合运算的表达式，按照转换规则运算过程如下：

① 先计算 4*2.5。先将 4 和 2.5 都转换成 double 型，再进行 4.0*2.5 运算，结果为 double

【高职高专新课程体系规划教材·计算机系列】

型，值是 10.0。

② 计算 25 / 2。"/"两边都为 int 型，不需转换，直接进行 25/2 运算，结果为 int 型，值是 12。

③ 计算 10.0 + 'B'。先将字符 'B' 转换成 int 型 66，再将 66 转换成 double 型 66.0，然后进行 10.0 + 66.0 运算，结果为 double 型，值是 76.0。

④ 计算 76.0 – 12。先将 12 转换成 double 型 12.0，再进行 76.0-12.0 运算，结果为 double 型，值是 64.0，此结果即为表达式的结果。

（2）强制类型转换

在 C 语言中，利用强制类型转换运算符可以将一个表达式的值人工强制转换成指定类型。强制类型转换的一般形式为：

（类型说明符）表达式

其功能是把表达式的运算结果强制转换成类型说明符所表示的类型。例如：

➥ （float）a——把 a 的值强制转换为实型，a 的值本身不变。

➥ （float）（a + b）——把 a + b 的值强制转换为实型，a、b 的值本身不变。

➥ （int）（x + y）——把 x + y 的结果强制转换为整型，转换时不进行四舍五入。

➥ （int）x + y——把 x 的值强制转换为整型，然后加 y 的值。x 的值本身不变。

有关强制转换运算的说明：

① 类型说明符和表达式都必须加括号，若表达式为一个常量或变量时可以不加括号。如（int）（x + y）与（int）x + y 是完全不同的两种结果。

② 把实型强制转换为整型时，不进行四舍五入。

③ 当把数据长度长的计算结果转换存入数据长度短的变量中时，可能会影响到数据的精度，因为超长部分被截掉了。

④ 无论是强制转换或是自动转换，都只是为了本次运算的需要而对数据进行的临时性转换，它产生一个临时的中间值去参与运算，而不改变原数据及其类型。

例如，设有变量声明语句：float　x = 3.78；则表达式 2 +（int）x 运算之后，表达式的值是 5（为整型），变量 x 的值和类型不变，仍是 3.78 和 float 型。

【例 2-26】强制类型转换的应用。

```
# include    <stdio.h>
main( )
{    float    f1 = 5.75F , f2 ;
     f2 = ( int ) f1 ;
     printf( " f1 = %f,   f2 = %f \n " , f1 , f2 );
}
```

运行结果：

f1 = 5.750000,   f2 = 5.000000

本例表明，f1 虽强制转为 int 型，但只在运算中起作用，是临时的，而 f1 本身的类型及值并不改变。因此，（int）f1 的值为 5（舍去了小数部分），而 f1 的值仍为 5.75。

【高职高专新课程体系规划教材 · 计算机系列】

（3）赋值运算中的数据类型转换

在进行赋值运算时，若"="两边的数据类型不一致，同样存在着转换，转换也是系统自动进行的。系统会自动把"="右边表达式的数据类型转换成左边变量的类型，然后赋给左边的变量，即"就左不就右"。转换规则如下：

① 将实型数据（包括单、双精度）赋给整型变量时，舍去实数的小数部分，只将整数部分赋予整型变量。例如，有语句"int x；x = 7.8；"，则 x 的值是 7。

② 将整型数据赋给单、双精度变量时，数值不变，但以浮点形式存储到变量中。例如，有语句"float x；x = 3；"，则 x 的值是 3.000000。

③ 将 double 型数据赋给 float 型变量时，截取其前面 7 位有效数字，存放到 float 变量中。例如，有语句"float x；x = 123.123456789；"，则 x 的值是 123.123459。

④ 将字符型数据赋给整型变量时，是将字符的 ASCII 码值赋给整型变量。例如，有语句"int a；a = '2';"，则 a 的值是 50。

⑤ 将整型数据赋给 1 字节的字符型变量时，只截取低 8 位，将其原封不动地存放到字符型变量中。将 4 字节的长整型数据赋给 2 字节的短整型变量时，只截取低位字节（2 字节），赋给短整型变量。

⑥ 相同字节的整型数据间的赋值（如无符号数据与有符号数据之间），按存储单元中的形式原样赋值。

说明：

① 在使用赋值语句时，应尽量使赋值语句两边的类型一致，即根据要存放的数据类型及大小，定义类型匹配的变量。

② 若赋值语句两边的类型不能一致，虽然系统能够自动进行转换，但在有些编译系统中（如 Visual C++ 6.0），编译时会给出警告（warning）性错误提示。

③ 建议：在程序设计时，若出现赋值语句两边的类型不能一致，请使用强制类型转换运算符使两边的类型保持一致。

【例 2-27】设圆的半径为整型，分别按整型、实型计算圆的面积。

分析：

① 程序中需要的变量有存放半径的整型变量 r、存放面积的整型变量 s1 和存放面积的单精度实型变量 s2。用到的常量有圆周率 3.14159，可将其定义为符号常量 PI。

② 计算圆面积 s1：s1（整型）= 圆周率（实型常量）* 半径 r（整型）*半径 r（整型）。显然，右边的表达式和左边的赋值都存在数据类型不一致的情况，需要转换。

③ 计算圆面积 s2：s2（单精度实型）= 圆周率（实型常量）* 半径 r（整型）*半径 r（整型）。数据仍存在类型不一致。要保证赋值语句两边的类型一致，右边表达式的值应为单精度实型（可用强制转换或将圆周率取为单精度实型常量）。程序如下：

```
# include    <stdio.h>
# define   PI   3.14159f              /* 在圆周率后加f，将PI定义为单精度实型常量 */
main( )
{    int  r = 10 , s1;                 /* 定义r、s1为整型变量 */
     float   s2 ;                      /* 定义s2为实型变量 */
```

```
    s1 = ( int ) ( r * r * PI ) ;              /* 将 r * r * PI 的结果强制转换为整型*/
    s2 = r * r * PI ;           /* 也可用 "s2 = ( float ) ( r * r * PI ) ;" 进行类型强制转换 */
    printf( " s1 = %d，  s2 = %f \n ", s1, s2 ) ;
}
```

运行结果：

s1 = 314， s2 = 314.159012

 课堂思考：

① 在语句 "s2 = r * r * PI ;" 中，为什么不用强制类型转换？

② 在 3.14159 的后面为什么要加 f？若去掉，程序如何修改？

 本节教学建议：

（1）实验：验证 2.1、2.2 节中的例题和任务 1、任务 2 中的程序
（2）作业：习题 2　一、8～10，二、6～10，三、5

2.3　顺序结构程序设计应用举例

任务 3　系统欢迎界面的实现

知识与技能：

☑　设计简单的系统欢迎界面
☑　设计简单的系统菜单

一、任务背景分析

通常，在应用程序中，需要有一个友好的界面，以便于人机交互、功能选择。在 C 程序中，可以利用 printf( ) 函数的原样输出功能来实现。

二、知识点介绍

利用 printf( ) 函数可以输出一个字符串。有以下两种方法。

（1）使用非格式字符串输出一个字符串：printf( ) 函数中的非格式字符串，可以在输出时被原样输出，利用此功能可以输出一个字符串。

（2）使用格式控制字符串（%s）：使用 printf( ) 函数的 %s 格式，也可以输出一个字符串。

【例 2-28】分别用上述两种方法输出字符串。

程序如下：

```
# include    <stdio.h>
main( )
```

【高职高专新课程体系规划教材·计算机系列】

```
{    printf( "ABCDEF \t " );
     printf( "%s \t ", "abcdef" );
     printf( " 12 + 34 = %d \n ", 12 + 34 );
}
```

运行结果：

ABCDEF   abcdef   12 + 34 = 46

课堂思考：

如何输出一串"******************"？

三、任务的实现

任务描述：设计一个显示"学生成绩管理系统"的欢迎界面，要求界面简洁美观。

（1）分析：欢迎界面一般应显示在屏幕的中央，可用 printf( )函数输出回车换行将内容下移，用空格将内容右移。

（2）实现的程序：

```
# include    <stdio.h>
main( )
{    printf( " \n\n \n\n " );
     printf( "          ***************************** \n " );
     printf( "          *                           * \n " );
     printf( "          *                           * \n " );
     printf( "          *          欢 迎 使 用        * \n " );
     printf( "          *                           * \n " );
     printf( "          *       学生成绩管理系统       * \n " );
     printf( "          *                           * \n " );
     printf( "          *                           * \n " );
     printf( "          ***************************** \n " );
     printf( "\n\n \n\n" );
}
```

（3）运行结果：

运行结果，如图 2-4 所示。

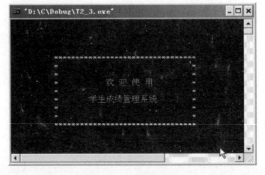

图 2-4　欢迎界面

课堂思考：

如何调整输出界面在屏幕上的位置（如上下、左右位置）？

💡 提示：

① 在 Win-TC 或 Turbo C 下，要输入、显示汉字，应先安装汉字操作系统，如 UCDOS。

② 在 VC++6.0 中，请将"Font"设置为中文字体。设置方法参见实验 1。

四、知识扩展

1. 结构化程序设计的 3 种基本结构

结构化程序设计思想是 E.W.Dijikstra 在 1965 年提出的。它的主要观点是采用自顶向下、逐步细化的程序设计方法，使程序具有良好的可读性、可靠性、可维护性，程序只使用 3 种基本结构，即顺序、选择、循环 3 种基本结构来构造程序，使程序的结构良好。

（1）顺序结构

顺序结构是 C 程序中最简单、最常用的一种结构。其执行过程是按照各操作出现的先后顺序执行。假设块 A 和块 B 表示两个操作，顺序结构的流程如图 2-5 所示。整个顺序结构只有一个入口、一个出口。这种结构的特点是：程序从入口处开始，按顺序执行所有操作，直到出口处。

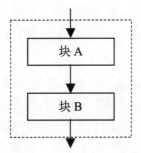

图 2-5　顺序结构的流程

（2）选择结构

选择结构表示程序的处理过程出现了分支，需要根据某一特定的条件选择其中的一个分支执行，有单分支、双分支和多分支 3 种形式。

双分支选择结构的流程如图 2-6 所示。结构上也是只有一个入口、一个出口。在入口处是一个判断框，如果条件满足选择执行块 A，否则选择执行块 B。不论选择执行了哪一个分支，最后都到达结构的出口处。

（3）循环结构

循环结构表示在满足某一条件时反复执行一段操作，直到不满足条件为止，解决了程序的重复操作问题。循环结构有当型和直到型两种形式，根据条件的判定顺序每种又分前测型和后测型。

前测型循环结构的流程如图 2-7 所示。执行过程是：先判断给定的条件 P 是否成立，若成立，执行循环体块 A，继续判断条件 P 是否成立，若仍然成立，继续执行块 A，如此

【高职高专新课程体系规划教材·计算机系列】

反复，直到某一次给定的条件 P 不成立，才中止循环。

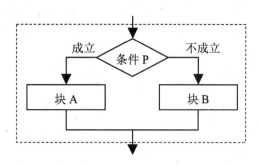
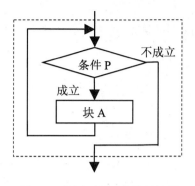

图 2-6　双分支选择结构的流程　　　　　图 2-7　前测型循环结构的流程

3 种基本结构的 N-S 流程图如图 2-8 所示。

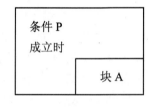

（a）顺序结构　　　　　　（b）选择结构　　　　　　（c）循环结构

图 2-8　3 种基本结构的 N-S 流程图

2．C 语句概述

一个 C 程序由若干条 C 语句组成，每个 C 语句完成一个特定的操作。C 语言的语句可分为三大类，即表达式语句、流程控制语句和复合语句。

（1）表达式语句：在表达式的后面加上分号即构成表达式语句，任何表达式都可加上一个分号而构成一个语句。最常见的是赋值语句，例如：

```
x=5；　　y=a+b；　　i++；
```

（2）流程控制语句：用来控制程序的流程，由专门的语句定义符及所需的表达式组成。主要实现选择结构和循环结构，如 if 语句、for 语句、while 语句等。

（3）复合语句：在 C 程序中，时常需要用一对花括号"{ }"将多个语句括起来组成一个复合语句。

（4）空语句：仅由分号组成的语句。

【例 2-29】空语句和复合语句的应用。程序如下：

```
# include   <stdio.h>
main( )
{   int a,b,t;  a=100;  b=2;
    if (a>b) { t=b; b=a; a=t; }     /* 此处的一对"{}"为复合语句 */
    ;                                /* 此处的 ；为空语句 */
    printf("a=%d,b=%d\n", a, b);
}
```

3．顺序结构程序设计举例

【例 2-30】利用 printf( )函数，在屏幕上实现显示一个简单的加（Add）、减（Sub）、乘（Mul）、除（Div）菜单界面。

程序如下：

```
# include    <stdio.h>
main( )
{    printf( "                ****************************** \n\n\n " );
     printf( "                     1 ---- Add ( + ) \n \n " );
     printf( "                     2 ---- Sub ( - ) \n \n " );
     printf( "                     3 ---- Mul ( * ) \n \n " );
     printf( "                     4 ---- Div ( / ) \n " );
     printf( " \n\n          ****************************** \n " );
}
```

运行结果如图 2-9 所示。

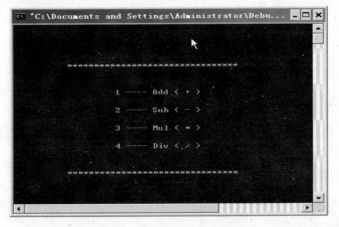

图 2-9 【例 2-30】运行结果

【例 2-31】从键盘输入任意一个两位数，正确拆分出它的个位、十位数字，将结果输出。

分析：设任意的一个两位数为 num，则 num 除 10 的余数为个位数，num 除 10 的商为十位数。程序如下：

```
# include    <stdio.h>
main( )
{    int    num , a , b ;
     scanf("%d" , &num ) ;
     a = num %10 ;     b = num /10 ;
     printf( " num = %d , a = %d , b = %d \n " , num , a , b ) ;
}
```

运行程序，输入：38↙

输出：

num = 38 , a = 8 , b =3

【高职高专新课程体系规划教材·计算机系列】

课堂思考：

① 如何拆分出一个 3 位整数的个位、十位、百位数字？

② 如何将 3 个数字 a、b、c 按个、十、百位顺序组合成一个数字？

本节教学建议：

（1）实验：2.4 实验任务 2

（2）作业：习题 2

2.4 实　　验

实验任务 1　C 程序上机操作介绍

知识与技能：

☑　C 语言的上机环境和上机操作步骤

☑　程序的简单调试方法

一、实验目的

（1）熟悉 C 语言的上机环境（Visual C++ 6.0）。掌握 C 程序的上机操作过程及方法。

（2）掌握 printf( )和 scanf( )函数的简单使用方法。

（3）掌握简单程序的调试方法。

二、知识点介绍

1．C 语言编译系统介绍

C 语言是一种编译型的程序设计语言，目前使用的大多数 C 编译系统都是集成开发环境，即把程序的编辑、编译、连接、调试和运行等操作全部集成在一起，具有功能丰富、速度快、效率高等优点，使用方便、直观。

常用的 C 语言编译系统有 Turbo C 2.0、Turbo C++ 3.0、Win-TC、Visual C++ 6.0 等。Turbo C 2.0 简单，但用于 DOS 环境，不支持鼠标操作，主要使用键盘选择菜单，使用起来不太方便。Turbo C++ 3.0、Win-TC、Visual C++ 6.0 集成开发环境既支持键盘操作，也支持鼠标操作，使用起来很方便，近年来被很多人使用。

在此将几种常用的 C 语言编译环境及 C 程序上机过程介绍给大家，以供选择。

2．Visual C++ 6.0 上机操作介绍

Visual C++ 6.0 是 Microsoft 公司开发的 Visual Studio 6.0 的一部分，既可以开发 C++程序，也可以开发 C 程序，有中文版和英文版。Visual C++ 6.0 的安装很简单，找到 Visual Studio 6.0 的安装文件，执行其中的 setup.exe，并按屏幕上的提示进行操作即可。

1）启动 Visual C++ 6.0

单击【开始】按钮，选择【Microsoft Visual C++ 6.0】|【Microsoft Visual C++ 6.0】命

【高职高专新课程体系规划教材·计算机系列】

令。启动后的 Visual C++ 6.0 主窗口如图 2-10 所示。

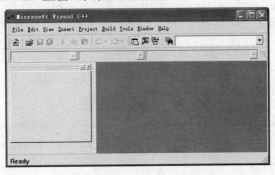

图 2-10　Visual C++ 6.0 主窗口

在 Visual C++ 6.0 的菜单栏中有 9 个菜单项，分别是 File（文件）、Edit（编辑）、View（查看）、Insert（插入）、Project（项目）、Build（构建）、Tools（工具）、Window（窗口）和 Help（帮助）。

主窗口的左侧是项目工作区（Workspace）窗口，用来显示所设定的工作区的信息；右侧是程序编辑窗口，用来输入和编辑源程序。

2）输入、编辑、新建源程序

上机示例：编程计算 10 + 20。以此为例，介绍新建一个 C 程序的上机操作过程。

（1）新建一个 C 源程序：

① 选择【File（文件）】|【New（新建）】命令，打开【New（新建）】对话框。

② 单击【Files（文件）】标签，如图 2-11 所示。

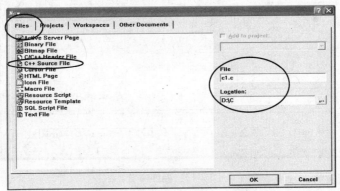

图 2-11　单击【Files（文件）】标签

在其列表框中选择【C++ Source File】选项；在【Location（目录）】文本框中输入源程序文件的存储路径，如 D:\C，也可单击该文本框后的 按钮选择源程序文件的保存位置；在【File（文件名）】文本框中输入要编辑的源程序名字，如 c1.c。

注意：在输入文件名时，一定要输入文件的扩展名为.c；否则，文件将以 C++源文件扩展名.cpp 进行保存。

③ 单击【OK】按钮，返回到主窗口。

（2）输入、编辑源程序：在程序编辑窗口中输入源程序，如图 2-12 所示。

【高职高专新课程体系规划教材·计算机系列】

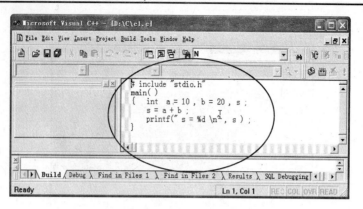

图 2-12 编辑源程序

在输入源程序的过程中，如果发现错误，可随时修改。

（3）保存源程序：选择菜单栏中的【File（文件）】|【Save（保存）】命令，保存源程序。

3）编译源程序

输入、保存完源程序后，需要将源程序文件编译成机器语言目标程序。操作过程如下：

（1）在菜单栏中选择【Build（组建）】|【Compile c1.c（编译）】命令，或者单击工具栏上的 （编译）按钮，如图 2-13 所示。

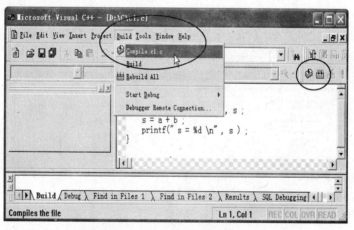

图 2-13 编译命令

（2）弹出"询问是否创建一个项目工作区"对话框，如图 2-14 所示。单击【是】按钮，表示同意由系统建立默认的项目工作区，然后开始编译。

图 2-14 "询问是否创建一个项目工作区"对话框

（3）在编译时，编译系统检查源程序中有无语法错误，然后在主窗口下部的调试信息窗口显示编译信息。如果编译有错误，编译信息就会指出编译错误的位置和性质。例如，删除语句"s＝a＋b；"后面的分号"；"，重新编译程序，则显示的编译信息如图 2-15 所示。

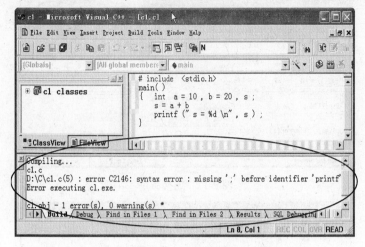

图 2-15　编译有错界面

有关程序错误的修改及调试参见后面的"8）程序的调试方法"。

如果编译无错误，则在调试信息窗口显示"c1.obj - 0 error(s), 0 warning(s)"，表示编译成功，生成了名为 c1.obj 的目标文件，如图 2-16 所示。

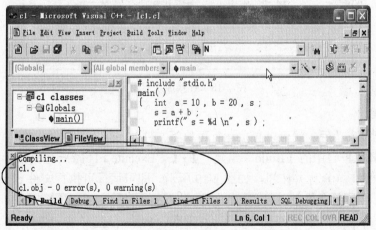

图 2-16　编译成功界面

4）连接源程序

编译成功后，目标文件不能被计算机直接执行，还需要把目标文件（.obj）与系统提供的资源（如函数库、头文件等）连接成为一个可执行程序（.exe）。

操作过程如下：

（1）在菜单栏中选择【Build（组建）】|【Build c1.exe（组建）】命令，或单击工具栏中的 (组建) 按钮，进行连接，如图 2-17 所示。若连接有错误，请修改程序。

（2）连接成功后，即显示如图 2-18 所示界面，表示生成了可执行文件 c1.exe。

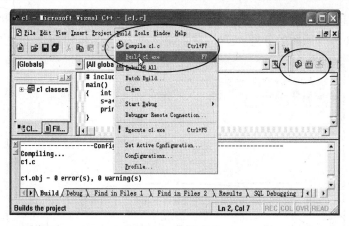

图 2-17　连接命令

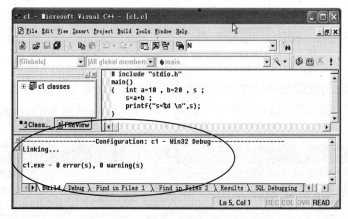

图 2-18　连接成功界面

5）运行程序

编译、连接成功后，就可以直接运行可执行文件 c1.exe。操作过程如下：

（1）选择菜单栏中的【Build（组建）】|【！Execute c1_1.exe（执行）】命令，或者单击工具栏中的！（执行）按钮，如图 2-19 所示。即可运行可执行文件 c1.exe。

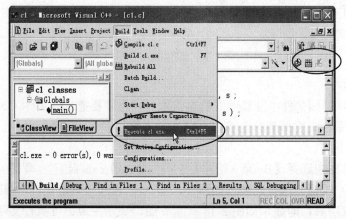

图 2-19　运行命令界面

（2）程序运行后，会自动切换到输出结果的窗口，显示运行结果，如图 2-20 所示。

（3）按任意键（Press any key to continue），返回到 Visual C++ 6.0 主窗口。

6）关闭工作区

一个程序设计完成后，应该关闭工作区，结束对该程序的操作。关闭工作区操作如下：

选择【File（文件）】|【Close Workspace（关闭工作区）】命令，弹出"关闭工作区"对话框，如图 2-21 所示。

图 2-20　运行结果界面

图 2-21　"关闭工作区"对话框

（1）关闭工作区，结束程序操作：若要结束对程序的操作，请单击【是】按钮，关闭所有窗口。此时，若要继续编辑下一个源程序，单击【New Text File】按钮或选择【File（文件）】|【New（新建）】命令，新建一个 C 源程序。

（2）关闭工作区，编辑下一个源程序：在图 2-21 所示对话框中，若希望结束当前程序的操作，继续编辑下一个程序，请单击【否】按钮。此时，只关闭工作区窗口，源程序仍保留在程序编辑窗口，可在此程序的基础上编辑、修改下一个源程序，然后用【File（文件）】|【Save As（另存为）】命令，将程序以另一个名字保存，这样就生成了一个新源程序文件，其后的编译、连接、运行方法同上。

7）中文、字体格式的设置

选择菜单栏中的【Tools（工具）】|【Options（选项）】命令，打开【Options（选项）】对话框，单击【Format（格式）】标签（此标签是最后一个，若看不到，可用【▶】按钮向后滚动），打开【Format（格式）】选项卡，如图 2-22 所示。

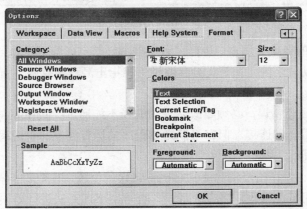

图 2-22　【Format（格式）】选项卡

在【Font】下拉列表框中设置字体，在【Size】下拉列表框中设置字体大小，在【Colors】列表框中设置所选对象的前景色和背景色。设置好之后，单击【OK】按钮。

若要在程序中使用中文字体，请在【Font】下拉列表框中选择一种中文字体，如新宋体。这样，在源程序中就可以使用汉字了，程序的运行结果也将显示源程序中的汉字。

其他选项的设置，请根据自己的需要自行设置。

8）程序的调试方法

程序调试的任务是发现和改正程序中的错误，使程序能够正常运行。下面以在 Visual C++ 6.0 中计算两个整数之和程序为例，来学习程序常用的调试方法。错误程序如下：

```
main( )
{   int   a = 10 , b = 20
    s = a + b ;
    print(" s = %d \n", s ) ;
}
```

（1）输入程序：在 Visual C++ 6.0 中输入上述错误程序，然后编译程序。编译出错结果界面如图 2-23 所示。

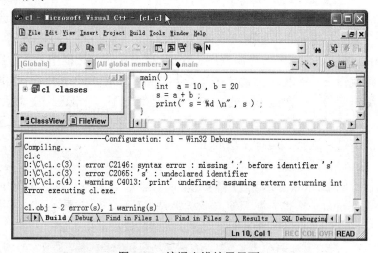

图 2-23　编译出错结果界面

在图 2-23 下方的调试信息窗口中，可以看到编译信息（若不能看到，可用鼠标单击调试信息窗口右侧滚动条上的向上箭头）。编译信息指出源程序有两个 error（错误）和一个 warning（警告）。

error 类错误是致命错误，必须要改，否则编译不能通过；warning 类错误是轻微错误，一般不影响程序的编译和连接，但有可能影响程序的运行结果，也应尽量改正，使程序既无 error，又无 warning。

（2）修改错误：编译出错信息通常给出了错误的位置（行数）和错误的性质（错误信息及代码），大家可据此修改程序中的错误，也可用下述方法进行错误修改：

① 修改第 1 个错误。

调试信息窗口的第 1 个 "error" 显示：missing ';' before identifier 's' ，意为：程序第 3 行，在标识符 's' 之前缺少分号 ";"。

双击该（error）报错行，这时在程序编辑窗口出现一粗箭头指向被报错的程序行（第 3 行），提示改错位置，如图 2-24 所示。

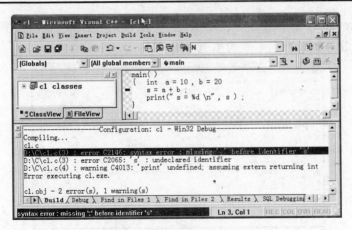

图 2-24　报错信息及位置显示

经检查，发现是程序的第 2 行最后少了分号，在第 2 行最后加上分号（注意，缺少分号的错误一般出现在报错行的上一行）。

②　修改第 2 个错误。

第 2 个"出错信息"显示：undeclared identifier ，意为：程序第 3 行，'s'是个未声明的标识符。

双击该（error）报错行，粗箭头指向第 3 行，提示改错位置。检查程序，发现变量 s 在使用之前未定义。修改程序，补上变量 s 的定义，也可将第 2 行定义语句改为"int　a，b，s；"。

用上述方法修改完所有错误，然后重新编译程序，编译结果如图 2-25 所示。也可每修改一个错误，就重新编译一次程序。

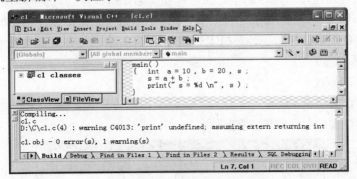

图 2-25　编译结果界面

从图 2-25 中可以看出，现在程序有 0 个错误，1 个警告。

警告信息显示：'print' undefined; assuming extern returning int ，意为：'print'未定义。

修改程序，将"print"改为"printf"，并在程序的第 1 行加上头文件包含命令：

　　# include　"stdio.h" 。

再重新编译程序，编译结果如图 2-26 所示。

从图 2-26 中可以看出，现在程序没有语法错误，编译通过，可以继续连接生成可执行程序，然后运行程序，得到运行结果。

在 Visual C++ 6.0 及其他编译系统中，提供了调试（debug）工具，我们可以在程序中设置断点（breakpoint），让程序运行到断点处停下来，以方便我们观察程序的运行状态（有关断点的设置及操作，请参见本书的第 10 章）。

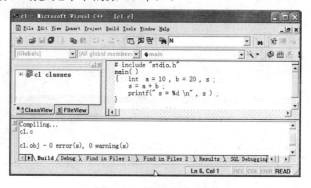

图 2-26　编译成功界面

9）退出 Visual C++ 6.0

单击【X（关闭）】按钮或选择【File（文件）】|【Exit（退出）】命令，退出 Visual C++ 6.0。

💡 提示：

① 编译、连接后生成的可执行程序 c1.exe，可以在 Windows 资源管理器中直接双击运行。

② 编译、连接、运行均可使用快捷键。

3．Win-TC 上机操作介绍

Win-TC 是基于 Windows 环境下的 TC，采用 TC2 为编译内核，具有 Windows 的图形界面操作功能，可以使用鼠标、菜单、工具按钮、剪贴板等操作，操作简单，使用方便。

下面仍以编程计算"10 + 20"为示例，介绍在 Win-TC 下 C 程序的上机操作过程。

启动 Win-TC 之前，首先在计算机上安装 Win-TC，安装方法同其他应用程序。建议安装在默认路径下（C:\）。

（1）启动 Win-TC

打开 Win-TC 文件夹，找到 Win-TC 应用程序，图标为 🖥 的文件，双击即可启动 Win-TC。启动后的 Win-TC 窗口界面如图 2-27 所示。

图 2-27　Win-TC 窗口界面

在 Win-TC 的菜单栏中有 5 个菜单项，分别是文件、编辑、运行、超级工具集和帮助。窗口的上部为程序编辑区，下部为输出信息区。

（2）输入、编辑源程序

在程序编辑区的 main() 函数中，输入源程序相关语句即可。输入源程序后的界面如图 2-28 所示。保存源程序用【文件】|【文件另存为】命令，将程序以另一个名字保存。

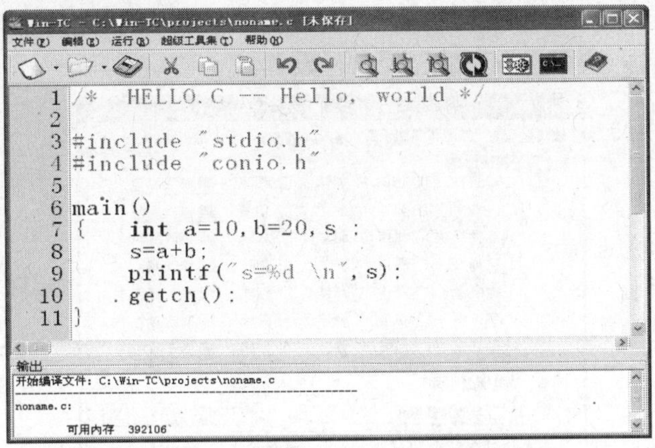

图 2-28 在 Win-TC 中输入的源程序界面

说明：

① main( ) 函数的结构已给出，不需再输入。

② getch( ) 语句可以暂停程序的运行，用以查看运行结果。因此，在主函数的最后，应该加一条 "getch( );" 语句，如果有此语句，请不要删去，否则将看不到运行结果。

（3）编译、连接、运行源程序

单击工具栏中的▇（编译连接并运行）按钮，或使用菜单栏中的【运行】|【编译连接并运行】命令编译运行程序。也可以使用工具栏中的▇（编译连接）按钮，或使用菜单栏中的【运行】|【编译连接】命令编译程序，编译成功后，可用▇按钮或【编译连接并运行】命令运行程序。

编译时，若不成功，系统则给出编译失败的提示信息，并在输出信息区给出错误提示信息，如图 2-29 所示，然后将可能出现错误的程序行以高亮显示，以提示用户进行修改。若编译成功，系统则给出编译成功的提示信息，如图 2-30 所示。

编译成功后，用户即可运行程序。运行程序的结果界面如图 2-31 所示。按任意键即可返回到程序编辑界面。

图 2-29 "编译失败"提示信息

图 2-30 "编译成功"提示信息

图 2-31 运行程序结果界面

（4）输入、编辑下一个源程序

在源程序编辑区，保留上一个源程序的头文件、main( ) 函数结构和 getch( ) 语句，删除

【高职高专新课程体系规划教材·计算机系列】

其余代码，编辑下一个源程序即可。也可选择【文件】|【新建文件】命令，编辑下一个源程序，此时，需要输入头文件、main( )函数和 getch( )语句等，比较麻烦。建议用前述方法。

（5）字体格式的设置

在菜单栏中选择【编辑】|【编辑配置】命令，打开【编辑配置】对话框，选择【颜色和字体设置】选项卡，如图 2-32 所示。在【字体设置】下拉列表框中选择字体，在【字体大小】数值框中设置字体大小，还可在该对话框中设置背景、语法加亮的颜色。

其他选项的设置，请根据自己的需要自行设置。

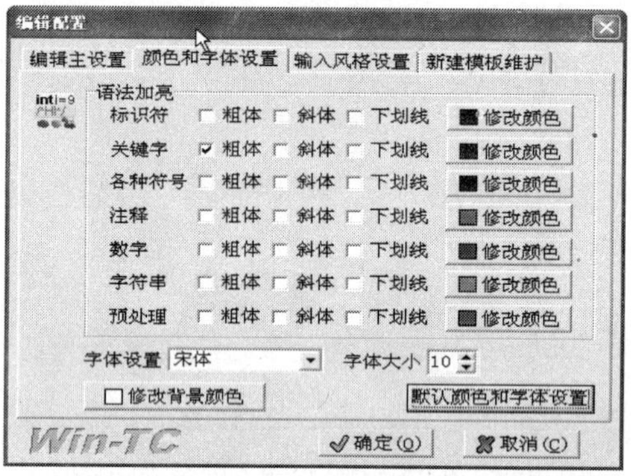

图 2-32　【颜色和字体设置】选项卡

（6）在程序中使用中文

若要在源程序中使用中文，请在【字体设置】下拉列表框中选择一种中文字体，如宋体。这样，在源程序中就可以使用汉字了，但程序的运行结果将不能正确显示汉字。

要让程序的运行结果正常显示中文，则需要启动中文 DOS。使用菜单栏中的【超级工具集】|【中文 DOS 工具】命令，运行编译后的 EXE 程序即可。

（7）退出 Win-TC

选择【文件】|【退出】命令，或单击【关闭】按钮，即可退出 Win-TC。

三、实验内容

1．验证性实验（输入并运行下面程序，回答题后问题，完成题后操作）

（1）

```
# include   <stdio.h>
main( )
{   int   a = 12 , b = 34 , s ;
    s = a + b ;
    printf( " s = %d \n " , s ) ;
}
```

　① 程序的输出结果是＿＿＿＿＿＿＿＿＿＿＿＿。

　② 编译、连接程序用＿＿＿＿＿＿＿＿＿＿，运行程序用＿＿＿＿＿＿＿。

　③ 将程序保存到默认路径下，文件名为 c_1.c。

　④ 请将程序改为实现计算：120 + 13。

（2）

```
# include    <stdio.h>
main( )
{   int   a , b , s ;
    scanf( "%d , %d" , &a , &b ) ;
    s = a + b ;
    printf( "s = %d \n" , s ) ;
}
```

① 运行程序，输入数据"12,34✓"，输出结果是＿＿＿＿＿＿＿＿＿。

② 这个程序与上面程序的区别是＿＿＿＿＿＿＿＿＿。

③ 将语句"scanf("%d , %d" , &a , &b) ;"改为"scanf("%d%d" , &a , &b) ;"输入的数据仍为 12 和 34，正确的输入为＿＿＿＿＿＿＿＿＿。

④ 将程序保存到默认路径下，文件名为 c_2.c，用＿＿＿＿＿＿＿＿＿菜单命令。

（3）

```
# include    <stdio.h>
main( )
{   int   a , b ;
    scanf( " %2d %3d" , &a , &b ) ;
    printf( " a = %-5d , b = %5d \n" , a , b ) ;
}
```

① 若输入"123456789✓"，变量 a , b 的值分别为＿＿＿＿＿＿＿＿。

② 程序的运行结果是＿＿＿＿＿＿＿＿＿＿。

③ 在 printf( )函数中，%-5d 与%5d 的区别是＿＿＿＿＿＿＿＿＿。

（4）

```
# include    <stdio.h>
main( )
{   float   x , y ;
    scanf("%f , %f" , &x , &y ) ;
    printf( " x = %f , y = %.2f \n" , x , y ) ;
}
```

① 若要使 x 的值为 1.234，y 的值为 56.789，正确的输入为＿＿＿＿＿＿＿。

② 程序的运行结果是＿＿＿＿＿＿＿＿＿＿。

③ 在 printf( )函数中，%.2f 的作用是＿＿＿＿＿＿＿＿。

2．设计性实验

（1）编程将 17 按八进制、十进制、十六进制输出。

（2）编程计算：11 + 22 + 33。

（3）编程实现从键盘输入任意两个实数，求其和并输出。

（4）编程输出字符 A 及其 ASCII 码值。

3．实验总结

（1）写出 C 程序的上机步骤及常用命令或快捷按钮。

【高职高专新课程体系规划教材·计算机系列】

（2）在上机实验中，你常犯的错误有哪些？应注意什么？

实验任务 2　顺序结构程序设计

知识与技能：

☑　顺序结构程序设计
☑　程序调试方法

一、实验目的

（1）进一步熟悉 C 语言的上机环境和 C 程序的上机操作过程。
（2）掌握 printf( )和 scanf( )函数的使用方法。
（3）掌握 C 语言的算术、赋值、逗号运算符及运算规则。
（4）掌握顺序结构程序设计的方法。

二、实验内容

1. 验证性实验（输入并运行下面程序，回答题后问题，完成题后操作。）
（1）求 3 个任意整数的和及平均值（平均值保留小数两位）。

```
# include   <stdio.h>
main( )
{   int   a,b,c,s;
    float   ave;
    scanf("%d,%d,%d", &a, &b, &c);
    s = a + b + c;    ave = s/3.0f;
    printf(" s = %d, ave = %.2f \n", s, ave);
}
```

① 运行程序，输入数据_____，输出为_____。
② 变量 s 的类型是_____，输出格式是_____。变量 ave 的类型是_____，
输出格式是_____，若要输出 3 位小数，使用_____格式。
③ s/3.0f 与 s/3 的区别是_____。

（2）阅读分析下面程序。

```
# include   <stdio.h>
main( )
{   int   num,a,b,c;
    scanf( "%d", &num);
    a = num/100;    b = (num/10)%10;    c = num%10;
    printf( " a = %d, b = %d, c = %d \n", a, b, c);
}
```

① 运行程序，输入"123↙"，输出为_____。
② 求任意一个 3 位数的个位数、十位数、百位数的方法是：
个位数：_____，十位数：_____，百位数：_____。

（3）阅读分析下面程序。

```
# include    <stdio.h>
main( )
{    char   c1 = '1', c2 = 'A' ;                        /* '1'中的是数字1 /*
     int   a , b ;
     a = c1 +10 ;    b = c2 + 32 ;
     printf(" c1 = %c , %d ;    a = %c , %d \n " , c1 , c1 , a , a );
     printf(" c2 = %c , %d ;    b = %c , %d \n " , c2 , c2 , b , b );
}
```

① 程序的输出结果是_____。

② '1' 的值是_____，'A' 的值是_____。c2 + 32 的值是_____。

③ 将 c2 中的大写字母转换为小写字母的方法是_____。

2．设计性实验

（1）编写程序，计算一个学生某门课程的总评分。分数比例为：平时分占 20%，实验分占 30%，考试分占 50%，平时、实验、考试分数由键盘输入，分数比例定义成符号常量。

（2）从键盘输入一个任意的两位整数，拆分出其中的个位数和十位数，然后将其交换，组成一个新数输出。

（3）利用 rand( )函数，产生两个 0~100 之内的随机整数，为小学生出一道加法题。要求每次运行程序后的题目不一样（题目样式为：12 + 37 = ）。

3．实验总结

（1）写出顺序结构程序设计的步骤。总结 printf( )和 scanf( )的常用格式。

（2）符号常量定义的方法为_____。

（3）对于字符型数据，若要输出字符本身，可用_____方法实现；若要输出其 ASCII 值，可用_____方法实现。

（4）使用 rand( )函数时，应在程序的开头使用_____，若要给 x 中产生一个 200 ~ 300 之内的随机整数，应使用语句_____。

习　题　2

一、选择题

1．以下选项中，合法的一组 C 语言数值常量是（　　）。

    A．28　　3.52　　0x6.f　　　　　　　　B．0.18　　4e1.5　　1/3

    C．12.5　　0xabf　　4.5e+2　　　　　　D．0x8A　　10,000　　3.2e5

2．下列选项中，合法的变量名是（　　）。

    A．1a　　　　　　B．a.1　　　　　　C．a_1　　　　　　D．a-1

3．下列数据中，合法的字符常量是（　　）。

    A．'1'　　　　　　B．"abc"　　　　　　C．a　　　　　　D．"a"

【高职高专新课程体系规划教材·计算机系列】

4. 下列数据中，合法的字符串常量是（　　　）。

    A. '\n'　　　　　　B. "a+b="　　　　　C. a1　　　　　　　D. 'abc'

5. 以下选项中，不能正确表示转义字符的是（　　　）。

    A. \\　　　　　　　B. \x19　　　　　　C. \19　　　　　　D. \0

6. 下列变量声明语句中，不正确的是（　　　）。

    A. int a,b,c;　B. int a=b=1;　　C. int a=1,b;　　D. int a,b=1;

7. 设有语句"char c;"，要将字符 a 赋给变量 c，下列语句中正确的是（　　　）。

    A. c='a';　　　　B. c='97';　　　　C. c="a";　　　　D. c=a;

8. 下列算术运算符中优先级最高的是（　　　）。

    A. *　　　　　　　B. ++　　　　　　C. /　　　　　　　D. %

9. 设有语句"int k=0;"，不能给变量 k 增 1 的表达式是（　　　）。

    A. k++　　　　　B. k+=1　　　　　C. ++k　　　　　D. k+1

10. 设有"int a=4,b=5,t;"，以下不能正确交换两变量值的语句组是（　　　）。

    A. a=b; b=a;　　　　　　　　　B. t=b, b=a, a=t;

    C. t=a; a=b; b=t;　　　　　　　D. t=b; b=a; a=t;

二、填空题

1. C 语言中的标识符只能由 3 种字符组成，分别是_____、_____和_____，且第一个字符必须是_____。

2. 在 C 语言中，一个 char 型数据在内存中占_____字节；一个 int 型数据在内存中占_____字节；一个 float 型数据在内存中占_____字节。

3. C 程序的 3 种基本结构是_____、_____和_____。

4. 语句"# define　A　11"的作用是_____。

5. 在 C 语言中，字符串的结束标记是_____。"12+34\n" 在内存中占_____个字节。

6. 能正确计算 $y = 2\sqrt{3x+1} + \dfrac{a \cdot b}{2(a+b)}$ 的语句是_____。

7. 表达式 3.2 − 7 / 3 + 7 % 3 的值是_____。

8. 设有"float x,y;"，执行了语句"x=1.6,y=x+3/2;"后，y 的值为_____。

9. 执行了表达式"x=2,x+3"后，x 的值为_____。

10. 设有"int a=2,b=3;"则计算并输出 a、b 平均值的语句是_____。

三、阅读下面程序，写出运行结果，并回答题后问题

1. 下面程序的输出结果为_____。

```
# include  <stdio.h>
main( )
{   int  a=11,b=011,s;
    s=a+b;
    printf( "%d + %d = %d \n", a, b, s);
}
```

  ① 变量 a、b 的类型为_____，值分别为_____。

  ② 整型变量的定义方法为_____。

  ③ 输出整型数据常用_____函数的_____格式。

2．下面程序的输出结果为_____。

```
# include <stdio.h>
main( )
{   float   x = 3.5f , y = 5.4f ;
    x = 2 ;   y = 4 ;
    printf( " x = %f , y = %f \n " , x , y ) ;
}
```

  ① 变量 x，y 的数据类型是_____。

  ② 若给某个变量多次赋值，该变量取_____。

  ③ 实型数据输出常用_____函数的_____格式。

3．若输入的数据为"11 , 33↙"，下面程序的输出结果是_____。

```
# include <stdio.h>
main( )
{   int   x1 , x2 , t ;
    scanf( " %d , %d " , &x1 , &x2 ) ;
    printf( " x1 = %d , x2 = %d \n " , x1 , x2 ) ;
    t = x1 ;   x1 = x2 ;   x2 = t ;
    printf( " x1 = %d , x2 = %d \n " , x1 , x2 ) ;
}
```

  ① 程序实现的功能是_____。

  ② 若将输入语句改为"scanf(" x1=%d , x2=%d " , &x1 , &x2) ; "，正确输入数据的方法为_____。

4．下面程序的输出结果为_____。

```
# include <stdio.h>
main( )
{   char   s1 = '1' , s2 = 'B' ;
    printf( " %c , %d , %c , %d \n " , s1 , s1 , s2 , s2 ) ;
}
```

  ① 变量 s1 中存放的是_____，变量 s2 中存放的是_____。

  ② 在该程序中，%c 格式用于输出_____，%d 格式用于输出_____。

5．下面程序的输出结果为_____。

```
# include <stdio.h>
main( )
{   int   x = 3 , y = 5 ;   y++ ;
    printf( " %d , %d \n " , ( x , y ) , x = ++y ) ;
    printf( " x = %d , y = %d " , x , y ) ;
}
```

【高职高专新课程体系规划教材·计算机系列】

① printf( )函数的计算顺序是_____，输出顺序是_____ 。

② ++y 和 y++对 y 而言，作用_____。

四、程序设计题

1．从键盘输入一个学生四门课程的成绩，求该生的总分和平均分。

2．为水果小超市编写一个算账程序。已知：苹果 2.8 元/斤，香蕉 2.3 元/斤，梨 1.5 元/斤，橘子 1.2 元/斤。要求：每次能够输入一个顾客购买的各种水果重量，计算并显示出顾客应付钱数，然后再输入顾客的付款数，显示出应找顾客的钱数。

第3章 选择结构程序设计

在生活和工作中，经常会遇到比较、判断的操作。这类操作在程序设计中需要用选择结构来实现。

内容摘要：

- ☑ C语言的关系运算符、关系表达式和逻辑运算符、逻辑表达式
- ☑ if语句的基本用法
- ☑ if语句的嵌套用法
- ☑ switch语句的用法

学习目标：

- ☑ 能够熟练使用关系表达式和逻辑表达式描述一些条件判断
- ☑ 熟练掌握if语句的基本用法
- ☑ 掌握if语句的嵌套用法
- ☑ 能够使用switch语句实现多分支选择结构

 项目3：学生成绩的评定及类型的转换

1．项目功能

（1）判定一个学生一门课程成绩的合法性及是否通过。

（2）判定一个学生多项成绩的合法性及考试是否通过。

（3）将一个学生的等级成绩转换为数值型成绩。

2．项目分解

该项目可分解为两个任务。

任务1：学生成绩的合法性判定及结果评定。

任务2：等级成绩转换为数值型成绩。

3.1 条件的表示及if语句的用法

任务1 学生成绩的合法性判定及结果评定

知识与技能：

- ☑ 使用关系运算符和逻辑运算符表示判定条件
- ☑ 利用if语句实现选择结构

一、任务背景分析

在对学生成绩进行处理时，首先需要对成绩的合法性进行判断，在成绩合法的前提下给出评定结果。这就需要使用 C 语言的关系和逻辑运算符来表示条件，使用 if 语句实现程序的分支选择。

任务分解：

（1）一科成绩的合法性判定。

（2）一科成绩的及格与否评定。

（3）多科成绩的合法性判定及通过与否评定。

二、知识点介绍

在 C 语言中，简单条件通常用关系运算符和关系表达式表示，复杂条件通常用逻辑运算符和逻辑表达式表示。

1．关系运算符和关系表达式

所谓"关系运算"，实际上是"比较运算"，是对两个操作数的值进行比较，判断它们是否满足指定的条件。

1）关系运算符及其优先次序

C 语言提供了下述 6 种关系运算符：

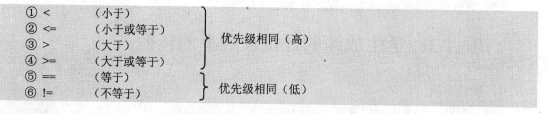

① <	（小于）	
② <=	（小于或等于）	优先级相同（高）
③ >	（大于）	
④ >=	（大于或等于）	
⑤ ==	（等于）	优先级相同（低）
⑥ !=	（不等于）	

说明：

① "等于"关系运算符是双等号"=="，而不是一个等号"="（"="为赋值运算符）。

② 所有关系运算符都是双目的，操作数的类型可以是数值型、字符型、指针类型等。

③ 关系运算符的优先级低于算术运算符、高于赋值运算符。其中，<、<=、>、>=的优先级相同，==、!=的优先级相同，前 4 个运算符的优先级高于后两个运算符。

2）关系表达式

（1）关系表达式：用关系运算符将两个运算对象连接起来所构成的表达式，称为关系表达式。可连接的对象有常量、变量、各种表达式。例如，下面的关系表达式都是合法的：

a>4 , a+b<c-d , (a=3)<=(b=5) , 'a'>='b' , a==10, a%2!=0

（2）关系表达式的值：关系表达式的值是一个逻辑值"真"或"假"。C 语言没有专门的逻辑型数据来表示真假，而是用整数"1"表示逻辑"真"，用"0"表示逻辑"假"。

例如，关系表达式"a>=3"，若条件成立，该表达式的结果为"1"，即逻辑"真"；若条件不成立，该表达式的结果为"0"，即逻辑"假"。

【例 3-1】设有语句"int a = 2，b = 7，c = 15；"，试分析下列表达式的值。

(1) a > b
(2) (a > b) != c
(3) a < b < c
(4) (a < b) + c
(5) 'a' + 1 > 'c'
(6) (a = 2) <= (f = 1)

分析：

(1) 表达式的值为 0。（因为：2 > 7 条件不成立）

(2) 表达式的值为 1。（因为：2 > 7 值为 0，0 不等于 15，条件成立）

(3) 表达式的值为 1。（因为：自左至右计算，a < b 的值为 1，1 < 15 条件成立）

(4) 表达式的值为 16。（因为：a < b 的值为 1，1+15 结果是 16）

(5) 表达式的值为 0。（因为：字符型数据是按其 ASCII 码值参与运算的。表达式进行的是 97 + 1 > 99 的比较，条件不成立）

(6) 表达式的值为 0。（因为：先计算括号后进行比较。故表达式进行的是 2 <= 1 的比较，条件不成立）

【例 3-2】写出进行下列条件判定的 C 语言表达式。

(1) a 等于 2
(2) a 与 b 的和超过了 20
(3) a 是偶数
(4) a 能够被 5 整除

解：

(1) 表达式为：a == 2

(2) 表达式为：(a + b) > 20 或 a + b > 20

(3) 表达式为：a % 2 == 0 或 a % 2 != 1

(4) 表达式为：a % 5 == 0

📖 课堂训练：

请写出判断"(1) a 是奇数；(2) b 不能够被 5 整除"的 C 语言表达式。

💡 提示：

由于 C 语言中用整数"1"表示逻辑"真"，用整数"0"表示逻辑"假"。所以，关系表达式的值，还可以参与其他运算，如算术运算、关系运算。

2. 逻辑运算符和逻辑表达式

1) 逻辑运算符

(1) 逻辑运算符：C 语言提供了下述 3 种逻辑运算符：

&&	逻辑与	（相当于"同时"、"并且"）
||	逻辑或	（相当于"或者"）
!	逻辑非	（相当于"取反"）

其中，"&&"和"||"是双目运算符，如 a && b，a < b || c < d；"！"是单目运算符，结合方向为自右至左，如 !a，! a < b。

(2) 逻辑运算规则：

&&：当两个操作数的值都为"真"时，运算结果为"真"，否则为"假"。即全真为真，见假为假。

‖：当两个操作数的值有一个为"真"时，运算结果为"真"，否则为"假"。即全假为假，见真为真。

！：当操作数的值为"真"时，运算结果为"假"；当操作数的值为"假"时，运算结果为"真"。

设 a、b 为两个操作数，当 a 和 b 取不同值时，各种逻辑运算的真值表如表 3-1 所示。

表 3-1 逻辑运算的真值表

a	b	!a	!b	a && b	a ‖ b
非 0	非 0	0	0	1	1
非 0	0	0	1	0	1
0	非 0	1	0	0	1
0	0	1	1	0	0

（3）逻辑运算的优先次序：

逻辑"非"为单目，其优先级最高，逻辑"与"次之，逻辑"或"最低，即：

！（非） → &&（与） → ‖（或）

（4）部分运算符的优先级：部分运算符的优先级如图 3-1 所示，也可参见附录 C。

括号 → 单目 → 算术运算符 → 关系运算符 → 逻辑运算符 → 赋值运算符 → 逗号
（高）   （低）

图 3-1 部分运算符的优先级顺序

例如：

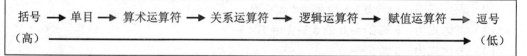

（a > b）&&（x > y）   可写成   a > b && x > y
（a == b）‖（x == y）   可写成   a == b ‖ x == y
（!a）‖（a > b）   可写成   !a ‖ a > b

2）逻辑表达式

（1）逻辑表达式：逻辑表达式是指用逻辑运算符将一个或多个表达式连接起来的式子。在 C 语言中，常用逻辑表达式表示复杂条件，如 a > b && c > d。

再如，闰年的判断条件是，能被 4 整除但不能被 100 整除的年份或者能被 400 整除的年份。用逻辑表达式可表示为：

（year % 4 == 0）&&（year % 100 != 0）‖（year % 400 == 0）

（2）逻辑表达式的值：逻辑表达式是按"真"或"假"进行逻辑运算的。因此，逻辑表达式的值也是一个逻辑值，即"真"或"假"。在 C 语言中，逻辑表达式的值若为"真"，用"1"表示；若为"假"，用"0"表示。

（3）逻辑表达式中"真"、"假"的判别方法：在进行逻辑运算时，对于运算量的"真"、

"假"判别方法，C 语言规定如下：

若运算量为关系表达式，当给定的关系成立时，用"真"表示，否则用"假"表示。若运算量为常量、变量或数学表达式，如 1+3 && a、! 5 等，"真"、"假"的判别方法为：将非 0 取为真，将 0 取为假。

【例 3-3】 设有语句 "int　a = 3 , b = 5;"，求下列表达式的值。

(1) !(a > b)　　　　　　　　　(2) a && b > 0

(3) a > 3 && b < 10　　　　　　(4) 'c' +1 || a + b

解：

(1) 先做 a > b，再做非运算。因为 a > b 为假，值为 0，故表达式（1）的结果为 1。

(2) 先判断 a 的值非 0，再判断表达式 b > 0 为真，值为 1，故表达式（2）的结果为 1。

(3) 分别判断 a > 3 的结果为 0，故表达式（3）逻辑与的结果为 0。

(4) 'c' 的 ASCII 值加 1 后不等于 0，故表达式（4）的结果为 1。

 课堂思考：

a >= 0 && b >= 0 和 a >= 0 && a <= 10 表示的数学关系是什么？

【例 3-4】 用关系、逻辑表达式写出下面要求的 C 语言表达式。

(1) 判断字符变量 ch 是否为英文字母。

(2) 判断 3 个实数 a、b、c 能否组成一个三角形。

(3) 判断一个整数 x 能否同时被 5 和 7 整除。

(4) 判断一个整数 x 在 0 ~ 10 之间，包含 0，不包含 10。

解：

(1) 英文字母包含大写、小写字母，即介于 'A' ~ 'Z' 或 'a' ~ 'z' 之间。也可用字符的 ASCII 码值判断，即值介于 65 ~ 90 或者 97 ~ 122 之间。因此，表达式为：

```
    ( ch >= 'A' && ch <= 'Z' ) || ( ch >= 'a' && ch <= 'z' )
或  ch >= 65 && ch <= 90 || ch >= 97 && ch <= 122
```

(2) 三条边构成三角形的充分必要条件是"任意两边之和大于第三边，三条边长都必须大于 0"，因此，合法的表达式为：

```
    a > 0 && b > 0 && c > 0 && a + b > c && a + c > b && b + c > a
或  ( a > 0 && b > 0 && c > 0 ) && !( ( a + b <= c ) || ( a + c <= b ) || ( b + c <= a ) )
```

(3) 整数 x 能同时被 5 和 7 整除，应使用逻辑与实现。合法的表达式为：

```
x % 5 == 0  &&  x % 7 == 0    或者    !( x % 5 || x % 7 )
```

(4) 整数 x 大于等于 0 并且小于 10，应使用逻辑与连接两个关系运算，表达式为：

```
x >= 0 && x < 10
```

高职高专新课程体系规划教材·计算机系列

课堂思考：

① 如何判断一个字符是否是非数字字符？

② 请写出对一元二次方程实根的判定表达式。

3．用 if 语句实现选择结构

在 C 语言中，if 语句可以实现条件的选择操作。if 语句有单分支和双分支两种形式。

1）if 语句的一般形式

（1）单分支 if 语句：if 语句的单分支形式为：

if(表达式)　语句；

例如：

if(a>b)　max=a;

（2）双分支 if 语句：if 语句的双分支形式为：

if(表达式)　语句1；
else　语句2；

例如：

if(a>b)　max=a;
else　　max=b;

2）if 语句的执行过程

（1）单分支 if 语句：先计算表达式的值，当表达式的值为非 0（即"真"）时，执行语句1；若表达式的值为 0（即"假"）时，则直接转去执行 if 的下一条语句。执行过程如图 3-2（a）所示。

（2）双分支 if 语句：先计算表达式的值，当表达式的值为非 0（即"真"）时，执行语句1；若表达式的值为 0（即"假"）时，执行语句2。执行完语句1或语句2后，继续执行该 if 语句的下一条语句。执行过程如图 3-2（b）所示。

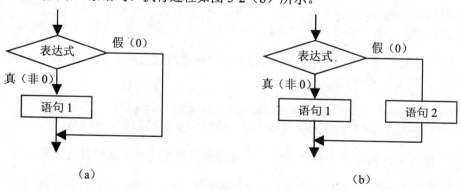

图 3-2　if 语句的执行过程

说明：

① if 语句中的表达式必须用一对小括号括起来，一般为关系或逻辑表达式，也可以是

高职高专新课程体系规划教材·计算机系列

其他类型的表达式（如常量、变量或赋值表达式）等，表达式的值按"非 0 为真"判定。

例如：

if(0)：表达式的值是常量 0，条件为假。if(−3)：由于−3 为非零值，条件为真。

if(a = 0)：不管变量 a 原值为多少，将 0 赋给 a 后，a 的值为 0，表达式的值也为 0，所以条件为假。

② 对于双分支的 if 语句，else 必须与 if 配对使用，不能单独使用。

③ 语句 1 和语句 2 为多条语句时，必须使用复合语句形式（即加大括号）。例如：

```
if( a > b )   {   max = a ;   F = 1 ;  }
else          {   max = b ;   F = 0 ;  }
```

【例 3-5】从键盘输入任意一个整数，求其绝对值并输出。

程序如下：

```
# include    <stdio.h>
main( )
{   int  x , y ;
    printf("Please input a number (int): ") ;
    scanf("%d" , &x ) ;
    y = x ;
    if  ( y < 0 )  y = −y ;
    printf(" \n x = %d      y = %d \n" , x , y ) ;
}
```

运行程序，显示：

Please input a number (int): （在此输入数据）−15✓

输出：

x = −15   y = 15

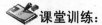课堂训练：

请写出用双分支 if 语句实现的程序。

【例 3-6】从键盘输入任意两个整数，输出其中较大的一个数。

分析：要在两个数中找出较大的一个数，必须要对两个数进行比较。需要定义 3 个变量，即 a、b 和 max。其中，a、b 用于存放键盘输入的两个数，max 用于存放比较找出的大数。根据 if 语句的不同格式，我们给出两种程序以供参考。

程序 1：（使用 if-else 语句形式）

```
# include    <stdio.h>
main( )
{   int  a , b , max ;
    printf(" Input  two  numbers :") ;        /*  输出提示信息 */
    scanf("%d , %d" , &a , &b ) ;             /*  输入 a ,b 的值 */
    if( a > b )   max = a ;
```

【高职高专新课程体系规划教材·计算机系列】

```
    else    max = b ;
        printf("The max number is %d \n", max );
}
```

程序 2：（使用单分支 if 语句形式。先假设 a 的值较大，将其赋给 max，然后用 max 与 b 进行判断，如果 max < b，再将 b 的值赋给 max）

```
# include  <stdio.h>
main( )
{   int  a , b , max ;
    printf(" Input two numbers :" );
    scanf("%d ,%d" , &a , &b );
    max = a ;
    if( max < b )   max = b ;
    printf("The max number is %d \n", max );
}
```

课堂思考：

① 在上述程序的基础上，如何将大数放入 a 中，小数放入 b 中？

② 如何求 3 个数中的最大数？

4．if 语句的嵌套形式

if 语句嵌套的一般形式如下：

```
if (      )
    ┌if (      )  语句1  ┐内嵌 if
    └else         语句2  ┘
else
    ┌if (      )  语句3  ┐内嵌 if
    └else         语句4  ┘
```

说明：

① if 语句允许嵌套，但嵌套层数不宜太多。在编程时，应将嵌套层数控制在 2~3 层。

②"语句 1"和"语句 2"，可以是一个简单语句，也可以是一个复合语句。若是复合语句，一定要加括号"{ }"。

③ if 语句嵌套时，else 子句与 if 的匹配原则是：从前向后扫描，然后从后往前找，else 子句总是与它前面、距它最近、且尚未匹配的 if 配对，组成一个完整的 if 语句。也可从前往后找。

④ 建议：在使用 if 语句时，为明确关系，避免嵌套错误，书写时请将匹配的 if 和 else 对齐，将内嵌的 if 语句缩进，也可用大括号括起来。

【例 3-7】编程实现从键盘输入任意 3 个整数，按从大到小的顺序输出。

分析： 3 个整数按大小顺序输出，有多种算法，在此介绍其中一种。算法描述如下：

① 设 3 个整数分别存放在 a、b、c 中，先将 a 和 b 比较，把其中的大数给 max，小数给 min。

② 将 c 分别和 max、min 比较，若 c > max，顺序为 c、max、min；若 c < min，顺序

高职高专新课程体系规划教材·计算机系列

为 max、min、c；否则顺序为 max、c、min。程序如下：

```
# include   <stdio.h>
main( )
{   int   a , b , c , max , min ;
    printf("请输入整数a , b , c：  ");
    scanf("%d ,%d ,%d" , &a , &b , &c ) ;
    if( a > b )      {   max = a ;   min = b ;  }
    else             {   max = b ;      min = a ;  }
    if( c > max )    printf(" %d , %d , %d \n" , c , max , min ) ;
    else    if( c < min )    printf(" %d , %d , %d \n" , max , min , c ) ;
        else    printf(" %d , %d , %d \n" , max , c , min ) ;
}
```

运行程序，显示：请输入整数 a , b , c： 4 , 8 , -7✓

输出：

8 , 4 , -7

📖 课堂训练：

画出将 3 个整数按从大到小的顺序存放并输出的流程图，然后写出程序。

【例 3-8】有一分段函数：$y = \begin{cases} x & (x < 0) \\ 3x^2 - 1 & (0 \leqslant x < 10) \\ \sqrt{3x + 1} & (x \geqslant 10) \end{cases}$，请编程实现输入一个任意整数

x 值，输出对应 y 值。

分析：

① 该函数有 3 段，用一个双分支 if 语句不能实现，需要用嵌套的 if 语句实现。

② 算法流程图如图 3-3 所示。

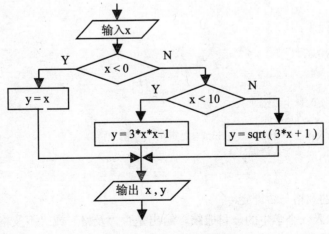

图 3-3 【例 3-8】流程图

【高职高专新课程体系规划教材·计算机系列】

③ 由于 x 为整数，计算 y 值应取为实型，在赋值时最好进行数据类型的转换。

④ 由于用到了 sqrt( )函数，因此要加头文件<math.h>。程序如下：

```
# include   <stdio.h>
# include   <math.h>
main( )
{   int   x ;
    float   y ;
    scanf("%d" , &x ) ;
    if( x < 0 )   y =( float ) x ;
    else   {   if  ( x < 10 )   y = ( float )(3*x*x – 1 );       /* x >= 0且x < 10时 */
               else   y = ( float ) sqrt ( 3*x + 1 );           /* x >= 10时 */
           }
    printf(" x = %d ，y = %.2f \n ", x , y ) ;
}
```

运行程序，输入：–5↙

输出：

x = –5 ，y = –5.00

 课堂思考：

该程序可用多种流程实现，请画出其他流程实现的流程图。

三、任务的实现

1）一科成绩的合法性判定

任务描述： 判断输入的成绩是否在 0 ~100 之间，若在，输出"成绩输入正确"，否则输出"成绩输入错误"。

（1）分析：成绩合法性判定，可用表达式：sc >= 0 && sc <= 100，用双分支 if 语句实现。

（2）实现的程序：

```
# include   <stdio.h>
main( )
{   int   sc ;
    printf(" \n请输入学生成绩: " ) ;
    scanf("%d" , &sc ) ;
    if  ( sc >= 0 && sc<= 100 )      printf("成绩输入正确！" ) ;
    else   printf("成绩输入错误！" ) ;
}
```

2）一科成绩的及格与否评定

任务描述： 输入一个学生的一科成绩，给出是否"及格"或"不及格"的评定结果。

（1）分析：用变量 sc 存放学生成绩。成绩及格的条件是 sc>= 60，否则是不及格。

（2）实现的程序：

高职高专新课程体系规划教材·计算机系列

```
# include   <stdio.h>
main( )
{    int   sc ;
     printf(" \n 请输入学生成绩: ") ;
     scanf("%d" , &sc ) ;
     if( sc >= 60 )    printf("及格!") ;
     else   printf("不及格!") ;
}
```

📠 **课堂训练**:

编程实现在成绩合法性的前提下，判定成绩是否及格。

3）多科成绩的合法性判定及通过与否评定

任务描述：学生参加某一类资格认证需要进行 A、B 两科考试，当两科成绩全部合格时（≥60 分）方可获取资格证书，当仅有一项合格时，不能取得资格证书。请根据 A、B 两科成绩，给出明确的结果。

（1）分析：此任务需要对两科成绩进行判断，可以使用逻辑表达式，也可用嵌套的 if 语句。

（2）实现的程序：

```
# include   <stdio.h>
main( )
{    int   sc_A , sc_B ;                              /* sc_A和sc_B用于存放两科成绩 */
     printf("请输入两科成绩以空格分隔:" ) ;
     scanf("%d%d" , &sc_A , &sc_B ) ;
     if( sc_A >= 60 )                                 /* 判断A科成绩 */
          if( sc_B >= 60 )   printf ("两科通过获取资格证书! \n" ) ;
          else   printf ("A科通过! \n" ) ;
     else
          if( sc_B >= 60 )    printf ("B科通过! \n" ) ;   /* 判断B科成绩 */
          else    printf ("两科均未通过! \n" ) ;
}
```

（3）运行结果：

运行程序，显示：请输入两科成绩以空格分隔：45　85↙

输出结果：

B科通过!

📠 **课堂训练**:

请用另外的方法实现上述程序功能。

四、知识扩展

1. 逻辑运算"短路"情况

在进行逻辑表达式的求解时，并不是所有运算都被执行，而是当某个运算使整个表达

【高职高专新课程体系规划教材·计算机系列】

式的值有了确定的结果时，其后的运算就不再进行。这被称为"逻辑短路"。具体情况如下：

① a && b && c。若a为假，此时整个表达式已确定为假，就不再判别b和c。只有a为真（非0）时，才需要判别b的值；只有a和b都为真的情况下才需要判别c的值。

② a || b || c。只要a为真（非0），就不必判断b和c，即可知道整个表达式结果为真。只有a为假，才判别b。只有a和b都为假，才判别c。

【例3-9】分析阅读下面程序，写出运行结果。程序如下：

```
# include    <stdio.h>
main( )
{    nt  a = 0, b = 2, c = 1, d = 3;
     c = a && ( ++b);   d = b || ( ++a);
     printf("%d,%d,%d,%d\n", a, b, c, d);
}
```

· 分析：在执行"c = a && (++b)"语句时，因为a为0，取逻辑假，整个表达式的结果已确定为0，因此，不再做++b的运算，故c的值为0，b的值不变仍为2。在执行"c = b || (++a)"语句时，同理，变量b的值使表达式的结果为1，因此，不再做++a的运算，变量a的值仍为0。运行结果如下：

```
0,2,0,1
```

2．条件运算符与条件表达式

在程序设计中，经常会碰到类似这样的运算，如有a、b两个数，求其中的大数。在C语言中，有一个运算符能够实现这种简单的运算，这就是C中唯一的三目运算符——条件运算符。

（1）条件表达式的一般形式

条件表达式由条件运算符和3个表达式构成，一般形式如下：

表达式1？表达式 2：表达式3

其中，表达式1、表达式2、表达式3可以是任何符合C语法规定的表达式，但不能是语句。例如：

```
(x > 0) ? 1 : -1               （ 正确 ）
(a > b) ? (max = a) : (max = b)    （ 正确 ）
(a > b) ? (max = a; ) : (max = b; )  （ 错误 ）
```

（2）运算规则

第1步：求解表达式1。

第2步：判别表达式1的值。若表达式1的值为真（非0），则求解表达式2，并将表达式2的值作为整个条件表达式的值；若表达式1的值为假（0），则求解表达式3，并将表达式3的值作为整个条件表达式的值。其执行过程如图3-4所示。

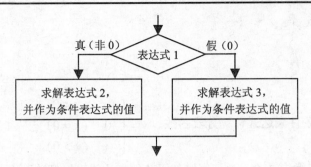

图 3-4　条件运算符的执行过程

（3）运算符的优先级与结合性

条件运算符的优先级高于赋值运算符，但低于关系运算符和算术运算符。其结合性为自右到左（即右结合性）。

例如，求 a , b 两数中的大数，可以表示成：

max = (a > b) ? a : b 　或　(a > b) ? (max = a) : (max = b)　或　max = a > b ? a : b

💡 提示：

由于赋值、逗号运算符优先级别低，当条件表达式中的任何一个表达式为赋值表达式或逗号表达式时，一定要加小括号，否则出错。

【例 3-10】从键盘输入任意两个整数，使用条件表达式判断，输出其中较大的一个数。

程序如下：

```c
# include   <stdio.h>
main( )
{   int  a , b , max ;
    scanf("%d , %d" , &a , &b ) ;
    max = ( a > b ) ? a : b ;
    printf("The  max  number  is %d \n" , max ) ;
}
```

📇 课堂训练：

使用条件表达式实现求一个数的绝对值。

【例 3-11】从键盘输入一个字符，如果它是大写字母，则将其转换成小写字母输出，否则直接输出。

程序如下：

```c
# include   <stdio.h>
main( )
{   char  ch ;
    scanf("%c" , &ch ) ;                      /* 大小写字母的ASCII码值差32 */
    ch = ( ch >= 'A'  &&  ch <= 'Z' ) ? ( ch + 32 ) : ch ;
    printf(" %c \n " , ch ) ;
}
```

【高职高专新课程体系规划教材·计算机系列】

运行程序，输入：A↙

输出：

a

【例3-12】用条件表达式计算分段函数：$y = \begin{cases} -x & (x<0) \\ 0 & (x=0) \\ x & (x>0) \end{cases}$

分析：该分段函数有3个分支，直接使用条件表达式可以解决两个分支，在C语言中，条件表达式可以嵌套使用。可以将3个分支归纳为两个分支，即 x<0 和 x>=0，再将 x>=0 分解为：x>0 和 x=0 两种情况。程序如下：

```
# include   <stdio.h>
main( )
{   int  x , y ;
    scanf("%d" , &x ) ;
    y = ( x < 0 ) ? ( -1* x ) : ( ( x > 0 ) ? x : 0 ) ;
    printf(" x = %d ,  y = %d \n" , x , y ) ;
}
```

运行程序，输入：-12↙

输出：

x = -12, y = 12

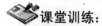 **课堂训练：**

① 写出上面程序计算 y 的其他条件表达式。

② 写出用条件表达式计算分段函数的程序，$y = \begin{cases} 10x+1 & (x>10) \\ -10 & (x \leqslant 10) \end{cases}$。

3．应用举例

【例3-13】某客运部对旅客乘车有如下规定：儿童身高不足 1.1 米可以免票，在 1.1~1.5 米之间的可购买半票，超过 1.5 米须购全票。编程实现输入儿童身高及全票价格，输出该儿童购票价格。

分析：该程序出现了3个分支。假定全票票价为 x，儿童身高为 h，儿童的实际票价为 y，则描述该程序3个分支的分段函数为：

$$y = \begin{cases} 0 & (h<1.1) \\ x/2 & (1.1 \leqslant h < 1.5) \\ x & (h \geqslant 1.5) \end{cases}$$

程序如下：

```
# include   <stdio.h>
main( )
{   float   h , x , y ;
```

```
        printf("请输入全票价格(元): ");
        scanf("%f", &x);
        printf("请输入儿童身高(米): ");
        scanf("%f", &h);
        if (h < 1.1)  y = 0.0f;                    /* 通过对儿童身高的判断计算票价 */
        else  if(h < 1.5)  y = x /2.0f;
         else  y = x;
        printf("儿童应购票价格为: %.2f 元 \n", y);
    }
```

运行程序，输入：请输入全票价格(元): （在此输入数据）85✔

　　　　　　　　请输入儿童身高(米): （在此输入数据）1.21✔

输出：

儿童应购票价格为: 42.50 元

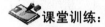**课堂训练：**

课堂训练：请用条件运算符的嵌套形式实现该程序。

本节教学建议：

（1）实验：实验任务 1

（2）作业：一、选择题　1~2，二、填空题，四、编程题 1

3.2　switch 语句的用法

任务 2　等级成绩转化为数值成绩

知识与技能：

☑　switch 语句的用法

☑　多分支程序的设计方法

一、任务背景分析

学生成绩有时会以等级形式给出（如用 A、B、C、D、E 表示），在有些情况下需要将其转换为对应的百分制成绩。使用 if 语句的嵌套形式来解决此类问题会出现嵌套层次过多、程序冗长等问题。在 C 语言中，使用 switch 语句来处理多分支选择结构，程序简明、可读性好。

二、知识点介绍

1. switch 语句

（1）switch 语句的一般形式：

```
switch( 表达式 )
{   case   常量表达式1：   语句组1；
    case   常量表达式2：   语句组2；
    …
    case   常量表达式n：   语句组n；
    [ default   ：  语句组n+1；]
}
```

（2）switch 语句执行过程：

① 先计算 switch 后面表达式的值。

② 将表达式的值，自上而下地与 case 子句后面的常量表达式的值进行比较，若与某一 case 子句后的值相等，就执行该 case 子句后的语句组，然后不再比较判断，继续执行所有 case 子句后的语句组，直到语句结束。

③ 若表达式的值与所有 case 子句后的常量表达式的值都不相等，则执行 default 后面的语句组，然后结束。

switch 语句的执行流程如图 3-5 所示。

说明：

① switch 后面的"表达式"可以是任何类型的 C 语言合法表达式，常用整型或字符型表达式，且表达式必须用"()"括起来，后面没有";"。

② 各 case 子句中的表达式必须是常量表达式，而且应该是整型或字符型，且与 case 之间要留有空格，各 case 子句中的值不能重复。

③ 各 case 子句中的语句组可以是

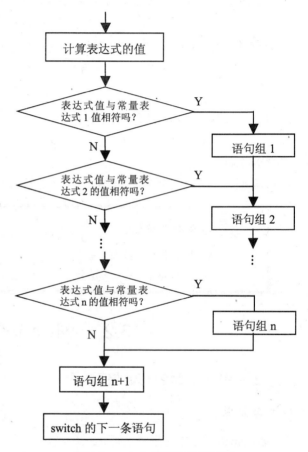

图 3-5　switch 语句的执行过程

一个语句，也可以是多个语句，当是多个语句时，不必加大括号"{ }"。

④ 各 case 子句和 default 的先后次序可以调换，default 子句也可以省略。但有时会影响程序的运行结果。

⑤ 与 if 语句不同，switch 语句若找到了与表达式匹配的 case 子句后，就从此 case 子句开始，执行其后的所有语句组（包括 default 后的语句组），它不能在执行完该 case 子句后自动跳出 switch 语句。

⑥ 若希望在执行了某个 case 子句后，不再执行其他 case 子句后的语句组，则应在该 case 子句的语句组后加上 break 语句，以终止 switch 语句。

例如，若希望"case　0"、"case　1"分支都执行语句"y = 0.1 * x ;"后，结束 switch 语句，则可这样：

```
case   0 :
case   1 :   y = 0.1 * x ;    break ;
```

【例 3-14】编程实现：根据从键盘输入的算术运算符（ +、–、*、/ ），为小学生出一道对应的算术题。

分析：键盘输入的算术运算符通常为字符，用字符型变量 ch 存放；一道算术题通常需要两个数据，用整型变量 a、b 存放。该程序有 4 种情况需要判断，在此用 switch 语句实现。程序如下：

```
# include   <stdio.h>
main( )
{   int   a , b ;
    char   ch ;
    scanf("%c" , &ch ) ;
    srand( ( unsigned ) time ( NULL ) ) ;      /* 也可用srand( time ( NULL ) ) ; */
    a = rand( ) %10 ;    b = rand( ) %10 ;
    switch( ch )
    {   case  '+'  :   printf(" %d + %d =  " , a , b ) ;      break ;
        case  '-'  :   printf(" %d – %d =  " , a , b ) ;      break ;
        case  '*'  :   printf(" %d * %d =  " , a , b ) ;      break ;
        case  '/'  :   printf(" %d / %d =  " , a , b ) ;      break ;
        default   :    printf(" 输入有错！ \n" ) ;
    }
}
```

课堂训练：

请用 1、2、3、4 选择加、减、乘、除算术题。

2. switch 语句的嵌套用法

在 switch 语句中可以嵌套 switch 语句。但需要注意 break 语句的位置，break 语句只终止其所在的 switch 语句。

【例 3-15】阅读分析下面程序，写出运行结果。程序如下：

```
# include   <stdio.h>
main( )
{   int   a , b , c ;   a = 1 ;   b = 2 ;   c = 3 ;
    switch( a )
    {   case   0 :  switch( b )
                    {   case  1 :  printf( " ! " ) ;  break ;
                        case  2 :   printf( " @ " ) ;
                    }  break ;                          /* 注意此处的break语句！ */
        case   1 :  switch( c ==3 )
                    {   case   0 :  printf(" # " ) ;   break ;
```

```
                    case  1 :   printf(" $ ") ;  break ;
                    default :   printf(" * ") ;
            }
        }
    }
```

分析：由于变量 a 的值为 1，程序执行时首先根据 a 的值 1 进入到 switch(a)的 case 1 子句中，此处嵌套了一个 switch(c ==3)语句，执行此 switch 语句，由于表达式 c ==3 为真（值为 1），故进入 switch(c ==3)中 case 1 的子句中，输出结果为：$ 。

课堂训练：

① 请写出 a = 1, b = 2, c = 0 时程序的运行结果。

② 去掉程序中第 8 行的 break 语句（给出注释的那一句）后，请写出运行结果。

3. 应用举例

【例 3-16】已知某公司员工的基本工资为 800，绩效工资按每月销售额（profit）提成，利润提成的比例（d）如下（单位：元），请编程计算员工的月工资。

$$\begin{cases} profit <1000 & \text{没有提成} \\ 1000 <= profit < 2000 & \text{提成 10\%} \quad (profit-1000)*10\% \\ 2000 <= profit < 5000 & \text{提成 15\%} \quad (profit-2000)*15\%+1000*10\% \\ profit >=5000 & \text{提成 20\%} \quad (profit-5000)*20\%+3000*15\%+1000*10\% \end{cases}$$

分析：该题目出现多个分支，可选用 switch 语句，但每个分支中的数值变化范围太大，分析这些数据可以发现，利润提成变化点的销售额都是 1000 的整数倍，若将销售额 profit 整除 1000，其商就只有几个整数（0～5），分支中的数值变化范围大大缩小，用此作为 switch 语句中的常量表达式，可使 switch 语句大大简化。

销售额、销售额/1000、提成比例、提成工资与相关变量的对应关系，如表 3-2 所示。

表 3-2 【例 3-16】相关变量及对应关系表

销售额（profit）	grade = 销售额/1000	提成比例	提成工资（gz3）计算公式
0～1000	0	d1 = 0	0
1000～2000	1	d2 = 0.1	(profit−1000) * d2
2000～5000	2、3、4	d3 = 0.15	(profit−2000)*d3 + 1000*d2
5000 以上	5	d4 = 0.20	(profit−5000)*d4+3000*d3+1000*d2
为负数	grade = −1	输入非法，无提成比例，不计算提成工资	

程序如下：

```
# include   <stdio.h>
main( )
{   long   profit ;              /* profit存放销售额 */
    double  d1, d2, d3, d4 ;     /* d1~d4存放提成比例 */
    int  grade ;                 /* grade存放销售额整除1000后的值 */
    double  gz1, gz2, gz3 ;      /* gz1、gz2、gz3分别存放基本工资、提成工资、月工资 */
```

```
gz1 = 800 ;
printf( "请输入销售额: ") ;    scanf("%ld" , &profit ) ;
if  ( profit >= 5000 )   grade = 5 ;
else   grade = profit / 1000 ;          /* 将销售额整除1000，转化成case子句中的常量 */
switch( grade )
{    case  0:  d1 = 0.0 ;    gz2 = 0 ;  break ;
     case  1:  d2 = 0.10 ;    gz2 = ( profit −1000 ) * d2 ;   break ;
     case  2:
     case  3:
     case  4:  d3 = 0.15 ;   gz2 = (profit −2000 )*d3+ 1000*d2 ;   break ;
     case  5:  d4 = 0.20 ;   gz2 = (profit −5000 )*d4 +3000*d3 + 1000*d2 ;
                 break ;
     default :   grade = −1 ;
}
     if  ( grade == −1 )   printf(" The  profit  input  error! \n ") ;
     else  {    gz3 = gz1 + gz2 ;                      /* 月工资 = 基本工资+提成工资 */
               printf("本月工资为：%.2f \n " , gz3 ) ;
             }
}
```

运行程序，显示：请输入销售额:　4500↙
输出：

```
salary = 1275
```

课堂思考：

在上面程序中，还有什么方法可以检查输入数据的合法性？

三、任务的实现

　　任务描述：已知某课程的成绩用等级（A、B、C、D、E）5 档表示。请从键盘输入一个学生的等级成绩，将该等级成绩转换为一个百分制成绩。转换规则为：

A — 95，B — 85，C — 75，D — 65，E — 45，其他 — −1

　　（1）分析：此任务有 5 个分支，可以使用 switch 来实现。输入的成绩为字符型，用变量 grade 存放；输出的成绩为整型，用变量 cj 存放。若输入有错，使 cj 为−1，并给出"输入有错"的信息。
　　（2）实现的程序：

```
# include  <stdio.h>
main( )
{   char  grade ;   int   cj ;
    printf(" Input  a  grade ( A ~ E ) :") ;
    scanf("%c" , &grade ) ;
    switch( grade )
    {   case  'A' :   cj = 95 ;    break ;
        case  'B' :   cj = 85 ;    break ;
```

高职高专新课程体系规划教材·计算机系列

```
        case  'C':   cj = 75;    break;
        case  'D':   cj = 65;    break;
        case  'E':   cj = 45;    break;
        default   :  cj = -1;
    }
    if ( cj == -1 )    printf(" 输入有错! \n ");
    else   printf(" %c - %d \n ", grade, cj );
}
```

运行程序，显示：Input a grade (A ~ E)：（在此输入）B↙

输出：

B - 85

 课堂训练：

① 请写出将一个百分制成绩转换为等级成绩的程序。

② 画出将一个百分制成绩转换为等级成绩的算法流程图。

> **本节教学建议：**
>
> （1）实验：实验任务2
> （2）作业： 一、选择题　4

3.3　实　　验

实验任务1　if 语句的应用

知识与技能：

☑　用 if 语句实现选择结构

☑　掌握 if 的执行流程

一、实验目的

（1）掌握条件判断的表示方法，学会正确使用关系、逻辑运算符和表达式。

（2）熟练掌握 if 语句的基本使用方法。

二、实验内容

1．验证性实验（验证程序，回答题后问题）

（1）输入、运行下面程序，回答题后问题。程序如下：

```
# include   <stdio.h>
main( )
{   int   a = 1, b = 2, c = 3, d = 4, m = 5, n = 6;
    printf(" %d, %d \n ", a > b, c != d);
```

```
        printf(" %d \n", (m = a > b) && (n = c < d));
        printf(" m = %d   , n = %d \n", m, n);
}
```

① 写出自己阅读程序的结果：_____。

② 运行程序，其输出结果是_____。

③ 在 C 程序中，真、假的取值依据是_____；真

用_____表示，假_____表示。

（2）验证【例 3-6】程序（输出两个整数中的大数）。

① 正确输入数据的方法是（请举例说明）：_____。

② 分别画出程序 1、程序 2 实现的算法流程图。

③ 修改程序，完成：求 3 个整数中的最大数，并将最大数放入变量 a 中。

（3）验证【例 3-7】程序（从键盘输入任意 3 个整数，按从大到小的顺序输出）。

① 正确输入数据的方法是（请举例说明）：_____。

② 根据程序，画出实现的算法流程图。

③ 修改程序，完成：将 3 个整数按从大到小的顺序存放并输出。

2．设计性实验

（1）输入一个整数，判断该数的奇偶性，输出相应的标志（偶数—even，奇数—odd）。

（2）编程实现：输入一个年份，判断其是否为闰年，若是输出"Yes"，否则输出"No"。

闰年的判断条件是：能被 4 整除但不能被 100 整除的年份或者能被 400 整除的年份。

（3）输入一个字符，判断该字符的类型（大写、小写、数字、其他）。

3．实验总结

（1）写出选择结构程序设计的步骤。

（2）写出判断成绩值在 0~100 之间的 C 语言表达式。

（3）总结逻辑运算符、关系运算符、算术运算符之间的优先级别。

实验任务 2　选择结构程序设计及 switch 语句的用法

知识与技能：

☑　if 语句的嵌套使用方法

☑　用 switch 语句实现多分支选择结构

一、实验目的

（1）掌握 if 语句的嵌套及 switch 语句的基本用法。

（2）掌握选择结构程序算法和程序调试的方法。

二、实验内容

1．验证性实验（验证程序，回答题后问题）

（1）验证【例 3-8】程序（分段函数），回答题后问题。

① 平方根函数对应的头文件是_____。

高职高专新课程体系规划教材·计算机系列

② 请修改程序，用条件表达式完成该分段函数。

（2）验证【任务1-3）】程序（多科成绩的合法性判定及通过与否评定）。

    ① 正确输入数据的方法是（请举例说明）：＿＿＿＿＿＿＿＿＿＿＿。

    ② 请修改程序，用逻辑表达式完成该任务功能。

（3）验证【例3-16】程序（计算员工的月工资），回答题后问题。

    ① 在该程序中，变量profit用于存放＿＿＿＿＿＿＿＿＿＿，变量d2用于存放＿＿＿＿＿＿＿＿＿＿，变量gz2用于存放＿＿＿＿＿＿＿＿＿＿。

    ② 子句：case 2、case 3执行的是＿＿＿＿＿＿＿＿＿＿＿＿＿＿＿＿＿＿＿。

    ③ 子句：default ： grade =-1表示的是＿＿＿＿＿＿＿＿＿＿＿＿＿＿。

2．设计性实验

（1）参考本章【任务1-3）】程序（多科成绩的合法性判定及通过与否评定），编程实现：学生参加某一类资格认证需要进行A、B两科考试，当两科成绩全部合格（≥60分）或两科总分≥140分时，可获取资格证书，否则不能。

（2）参照【任务2-实现的程序】，编程实现：从键盘输入一个学生的百分制成绩，按下列分数段输出其等级。

$$
等级为\begin{cases}
A & （90分及其以上）\\
B & （80\sim90，包含80分）\\
C & （70\sim80，包含70分）\\
D & （60\sim70，包含60分）\\
E & （60分以下）
\end{cases}
$$

（3）参照【例2-31】程序（加、减、乘、除菜单界面）和【例3-14】程序（根据输入的运算符，为小学生出一道对应的算术题），编程实现：首先显示加、减、乘、除菜单界面，然后从键盘输入选择的菜单项，最后小学生出一道对应的算术题。

（功能扩展：在完成题目功能基础上，能够提示并让小学生输入答案，并对答案进行判断，若答案正确，输出"OK"，否则输出"XX"。）

3．实验总结

（1）请总结if语句、switch语句及条件表达式用法的异同。

（2）请说明break语句在switch语句中的作用。

习　题　3

一、选择题

1．以下关于运算符优先级的描述中，正确的是（　　）。

    A．！（逻辑非）>算术运算>关系运算> &&（逻辑与）>‖（逻辑或）>赋值运算

    B． &&（逻辑与）>算术运算>关系运算>赋值运算

    C．关系运算>算术运算> &&（逻辑与）>‖（逻辑或）>赋值运算

【高职高专新课程体系规划教材·计算机系列】

D.　赋值运算>算术运算>关系运算> && （逻辑与）> || （逻辑或）

2．能正确表示逻辑关系"a≥10 或 a≤0"的 C 语言表达式是（　　）。

    A．a >= 10 or a <= 0　　　　　　　　B．a >= 0 | a <= 10

    C．a >= 10 && a <= 0　　　　　　　　D．a >= 10 || a <= 0

3．设有"int　a = 3 , b = 8 ;"，判断 a 和 b 不相等的正确表达式是（　　）。

    A．a <> b　　　　　B．a ≠ b　　　　C．b == a　　　　D．a != b

4．设有"int　x , a , b ;"，错误的 if 语句是（　　）。

    A．if(a = b)　x++ ;　　　　　　　　B．if(a =< b)　x++ ;

    C．if(a - b)　x++ ;　　　　　　　　D．if(x)　x++ ;

5．C 语言对嵌套 if 语句的规定是：else 总是与（　　）。

    A．其之前最近的 if 配对　　　　　　　B．第一个 if 配对

    C．缩进位置相同的 if 配对　　　　　　D．其之前最近的且尚未配对的 if 配对

6．以下关于 switch 语句和 break 语句的描述中，正确的是（　　）。

    A．在 switch 语句中必须使用 break 语句

    B．在 switch 语句中，可以根据需要使用或不使用 break 语句

    C．break 语句只能用于 switch 语句中

    D．break 语句是 switch 语句的一部分

二、填空题

1．在 C 语句中，条件表达式的值用_____代表"真"，_____代表"假"。

2．用条件表达式可计算 1+|x| 的值：x >= 0 ?_____:_____。

3．判断 num 是一个任意两位数的 C 语言表达式是_____。

4．判断 ch 是字母的表达式是_____。

5．若有"int　x = 1 , y = 2 , z = 3 ;"，则表达式(x < y ? x : y) == z++的值是_____。

三、选择题

1．下面程序运行后，如果从键盘输入 5，则输出结果是（　　）。

```
main( )
{   int x ;    scanf( "%d" , &x ) ;
    if( x-- < 5 )  printf( " %d \n" , x ) ;
    else   printf( " %d" , x++ ) ;
}
```

2．设有"int　i = 10 ;"，下列程序段运行后 i 的值是（　　）。

```
switch( i + 1 )
{   case  10 :  i++ ;  break ;
    case  11 :  ++i ;
    case  12 :  ++i ;  break ;
    default :    i = i + 1 ;
}
```

高职高专新课程体系规划教材·计算机系列

3. 有以下程序，程序运行后的输出结果是（　　　）。

```
main( )
{   int   x = 1 , x1 = 11 , x2 = 8 ;
    x = ( x1 > x2 ? x1 : x2 ) ;
    printf( " %d \n " , x ) ;
}
```

4. 有如下程序，该程序的运行结果是（　　　）。

```
# include   <stdio.h>
main( )
{   int   a = 1 , b = 0 , c = 0 ;
    if( a < b )   if( b < 0 )   c = 1 ;
    else   c++ ;
    printf( " %d \n " , c ) ;
}
```

5. 下面程序的输出结果是（　　　）。

```
main( )
{   int   a = 1 , b = 2 , c = 3 , d = 4 , e = 0 ;
    if( a > b )   e = 1 ;   else   if( b )   e = 2 ;
    else   if( c != d )   e = 3 ;        else    e = 3 ;
    printf("e = %d \n " , e ) ;
}
```

四、编程题

1. 给定一个整数，判断它是否能同时被 3、5、7 整除。

2. 输入一个整数 x 值，计算分段函数的值。$y = \begin{cases} x^2 - 1 & (x \leqslant 1) \\ \sqrt{x^3 - 1} & (x > 1) \end{cases}$

3. 编程求解方程 $ax^2 + bx + c = 0$ 的根（设 $a \neq 0$）。系数 a、b、c 的值由键盘输入。

4. 猜数字游戏：让计算机出一个 10 以内的数字，人来猜，若猜中，输出"OK"；否则给出猜大或猜小的提示，每次运行程序，计算机出的数字不一样。

第4章　循环结构程序设计

用顺序结构和选择结构可以解决简单、没有重复的问题。但在现实生活中，经常会遇到各种有规律的重复操作。在程序设计中，重复操作需要使用循环结构来实现。

内容摘要：

- ☑ while 语句的应用
- ☑ for 语句的应用
- ☑ 循环嵌套的用法
- ☑ break 语句在循环结构中的用法

学习目标：

- ☑ 熟练掌握 while 语句和 for 语句的用法
- ☑ 掌握循环结构的常用算法
- ☑ 掌握循环嵌套的应用

 项目4：学生成绩计算

1．项目功能

（1）输入并计算一个学生多门课程的总成绩及平均成绩。

（2）输入并计算一个班级一门课程的平均成绩。

（3）输入并计算班级每个学生多门课程的总成绩及平均成绩。

2．项目分解

该项目可分解为 3 个任务。

任务 1：计算一个学生多门课程的总成绩及平均成绩。

任务 2：计算一个班级一门课程的平均成绩。

任务 3：计算班级每个学生的总成绩及平均成绩。

4.1　while 语句的用法

任务 1　计算一个学生多门课程的总成绩及平均成绩

知识与技能：

- ☑ 掌握循环结构的 4 部分组成
- ☑ 利用 while 语句解决简单的重复操作

一、任务背景分析

计算一个学生多门课程的总成绩，需要将该生各科成绩加在一起。设总成绩用变量 sum 表示，每次输入的一门课程成绩用变量 sc 表示，则在程序中，计算总成绩的常用做法是重复执行语句"scanf("%d" ,&sc) ； sum = sum + sc ;"。若有 n 门课程，则需将这两条语句连续执行 n 次，这就引入了重复操作。而平均成绩=总成绩/课程门数。

二、知识点介绍

1. 循环的概念

通过任务 1 的背景分析可知，实现这个任务需要将上述两个语句重复执行 n 次。对于需要将一段代码反复执行若干次的问题，用结构化程序设计中的循环结构实现非常方便。

一般来说，一个完整的循环结构通常由 4 部分组成：

循环的初始化、循环控制条件、循环体、循环变量的改变

说明：

① 循环的初始化是指在进入循环前，给循环变量和有关的变量赋初值。

② 循环控制条件是指执行循环体时所需的条件。

③ 循环体是指需要重复执行的语句部分。

④ 循环变量的改变是指每循环一次，循环变量要有所改变，其值应向着循环结束的方向不断变化，否则就会造成"死循环"。

所谓"死循环"是指在循环语句中，循环条件一直为真（或非 0 值），循环语句不能正常终止。通过合理设计循环变量的改变可避免死循环的出现。

在设计循环结构时，要防止出现"死循环"，当程序调试时出现死循环，可按下【Ctrl + Break】键强行终止程序的运行。

循环结构的流程图及各部分的位置如图 4-1 所示。

C 语言中，提供了下列几种常用的循环语句：

① while 语句

② do - while 语句

③ for 语句

2. while 语句

（1）while 语句的一般格式：

```
while ( 表达式 )
语句 ；
```

说明：

① "表达式"是循环控制条件，它可为任意的表达式，常用关系表达式或逻辑表达式。如果不是关系表达式或逻辑表达式，则其真假意义按"非 0 为真"进行判断。

② 在表达式中一般要对某个变量进行判断，通常称这个变量为循环变量。

③ "语句"是循环体，它可为任意的一条语句，若为多个语句时，则必须用" { }"括起来构成一个复合语句。

建议：不管循环体是一条语句还是多条语句，都用大括号{ }括起来。

（2）while 语句的执行过程如图 4-2 所示。执行过程描述如下：

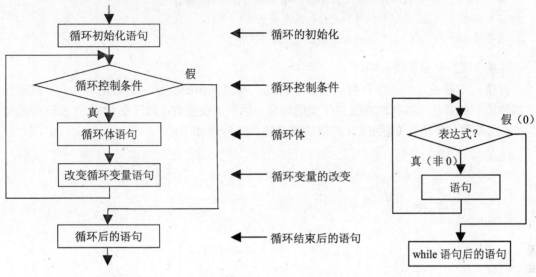

图 4-1　循环结构流程图　　　　　图 4-2　while 语句执行过程

① 计算表达式的值。

② 若表达式值为真（非 0），则执行循环体语句，转步骤 ①；若为假（0），则转步骤③。

③ 循环结束，执行 while 语句的下一条语句。

说明：

① 在使用 while 语句时，需要在 while 语句之前，给循环变量赋初值。

② 在 while 语句的循环体中，应该有改变循环变量的语句，即每循环一次，循环变量的值要有所改变，且是向着循环结束的方向改变。

【例 4-1】 求 1~100 的和。

分析：该问题需要将 1~100 之间的每个数分别加到存放和的变量上，因此可用循环结构实现。需要定义的变量有：存放 1~100 之间数的变量 i，存放和的变量 sum。i 的初值为 1，每循环一次，i 的值应增 1；循环的控制条件：i <= 100。sum 的初值为 0。程序如下：

```
# include   < stdio.h >
main( )
{   int   sum , i ;                          /* 定义变量 */
    i = 1 ;   sum = 0 ;                       /* 循环的初始化 */
    while( i <= 100 )                         /* 循环的控制条件 */
    {    sum = sum + i ;                      /* 循环体 */
         i = i + 1 ;                          /* 循环变量的改变 */
    }
    printf( " sum = %d " , sum ) ;            /* 循环结束后，输出 */
}
```

课堂思考:

① 计算 1~10 的和，程序如何修改？计算 1~n 的和，程序如何修改？

② 若去掉语句"sum＝0；"程序的运行结果是多少？

③ 若去掉语句"i＝i＋1；"运行程序会出现什么情况？

【例 4-2】求 n!（设 n≤6）。

分析：本题是连续几个自然数相乘，因此，存放乘积的变量应初始化为 1。对照连续自然数求和的算法，本题的算法也需使用循环。用到的变量有：循环变量 i，存放阶乘的变量 fac 以及存放 n 值的变量 n。n 的值从键盘输入。程序如下：

```
# include ＜stdio.h＞
main( )
{   int   i＝1, fac＝1, n;
    scanf( "%d", &n );
    while( i <= n )
    {   fac＝fac * i;
        i++;
    }
    printf( "%d != %d", n, fac );
}
```

 课堂思考:

① 如果变量 fac 初始化为 0，程序运行结果会是什么？

②（观察 fac 值的变化）若要输出 1!~n!，程序如何实现？

③ 若要计算 1!＋2!＋ … ＋n!，程序如何实现？

三、任务的实现

任务描述：一个学生通常有多门课程成绩，现假设一个学生有 7 门课程成绩。请输入该生的 7 门课程成绩（百分制整数），计算该生的总成绩及平均成绩（保留一位小数）。

（1）分析：7 门课程总成绩的计算，需要将 7 门课程成绩进行累加。显然，累加过程用循环结构实现比较简单有效。将存放总成绩的变量定义为 sum（整型），sum 的初值应为 0。存放课程成绩的变量定义为 sc（整型），存放平均成绩的变量定义为 ave（实型）。由于 sum 为整型，故计算平均成绩时用 sum/7.0f。任务 1 的程序流程图如图 4-3 所示。

（2）实现的程序：

```
# include   ＜stdio.h＞
main( )
{   int   sc, sum＝0, i;
    float   ave;
    i＝1;
    while( i <= 7 )
    {   scanf( "%d", &sc );
        sum＝sum + sc;
        i++;
```

【高职高专新课程体系规划教材·计算机系列】

```
    }
    ave = sum / 7.0f ;
    printf("sum = %d\t ave = %.1f " , sum , ave ) ;
}
```

（3）运行结果：

运行程序，输入：76　87　80　85　64　74　79↙

输出结果：

```
sum = 545          ave = 77.9
```

课堂思考：

计算平均分还可以怎样写以得到一个 float 类型的数？

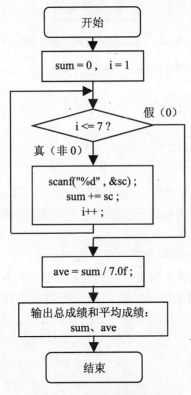

图 4-3　任务 1 的程序流程图

四、知识扩展

1．do-while 语句

（1）do-while 语句的一般格式：

```
do
{
    循环体语句;
}  while ( 表达式 ) ;            /* 注意：句末有分号 */
```

（2）do-while 语句的执行过程：首先执行循环体一次，然后再计算表达式并判断其值，当表达式的值为真（非 0）时，返回继续执行循环体语句，如此反复，直到表达式的值为假（0）时结束循环。do-while 语句的执行过程如图 4-4 所示。

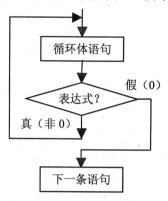

图 4-4　do-while 语句的执行过程

例如：用 do-while 语句计算 1~100 之和的程序段为：

```
sum = 0 ;   i = 1 ;
do
{   sum = sum + i ;
    i ++ ;
} while( i <= 100 ) ;
```

do-while 语句可概括为"先执行，后判断"。因此，用 do-while 语句编写程序时，需要谨慎考虑执行的第一次循环和最后一次循环是否正确，以防出错。

2．程序设计举例

【例 4-3】用 while 语句实现在屏幕上显示数列：1　-2　3　-4 … 9　-10。

分析：本题目涉及一个交替出现正负项的问题。在程序中，可设置一个初值为 1 的整型变量，如 temp = 1。每次循环都对变量 temp 进行取负运算，使 temp 的值交替出现 1 和 -1，用它与对应的项进行相乘，从而实现交替出现正负项。程序如下：

```
# include   < stdio.h >
main( )
{   int   i = 1 , temp = 1 ;
    while( i <= 10 )
    {   printf( " %5d ", i * temp ) ;
        temp = -temp ;
        i ++ ;
    }
}
```

课堂训练：

① 编程计算：$s = 1 - 2 + 3 - 4 + … -10$

② 编程计算：$s = 1 - 2 + 3 + … + (-1)^{n+1}n$，n 从键盘指定。

【高职高专新课程体系规划教材·计算机系列】

【**例 4-4**】用 do-while 语句实现输出数列：1 12 123 1234 12345。

分析：此数列的规律是第 1 项为 1，从第 2 项开始，每个数据项均是前一项数据乘 10 再加该项的序数（数列的序数从 2~5）。由于要产生 5 个数，且每个数都是有规律的，用循环结构实现比较方便。程序如下：

```
# include  < stdio.h >
main( )
{   int  i = 1 , n = 0 ;
    do
    {   n = n * 10 + i ;
        printf( " %d \t " , n ) ;
        i ++ ;
    } while( i <= 5 ) ;
}
```

课堂训练：

如果输出序列：2 22 222 2222 22222，程序如何实现？

【**例 4-5**】从键盘输入若干字符，编程统计其中的字符个数，以回车符作为输入结束的标记（回车符不能统计在内）。

分析：把单个字符的输入语句放在循环中，通过循环完成多个字符的输入，循环结束条件就是输入的字符为 '\n'（回车符）。第一次对循环条件进行判断时，需要先输入一个字符。程序如下：

程序 1：（用 while 语句实现）

```
# include  < stdio.h >
main( )
{   char  ch ;  int  num = 0 ;
    ch = getchar ( ) ;
    while( ch != '\n' )
    {   num ++ ;
        ch = getchar ( ) ;
    }
    printf( "num = %d\n" , num ) ;
}
```

程序 2：（用 while 语句实现）

```
# include  < stdio.h >
main( )
{   char  ch ;
    int  num = 0 ;
    while( (ch = getchar ( )) != '\n' )
    {   num ++ ;
    }
    printf( "num = %d\n" , num ) ;
}
```

程序 3：（用 do-while 语句实现）

```
# include  < stdio.h >
main( )
{   char  ch ;
    int  num = 0 ;
    do
    {   ch = getchar ( ) ;
        if( ch != '\n' )  num++ ;
    }  while( ch != '\n' ) ;
    printf( "num = %d \n " , num ) ;
}
```

课堂思考：

① 请比较程序 1 与程序 2，说出各自的特点。

② 若去掉程序 3 中的 "if(ch != '\n')"，运行结果会是什么？

③ 请总结 while 与 do-while 语句在用法上的不同。

本节教学建议：

（1）实验：4.4　实验任务 1

（2）作业：一、选择题 1~3，二、填空题 1~3，三、程序阅读题 1~3

4.2　for 语句的用法

任务 2　计算一个班级一门课程的平均成绩

知识与技能：

☑　for 语句的语法格式

☑　用 for 语句设计循环结构程序

一、任务背景分析

计算一个班级一门课程的平均成绩，需要先计算这个班级这门课程的总成绩，然后再用总成绩除以班级总人数。而计算总成绩的过程是一个循环过程。虽然这个循环可以使用 while 语句或 do-while 语句实现，但 C 语言中提供的 for 语句可使循环结构更为简洁。

二、知识点介绍

1. for 语句

（1）for 语句的一般格式：

```
for( 表达式1；表达式2；表达式3)
    语句 ;
```

说明：

① 表达式 1：常用于给循环变量赋初值。

② 表达式 2：常用于给出循环控制的条件。

③ 表达式 3：常用于改变循环变量的值。

④ 语句：作为循环体语句。可为任意一条语句，若循环体中需要多条语句时，应加上大括号 "{ }" 构成一条复合语句。

⑤ 上述 3 个表达式均可以是任意类型的表达式，根据需要 3 个表达式均可省略，但 3 个表达式之间的分号不可省略。

（2）for 语句的执行过程：for 语句的执行过程如图 4-5 所示。执行过程描述如下：

① 计算表达式 1。

② 计算表达式 2 并判断其值。若表达式 2 的值为真（非 0），则执行循环体语句，然后执行步骤 ③；若为假（0），则结束循环。转到步骤 ⑤。

③ 计算表达式 3。

④ 转到步骤 ②。

⑤ 结束循环，转去执行 for 的下一条语句。

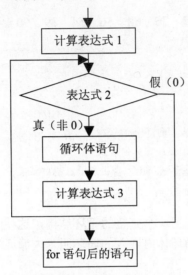

图 4-5　for 语句的执行过程

【例 4-6】用 for 循环计算 1~100 的和。

分析：【例 4-1】用 while 语句实现。使用 for 语句更方便。程序如下：

```
# include    <stdio.h>
main( )
{    int   s = 0 , i ;
     for( i = 1 ; i <= 100 ; i++ )
          s = s + i ;
     printf( " s = %d " , s ) ;
}
```

【例 4-7】从键盘输入任意 10 个整数，求其中的最大数并输出。

分析：求一组数的最大数，常采用一种类似于"打擂台"的算法：先将第一个数放入存放最大值的变量 max 中，从第二个数开始，每输入一个数，就将该数与 max 中的值比较，将较大者放入 max 中，直到最后一个数比较完为止。最后 max 中的数就是这一组数中的最大数。从第二个数开始，对输入的每一个数的处理过程都是相同的，需要循环 9 次。使用 for 语句实现很方便。程序如下：

```
# include    <stdio.h>
main( )
```

【高职高专新课程体系规划教材·计算机系列】

```
{   int   max , num , i ;
    scanf( "%d" , &num ) ;
    max = num ;
    for( i = 2 ; i <= 10 ; i++ )
    {    scanf( "%d" , &num ) ;
         if( num > max )        max = num ;
    }
    printf( " max = %d " , max ) ;
}
```

运行程序，输入：89   87   76   68   56   54   89   90   43   49↙
输出：

```
max = 90
```

课堂思考：

① 如果求 100 个整数中的最大数，程序如何修改？

② 如果求 n 个整数中的最大数，程序又如何修改？

③ 如果让 max 变量直接和 10 个整数相比，会出现什么运行结果？

2．循环的嵌套

在一个循环体内又包含了另一个完整的循环结构，这种结构称为循环嵌套。其中，第 1 层循环叫"外循环"，外循环体内嵌入的循环叫"内循环"，循环嵌套可以是多层，层次的多少根据实际需要确定。

3 种循环语句（while 语句、do-while 语句和 for 语句）可以互相嵌套。相互嵌套的形式多样，以下几种都是合法的形式：

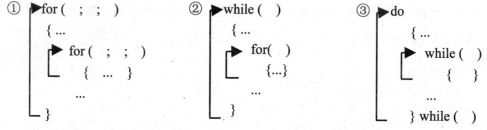

注意：C 语言中不允许出现嵌套层次的交叉，下列循环嵌套是错误的。

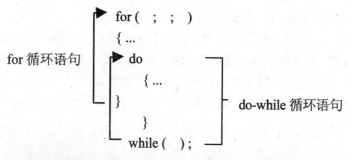

【例 4-8】输出 4 行：1   2   3   4。

高职高专新课程体系规划教材·计算机系列

　　分析：每一行都是输出连续的 4 个数，可以用一个循环来完成。输出相同的 4 行，就需要将这个循环连续执行 4 次即可。这时需要用到两层的循环嵌套。注意每一行输出后要输出一个换行符。程序如下：

```
# include    <stdio.h>
main( )
{   int  i,j;
    for( i = 1 ; i <= 4 ; i++ )
    {   for( j = 1 ; j <= 4 ; j++ )
            printf( "%4d" , j ) ;
        printf( "\n" ) ;
    }
}
```

课堂训练：

若希望输出：
```
1 1 1 1          1
2 2 2 2    和    2 2         ，如何实现？
3 3 3 3          3 3 3
```

　　【例 4-9】 输出九九乘法表。

　　分析：九九乘法表有 9 行 9 列，因此要用到二重循环，其中内循环完成一行内容的输出，外循环控制 9 行的输出。由于每一行的乘法式子的个数恰好等于该行的行数，故内循环的循环变量的取值范围从 1 到本行的行数。程序如下：

```
# include    <stdio.h>
main( )
{   int  i,j;
    for( i = 1 ; i <= 9 ; i++ )
    {   for( j = 1 ; j <= i ; j++ )
            printf( "%d*%d=%-4d" , i , j , i*j );
        printf( "\n" ) ;
    }
}
```

　　运行结果：

```
1*1=1
2*1=2   2*2=4
3*1=3   3*2=6   3*3=9
4*1=4   4*2=8   4*3=12  4*4=16
5*1=5   5*2=10  5*3=15  5*4=20  5*5=25
6*1=6   6*2=12  6*3=18  6*4=24  6*5=30  6*6=36
7*1=7   7*2=14  7*3=21  7*4=28  7*5=35  7*6=42  7*7=49
8*1=8   8*2=16  8*3=24  8*4=32  8*5=40  8*6=48  8*7=56  8*8=64
9*1=9   9*2=18  9*3=27  9*4=36  9*5=45  9*6=54  9*7=63  9*8=72  9*9=81
```

　　【例 4-10】 给定 N 的值，求 $1+(1+2)+(1+2+3)+\cdots+(1+2+\cdots+N)$ 的值。

　　分析：上述问题共有 N 项，每一项都是计算从 1 到项数的和，因此可以用一个循环来

【高职高专新课程体系规划教材·计算机系列】

完成，而求整个 N 项的和则可以用一个外层循环来实现。程序如下：

```
# include   <stdio.h>
# define   N   10
main( )
{   int  i , j , s , sum = 0 ;
    for( i = 1 ; i <= N ; i++ )
    {   s = 0 ;
        for( j = 1 ; j <= i ; j++ )
            s = s + j ;
        sum = sum + s ;
    }
    printf( "sum = %d \n " , sum ) ;
}
```

输出：

```
sum = 220
```

课堂思考：

① 若把语句 "s = 0" 放在外循环的外面，试分析程序的运行结果。

② 上述程序能否用单层循环实现？

三、任务的实现

任务描述：假设一个班级有 10 人，要求输入该班 10 人的某一门课程的成绩并计算这 10 人的平均成绩（课程成绩采用百分制整数）。

（1）分析：10 个人的成绩输入及求和问题，适合用循环语句实现，由于循环次数固定，采用 for 语句更为合适。

① 需要定义的变量：存放成绩的变量 sc（整型），存放总成绩的变量 sum（整型），循环变量 i（整型），存放平均成绩的变量 ave（实型）。在求和之前先对 sum 赋初值 0。

② 由于 sum 为整型，故计算平均成绩时应该除以 10.0f（或 sum 乘 1.0f）。

（2）实现的程序：

```
# include   <stdio.h>
main( )
{   int  sc , sum = 0 , i ;    float   ave ;
    for( i = 1 ; i <= 10 ; i++ )
    {   scanf( "%d" , &sc ) ;
        sum = sum + sc ;
    }
    ave = sum / 10.0f ;
    printf( " ave = %-4.1f " , ave ) ;
}
```

（3）运行结果：

运行程序，输入数据：78   87   56   83   64   90   50   88   79   88✓

输出：

ave = 76.3

课堂思考：

在上述任务中，若班级人数需要从键盘指定，程序如何修改？

四、知识扩展

1．for 语句的其他几种等价形式

以计算 1~100 的和为例，给出 for 语句的其他几种等价形式。

① 省略表达式 1 的程序代码：

```
# include   <stdio.h>
main( )
{   int   s = 0 , i = 1 ;        /* 省略表达式1后，循环变量赋初值通过变量初始化实现 */
    for(   ; i <= 100 ; i++)                        /* 分号不可省略 */
        s = s + i ;
    printf( "s=%d" , s ) ;
}
```

② 省略表达式 2 的程序代码：

```
# include   <stdio.h>
main( )
{   int   s = 0 , i ;
    for( i = 1 ;   ; i++ )                          /* 分号不可省略 */
        if( i <= 100 )   s = s + i ;
        else    break ;                /* 此处使用了break语句中止循环 */
    printf( "s = %d" , s ) ;
}
```

说明：

省略表达式 2 后，循环的结束就依靠循环体内的条件语句来完成。当条件满足时，执行循环体；当条件不满足时，使用了 break 语句结束循环。

③ 省略表达式 3 的程序代码：

```
# include <stdio.h>
main( )
{   int   s = 0 , i ;
    for( i = 1 ; i <= 100 ;   )                     /* 分号不可省略 */
    {   s = s + i ;
      i++ ;  /* 省略表达式3后，循环变量的改变通过在循环体中增加一个语句实现 */
    }
    printf( "s = %d" , s ) ;
}
```

高职高专新课程体系规划教材·计算机系列

④ 3 个表达式全省略时的程序代码：

```
# include  <stdio.h>
main( )
{   int  s = 0 , i；  i = 1；
    for(    ；    ；    )                          /* 分号不可省略 */
    {    if( i <= 100 )    s = s + i；
         else    break；
         i ++；
    }
    printf( " s = %d " , s )；
}
```

建议：在用 for 语句时，尽可能地按 for 语句的常规格式使用。

2．应用举例

【例 4-11】输入一串字符，统计其中数字字符的个数，以回车符作为输入结束的标记。

分析：本例与【例 4-5】相似，现用 for 循环实现，程序如下：

```
# include  < stdio.h >
main( )
{   char  ch；   int  num = 0；
    for(    ；  ( ch = getchar( ) ) != '\n'   ；   )
    {    if( ch>='0' && ch<='9' )    num ++；
    }
    printf( " num = %d\n " , num )；
}
```

课堂训练：

参照【例 4-5-程序 1】，写出实现的另一种程序。

【例 4-12】谜语博士的难题：诚实族和说谎族是来自两个荒岛的不同民族，诚实族的人永远说真话，而说谎族的人永远说假话。迷语博士是个聪明的人，他要来判断所遇到的人是来自哪个民族的。迷语博士遇到 3 个人，知道他们可能是来自诚实族或说谎族的。为了调查这 3 个人是什么族的，博士分别问了他们 3 个问题，以下是他们的对话：

问："你们是什么族？"

第 1 个人答："我们之中有两个来自诚实族。"

第 2 个人说："不要胡说，我们 3 个人中只有一个是诚实族的。"

第 3 个人听了第 2 个人的话后说："对，就是只有一个诚实族的。"

请根据他们的回答用 C 语言程序判断他们分别是哪个族的。

分析：假设这 3 个人分别为 a、b、c，若说谎，其值为 0；若诚实，其值为 1。根据题目中 3 个人的话可分别列出：

第 1 个人： a && a + b + c == 2 || !a && a + b + c != 2

第 2 个人： b && a + b + c == 1 || !b && a + b + c != 1

第 3 个人： c && a + b + c == 1 || !c && a + b + c != 1

程序如下：

```
# include  < stdio.h >
main( )
{    int  a , b , c ;
     for( a = 0 ; a <= 1 ; a++ )
          for( b = 0 ; b <= 1 ; b++ )
               for( c = 0 ; c <= 1 ; c++ )
                    if( ( a ==1 && a+b+c ==2 || a!=1 && a+b+c!= 2 ) &&
                         ( b ==1 && a+b+c ==1 || b!=1 && a+b+c!= 1 ) &&
                         ( c ==1 && a+b+c ==1 || c!=1 && a+b+c != 1 ) )
                    {    printf( " a  is   %s . " , ( a ==1 ? "honest" : "liar" ) );
                         printf( " b  is   %s . " , ( b ==1 ? "honest" : "liar" ) );
                         printf( " c  is   %s . " , ( c ==1 ? "honest" : "liar" ) );
                    }
}
```

本节教学建议：

（1）实验：4.4 实验任务2

（2）作业：一、选择题5~8，二、填空题4，四、程序设计题1，2

4.3 循环结构综合应用

任务3 计算班级每个学生的总成绩及平均成绩

知识与技能：

☑ 循环嵌套的概念

☑ 循环结构程序设计方法及一些常用算法

一、任务背景分析

实际工作中经常会对大量数据进行各种处理，如符合某条件的学生人数统计、平均成绩计算等，这时需要将某段代码重复执行 n 次，因此循环结构在程序中被广泛使用。

二、知识点介绍

1. break 语句

在循环结构中，经常需要根据执行情况，在循环还未正常结束时提前终止循环，使程序的流程从循环体内转向循环体外；有时又需要在本轮循环还未执行到循环体的最后一条语句时提前终止本轮循环，使流程从下一轮循环开始。C 语言提供了 break 语句和 continue 语句实现这两种功能。

break 语句在 switch 语句中已经用过，它可以使程序流程跳出 switch 语句，转去执行 switch 后的下一条语句。在循环结构中，它也可以提前结束循环语句，转去执行循环语句后的下一条语句。

（1）break 语句的一般格式：

```
break ;
```

（2）break 语句的功能说明：

① break 语句只能用于循环语句和 switch 语句。

② 在 switch 语句中使用 break 语句，功能是结束所在的 switch 语句。

③ 在循环语句中使用 break 语句，功能是结束当前循环语句，立即转去执行循环语句的下一条语句。

（3）break 语句在循环结构中的应用。

【例 4-13】 在对 1～100 以内的自然数求和时，求使和值刚好超过 200 时的自然数。

分析：在求 1～100 之和的过程中，当累加某个自然数时，若加该数之前累加和的值小于等于 200，加该数之后累加和的值恰好超过了 200，按题目要求则此时应立即终止循环，输出这个自然数。程序如下：

```
# include  <stdio.h>
main( )
{   int  i , sum = 0 ;
    for( i = 1 ; i <= 100 ; i++ )
    {   sum = sum + i ;
        if( sum > 200 )   break ;      /* 如果累加和大于200，使用break跳出循环 */
    }
    printf( " i = %d ，  sum = %d \n " , i , sum ) ;
}
```

输出：

```
i = 20 ，  sum = 210
```

课堂思考：

上题中若想求累加和的值不超过 200 的最大自然数应该怎样实现？

【例 4-14】 从键盘输入任意一个整数，判断其是否为素数，若是输出"Yes"，否则输出"No"。

分析：在数学上，素数（即质数）是指除了 1 和它本身之外不能被其他任何整数整除的自然数。在算法上，判断一个自然数 n 是否为素数的方法是：让 n 依次除以 2 到 n-1 之间的所有整数，若都不能整除，那么 n 就是素数；只要 n 能被 2~n-1 之间的某个数整除，则 n 就不是素数。而判断从 2~n-1 的数能否整除 n 是一个循环过程，当循环中有一个数整除了 n，就应该立即中止循环，因此要用到 break 语句。

此题有多种算法，在此给出一种算法：设置一个标志变量 Flag，使 Flag 初值为 1。若循环中有某一个数整除了 n 时，就将 Flag 值置为 0，并中止循环。循环结束时，根据 Flag 的值判定 n 是否是素数。若 Flag 的值为 1，n 是素数，否则 n 就不是素数。程序如下：

```
# include   <stdio.h>
main( )
{   int  i, n, Flag = 1 ;
    scanf( "%d", &n ) ;
    for( i = 2 ; i <= n-1 ; i++ )          /* 不是素数, 使Flag = 0且结束循环 */
        if ( n % i == 0 )  {  Flag = 0 ;   break ;  }
    if ( Flag == 0 )    printf( " No \n" ) ;
    else     printf( " Yes \n" ) ;
}
```

运行结果：（略）

说明：

实际上，判断 n 是否为素数，只需测试从 2 到 n/2 或 $\sqrt{n}$ 之间的所有整数能否整除 n 即可。这样可以减少循环次数，从而提高程序的运行效率。

课堂训练：

请写出上例实现的另一种程序（提示：根据循环的终止情况）。

2．continue 语句

（1）continue 语句的一般格式：

continue ;

（2）continue 语句的功能说明：continue 语句可以结束本轮循环，即不再执行循环体中 continue 语句之后的语句，直接将流程转到下一轮循环开始处。

（3）continue 语句在循环结构中的应用。

【例 4-15】输出 100 以内能被 7 整除的所有整数。

分析：设置一个循环变量 n（整型），其值从 1 变化到 100。循环中判断每一个 n 能否被 7 整除。如果当前这个 n 值能被 7 整除，则输出该 n 值，然后继续判断下一个 n；如果当前这个 n 值不能被 7 整除，则直接判断下一个 n。下面给出两种程序。

程序 1：

```
# include   <stdio.h>
main( )
{   int  n ;
    for ( n = 7 ; n <= 100 ; n++ )
    {   if ( n % 7 == 0 )
            printf( " %5d", n ) ;
    }
}
```

程序 2：

```
# include   <stdio.h>
main( )
{   int  n ;
    for ( n = 7 ; n <= 100 ; n++ )
    {   if ( n % 7 )   continue ;
        printf( " %5d", n ) ;
    }
}
```

课堂思考：

① 改写程序 2，用 while 语句替代 for 语句。

② 请总结 for 语句与 while 语句在执行过程中的异同。

【高职高专新课程体系规划教材·计算机系列】

三、任务的实现

任务描述：设班级人数有 10 人，共学习 7 门课程，统计每一门课程的不及格人数。

（1）分析：

① 要求统计 7 门课程的不及格人数，因此需要一个能控制执行 7 次的循环（外循环）。

② 每一门课程不及格人数放在变量 num 中，在进入内层循环之前应该先对 num 清 0。

③ 利用两层 for 语句的嵌套实现该任务，内循环的循环次数为班级人数，外循环的循环次数为课程门数。

（2）实现的程序：

```
# include   <stdio.h>
# define   N   10                    /* 班级人数，调试程序时可把N值改小   */
# define   M   7                     /* 课程数，调试程序时可把M值改小    */
main( )
{   int   sc , num , i , j ;
    for( i = 1 ; i <= M ; i ++ )
    {   num = 0 ;
        for( j = 1 ; j <= N ; j++ )
        {   scanf( "%d" , &sc ) ;
            if( sc < 60 )   num++ ;
        }
        printf( "%d :   num = %d \n " , i , num ) ;
    }
}
```

（3）运行结果：（略）

四、应用举例

【例 4-16】猜数字游戏：让计算机出一个 10 以内的任意数，让人来猜，最多可猜 3 次。第 1 次猜中计 100 分，第 2 次猜中计 80 分，第 3 次猜中计 60 分，3 次都未猜中计 0 分。请编程实现此功能。

分析：

① 先用随机函数产生一个 10 以内的整数。

② 用户从键盘输入所猜的数字，由计算机判断是否猜中。

③ 有 3 次猜数机会，用一个循环 3 次的单层循环实现。如果猜对了，立即停止循环。

④ 循环结束后，通过判断循环变量的当前值即可知道是第几次猜对了，用 switch 语句实现。程序如下：

```
# include   < stdio.h >
# include   < stdlib.h >
# include   < time.h >
main( )
{   int   i , num , an , score ;
    srand( ( unsigned ) time( NULL ) ) ;
    num = rand( ) % 10 ;                /* 变量n 用于存放计算机产生的随机数 */
```

```
for( i = 1 ; i <= 3 ; i++ )
{   printf( " Please enter your   %d   choicer: ", i );        /* 提示信息 */
    scanf( "%d" , &an );                                       /* 输入要猜的数 */
    if   ( an == num )    break ;                              /* 若猜中结束输入 */
}
switch( i )                                   /* 判断是第几次猜中，并给出成绩 */
{   case   1 :   score = 100 ;   break ;
    case   2 :   score = 80 ;   break ;
    case   3 :   score = 60 ;   break ;
    default :    score = 0 ;
}
printf( "Your score   is:  %d \n" , score );
}
```

运行结果：（略）

【例 4-17】求两个任意整数的最大公约数。

分析:

① 求两个整数的最大公约数，有两种算法，一种是"辗转相除法"，另一种是"相减法"。在此介绍"辗转相除法"，即让两个整数中的大数除以小数，若余数为 0，则除数就是这两个整数的最大公约数；若余数不为 0，则以除数作新的被除数，以余数作新的除数，继续相除……直到余数为 0 为止，此时的除数即为两数的最大公约数。

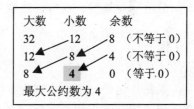

图 4-6　辗转相除法求 32 和 12 的最大公约数的过程

例如，求 32 和 12 的最大公约数的过程，如图 4-6 所示。

② 从键盘输入的两个正整数分别放在变量 num1、num2 中。max、min 分别用于存放两个整数中的大数和小数，r 中存放每次计算所得的余数。

③ 循环开始前的准备工作：将 num1 和 num2 中的大数赋值给 max，小数赋值给 min，大数除以小数的余数赋值给 r。

④ 循环控制条件：余数 r != 0。若余数 r 为 0，则循环结束，输出结果，min 中的值就是所求的最大公约数。

⑤ 循环体中要完成的事情：先进行变量迭代，即"max = min ; min = r ; "，再用"r = max % min ; "语句求新的余数。程序如下：

```
# include   <stdio.h>
main( )
{   int   num1 , num2 , r , max , min;
    printf( " 请输入两个整数: " );
    scanf( "%d %d" , &num1 , &num2 );
    if ( num1 < num2 )     {   max = num2 ;   min = num1;  }
    else {     max = num1 ;   min = num2 ;    }
    r = max % min ;                    /* 第一次求大数除以小数的余数 */
    while( r != 0 )
    {   max = min ;                    /* 将除数作下一次的被除数 */
```

高职高专新课程体系规划教材·计算机系列

```
        min = r ;                         /* 将余数作下一次的除数 */
        r = max % min ;                   /* 求大数除以小数的余数 */
    }                                     /* 如果余数r的值不为0 循环继续 */
    printf( "%d和%d的最大公约数是: %d ", num1, num2, min );
}
```

运行程序, 显示: 请输入两个整数: (输入数据) 125   75↵

输出:

125和75的最大公约数是: 25

课堂训练:

请将上述程序改用 do-while 语句实现。

【例 4-18】百钱买百鸡问题: 我国古代数学家在《算经》中出了这样一道题: "鸡翁一, 值钱五; 鸡母一, 值钱三; 鸡雏三, 值钱一; 百钱买百鸡。问鸡翁、鸡母、鸡雏各几只?"

分析: 设鸡翁、鸡母、鸡雏各 x、y、z 只, 数学模型为:

$$\begin{cases} x + y + z = 100 \\ 5x + 3y + z/3 = 100 \end{cases}$$

显然, 这是一个不定方程组, 其方程的解有 0 个或多个。计算机程序中对这类问题通常采用 "穷举法" 解决。所谓 "穷举法", 就是对问题的所有可能情况一一进行测试, 从中找出满足条件的所有解的一种方法。

本题中 x、y、z 的取值范围及应满足的条件分别为: x 取值范围为 0 ~ 20, y 取值范围为 0 ~ 33, 当 x、y 取值确定时, z 的取值为 100 - x - y。

由于总钱数应为 100, 即满足 5*x + 3*y + z / 3 = 100 且 z 必须能被 3 整除。程序如下:

```
# include   <stdio.h>
main( )
{   int   x , y , z ;
    printf( "鸡翁      鸡母      小鸡 \n" );              /* 输出表头 */
    for( x = 0 ; x < 20 ; x++ )                           /* 鸡翁的取值范围 */
    {   for( y = 0 ; y < 33 ; y++ )                       /* 鸡母的取值范围 */
        {   z = 100 - x - y ;                             /* 小鸡数量 */
            if( ( z % 3 == 0 ) && ( 5 * x + 3 * y + z /3 == 100 ) )
                printf( " %3d %8d %8d \n", x , y , z );
        }
    }
}
```

运行结果:

鸡翁	鸡母	小鸡
0	25	75

4	18	78
8	11	81
12	4	84

课堂思考：

【例 4-18】中为什么要使 z 必须能被 3 整除？

【例 4-19】 找出 2～100 以内的所有素数，按每行 10 个输出。

分析： 素数的判定方法在【例 4-14】中已给出（用到了循环结构）。依照素数的判定方法，对 2～100 之间的数逐个判断，若是素数则输出此数。因此，需要用双重循环结构实现。

要求每行输出 10 个数，通常会设一个计数变量如 n（整型），初值为 0，用来记录当前已输出的数据个数，每当输出一个数据前都判断 n 的值是否为 10 的倍数，若是，则先输出一个回车符，再输出该数据。而每次输出一个数据后，立即给 n 值加 1。程序如下：

```c
# include  <stdio.h>
# include  <math.h>
main( )
{    int  i , j , n = 0 ;
     for( i = 2 ; i <= 100 ; i++ )
     {    for( j = 2 ; j < i ; j++ )
               if( i % j == 0 )   break ;
          if( j >= i )
          {    if( n % 10 == 0 )   printf( "\n" ) ;
               printf( "%-5d" , i ) ;
               n++ ;
          }
     }
}
```

输出：

2	3	5	7	11	13	17	19	23	29
31	37	41	43	47	53	59	61	67	71
73	79	83	89	97					

【例 4-20】 利用公式：$\pi/4 \approx 1 - 1/3 + 1/5 - 1/7 + \cdots$，求 π 的近似值，直到某一项的绝对值小于 10^{-6} 为止。

分析：

① 可以看出上述式子出现一正一负的项，因此按【例 4-3】介绍的方法设计。

② 若项数为 n，则每一项的绝对值的通项公式为：$1.0f / (2 * n - 1)$。

③ 循环体：计算一个新的项，将该项加入到和变量 sum 中。

④ 循环控制条件：$1.0f / (2 * n - 1) >= 10^{-6}$。

⑤ 循环结束时，sum * 4 即为 π 的一个近似值。程序如下：

```c
# include  <stdio.h>
main( )
```

【高职高专新课程体系规划教材·计算机系列】

```
{    int    temp = 1 ;
     float    sum = 0 , pi , p = 1.0 , n = 1 ;
     while( p >= 1e-6 )
     {    sum = sum + p * temp ;
          temp = - temp ;                          /* 为下一项准备正负号 */
          n++ ;
          p = 1.0f / ( 2 * n – 1 ) ;               /*计算新项的绝对值*/
     }
     pi = sum * 4 ;                                 /* 求π的近似值 */
     printf( " pi = %f \n", pi ) ;
}
```

运行结果：

pi = 3.141594

 课堂思考：

请将此程序改用 do-while 语句实现。

 本节教学建议：
(1) 实验：4.4 实验任务 3
(2) 作业：一、选择题 9~10 二、填空题 5~6 三、5 四、3~4

4.4 实 验

实验任务 1 while、do-while 循环的应用

知识与技能：

☑ while 语句与 do-while 语句的用法
☑ 根据实际问题正确设计循环结构类型的程序

一、实验目的

(1) 熟悉 while 语句和 do-while 语句的结构及语句执行流程。
(2) 熟练掌握 while 语句的编程方法。

二、实验内容

1. 验证性实验

(1) 验证【例 4-1】程序（求 1~100 的累加和），回答题后问题。
　　① 程序运行结果是＿＿＿＿＿＿＿＿＿＿。
　　② 将语句"i = i +1 ；"改为"i = i +2 ；"，程序执行结果是＿＿＿＿＿＿＿＿。

③ 修改后的程序功能是＿＿＿＿＿＿＿＿＿＿。

（2）验证【例 4-4】程序（输出一个有规则的数列），回答题后问题。

　　① 若把 n 的初值设为 0，程序的运行结果不变，修改后的程序段为＿＿＿＿＿＿。

　　② 若要求数列的累加和，程序如何修改？修改后的程序段为＿＿＿＿＿＿＿。

（3）输入并运行下面程序，回答题后问题。

```
# include <stdio.h>
void   main( )
{    int   k = 1 , n = 2345 ;
     do
     {    k *= n %10 ;   n /= 10 ;
     } while( n ) ;
     printf( " %d \n " , k ) ;
}
```

　　① 程序运行的结果是＿＿＿＿＿＿＿＿＿＿＿＿＿＿＿＿＿＿。

　　② 请修改程序：n 的值从键盘输入。运行时输入的 n 值为 456，则程序的运行结果是＿＿＿＿＿＿＿。

　　③ 请将程序修改为用 while 语句实现。

2．设计性实验（以下题目请用 while 语句或 do-while 语句实现）

（1）编程求 1～100 之间所有能被 3 整除的数之和。

（2）编程求 $1 + 1/3 + 1/5 + 1/7 + \cdots + 1/(2n-1)$ 的值，n 值从键盘输入。

（3）从键盘输入一串字符，以回车符为输入结束标志。分别统计出其中英文字符、数字字符和其他字符的个数。

3．实验总结

（1）总结 while 语句、do-while 语句的相同和不同之处。用流程图描述 while 语句和 do-while 语句的执行过程，重点描述出循环结构 4 部分在流程图中的位置。

（2）总结采用 do-while 语句设计程序时应该注意什么问题？

实验任务 2　for 循环和循环嵌套的应用

知识与技能：

☑ for 语句结构及语法
☑ 根据实际问题正确使用 for 语句进行循环程序设计

一、实验目的

（1）熟悉 for 语句的结构及语句执行流程。

（2）熟练掌握 for 语句的编程方法。

二、实验内容

1．验证性实验

（1）验证【例 4-7】程序（10 个数中找最大数），回答题后问题。

① 要实现找 10 个数的最大数及其所在位置，程序应修改为_____。

② 若要将找到的最大数放在数组的最前面，其余数据又不丢失，请修改程序。添加的语句为_____。

③ 若想在 10 个数中找最小数及其所在位置，程序应修改为_____。

（2）验证【例 4-9】程序（输出九九乘法表），回答题后问题。

① 若把循环变量 j 的终值由 i 改为 9，程序的运行结果是_____。

② 若把语句"printf("\n") ;"去掉，程序的运行结果是_____。

③ 若把两个 printf( )语句用大括号括起来，程序的运行结果是_____。

2．设计性实验（以下题目请用 for 语句实现）

（1）某人第一天买了 2 个桃子，从第二天开始，每天买的桃子数都是前一天的 2 倍，直至购买的桃子总个数最接近 100 但不超过 100 个为止，计算需要多少天？

（2）有如下数列，试计算前 20 项之和。

$$\frac{2}{1},\frac{3}{2},\frac{5}{3},\frac{8}{5},\frac{13}{8},\frac{21}{13},\cdots$$

3．实验总结

（1）总结 for 语句的 3 个表达式的作用。

（2）总结大括号在 for 语句中的作用。

实验任务 3　循环结构综合应用

知识与技能：

☑ break 语句的使用

☑ 循环语句综合应用能力

一、实验目的

（1）灵活运用 3 种循环语句解决实际问题。

（2）熟练掌握循环嵌套的程序设计方法。

（3）掌握 break 语句的使用方法。

二、实验内容

1．验证性实验

（1）验证【例 4-14】程序（判断素数），回答题后问题。

① 若不给 Flag 赋初值，程序的运行结果会出现_____。

② 判断 n 是否为素数时，若要求测试从 2 到 $\sqrt{n}$ 之间的所有整数能否整除 n，请修改程序。修改后的语句是_____。

③ 若不使用标志变量 Flag 来判断 n 是否为素数，请写出另外的程序段。

_____

（2）验证【例 4-16】程序（猜数字游戏），回答题后问题。

① 请至少执行程序 3 次，并记录自己的运行情况_____。

【高职高专新课程体系规划教材·计算机系列】

②　在此程序基础上增加友好提示，告诉玩家数字是猜大了还是猜小了，应使用的语句是＿＿＿＿＿＿＿＿＿＿＿＿＿。

③　请修改程序，实现：连续猜 10 个数，最后给出总得分。

（3）验证【例 4-17】程序（求两个整数的最大公约数），回答题后问题。

①　原程序中的 "r＝max％min" 语句出现了两次，请修改程序，使程序更简洁。修改后的程序段为＿＿＿＿＿＿＿＿＿＿＿＿＿＿＿＿＿＿＿＿＿。

②　请把程序改成用 do-while 语句实现。实现的程序段为＿＿＿＿＿＿＿。

③　输出结果时，while 语句用变量＿＿＿＿＿，do-while 语句用变量＿＿＿＿＿，为何输出的变量不一样？

2．设计性实验

（1）求 S＝a＋aa＋aaa＋…＋aa…a 的值，其中 a 是 0~9 的数字，最后一项为 n 个 a。n 由键盘输入。例如，a＝3，n＝5 时，S＝3＋33＋333＋3333＋33333。

（2）试找出所有的"水仙花数"。所谓"水仙花数"是指一个 3 位数，其各位数字立方之和恰好等于该数本身，如 153、370、407 等。

（3）利用下列公式计算键盘输入的任意一个实数 x 的正弦函数值。当加到某一项的绝对值小于 10^{-6} 时，终止计算。

$$y = \sin(x) \approx x - \frac{x^3}{3!} + \frac{x^5}{5!} - \frac{x^7}{7!} - + \frac{x^9}{9!} - \cdots - \frac{x^{4n-1}}{(4n-1)!} + \frac{x^{4n+1}}{(4n+1)!}$$

3．实验总结

（1）总结循环中何时需要使用 break 语句。

（2）在设计循环嵌套时，应该注意什么问题？

习　题　4

一、选择题

1．while 循环中，while 后的表达式的值决定了循环体是否被再次执行。为了能使循环经过有限次执行后正常终止，因此，在循环中，必须要有改变此表达式的值的操作，使其在有限次循环后值变为（　　），否则，将产生死循环。

A．0　　　　　　B．1　　　　　　C．成立　　　　D．2

2．语句 "while（!E）；" 括号中的表达式 !E 等价于（　　）。

A．E==0　　　B．E!=1　　　C．E!=0　　　D．E==1

3．执行语句 "int k＝1；while（k++＜10）；" 后，变量 k 的值是（　　）。

A．10　　　　　B．11　　　　　C．9　　　　　D．无限循环，值不定

4．对于以下程序段，下面描述中正确的是（　　）。

```
int k＝2；
while（k＝0）｛    printf("%d",k)；   k--；  ｝
```

【高职高专新课程体系规划教材·计算机系列】

A．while 循环执行 10 次   B．循环是无限循环

C．循环语句一次也不执行   D．循环体语句执行一次

5．以下程序段的循环次数是（   ）。

```
for ( i = 2 ; i == 0 ;    )    printf( " %d ", i-- );
```

A．无限次   B．0 次   C．1 次   D．2 次

6．执行语句"for (i = 1 ; i++ < 4 ;);"后变量 i 的值是（   ）。

A．3   B．4   C．5   D．不定

7．下面程序的输出结果是（   ）。

```
# include   <stdio.h>
void   main( )
{    int   i , sum = 0 ;
    for( i = 1 ; i <= 3 ; sum++ )  sum += i ;
    printf( " %d \n ", sum );
}
```

A．6   B．3   C．0   D．死循环

8．for 语句的一般形式如下，其中表示循环条件的是（   ）。

```
for(表达式1；表达式2；表达式3)   语句 ;
```

A．表达式 1   B．表达式 2   C．表达式 3   D．语句

9．下面有关 for 循环的正确描述是（   ）。

A．for 循环只能用于循环次数已经确定的情况

B．for 循环是先执行循环体语句，后判断表达式

C．在 for 循环中，不能用 break 语句跳出循环体

D．for 循环的循环体语句中，可以包含多条语句，但必须用花括号括起来

10．下列关于循环语句的描述，不正确的是（   ）。

A．循环语句由循环条件和循环体两部分组成

B．循环语句可以嵌套，即在循环体中可以用循环语句

C．循环语句的循环体可以是一条语句，也可以是复合语句，还可以是空语句

D．任何一种循环语句，它的循环体至少要被执行一次

二、填空题

1．C 语言中的 3 个循环语句分别是_____语句、_____语句和_____语句。

2．至少执行一次循环体的循环语句是_____。

3．while 语句的特点是_____，do-while 语句的特点是_____。

4．将 for(表达式 1；表达式 2；表达式 3)语句改写为 while 语句是_____。

5．break 语句的功能是_____。continue 语句的作用是_____。

6．break 语句只能用于_____语句和_____语句中。

三、程序阅读题（写出下面程序的输出结果）

1.

```c
# include   <stdio.h>
void   main( )
{    int   n = 9 ;
     while( n > 6 )
     {    n-- ;
          printf( " %d   " , n ) ;
     }
}
```

输出结果：

2.

```c
# include   <stdio.h>
void   main( )
{    int   x = 4 ;
     do
     {    printf( " %d \t " , x-- ) ;
     } while( !x ) ;
}
```

输出结果：

3. 若输入为：3 7 9 8 2 5 6 4 10 0

```c
# include   <stdio.h>
# define   N   10
void   main( )
{    int   i = 1 , x , s = 0 ;
     while( i <= N )
     {    scanf( "%d" , &x ) ;
          if( x%5 == 0 )   break ;
          s = s + x ;
     }
     printf( " s = %d \n " , s ) ;
}
```

输出结果：

4.

```c
# include   < stdio.h >
main( )
{    int   k = 4 , n = 0 ;
     for(   ; n < k ; n ++ )
     {    if( n % 3 != 0 )   continue ;
          k-- ;
     }
     printf( " %d , %d \n " , k , n ) ;
}
```

输出结果：

5.

```c
# include   < stdio.h >
# define   N   4
void   main( )
{    int   i , j , x , s = 0 ;
     for(   i = 1 ; i <= N ; i++ )
     {    x = 0 ;
          for( j = 1; j <= i ; j++ )
               x = x *10 + j ;
          s = s + x ;
     }
     printf( " s = %d \n ", s   ) ;
}
```

输出结果：

四、程序设计题

1．统计各位数字之和为 9 且能被 5 整除的所有 5 位数的个数。

2．有一个数列，前 3 项分别为 0，0，1，以后每一项都是前 3 项数之和，按每行 5 个的形式输出该数列的前 20 项。

3．输出 5~1000 之间的同构数，即一个数的平方的低位恰好等于该数。例如，$25^2 = 625$，$6^2 = 36$，$76^2 = 5776$。

4．从键盘输入一个自然数，输出它的所有质数因子，如 $54 = 1 * 2 * 3 * 3 * 3$。

第5章 数　　组

在实际编程中，常常需要对一组类型相同的数据进行处理。如果使用简单变量，程序处理起来会很繁琐，甚至无法实现。为了有效解决相同类型批量数据的处理问题，C语言引入了数组。

内容摘要：

- ☑　数组的概念
- ☑　一维数组、二维数组
- ☑　字符数组及常用字符串处理函数

学习目标：

- ☑　熟练掌握一维数组、二维数组、字符数组的定义及初始化方法
- ☑　熟练掌握一维数组、二维数组中的常用算法
- ☑　熟练掌握字符串的输入与输出方法

 项目5：一个班级的成绩处理

1．项目功能

（1）输入并存储一个班级一门课程的成绩，统计出该门课程的平均分、最高分、不及格人数、各分数段人数，然后按成绩排序输出名次。

（2）输入并存储一个班级期末成绩（每人4科），统计出该班每个学生的总分、平均分、不及格课程门数，每门课程的最高分、平均分、不及格人数，并按总分排名次，按名次输出班级成绩单。

（3）用户名、密码的输入与验证。

2．项目分解

该项目可分解为5个任务。

任务1：一个班级一门课程成绩的处理

任务2：一个班级多门课程成绩的处理

任务3：学生等级成绩的转换及学号、姓名的处理

任务4：系统安全性验证

任务5：班级期末成绩单的处理

5.1 一维数组及其应用

任务1 一个班级一门课程成绩的处理

知识与技能：

- ☑ 利用数组存储、访问多个数据
- ☑ 利用数组处理多个数据（求和、最大数、最小数、条件统计）
- ☑ 利用数组对多个数据进行排序

一、任务背景分析

一个班级通常有多名学生，该班的一门课程就会有多个成绩。显然，这是一批数据，它们具有相同的数据类型。在C语言中，利用数组和循环结构可以方便地解决批量数据的输入、存储、输出等操作。

任务分解：

（1）一个班级一门课程成绩的输入与输出。

（2）统计一门课程的平均分、最高分和不及格人数。

（3）统计一门课程各分数段的人数。

（4）按课程成绩排序并输出结果。

二、知识点介绍

1. 数组的概念

数组是指一组数目固定、数据类型相同的若干个数据的有序集合。它们按照一定的先后顺序排列而成，使用统一的数组名和不同的唯一下标来表示数组中的每一个数据。这一组数被称为一个数组，数组的每个数据被称为一个数组元素。

一个数组在内存中占用一段连续的空间，按顺序存放，数组名就是数组的首地址，即数组中第一个元素的地址。每个数组元素的存取是通过数组名和下标来实现的，其作用等同于变量，有时也将其称为带下标的变量。

在程序中，将数组和循环结构结合起来，利用循环对数组中的元素进行操作，可使算法大大简化，程序容易实现，工作效率明显提高。

数组包含一维数组和多维数组，常用的是一维数组和二维数组。

2. 一维数组的定义

一维数组是指只有一个下标的数组。定义一维数组的一般形式为：

```
数据类型符    数组名[ 常量表达式 ],… ;
```

例如：

```
int   a[10], b[2+5];     /* 定义了两个整型数组，a数组有10个元素，b数组有7个元素 */
```

说明：

① 数据类型符指数组的数据类型，也是数组中所有元素的类型，可以是整型、实型、字符型、指针、结构体和共用体等类型。在同一数组中，各个元素的类型必须相同。

② 数组名必须是合法的 C 语言标识符，它是数组元素共用的、统一的名字。

③ "[ ]" 是定义数组的标志，不可省略。"[ ]" 中只能是一个整型常量或整型常量表达式（一般用整型常量），它指出了数组中元素的个数，即数组的大小。

④ C 语言中，数组元素的下标是从 0 开始的。例如：

```
int    a[10];
```

数组 a 有 10 个元素，分别是 a[0]、a[1]、a[2]、a[3]、a[4] … a[9]，每个元素只能存放一个整型数据，不能存放其他类型的数据。

⑤ 数组在内存中占用的总字节数为：数组类型长度×数组元素个数。例如：

```
float    x[5];
```

数组 x 有 5 个元素，分别是 x[0]、x[1]、x[2]、x[3] 和 x[4]，在内存中，每个元素占 4 个字节，数组 x 共占用了 20 个字节的连续存储空间。

3．一维数组的初始化

数组元素的使用同普通变量一样，可以在定义数组时对数组元素进行初始化，也可以在程序中通过赋值语句给数组元素赋值。一维数组的初始化形式为：

```
数据类型符　数组名[常量表达式] = {初值1，初值2，…，初值n}；
```

即将所有初值按顺序写在 "{ }" 中，各初值之间用逗号间隔。编译时，系统将{ }中的初值按顺序依次赋给数组中的各元素。例如：

```
int    a[10] = { 1，2，3，4，5，6，7，8 }；
```

a 数组中各元素的位置及初始化后的内容如图 5-1 所示。

	a[0]	a[1]	a[2]	a[3]	a[4]	a[5]	a[6]	a[7]	a[8]	a[9]
a	1	2	3	4	5	6	7	8	0	0

图 5-1　数组 a 中各元素的位置及初始化后的内容

说明：

① "{ }" 中初值的个数不能超过数组的大小。初值可以是常量表达式。

② 若 "{ }" 中初值的个数小于数组的大小，则未初始化的数组元素，自动为 "零值"，即数值型数组元素的初值为 0，字符型数组元素的初值为空字符。

③ 初始化时，若给数组中的所有元素赋初值，可以省略[ ]内的常量表达式，数组大小默认为初值的个数。

④ 若没有对数组初始化，则数组元素的值是不确定的。

⑤ C 语言除了在定义数组时用初始化的方法为数组整体赋值之外，不能在其他情况下

【高职高专新课程体系规划教材·计算机系列】

对数组进行整体赋值。例如，下述定义及初始化语句是正确的：

```
int   a[6] = { 1 , 2 , 3 , 4 , 5 , 6 };        /*  定义数组的同时，对所有元素初始化  */
float  b[5] = { 1.0 , 2.8 };                    /*  仅给b[0]、b[1]初始化，b[2]~b[4]初值为0.0 */
int   c[ ] = { 1 , 2 , 3 };                     /*  对所有元素初始化，数组默认有3个元素  */
```

设有"int　a[6]；"，则下面的语句是错误的：

```
a[6] = { 1 , 2 , 3 , 4 , 5 , 6 };        错误。在定义之外对数组整体赋值
printf(" %d ", a[ ]);                      错误。对数组整体引用
```

【例5-1】用初始化方法使数组 a 的 10 个元素值分别为 1 , 2 , 3 , 4 , 5 , 6 , 7 , 8 , 9 , 10，然后将数组元素按顺序输出。

分析：数组 a 有 10 个元素，分别是 a[0] ~ a[9]，显然元素的下标有规律（0~9）。可以设一个循环变量 i，用来表示数组 a 中的元素下标，i 的初值应为 0，终值应为 9，增量为 1。结合循环，很容易输出数组 a 中的数据。程序如下：

```c
# include <stdio.h>
main( )
{    int   i , a[10] = { 1 , 2 , 3 , 4 , 5 , 6 , 7 , 8 , 9 , 10 };
     for( i = 0 ; i < 10 ; i++ )
          printf( " %4d ", a[i] );
     printf( " \n " );
}
```

运行结果：

```
1    2    3    4    5    6    7    8    9    10
```

 **课堂训练**：

上例若将数组 a 初始化为 { 3 , 5 , 13 , 1 }，程序的运行结果是什么？

4．引用一维数组元素

数组必须先定义，后使用。C 语言规定，对于数值型数组只能逐个引用数组中的各个元素，不能一次整体引用数组中的所有元素。对数组元素引用的形式为：

数组名[下标]

例如，设有"int　a[10] , i = 1；"，则下面语句对数组元素的引用都是正确的。

a[1] = 5；　　a[1+3] = i；　　a[i+3] = a[i*3] + 10；　　a[i] = a[a[3]] + 10；

说明：

① 下标值表示了一个数组元素在数组中的位置，它可以是整型常量或整型表达式（可以包含变量），只能用方括号[ ]括起来，不可用小括号( )括起来。

② C 语言规定，所有数组元素的下标都是从 0 开始的。在引用数组元素时，引用的下标要在数组的定义范围之内，不要越界。数组 a 元素的引用范围是 a[0] ~ a[9]。

③ C 语言中,数组名代表数组在内存中的首地址,是个地址常量。不能用数组名引用数组中的所有元素。

💡 提示:

C 语言编译系统不进行数组越界检测,倘若数组引用越界,编译时系统不会给出出错提示。运行这种程序,很有可能使用错误的数据或破坏其他系统的数据。

【例 5-2】从键盘输入 10 个整数,存入数组 a 中,然后分别按原序和逆序输出。

分析:按原序输出在【例 5-1】中已经介绍;按逆序输出只是从后往前输出,并不改变元素在内存中的存放顺序。程序如下:

```c
# include <stdio.h>
main( )
{   int   i, a[10];
    for( i = 0 ; i < 10 ; i++ )                 /* 输入数据 */
        scanf( "%d" , &a[i] );
    for( i = 0 ; i < 10 ; i++ )                 /* 按原序输出数据 */
        printf( " %4d " , a[i] );
    printf( " \n " );
    for( i = 9 ; i >= 0 ; i— )                  /* 按逆序输出数据 */
        printf( " %4d " , a[i] );
}
```

运行程序,输入:3   1   17   13   14   5   16   7   18   9 ↙(也可用回车符间隔数据)

输出:

3	1	17	13	14	5	16	7	18	9
9	18	7	16	5	14	13	17	1	3

📖 课堂训练:

① 写出产生 20 个随机整数,按原序、逆序输出的程序。

② 利用数组,写出能够产生并输出 11~20 序列的程序。

5. 一维数组常用算法

(1)最值算法

【例 5-3】求一组数中的最大数及位置。数据为 3,5,13,1,8,6,15,9,2,10。

分析:求一组数中的最大数或最小数的算法在第 4 章已介绍。利用数组,此算法就更加容易实现。算法简单描述如下:

① 定义变量:定义符号常量 N,用以确定数据的个数;定义整型数组 a[N],用于存放这组数据;定义变量 max、w,用于存放最大数及其下标;定义变量 i,用作循环变量。

② 把数组中的第 1 个数赋给 max,并将其下标赋给 w。

③ 从数组中的第 2 个数开始,让 max 和所有元素逐个比较,若某个元素的值大于 max,则将该元素的值赋给 max,并将其下标赋给 w,一直比较到最后一个元素。

④ 比较结束,max 中的数即为最大数,w 中的数即是最大数的下标。程序如下:

```
# include <stdio.h>
main( )
{   int  i, a[10] = { 3 , 5 , 13 , 1 , 8 , 6 , 15 , 9 , 2 , 10 } , max , w ;
    for( i = 0 ; i < 10 ; i++ )                                    /* 输出数据 */
        printf( " %4d " , a[i] ) ;
    max = a[0] ;   w = 0 ;                                    /* 赋第1个数给max */
    for( i = 1 ; i < 10 ; i++ )               /* 从第2个数开始，求最大数及位置 */
        if( a[i] > max )  {   max = a[i] ;   w = i ;  }
    printf( "\t max = %d ,  w = %d \n" , max , w +1 ) ;          /* 输出结果 */
}
```

运行结果：

| 3 | 5 | 13 | 1 | 8 | 6 | 15 | 9 | 2 | 10 | max = 15 ， w = 7 |

课堂训练：

① 请写出求最小数的程序。

② 请写出将最大数放入数组中第一个位置的程序。

③ 若要在一组数中，查找一个指定的数据及其位置，如何实现？

（2）选择排序算法

对一组数据进行排序，算法很多，常用"选择法"和"冒泡法"，两种算法各有优缺点。

【例5-4】用选择法对随机产生的 N 个（N 定义为 10）整数进行降序排序（从大到小）。

分析：

① N 个随机整数需要用数组存放。假设数据放在 a 数组的 a[0]~a[N-1]中。

② "选择排序法"算法描述如下：

对于 N 个数，需要进行 N-1 趟排序。

第 1 趟：在 N 个元素（a[0]~a[N-1]）中，找出最大值元素及其下标，将最大值元素与第 1 个元素进行交换，即 a[0]与最大值元素交换。

第 2 趟：第 1 个元素（即 a[0]）不再参加排序。从 a[1]~a[N-1]中找出最大值元素及其下标，将最大值元素与第 2 个元素进行交换，即最大值元素与 a[1]交换。

依此类推，经过 N-1 趟排序，N 个数即按降序排列。

③ 定义变量：需要定义的整型变量有数组 a[N]、i、j、max、w、t。其中，数组 a 用于存放待排序的数据；i 用作循环变量，用于表示排序的趟数；j 也用作循环变量，用于表示每一趟中的比较次数；max 和 w 用于存放每一趟中的最大数及最大数的位置；t 作中间变量，用于数据的交换。

④ 程序推导过程如下：

第 1 步：将待排序的数列放入一个 a 数组的 a[0] ~ a[N-1]中（用初始化的方法或从键盘输入或利用 rand 函数产生），然后按原始顺序输出（此功能段程序前文已讲，此处略）。

第 2 步：写出从 a[0]~a[N-1]中找最大值元素及其下标，将最大值元素与 a[0]交换的程序段（第 1 趟程序）。

```
max = a[0]；  w = 0；                          /* 赋第1个数给max */
for( j = 1；j < N；j++ )                        /* 从第2个数开始，求最大数及位置 */
    if ( a[j] > max )  {  max = a[j]；  w = j；  }
t = a[0]；  a[0] = a[w]；  a[w] = t；
```

第 3 步：写出从 a[1]~a[N-1]中找最大值元素及其下标，将最大值元素与 a[1]交换的程序段（第 2 趟程序，方法同上，请读者自己写出）。

第 4 步：写出从 a[i]~a[N-1]）中找最大值元素及其下标，将最大值元素与 a[i]交换的程序段。

```
max = a[i]；  w = i；                          /* 赋第i+1个数给max */
for( j = i+1；j < N；j++ )                      /* 从第i+2个数开始，求最大数及位置 */
    if ( a[j] > max )  {  max = a[j]；  w = j；  }
t = a[i]；  a[i] = a[w]；  a[w] = t；          /* a[i]与最大数交换 */
```

第 5 步：在第 4 步的基础上，推导出排序程序段。即让第 4 步循环 N-1 次，让 a[i]从 a[0]变到 a[N-2]，即可找出每一趟的最大数，与每一趟最前面的数据交换。不难看出，让 a[i]从 a[0]变到 a[N-2]，只需让 i 从 0 变到 N-2，对 a[i]操作即可。N 个数按降序排序的程序段如下：

```
for ( i = 0；i < N-1；i++ )
{   max = a[i]；  w = i；
    for( j = i+1；j < N；j++ )
        if ( a[j] > max )  {  max = a[j]；  w = j；  }
    t = a[i]；  a[i] = a[w]；  a[w] = t；
}
```

第 6 步：输出排序后的数据。

第 7 步：按照上述步骤，将各程序段按顺序整合，即可得到选择排序法程序。按此方法推出的程序容易理解，也便于记忆，请读者尝试完成。

N 个 0 ~ 100 之间的随机整数用选择排序法按降序排序的程序如下（N 为 10）：

```
# include "stdio.h"
# include "stdlib.h"                    /* 函数rand( )的头文件 */
# include "time.h"                      /* 函数time( )的头文件 */
# define   N   10                       /* 定义符号常量N */
main( )
{    int   a[N]，i，j，max，w，t；
     srand( ( unsigned )time ( NULL ) )；   /* 随机数种子数 */
     for( i = 0；i <= N-1；i ++ )           /* 把产生的0~100之间的随机数放入数组中 */
         a[i] = rand ( ) % 100；
     printf(" 排序前的数列: \n " )；
     for( i = 0；i <= N-1；i++ )            /* 输出排序前的数列 */
         printf( " %5d"，a[i] )；
     printf( " \n")；                       /* 换行，使排序结果从下一行显示 */
     for( i = 0；i < N-1；i++ )             /* 变量i控制循环的趟数*/
     {   max = a[i]；  w = i；              /* 找每一趟中的最大数及位置 */
         for( j = i +1；j <= N-1；j++ )     /* 变量j控制每一趟中比较的次数 */
```

【高职高专新课程体系规划教材·计算机系列】

```
        if( max < a[j] )  {  max = a[j] ;  w = j ; }
            if( w != i )  {  t = a[i] ;  a[i] = a[w] ;  a[w] = t ; }        /* 对调数据 */
    }
    printf( " 排序后的数列: \n " );
    for( i = 0 ; i <= N-1 ; i++ )                                          /* 输出排序后的数列 */
        printf( " %5d", a[i] );
}
```

运行结果:

排序前的数列:

| 56 | 14 | 94 | 25 | 15 | 32 | 96 | 59 | 91 | 33 |

排序后的数列:

| 96 | 94 | 91 | 59 | 56 | 33 | 32 | 25 | 15 | 14 |

课堂训练:

① 上例中,若希望按升序(从小到大)排序,应如何修改程序?

② 语句 "if(w != i) { … }" 表示的是什么情况?

③ 能否用语句 "t = a[i] ; a[i] = max ; max = t ;" 进行数据的交换?

（3）冒泡排序算法

【例 5-5】用冒泡法对 6 个数据按升序排序。数据为 6,9,2,5,3,1。

分析:

① 6 个数据,需要用数组存放。设数据放在 a 数组的 a[0]~a[5] 中。

② "冒泡排序法" 算法描述如下:对于 6 个数据,需要进行 5 趟排序。

第 1 趟:对 6 个数据进行排序(a[0]~a[5])。按从前往后的顺序,将相邻的两个数进行比较,即 a[0] 与 a[1]、a[1] 与 a[2]、a[2] 与 a[3]、a[3] 与 a[4]、a[4] 与 a[5] 进行比较,总共比较 5 次。如果前面的数大,后面的数小,则交换这两个数,使得大数往后放,小数往前放。经过这样一趟比较、交换,最大数被放到了数列的最后(a[5]中),小数向前移放了一个位置。第 1 趟排序后的数列为 6,2,5,3,1,9。

第 2 趟:最大数 9（a[5]）不参加排序,剩余 5 个数据（a[0]~a[4]）参加排序,方法同上,总共比较 4 次。第 2 趟排序后的数列为 2,5,3,1,6。

依此类推,经过 5 趟排序,6 个数即按升序排列。

③ 变量定义:需要定义的整型变量有数组 a[6],i,j,t 。其中,数组 a 用于存放待排序的数列;i 用作循环变量,用于表示排序的趟数;j 也用作循环变量,用于表示每一趟中的比较次数;t 作中间变量,用于数据的交换。

④ 仿照"选择排序算法"的程序推导过程,写出冒泡排序法的推导过程。

i）写出第 1 趟的排序程序段（i = 1）。

```
for( j = 0 ; j < 5 ; j++ )
    if( a[j] > a[j+1] )  {  t = a[j] ;  a[j] = a[j+1] ;  a[j+1] = t ; }
```

高职高专新课程体系规划教材·计算机系列

ii）写出第 2 趟的排序程序段（i＝2）。

```
for ( j = 0 ; j < 4 ; j++ )
    if ( a[j] > a[j+1] )    {   t = a[j] ;   a[j] = a[j+1] ;   a[j+1] = t ;  }
```

iii）仿照上述方法，分别写出第 3 趟、第 4 趟、第 5 趟的排序程序段（i＝3，4，5）。

iv）总结上述各程序段，写出完整的排序程序段。

观察上述几段程序，不难发现：每一趟循环的初值都从 0 开始（j＝0），循环体一样，循环的终值随着趟数的增加而减少。第 1 趟：i＝1，j＜5；第 2 趟：i＝2，j＜4 …… 第 5 趟（最后一趟）：i＝5，j＜1。分析上述数据，可以总结出第 i 趟的循环终值是：j＜6－i（也可用 j＜＝5－i），i 的变化范围为 1~5。完整的排序程序段为：

```
for ( i = 1 ; i <= 5 ; i++ )
    for ( j = 0 ; j < 6-i ; j++ )
        if ( a[j] > a[j+1] )    {   t = a[j] ;   a[j] = a[j+1] ;   a[j+1] = t ;  }
```

⑤ 写出用冒泡法实现 6 个整数按升序排序的完整程序。程序如下：

```
# include <stdio.h>
main( )
{   int   a[6] = { 9 , 6 , 2 , 5 , 3 , 1 } , i , j , t ;
    for( i = 0 ; i < 6 ; i++ )
    printf( " %4d " , a[i] ) ;
    printf( " \n " ) ;
    for( i = 1 ; i <= 5 ; i++ )                     /* 6个数，比较5趟 */
        for( j = 0 ; j <= 5-i ; j++ )               /* 每趟中，a[j]的下标范围 */
            if( a[j] > a[j+1] ) {   t = a[j] ;   a[j] = a[j+1] ;   a[j+1] = t ;  }
    for( i = 0 ; i <= 5 ; i++ )
        printf( " %4d " , a[i] ) ;
    printf( " \n " ) ;
}
```

运行结果：

```
9    6    2    5    3    1
1    2    3    5    6    9
```

课堂训练：

上例中，若希望按降序排序，应如何修改程序？若存在 N 个数，应如何修改程序？

三、任务的实现

1）一个班级一门课程成绩的输入与输出

任务描述：一个班级通常有多名学生，现假设班级有 10 名学生，课程为英语，成绩为百分制整数，请输入、保存每个学生的英语成绩，然后按顺序输出。

（1）分析：10 名学生的成绩需要用一个一维数组来存放，要逐个输入、输出数据，应使用循环结构。考虑到每个班级人数的不统一，班级人数用符号常量表示。

（2）实现的程序：

```
# include    <stdio.h>
# define   N   10                        /* N代表班级人数 */
main( )
{    int   en[N] , i ;                     /* 定义数组en用于存放班级的英语成绩 */
     printf( " 请输入课程成绩: " );
     for( i = 0 ; i < N ; i++ )            /* 输入英语成绩 */
         scanf( "%d" , &en[i] );
     printf( " \n " );
     for( i = 0 ; i < N ; i++ )            /* 输出英语成绩 */
         printf( " %4d " , en[i] );
}
```

（3）运行结果：

运行程序，显示：

请输入课程成绩:（输入数据）92 87 60 56 66 77 88 93 6 10✓

输出结果：

92 87 60 56 66 77 88 93 6 10

说明：

① 输入数据时只能用空格或回车符间隔数据，不能用逗号。

② 在调试程序的过程中，可将符号常量 N 的值取小一些，以减少输入数据的个数。

课堂训练：

① 如何验证输入成绩的合法性？

② 请写出实现从键盘输入每名学生的平时成绩和期末成绩，按比例计算课程总评成绩，然后输出总评成绩的程序。

2）统计一门课程的平均分、最高分和不及格人数

任务描述：在输入与输出一个班级一门课程成绩的基础上（班级有 10 名学生，课程为英语，成绩为百分制整数），统计出该门课程的平均分、最高分和不及格人数。

（1）分析：

① 统计平均分需要先计算课程的总分。总分（即累加和）、最高分（即最大数）的算法前面已介绍过。利用数组，可以把所有数据先按顺序存储，然后再进行处理。

② 统计不及格人数需要利用循环和选择结构，逐一对数组中的元素进行判断，若元素的值小于 60，则统计不及格人数的变量增加 1。统计总分、不及格人数变量的初值应为 0。

（2）实现的程序：

```
# include    <stdio.h>
# define   N   10                            /* N代表班级人数 */
main( )
{    int   en[N] , i , sum = 0 , high , num = 0 ;
```

```
    float    ave ;
    printf( " 请输入课程成绩:" );
    for( i = 0 ; i < N ; i++ )                        /* 输入英语成绩 */
        scanf( "%d" , &en[i] );
    printf( " \n " );
    for( i = 0 ; i < N ; i++ )                        /* 输出英语成绩 */
    printf( " %4d " , en[i] );
    for( i = 0 ; i < N ; i++ )                        /* 计算总分 */
        sum += en[i] ;
    ave = ( float ) sum / N ;                         /* 计算平均分 */
    high = en[0] ;                                    /* 找最高分 */
    for( i = 1 ; i < N ; i++ )
        if( high < en[i] )   high = en[i] ;
    for( i = 0 ; i < N ; i++ )                        /* 统计不及格人数 */
        if( en[i] < 60 )   num++ ;
    printf( " \n ave = %.2f,   high = %d,   num = %d \n" , ave , high , num ) ;
}
```

（3）运行结果：

运行程序，显示：

请输入课程成绩:（输入数据）92   87   60   56   66   77   88   93   6   10✓

输出结果：

92   87   60   56   66   77   88   93   6   10
ave = 63.50 ,   high = 93 ,   num = 3

📖 **课堂训练:**

写出歌唱比赛中去掉 10 个评委最高分、最低分，求选手平均分的程序。

3）统计一门课程各分数段的人数

任务描述：统计一个班级一门课程各分数段的人数（设班级有 14 名学生，课程仍为英语，成绩为百分制整数）。

（1）分析：

① 一个班级一门课程的成绩需要用数组存放，为简化程序，成绩用初始化的方法输入。

② 分数段为 0~59，60~69，70~79，80~89，90~100。统计需要用 5 个变量，在此，用数组 num 来存放统计结果，num[0]用于统计 0~59 分数段人数，num[1]用于统计 60~69 分数段人数，依此类推。注意，数组 num 的初值应该为 0。

③ 统计时，将百分制成绩除以 10 变换到 0~10 之间，用 switch 语句进行判断统计。

（2）实现的程序：

```
# include   <stdio.h>
# define   N   14                              /* N代表班级人数 */
main( )
{    int   en[N] = { 34 , 60 , 79 , 89 , 59 , 70 , 90 , 80 , 99 , 16 , 67 , 56 , 72 , 81 };
     int   num[5] , i ;                         /* 定义num数组存放统计结果 */
```

【高职高专新课程体系规划教材·计算机系列】

```
        printf(" 输出原始成绩:\n");
        for( i = 0 ; i < N ; i++)                    /* 输出原始成绩 */
            printf( "%4d" , en[i] );
        printf( "\n" );
        for( i = 0 ; i < 5 ; i++)                    /* 将存放统计结果的数组清0 */
            num[i] = 0 ;
        for( i = 0 ; i < N ; i++)                    /* 统计各分数段人数 */
        {   switch( en[i]/10 )
            {   case   10 :
                case   9 :   num[4]++ ;   break ;     /* 统计90~100分人数 */
                case   8 :   num[3]++ ;   break ;     /* 统计80~89分人数 */
                case   7 :   num[2]++ ;   break ;     /* 统计70~79分人数 */
                case   6 :   num[1]++ ;   break ;     /* 统计60~69分人数 */
                default :    num[0]++ ;               /* 统计0~59分人数 */
            }
        }
    printf(" 输出统计结果:\n");                        /* 下面输出表头 */
    printf(" 0 ~ 59 \t 60 ~ 69 \t 70 ~ 79 \t 80 ~ 89 \t 90 ~ 100 \n");
    for( i = 0 ; i <= 4 ; i++)                        /* 输出统计结果 */
        printf("   %d   \t", num[i] );
}
```

（3）运行结果：

输出原始成绩：

| 34 | 60 | 79 | 89 | 59 | 70 | 90 | 80 | 99 | 16 | 67 | 56 | 72 | 81 |

输出统计结果：

0~59	60~69	70~79	80~89	90~100
4	2	3	3	2

4）按课程成绩排序并输出排序结果

任务描述：编写一个通用程序，实现输入一个班级一门课程成绩，先按原序输出，再按高分到低分排名次，最后输出排名的结果（设每个班级人数不超过50名，要排名的班级人数从键盘指定，课程仍为英语，成绩为百分制整数）。

（1）分析：

① 一个班级一门课程成绩的输入、输出及排序程序已讲过。此任务的关键是实现程序的通用性。用符号常量N代表班级最多人数，每个班级的确切人数从键盘输入。

② 排序算法用冒泡法。

（2）实现的程序：

```
# include   <stdio.h>
# define   N   50                                /* N代表班级最多人数 */
main( )
{   int en[N],n,i,j,t;    /* i,j作循环变量；n存放班级确切人数；t作临时变量 */
    printf(" 请输入班级人数（n < 50）:");
```

```
        scanf( "%d" , &n );                              /* 输入班级人数 */
        printf( " 请依次输入课程成绩:" );
        for( i = 0 ; i < n ; i++ )                       /* 输入成绩 */
            scanf ( "%d" , &en[i] );
        printf( " \n排序前的数据:" );
        for( i = 0 ; i < n ; i++)                        /* 按原序输出成绩 */
            printf( "%4d" , en[i] );
        for( i = 1; i <= n ; i++)                        /* 用冒泡法排序 */
            for( j = 0 ; j <= n-i ; j++)
                if( en[j] < en[j+1] ) { t = en[j] ; en[j] = en[j+1] ; en[j+1] = t ; }
        printf( " \n 排序后的数据:" );
        for( i = 0 ; i < n ; i++)                        /* 输出排序后的成绩 */
            printf( "%4d" , en[i] );
    }
```

（3）运行结果：

运行程序，显示：

请输入班级人数（n < 50）：6↙
请依次输入课程成绩: 92　87　60　56　66　77↙

输出结果：

排序前的数据: 92　87　60　56　66　77
排序后的数据: 92　87　77　66　60　56

四、知识扩展

1. 数列求解

【例 5-6】利用数组求 Fibonacci 数列的前 20 项并按每行 5 个数输出。Fibonacci 数列为 1　1　2　3　5　8　13　21　34　55 …

分析：Fibonacci 数列的第 1 项、第 2 项为 1，从第 3 项开始，每一项的值总是其前两项值之和，因有多项数据需要保存，故选择使用一维数组，若数组的下标从 0 开始，则有 $f[0] = f[1] = 1$，$f[i] = f[i-2] + f[i-1]$（$i \geq 2$）。由于要计算到第 20 项，数值可能较大，故将存放 Fibonacci 数列的数组定义为 long 类型。程序如下：

```
# include   <stdio.h>
main( )
{    int  i;
     long   f [20] = { 1 , 1 };
     for( i = 2 ; i < 20 ; i++ )                     /* 从第3项开始计算 */
         f [i] = f [i-2] + f [i-1];
     for( i = 0 ; i < 20 ; i++ )
     {    if( i % 5 == 0 )   printf(" \n ");          /* 控制换行，每行输出5个数据 */
          printf( "%12ld ", f[i] );                   /* 长整型数据也可按%d格式输出 */
     }
}
```

运行结果：

1	1	2	3	5
8	13	21	34	55
89	144	233	377	610
987	1597	2584	4181	6765
10946	17711	28657	46368	75025

2. 插入/删除数据

【例 5-7】在一个数列的指定位置之后插入一个数据。已知数列为 1，4，3，9，5，8，7，2，6，10，插入的位置由用户指定。请编写程序。

分析：

① 在一个数列的指定位置之后插入一个数据，需要从指定位置之后开始将所有数据顺次后移一个位置，把插入位置空下来，然后将要插入的数据放入其中即可。

② 数据后移时，有多种方法。最简单的方法是从最后一个数据开始后移，直到指定位置后，即将 b[i]→b[i+1]（注意，数列在数组中的下标从 0 开始）。程序如下：

```
# include   <stdio.h>
# define   N   10
main( )
{   int   i , b[N+1] = { 1 , 4 , 13 , 9 , 5 , 8 , 7 , 2 , 6 , 10 } , n , x ;
    printf(" the source order is : " );
    for( i = 0 ; i < N ; i++ )                    /* 输出插入前的数列 */
        printf( " %4d " , b[i] );
    printf("\n" );
    printf(" Please input insert position , data : " );   /* 提示信息 */
    scanf("%d,%d" , &n , &x );                    /* 输入插入位置及数据 */
    for( i = N-1 ; i >=n ; i-- )                  /* 后移数据 */
        b[i+1] = b[i] ;
    b[n] = x ;                                    /* 插入数据 */
    printf( " the result is : \n" );
    for( i = 0 ; i < N+1 ; i++ )                  /* 输出插入后的数列 */
        printf( " %5d " , b[ i ] );
}
```

运行程序，显示：

```
the source order is :    1    4    13    9    5    8    7    2    6    10
Please  input  insert  position , data:（输入）3 , 222↵
```

输出结果：

```
1    4    13    222    9    5    8    7    2    6    10
```

课堂训练：

① 若要在指定位置处删除数据，如何实现？

② 若要删除数列中的一个数据（可以指定数据或位置），如何实现？

3．数制转换

【例 5-8】 编程将一个十进制整数转换为二进制数。

分析：

① 将十进制整数转换为二进制数，采用除 2 取余法，直到商为 0 为止，最先得到的余数为最低位，最后得到的余数为最高位。

② 由于会有多个余数，故需要用一个一维数组来存放余数，注意余数存放的顺序，低位在前，高位在后。设转换后的二进制数最长不超过 10 位。程序如下：

```c
# include   <stdio.h>
# define   N   10
main( )
{   int   x , b[N] = { 0 } , n , m , i , y ;
    printf("请输入数据: ") ;   scanf("%d" , &x ) ;          /* 输入数据 */
    n = x ;   m = 0 ;
    while( n != 0 )
    {   y = n % 2 ;                                     /*y用于获取除2后的余数 */
        n = n / 2 ;                                     /*n用于获取除2后的商 */
        b[m] = y ;                /* m 是获取的余数顺序, 即放入数组中的对应下标 */
        m++ ;
    }
    for ( i = m -1 ; i >= 0 ; i-- )                      /* 输出转换后的二进制数 */
        printf( "%d" , b[ i ] ) ;
}
```

运行程序，显示：请输入数据:（输入数据）65

输出结果：

```
1 0 0 0 0 0 1
```

课堂训练：

若要转换为八进制、十六进制，如何实现？小数部分如何转换？

> 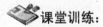**本节教学建议：**
>
> （1）实验：5.6 实验任务 1
> （2）作业：习题 5　一、1～8，二、1～2，三、1～4

5.2　二维数组及其应用

任务 2　一个班级多门课程成绩的处理

知识与技能：

☑　利用二维数组和双重循环存储、访问多行多列数据

☑ 利用二维数组，对多行多列数据按行、按列求和

☑ 利用二维数组，解决多行多列数据的统计问题

一、任务背景分析

通常，一个学期每个班级都有多门课程。这样，一个班级的每名学生就有多门课程的成绩，如果把一个学生的各门课程成绩放一行，全班的成绩就是一张二维表格，呈现多行多列的特征。在 C 语言中，利用二维数组和循环结构可以方便地解决这种数据的输入、存储、输出等操作。

任务分解：

（1）一个班级多名学生、多门课程成绩的输入与输出。

（2）统计个人总分、平均分和不及格门数。

（3）统计每门课程的最高分、平均分和不及格人数。

二、知识点介绍

1. 二维数组的定义

有两个下标的数组称为二维数组。定义二维数组的一般形式为：

> 类型说明符　数组名[常量表达式1] [常量表达式2] , … ;

例如：

```
int    a[3][4] ;                    /* a为3行4列的整型数组 */
float  b[4][6] ;                    /* b为4行6列的实型数组 */
```

说明：

① 与定义一维数组相比，二维数组增加了一个下标[常量表达式 2]。

② 通常，将"常量表达式 1"称为行下标，表示二维数组的行数；将"常量表达式 2"称为列下标，表示二维数组的列数。

③ 每一维的下标都从 0 开始。

上面定义的数组 a，有 3 行 4 列，共 12 个元素，这些元素按行列形式排成的数组及元素之间的关系，如图 5-2 所示。

		第 0 列	第 1 列	第 2 列	第 3 列	
a	a[0] ——	a[0][0]	a[0][1]	a[0][2]	a[0][3]	第 0 行
	a[1] ——	a[1][0]	a[1][1]	a[1][2]	a[1][3]	第 1 行
	a[2] ——	a[2][0]	a[2][1]	a[2][2]	a[2][3]	第 2 行

图 5-2　二维数组及元素之间的关系

说明：

① 在 C 语言中，可以把一个二维数组看作是一个特殊的一维数组。例如，在图 5-2 中，

【高职高专新课程体系规划教材·计算机系列】

可以把 a 数组看作由 3 个元素 a[0]、a[1]、a[2]组成的一个一维数组，而 a[0]、a[1]、a[2]又分别包含了各自的 4 个元素，即可将 a[0]、a[1]、a[2] 分别看作为包含 4 个元素的一维数组。其间的关系如图 5-2 所示。

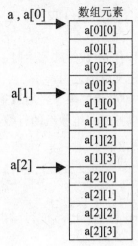

②　二维数组在内存中也占用一片连续的存储区域。C 语言中二维数组元素的存放顺序是按行存放，即在内存中先顺序存放第一行元素，再接着存放第二行元素。二维数组在内存中的存放顺序如图 5-3 所示。

2．二维数组的初始化

图 5-3　数组 a 的存储顺序

二维数组有行和列的区分，对二维数组进行初始化，可使用以下方法：

（1）按行对二维数组元素进行初始化。例如：

```
int   a[2][3] = { { 1 , 2 , 3 } , { 4 , 5 , 6 } } ;
```

则 a 数组为：$\begin{bmatrix} 1 & 2 & 3 \\ 4 & 5 & 6 \end{bmatrix}$

（2）按数据排列顺序对各数组元素赋初值。例如：

```
int   b[3][4] = { 1 , 2 , 3 , 4 , 5 , 6 , 7 , 8 , 9 , 10 } ;
```

则 b 数组为：$\begin{bmatrix} 1 & 2 & 3 & 4 \\ 5 & 6 & 7 & 8 \\ 9 & 10 & 0 & 0 \end{bmatrix}$

（3）只对部分元素赋初值：若只对部分元素赋初值，未赋初值的元素为 0。例如：

```
int   c[3][4] = { { 3 , 5 } , { 8 } , { 7 , 0 , 2 } } ;
```

则 c 数组为：$\begin{bmatrix} 3 & 5 & 0 & 0 \\ 8 & 0 & 0 & 0 \\ 7 & 0 & 2 & 0 \end{bmatrix}$

（4）对所有元素赋初值，定义数组时可不指定第一维的大小。例如：

```
int   d[ ][3] = { 1 , 2 , 3 , 4 , 5 , 6 } , e[ ][3] = { 1 , 2 , 3 , 4 , 5 } ;
```

则 d 数组为：$\begin{bmatrix} 1 & 2 & 3 \\ 4 & 5 & 6 \end{bmatrix}$，e 数组为：$\begin{bmatrix} 1 & 2 & 3 \\ 4 & 5 & 0 \end{bmatrix}$

在定义二维数组时，若省略第一维的大小，此时系统会根据初值的个数及第二维的大小确定第一维的值，即一行一行地存放，但第二维的大小不可省略。例如：

int   d[2][ ] = { 1 , 2 , 3 , 4 , 5 , 6 } ；　或　int   d[ ][ ] = { 1 , 2 , 3 , 4 , 5 , 6 } ;都是错误的。

3．二维数组元素的引用

与一维数组元素的引用相类似，二维数组元素的引用形式为：

数组名[下标1][下标2]

例如，a[1][2]，a[i+1][2] 等。

说明：

① 在引用二维数组的元素时，下标 1、下标 2 可以是整型常量或整型表达式，其值都应在数组的定义范围之内。

② 对二维数组的操作采用双重循环来实现。一般把数组的"下标 1"作为外循环的循环变量，用以控制二维数组的行数，把"下标 2"作为内循环的循环变量，用以控制二维数组的列数。例如：

```
int   a[3][4] = { { 1,2,3,0 },{ 4,5,6 },{ 7,8,9 } },i,j;
for( i = 0 ; i <= 2 ; i++ )                    /* 输出3行4列的整型数组a */
{    for( j = 0 ; j <= 3 ; j++ )
         printf( " %5d ", a[i][j] );
     printf( "\n" );
}
```

4．二维数组应用举例

（1）数阵求解

【例 5-9】编程，用循环结构生成图 5-4 所示数阵，然后将其输出。

```
1  1  1
2  2  2
3  3  3
```

图 5-4　例题【5-9】数阵

分析：此问题算法在第 4 章已介绍，每行的数字相同，且与行号有关。要存储这样的数阵，需要用一个 3 行 3 列的二维数组。由于对二维数组的操作通常需要逐行逐列进行，故用外循环表示行的变化，内循环表示列的变化。程序如下：

```
# include <stdio.h>
main( )
{    int   a[3][3],i,j;
     for( i = 0 ; i <= 2 ; i++ )                /* 产生3行3列的整型数组a */
         for( j = 0 ; j <= 2 ; j++ )
             a[i][j] = i + 1;
     for( i = 0 ; i <= 2 ; i++ )                /* 输出3行3列的整型数组a */
     {    for( j = 0 ; j <= 2 ; j++ )
             printf( " %5d ", a[i][j] );
         printf( "\n" );
     }
}
```

课堂训练：

若要输出的数阵为下列几种形式，如何实现？

1 2 3	1 2 3	1	3 2 1
1 2 3	4 5 6	1 2	2 1
1 2 3	7 8 9	1 2 3	1

（2）二维数组的最值求解

【例 5-10】 在一个 3×4 的数组中，编程求解最小值及其所在的位置（行号和列号）。

分析：

① 求二维数组中最小元素值及其所在行号和列号，算法与一维数组基本相同。

② 算法简单描述：将数组中的第 1 个元素先赋给变量 min，并用变量 row 和 col 记录起始行号、列号，然后从第 1 个元素开始，每个元素和 min 进行比较，将值小的元素赋给 min，并由 row 和 col 记录对应的行号与列号，一直比较到最后一个元素。min 中的数值即为最小值元素，row 和 col 中的数值即为最小值元素所在的行号、列号。程序如下：

```c
# include <stdio.h>
main( )
{   int  a[3][4] = { { 2 , -2 , 30 , 0 } , { 10 , 5 , -8 , -64 } , { 1 , 2 , 54 , -33 } };
    int  i , j , row , col , min ;
    for( i = 0 ; i < 3 ; i++ )                       /* 输出数组 */
    {   for( j = 0 ; j < 4 ; j++ )
            printf( "%4d " , a[i][j] );
        printf( "\n" );
    }
    min = a[0][0] ;   row = 0 ;   col = 0 ;           /* 求最小数及位置 */
    for( i = 0 ; i < 3 ; i++ )
        for( j = 0 ; j < 4 ; j++ )
            if( min > a[i][j] )  {   min = a[i][j] ;   row = i ;   col = j ;   }
    printf( " min = %d ,   row = %d ,   col = %d \n" , min , row +1 , col +1 );
}
```

运行结果：

```
2    -2   30    0
10    5   -8   -64
1     2   54   -33
min = -64 ,   row = 2 ,   col = 4
```

（3）二维数组行、列求和

【例 5-11】 设有如下数据，请编程计算各行、各列之和及总和，并按右边样式输出。

数据如下：

```
4 6 1 8
3 7 2 6
8 5 4 9
```

输出样式：

```
4    6    1    8    19
3    7    2    6    18
8    5    4    9    26
15   18   7    23   63
```

分析：

① 对于行列形式的数据，用二维数组存储和处理很方便。由于要存放各行、各列的和，故应将数组定义得大一些。对于本例，由于处理的数据为 3 行 4 列，因此可将数组定义为 a[4][5]。其中，第 5 列用于存放每行的和，第 4 行用于存放每列的和。

② 按行求和。由于有 3 行，故可用循环结构实现每行的求和，循环变量 i 的变化范围为 0～2。由于每行有 4 个元素，每行的和可用循环累加的方法（注意，每行累加时，存放和的变量应该从 0 开始），然后将和放到每行的第 5 列。也可将 4 个元素直接相加，或直

【高职高专新课程体系规划教材·计算机系列】

接累加到每行的第 4 列。

③ 按列求和。按列求和与按行求和方法类似，不同的是，外循环是列的变化，内循环是行的变化。最后，按行、列形式输出。程序如下：

```
# include <stdio.h>
main( )
{   int   a[4][5] = { { 4 , 6 , 1 , 8 } , { 3 , 7 , 2 , 6 } , { 8 , 5 , 4 , 9 } } , i , j , sum ;
    for( i = 0 ; i <= 2 ; i++ )                    /* 按行求和 */
    {   sum = 0 ;
        for( j = 0 ; j <= 3 ; j++ )
            sum += a[i][j];                        /* 也可用a[i][4] += a[i][j] ; */
        a[i][4] = sum;
    }
    /*———————————— 按列（第0～4列）求和（包括总和）————————————*/
    for( j = 0 ; j <= 4 ; j++ )
    {   sum = 0 ;
        for( i = 0 ; i <= 2 ; i++ )
            sum += a[i][j];                        /* 也可用a[3][j] += a[i][j] ; */
        a[3][j] = sum;
    }
    /*———————————————— 输出结果 ————————————————*/
    for( i = 0 ; i <= 3 ; i++ )
    {   printf( " \n " ) ;
        for( j = 0 ; j <= 4 ; j++ )
            printf( " %4d " , a[i][j] ) ;
    }
}
```

程序运行结果，如图 5-5 所示。

图 5-5　【例 5-11】运行结果

课堂训练：

阅读下面程序段，说出该程序段实现的功能？

```
for( i = 0 ; i < 3 ; i++ )
{   for( j = 0 ; j <=3 ; j++ )
    {   a[i][4] += a[i][j] ;
        a[3][j] += a[i][j] ;
        a[3][4] += a[i][j] ;
    }
}
```

三、任务的实现

1）一个班级多名学生、多门课程成绩的输入与输出

任务描述：现假设一个班级有 10 名学生、4 门课程（英语、数学、体育、计算机），成绩均为百分制整数，请输入、保存每个学生的课程成绩，然后按行列样式输出。

（1）分析：

① 10 名学生、4 门课程的成绩要用一个 10 行 4 列的二维数组来存放，每行是一个学生的成绩，每列是一门课程的成绩。

② 考虑到程序的通用性，班级人数、课程门数用符号常量表示。

（2）实现的程序：

```
# include   <stdio.h>
# define   N   10                                        /* N代表班级人数 */
# define   M   4                                         /* M代表课程门数 */
main( )
{    int  scor[N][M] , i , j ;
     for( i = 0 ; i < N ; i++ )                           /* 输入学生成绩 */
     {    printf( "请输入第 %d 个学生的4科成绩：" , i +1 ) ;
          for( j = 0 ; j < M ; j++ )
              scanf( "%d" , &scor [i][j] ) ;
     }
     printf( "\n \t序号 \t英语 \t数学 \t体育 \t计算机 \n" ) ;    /* 输出表头 */
     for( i = 0 ; i < N ; i++)                            /* 输出成绩 */
     {    printf( "\t %-4d " , i +1 ) ;                    /* 输出序号 */
          for( j = 0 ; j < M ;j++ )
              printf( "\t %-4d " , scor[i][j] ) ;
          printf( " \n " ) ;
     }
     printf( " \n " ) ;
}
```

说明：

① 调试程序时，请将班级人数改为 4（将符号常量 N 值改为 4），减少数据的输入。

② 输入数据时只能用空格或回车符间隔数据，不能用逗号。

③ 输出数据时，注意数据的输出格式。

（3）运行结果：

运行程序，输入的数据及输出结果如图 5-6 所示。

2）统计个人总分、平均分和不及格门数

任务描述：在输入、输出一个班级 10 名学生、4 门课程成绩的基础上，编程统计每个学生的总分、平均分、不及格门数。

（1）分析：

① 每个学生的总分、不及格门数为整数，可与成绩放在一个数组中，此时应定义数组

图 5-6　【项目 5-任务 2-（1）】运行结果

【高职高专新课程体系规划教材 · 计算机系列】

为10行6列；平均分为实数，每个学生只有一个，可用一个一维数组来存放。

② 要统计总分和不及格门数，设两个变量 s、k。

③ 考虑到程序的通用性，班级人数、课程门数仍用符号常量表示。

（2）实现的程序：

```
# include   <stdio.h>
# define   N   10                                  /* N代表班级人数 */
# define   M   4                                   /* M代表课程门数 */
main( )
{   int   sc[N][M+2] , i , j , s , k ;
    float   ave[N] ;
    for( i = 0 ; i < N ; i++ )                      /* 输入学生成绩 */
    {   printf( "请输入第 %d 个学生的4科成绩: " , i +1 ) ;
        for( j = 0 ; j < M ; j++ )
            scanf( "%d" , &sc[i][j] ) ;
    }
    for( i = 0 ; i < N ; i++ )                      /* 统计总分、不及格门数 */
    {   s = 0 ;    k = 0 ;
        for( j = 0 ; j < M ; j++ )
        {   s += sc[i][j] ;
            if( sc[i][j] < 60 )   k++ ;
        }
        sc[i][M] = s ;
        sc[i][M+1] = k ;
        ave[i] = (float) sc[i][M] / M ;             /* 计算平均分 */
    }
    /* ───────────── 输出表头 ─────────────*/
    printf( "\n\t序号\t英语\t数学\t体育\t计算机\t总分\t平均分\t不及格门数\n" ) ;
    for( i = 0 ; i < N ; i++ )                      /* 输出成绩 */
    {   printf( "\t %-4d " , i +1 ) ;               /* 输出序号 */
        for( j = 0 ; j <= M ; j++ )                 /* 输出4科成绩及总分 */
            printf( "\t %-4d " , sc[i][j] ) ;
        printf( "\t %-4.2f \t   %-4d \n " , ave[i] , sc[i][M+1] ) ;
    }
}
```

（3）运行结果：

运行程序，输入的数据及输出结果如图5-7所示。

图5-7　【项目5-任务2-（2）】运行结果

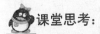课堂思考：

为什么要将数组 sc 定义为 sc[N][M+2]？

3）统计每门课程的最高分、平均分和不及格人数

任务描述：在输入、输出一个班级 10 名学生、4 门课程成绩的基础上，编程统计每门课程的最高分、平均分、不及格人数。

（1）分析：

① 数据仍采用按行存放每个学生的 4 科成绩，统计每个学生的总分、平均分、不及格门数是按行统计，统计每门课程的最高分、平均分、不及格人数是按列统计，两者的算法相同。班级人数、课程门数仍用符号常量表示。

② 用 3 个一维数组 max、ave、num 分别存放课程的最高分、平均分、不及格人数。

（2）实现的程序：

```c
# include  <stdio.h>
# define  N  10                              /* N代表班级人数 */
# define  M  4                               /* M代表课程门数 */
main( )
{   int  sc[N][M] , i , j , max[M] , num[M] , s , k ;
    float  ave[M] ;
    for( i = 0 ; i < N ; i++ )                /* 输入学生成绩 */
    {   printf( "请输入第 %d 个学生的4科成绩:" , i +1 );
        for( j = 0 ; j < M ; j++ )
            scanf( "%d" , &sc[i][j] );
    }
    /*——————————— 统计每门课程的平均分、不及格人数 ———————————*/
    for( j = 0 ; j < M ; j++ )
    {   s = 0 ;   k = 0 ;
        for( i = 0 ; i < N ; i++ )
        {   s += sc[i][j] ;
            if( sc[i][j] < 60 )   k++ ;
        }
        ave[j] = ( float ) s / M ;   num[j] = k ;

        max[j] = sc[0][j] ;                   /* 统计每门课程的最高分 */
        for( i = 1 ; i < N ; i++ )
        if( max[j] < sc[i][j] )   max[j] = sc[i][j] ;
    }
    /* ——————————— 输出表头 ——————————— */
    printf( "\n \t %-10s %-9s %-9s %-9s %-9s \n" , "序   号" , "英语" , "数学" ,
    "体育" , "计算机" );
    for( i = 0 ; i < N ; i++)                 /* 输出成绩 */
    {   printf( " \t  %-8d " , i +1 );        /* 输出序号 */
        for( j = 0 ; j < M ; j++ )            /* 输出4科成绩 */
            printf( " %-8d " , sc[i][j] );
        printf( " \n " );
```

```
        }
        /* ——————————————————— 输出结果 ——————————————————— */
        printf( " \n \t %-10s ","最高分" );                      /* 输出表头 */
        for( j = 0 ; j < M ; j++ )                              /* 输出每门课程的最高分 */
            printf( " %-8d ", max[j] );
        printf( " \n \t %-10s ","平均分" );                      /* 输出表头 */
        for( j = 0 ; j < M ; j++ )                              /* 输出每门课程的平均分 */
            printf( " %-8.2f ", ave[j] );
        printf( " \n\t %-10s   ","不及格人数" );                  /* 输出表头 */
        for( j = 0 ; j < M ; j++ )                              /* 输出每门课程的不及格人数 */
            printf( " %-8d ", num[j] );
        printf( " \n " );
    }
```

（3）运行结果：

运行程序，输入的数据及输出结果如图 5-8 所示。

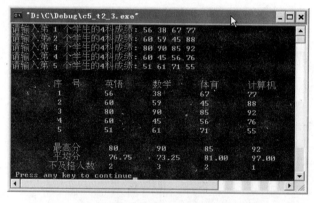

图 5-8　【项目 5-任务 2-（3）】运行结果

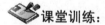 课堂训练：

每门课程的最高分、不及格门数能否放在 sc 数组中？若能够，如何实现？

四、知识扩展

1. 矩阵的转置

【例 5-12】将一个 2 行 4 列的矩阵转换为另一个 4 行 2 列的矩阵。

分析：在数学上求一个矩阵的转置矩阵，即将第 i 行变为第 i 列。转换的表达式为 b[j][i] = a[i][j]。程序如下：

```
# include <stdio.h>
main( )
{    int   a[2][3] = { { 1 , 2 , 3 } , { 4 , 5 , 6 } },b[3][2],i,j;
     printf(" array  a : \n ");
     for( i = 0 ; i <= 1 ; i++ )                    /* 输出a矩阵 */
     {    printf("      ");                         /* 使输出的a矩阵向右移 */
          for( j = 0 ; j <= 2 ; j ++ )
```

```
            printf( "%4d ", a[i][j] );
        printf("\n ");
    }
    /* ──────────────── 求转置矩阵 ──────────── */
    for( i = 0 ; i <= 1 ; i++ )
        for( j = 0 ; j <= 2 ; j ++ )
            b[j][i] = a[i][j] ;                    /* 行列交换 */
    /* ──────────────── 输出b矩阵 ──────────── */
    printf( "array b : \n" );
    for( i = 0 ; i <= 2 ; i++ )
    {   printf( "       " );
        for( j = 0 ; j <= 1 ; j++ )
            printf( " %4d ", b[i][j] );
        printf( " \n" );
    }
}
```

运行结果：

```
array a :
        1    2    3
        4    5    6
array b :
        1    4
        2    5
        3    6
```

2. 杨辉三角形

【**例 5-13**】输出如图 5-9 所示的杨辉三角形（要求输出前 10 行）。

```
            1
            1    1
            1    2    1
            1    3    3    1
            1    4    6    4    1
            1    5    10   10   5    1
            …    …    …    …    …
```

图 5-9　杨辉三角形

分析：仔细观察图 5-9 所示的杨辉三角形，其特点是对角线上元素及第 1 列元素都为 1，其余元素为其正上方元素及左上方元素之和。程序如下：

```
# include <stdio.h>
# define N 10
main( )
{   int   y[N][N] , m , n ;
    for( m = 0 ; m < 10 ; m ++ )
    {   y[m][0] = 1 ;   y[m][m] = 1 ;              /* 每行首列及对角线元素为1 */
```

```
        for( n = 1 ; n <= m-1 ; n++ )
            y[m][n] = y[m-1][n-1] + y[m-1][n] ;
    }
    /* ──────────────────── 输出 ──────────────────── */
    for( m = 0 ; m < 10 ; m++ )
    {   for( n = 0 ; n <= m ; n++ )
            printf( " %4d " , y[m][n] ) ;
        printf( " \n" ) ;
    }
}
```

课堂训练：

阅读下面程序段，说出该程序段完成的功能？

```
for( m = 0 ; m < 10 ; m ++ )
{   for( n = 0 ; n <= m ; n++ )
        if( n == 0 || n == m )   y[m][n] = 1 ;
        else   y[m][n] = y[m-1][n-1] + y[m-1][n] ;
}
```

本节教学建议：

（1）实验：5.6 实验任务 2
（2）作业：习题 5 一、9~13 ，二、3~5 ，三、5~6

高职高专新课程体系规划教材·计算机系列

5.3 字符数组与字符串

任务 3 多名学生等级成绩的转换及学号、姓名的处理

知识与技能：

☑ 利用一维、二维字符数组存储字符型及字符串型数据
☑ 字符型及字符串型数据的输入与输出

一、任务背景分析

我们已经能够处理一个班级多门百分制课程的成绩问题。但在实际工作中，有些课程的成绩用等级（A、B、C、D、E 或优、良、中、及格、不及格）给出，我们在计算期末的总分时需要将等级成绩转换为百分制，还需要将学生的学号、姓名与课程成绩一一对应。问题的关键是多名学生的等级成绩、学号、姓名如何存放、如何访问？在 C 语言中，利用字符数组可以方便地解决这些数据的输入、存储和输出等操作。

任务分解：

（1）多名学生等级成绩的输入及转换。
（2）一名学生姓名的输入与输出。

（3）多名学生姓名的输入与输出。

二、知识点介绍

1．字符串与字符数组

字符串即字符串常量，指用双引号括起来的一个字符序列，如"abc"。在内存中，字符串按顺序存放，一个字符占一个字节，最后放一个字符串结束标记 '\0'。'\0' 代表 ASCII 码为 0 的字符，是一个不可显示的字符。

字符数组是数据类型为 char 的数组，用于存放字符型数据。一个元素存放一个字符，一个一维字符数组可以存放多个字符或一个字符串，一个二维字符数组可以存放多个字符串。

如果在字符数组中存放字符串，在程序中往往依靠检测 '\0' 的位置来判定字符串是否结束，而不是根据数组的长度来决定字符串的长度。

在 C 语言中，字符串借助字符数组或字符型指针变量实现对字符串的处理。

2．一维字符数组的定义与初始化

1）一维字符数组的定义

字符数组的定义方法与数值型数组类似。其一般形式为：

```
char   数组名[常量表达式] ;
```

例如：

```
char   st[6] ;                    /* 定义字符数组st有6个元素 */
```

说明：

① 字符数组中的一个元素只能存放一个字符。如字符数组 st 只能存放 6 个字符。

② 元素的下标从 0 开始。即 st 字符数组的 6 个元素分别为 st[0]~st[5]。

2）一维字符数组的初始化

同普通一维数组一样，一维字符数组也可以进行初始化。

（1）用字符常量进行完全初始化：用字符常量对字符数组的全部元素初始化，此时可以省略一维的大小。例如：

```
char   str1[3] = { 'Y' , 'e' , 's' } ;      或    char   str1[ ] = { 'Y' , 'e' , 's' } ;
```

字符数组 str1 中有 3 个元素，初始化后各元素的值如图 5-10 所示。注意，str1 中无字符串结束标志。

（2）用字符常量对字符数组的部分元素初始化：若只对字符数组中的部分元素初始化，未初始化的元素其初值为空字符，即'\0'。例如：

```
char   str2[6] = { 'O' , 'K' } ;
```

字符数组 str2 中有 6 个元素，初始化后各元素的值如图 5-11 所示。

	str1[0]	str1[1]	str1[2]
str1	Y	e	s

	str2[0]	str2[1]	str2[2]	str2[3]	str2[4]	str2[5]
str2	O	K	\0	\0	\0	\0

图 5-10　字符数组完全初始化　　　　　图 5-11　字符数组部分元素初始化

（3）用字符串常量初始化：用字符串常量可以对字符数组进行完全初始化，也可只对部分元素初始化。例如：

```
char    str3[ ] = { "Yes" };        或   char    str3[ ] = "Yes" ;
char    str4[6] = { "Yes" };        或   char    str4[6] = "Yes" ;
```

字符数组 str3 中有 4 个元素，str4 中有 6 个元素。初始化后的结果如图 5-12 所示。

str3 | Y | e | s | \0 |

str4 | Y | e | s | \0 | \0 | \0 |

图 5-12　用字符串常量初始化后的数组元素值

其中，str3 等价于：

```
char    str3[ ] = { 'Y' , 'e' , 's' , '\0' };    或   char    str3[4] = { 'Y' , 'e' , 's' , '\0' };
```

str4 等价于：

```
char    str4[6] = { 'Y' , 'e' , 's' , '\0' , '\0' , '\0' };
```

说明：

① 用字符串常量初始化字符数组时，字符数组的长度至少要比字符串的最大长度多 1，因为，C 编译系统自动在字符串的后面存放了一个字符串结束标志 '\0'。

② 由于 C 语言没有数组越界检测，当字符串的长度超过了数组定义时的大小，字符串将占用数组以外的内存空间，如果占用的是操作系统或其他应用程序的空间，那么后果将很严重。因此，在数组的应用中，数组定义应该足够大，数组引用不要越界。

③ 建议用字符串常量初始化字符数组。此方法方便，也便于编程时对字符串的处理。

3．二维字符数组的定义与初始化

1）二维字符数组的定义

一个一维字符数组可以存放一个字符串，当有多个字符串需要存放时，可用二维字符数组。通常，一行存放一个字符串。二维字符数组的定义方法类似于一维字符数组。例如：

```
char    s1[3][6] , s2[10][50] ;
```

说明：

① 定义了一个有 3 行 6 列的二维字符数组 s1 和 10 行 50 列的二维字符数组 s2。

② 二维字符数组行、列的下标都从 0 开始。

2）二维字符数组的初始化

二维字符数组的初始化方法如下：

```
char    s1[3][6] = { {'R' , 'e' , 'd' } , { 'G' , 'r' , 'e' , 'e' , 'n' } , { 'B' , 'l' , 'u' , 'e' } };
char    s1[3][6] = { "Red" , "Green" , "Blue" };
char    s1[ ][6] = { "Red" , "Green" , "Blue" };
```

二维字符数组 s1 的 3 种初始化方法等价，初始化后的结果如图 5-13 所示。

图 5-13　二维字符数组及初始化

4. 用 printf( )、scanf( )函数输入/输出字符数组和字符串

字符数组、字符串的输入与输出可用下述几种方法实现：

➥　用 scanf( )、printf( )函数输入/输出
　　➤　用%c 格式——输入或输出单个字符。
　　➤　用%s 格式——输入或输出整个字符串。
➥　用 gets( )和 puts( )函数输入/输出字符串。

1）用 printf( )函数输出字符串

（1）%c 格式的用法：用"%c"格式一次可以输出一个字符，结合循环结构，可输出一串字符，用法见下例。

【例 5-14】用"%c"格式输出一串字符。程序如下：

```c
# include <stdio.h>
main( )
{    char   s1[10] = "China" ;   int   i ;
     for( i = 0 ; s1[i] != '\0' ; i ++ )          /* 循环条件也可用s1[i] 表示（非0为真）*/
         printf(" %c", s1[i] );
}
```

运行结果：

China

（2）%s 格式的用法：用"%s"格式可以一次性输出一个字符串，其语句形式为：

```c
printf( "%s", 数组名 / 地址表达式 );
```

说明：

① "%s"对应的输出项可以是字符数组名或字符数组元素的地址，不能是数组元素。

② 运行时是从地址表达式指定的地址开始输出字符串，直到遇到第一个'\0'为止。注意，不输出这个字符串结束标志'\0'。

【例 5-15】用"%s"格式输出一个字符串。

程序如下：

```c
# include <stdio.h>
main( )
{    char   s2[10] = "China\0Ok" ;            /* s2初始化后的内容如图5-14所示 */
     printf( " %s \t" , s2 );                 /* s2是数组名 */
     printf( " %s " , &s2[3] );               /* &s2[3]是数组元素的地址 */
}
```

运行结果：

China　　na

	s2[0]	s2[1]	s2[2]	s2[3]	s2[4]	s2[5]	s2[6]	s2[7]	s2[8]	s2[9]
s2	C	h	i	n	a	\0	O	k	\0	\0

图 5-14　【例 5-15】字符数组初始化后的内容

2）用 scanf( )函数输入字符串

（1）%c 格式的用法：用"%c"格式一次可以输入一个字符，结合循环结构，可输入多个字符或一串字符，用法见【例 5-16】。

【例 5-16】用"%c"格式输入一串字符，遇回车符结束输入。请写出程序。

程序如下：

```
# include <stdio.h>
main( )
{    char   s2[20]；int   i；
     for( i = 0；i<= 9；i ++ )
     {    scanf("%c"，&s2[i] )；
          if ( s2[i] == '\n' )    break；
     }
     s2[i] = '\0'；
     printf(" %s \n"，s2  )；                /* 输出s2 */
}
```

运行程序，输入：qwer 123↙

输出：

qwer 123

课堂思考：

① 请解释语句"s2[i] = '\0'；"在程序中的作用。

② 若将语句"s2[i] = '\0'；"去掉，程序的输出结果是什么？

（2）%s 格式的用法：用"%s"格式可以一次输入一个字符串，其语句形式为：

scanf("%s"，数组名 / 地址表达式)；

说明：

① 用"%s"格式输入的字符串遇空格或回车符结束输入。因此，不能用"%s"格式输入含有空格的字符串。

② "%s"格式对应的输入项可以是字符数组名或字符数组元素的地址。

【例 5-17】用"%s"格式输入一个字符串，然后将其输出。写出下面程序的运行结果。

```
# include <stdio.h>
main ( )
{    char   s3[20]；
     scanf( "%s"，s3 )；
     printf( " %s "，s3 )；
}
```

运行程序，输入：how　are　you↙

输出：

how

说明：

s3 数组只接受了第一个空格之前的字符，所以，输出的是 how。输入数据后数组的内容如图 5-15 所示。

	s3[0]	s3[1]	s3[2]	s3[3]	s3[4]	...
s3	h	o	w	\0	\0	...

图 5-15　【例 5-17】输入数据后数组的内容

课堂思考：

① 请解释【例 5-16】和【例 5-17】中两个 scanf( )语句的不同。

② 语句 "printf("%s" , s2)；" 和 "printf("%s" , &s2[3])；" 有何不同？

【例 5-18】用 "%s" 格式输入多个字符串。

程序如下：

```
# include <stdio.h>
main( )
{   char   s1[5] , s2[5] , s3[5] ;
    scanf( "%s%s%s" , s1 , s2 , s3 ) ;
    printf( "%s , %s , %s \n" , s1 , s2 , s3 ) ;
}
```

运行程序，输入：how　are　you↙　　（s1、s2 和 s3 的内容如图 5-16 所示）

s1	h	o	w	\0	\0
s2	a	r	e	\0	\0
s3	y	o	u	\0	\0

图 5-16　字符数组 s1、s2 和 s3 的内容

输出：

how , are , you

5．用 gets( )函数和 puts( )函数输入/输出字符串

C 语言提供了丰富的字符串处理函数，其中的 gets( )函数和 puts( )函数用于字符串的输入与输出，非常方便。这两个函数的头文件是 "stdio.h"。

1）用 gets( )函数输入字符串

gets( )函数可以从键盘输入一个完整的句子，直到遇回车符结束输入。调用格式为：

gets(字符数组名/地址表达式 **)；**

功能：接收从键盘输入的字符串，以回车符作为字符串输入的结束标志，输入的字符串从指定的起始地址开始存放。

说明：

① gets( )函数能够输入一个完整的句子，即含有空格的字符串。

② gets( )的参数要求是地址表达式（存放字符串的起始地址），而不是数组元素。

例如，设有"char str[20]；"，则：

```
gets( str[0] )；  是错误的。
gets( str )；     是正确的。
gets( &str[0] )； 是正确的。
```

③ 在接收输入的字符串时，存放字符串的字符数组要足够大，否则容易引起数组越界操作，导致程序错误。

【例 5-19】利用 gets( )函数输入一个句子，然后输出。

程序如下：

```
# include <stdio.h>
main( )
{   char   s4[20]；
    gets( s4 )；
    printf( "%s", s4 )；
}
```

运行程序，输入：how are you↙   （输入后 s4 的内容如图 5-17 所示）

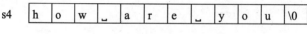

图 5-17　字符数组 s4 的内容

输出：

```
how  are  you
```

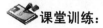课堂训练：

若将语句"gets(s4)；"改为"gets(&s4[3])；"，程序的输出结果是什么？

2）用 puts( )函数输出字符串

用 puts( )函数可以将一个字符串输出。调用格式为：

```
puts( 字符数组名 / 地址表达式 )；
```

说明：

① puts( )在将字符串输出时，遇第 1 个字符串结束符'\0'，即结束输出。输出时不包括结束符'\0'，但将'\0'转化为'\n'，即输出第 1 个'\0'之前的所有字符后，再输出一个换行。

② puts( )的参数要求是地址表达式（输出字符串的起始地址），而不是数组元素。

【例 5-20】利用 puts( )函数输出一个字符串。写出程序的运行结果。

```
# include <stdio.h>
main( )
{    char   s5[20] = "China\0Good" ;
     printf( "%s @@@ ", s5 ) ;
     puts( s5 ) ;    puts( &s5[6] ) ;
}
```

运行结果:

```
China @@@ China
Good
```

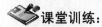课堂训练:

编程实现从键盘输入一个字符串,然后输出。

3)多个字符串的输入与输出

【例 5-21】请编程实现输入、输出 3 个城市的名称。

分析: 3 个城市的名称需要用二维字符数组来存放,用 gets( )函数一次可以输入一个字符串,3 个城市名称的输入显然需要用循环结构实现。程序如下:

```
# include <stdio.h>
main( )
{    char   city[3][10] ;   int   i ;
     for ( i = 0 ; i < 3 ; i ++ )
          gets( city[i] ) ;
     for ( i = 0 ; i < 3 ; i ++ )
          prints( " %s \t ", city[i] ) ;
}
```

运行程序,输入:Beijing✓

```
Shanghai✓
Xi'an✓
```

输出:

```
Beijing        Shanghai        Xi'an
```

课堂训练:

① 上例中的 city[i]表示的是什么?

② 若要将 4 个城市的名称分行输出,程序如何修改?

③ 编程实现输入、输出 5 名学生的姓名。

三、任务的实现

1)一门课程多名学生等级成绩的输入及转换

任务描述:现假设一个班级有 10 名学生,计算机课程的成绩用等级给出,编程实现将该门课程的等级成绩全部转换为百分制成绩。转换规则为:

【高职高专新课程体系规划教材·计算机系列】

A — 95，B — 85，C — 75，D — 65，E — 45，其他 — -1

（1）分析：

① 考虑到程序的通用性，班级人数用符号常量 N 表示。

② 等级成绩是一个字符型数据，每人一个，用一个一维字符数组存放即可，数组的大小应为 grade[N]。

③ 一个学生等级成绩的转换用一个 switch 语句即可实现，多个学生等级成绩的转换需要用一个循环结构实现。

（2）实现的程序：

```
# include  <stdio.h>
# define  N  10                              /* N代表学生人数 */
main( )
{   char  grade[N] ;
    int  score[N] , i , cj ;
    printf( "请输入等级成绩（以空格间隔）:" ) ;
    /* ——————————————— 输入等级成绩 ——————————————— */
    for ( i = 0 ; i < N ; i++ )
        scanf("%c" , &grade[i] ) ;
    /* ——————————— 等级成绩转换为百分制成绩 ——————————— */
    for ( i = 0 ; i < N ; i++ )
    {   switch(grade[ i ] )
        {   case  'A'  :  cj = 95 ;   break ;
            case  'B'  :  cj = 85 ;   break ;
            case  'C'  :  cj = 75 ;   break ;
            case  'D'  :  cj = 65 ;   break ;
            case  'E'  :  cj = 45 ;   break ;
            default    :  cj = -1 ;
        }
        score[i] = cj ;              /* 将转换后的成绩存入score数组 */
    }
    /* ——————————————— 输出等级成绩 ——————————————— */
    for ( i = 0 ; i < N ; i++)
        printf( " %-4c " , grade[i] ) ;
    printf( " \n" ) ;
    /* ——————————————— 输出百分制成绩 ——————————————— */
    for ( i = 0 ; i < N ; i++)
        printf( " %-4d " , score[i] ) ;
    printf( " \n " ) ;
}
```

（3）运行结果：

运行程序，显示：请输入等级成绩（以空格间隔）：A B C C D A B B Q E↙

输出结果：

A	B	C	C	D	A	B	B	Q	E
95	85	75	75	65	95	85	85	-1	45

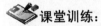**课堂训练：**

① 如何验证输入等级成绩的合法性？请写出此程序段。

② 若不用变量 cj 和语句 "score[i] = cj ;"，程序还可如何修改？

2）一名学生学号、姓名的输入与输出

任务描述：设一名学生的学号、姓名长度均不超过 10 个字符，从键盘输入一名学生的学号和姓名，然后将其输出。

（1）分析：

① 一名学生的学号、姓名均为字符串，可分别用一维字符数组存放，也可用一个二维字符数组存放。在此用两个独立的一维字符数组存放。

② 字符串的输入/输出可用 scanf( )、gets( )和 printf( )、puts( )函数。

（2）实现的程序：

```
# include   <stdio.h>
# define   M   10                          /*   M代表字符串的最大长度 */
main( )
{   char   num[M] , name[M] ;
    printf( "请输入学号、姓名（以空格间隔):" );
    scanf("%s %s" , num , name );
    printf(" %s \t %s " , num , name );
}
```

（3）运行结果：

运行程序，显示：

请输入学号、姓名（以空格间隔):（在此输入数据）jsj001   zhangfeng✓

输出结果：

jsj001   zhangfeng

课堂训练：

请写出用 gets( )、puts( )函数输入/输出一名学生学号、姓名的程序以及运行结果。

3）多名学生学号、姓名的输入与输出

任务描述：设每名学生的学号、姓名长度均不超过 10 个字符，从键盘输入多名学生的学号和姓名，然后按行输出每个学生的学号、姓名。

（1）分析：

① 一名学生的学号、姓名均为字符串，多名学生的学号和姓名均为多个字符串，可用两个二维字符数组分别存放，每行存放一个字符串。

② 二维字符数组中字符串的输入/输出同样用 scanf( )、gets( ) /printf( )、puts( )函数，但要按行地址输入/输出。

（2）实现的程序：

高职高专新课程体系规划教材·计算机系列

```
# include    <stdio.h>
# define    M   10                              /* M代表字符串的最大长度 */
# define    N   5                               /* N代表学生人数 */
main( )
{    char    num[N][M] , name[N][M] ;
     int   i ;
     for ( i = 0 ; i < N ; i++ )                    /* 输入数据 */
     {    printf( "请输入第%d个学生学号、姓名（以空格间隔）:", i + 1 );
          scanf("%s %s" , num [i] , name[i] );
     }
     printf( " \n \t学号 \t 姓名\n" );
     for ( i = 0 ; i < N ; i++ )                    /* 输出数据 */
          printf(" \t %s \t %s \n" , num [i] , name[i] );
     printf( " \n " );
}
```

（3）运行结果：

运行程序，输入的数据及输出结果如图 5-18 所示。

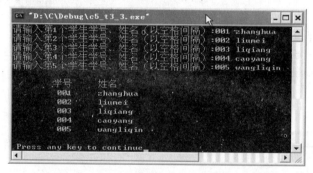

图 5-18   【项目 5-任务 3-（3）】运行结果

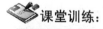课堂训练：

请写出用 gets( )、puts( )函数输入/输出多名学生学号、姓名的程序以及运行结果。

本节教学建议：

（1）实验：5.6 实验任务 3（也可放到 5.4 节中）

（2）作业：习题 5   一、14～17，二、6，三、7～8

5.4   常用字符及字符串处理函数

任务 4   系统安全性验证

知识与技能：

☑   常用字符及字符串处理函数

【高职高专新课程体系规划教材 · 计算机系列】

☑ 用户名、密码的输入与验证

一、任务背景分析

安全性是系统生存的前提，大多数系统采用用户名和密码进行系统安全性验证，而通常的用户名和密码为字符串。因此对用户名和密码的验证实质上是对字符或字符串的处理。C 语言提供了丰富的字符及字符串处理函数，利用这些函数可以轻松处理字符和字符串。

任务如下：

用户名、密码的输入与验证。

二、知识点介绍

C 语言提供了丰富的字符及字符串处理函数，有字符检查、转换等函数，有字符串的输入、输出、比较、合并、复制、转换等函数。使用这些函数之前，只要将它们的头文件包含到源程序的开头，即可方便地使用。字符串输入输出函数的头文件是 stdio.h；字符函数的头文件是 ctype.h；字符串函数的头文件是 string.h。有关更多字符及字符串函数的使用，请查看附录 D。

1．常用字符函数

（1）检查字母函数——isalpha( )

调用的一般形式为：

isalpha(ch)

功能：检查 ch 是否为字母。如果 ch 是字母，返回 1；如果不是，则返回 0。

说明：

除此之外，还有多个函数，例如：

➥ isalnum(ch)——检查 ch 是否是字母或数字。
➥ islower(ch)——检查 ch 是否是小写字母。
➥ isupper(ch)——检查 ch 是否是大写字母。
➥ ispunct(ch)——检查 ch 是否是标点符号。

（2）大写字母转换为小写字母函数——tolower( )

调用的一般形式为：

tolower(ch)

功能：把 ch 中的字母转换为小写字母。

（3）小写字母转换为大写字母函数——toupper( )

调用的一般形式为：

toupper(ch)

功能：把 ch 中的字母转换为大写字母。

【例 5-22】从键盘输入一个任意字符，若是字母，输出该字母及对应的大写字母，否

【高职高专新课程体系规划教材·计算机系列】

则输出"is not"。

```
# include   <ctype.h>
# include <stdio.h>
main( )
{    char   ch ;    ch = getchar( ) ;
     if ( isalpha ( ch ) )    printf( " %c   %c ", ch , toupper( ch ) ) ;
     else   printf( " %c is not ", ch ) ;
}
```

运行程序，输入：e✓

输出：

e   E

2. 常用字符串函数

（1）字符串比较函数——strcmp( )

调用的一般形式为：

strcmp(字符串1，字符串2)

功能：比较字符串 1 和字符串 2。比较的规则是：将两个字符串从左到右逐个字符比较（按 ASCII 码值），直到出现不相等的字符或遇到'\0'为止。如果所有字符都相等，则两个字符串相等；如果出现了不相等的字符，则以第一个不相等字符的比较结果为准。

返回值：

① 如果字符串 1 等于字符串 2，返回值为 0。

② 如果字符串 1 大于字符串 2，返回值为一个正整数。

③ 如果字符串 1 小于字符串 2，返回值为一个负整数。

说明：

① strcmp( )函数中的字符串 1 和字符串 2 可以是地址表达式，也可以是字符串常量。

② 两个字符串的比较不能用关系运算符，只能用 strcmp( )函数。

③ 不能用 strcmp( )函数比较其他类型数据。

【例 5-23】输入两个字符串，输出两个字符串的比较结果。

程序如下：

```
# include   <stdio.h>
# include   <string.h>
main( )
{    char   str1[20] , str2[20] ;
     int   k ;
     gets( str1 ) ;   gets( str2 ) ;
     k = strcmp( str1 , str2 ) ;
     if ( k == 0 )    printf( "%s = %s", str1, str2 ) ;
     if ( k > 0 )    printf( "%s > %s", str1, str2 ) ;
     if ( k < 0 )    printf( "%s < %s", str1, str2 ) ;
}
```

运行程序，输入：abc✓

aBcd✓

输出：

abc > aBcd

（2）字符串复制函数——strcpy( )

调用的一般形式为：

strcpy(字符数组1，字符串2）

功能：将字符串 2 复制到字符数组 1 中，连同字符串 2 后的结束标志 '\0' 一起复制。返回值为字符数组 1 的首地址。

说明：

① 字符数组 1 只能是地址表达式（一般为数组名或指针变量）。字符串 2 可以是地址表达式，也可以是字符串常量。

② 字符数组 1 必须定义得足够大，以便容纳被复制的字符串。复制时连同字符串 2 后面的'\0'一起复制，字符数组 1 中的内容被字符串 2 替换。

③ 字符串的复制只能用 strcpy( ) 函数实现。

例如：

设有"char   str1[10] = "china"，str2[10] ；"，则：

strcpy(str2，"USA") ；   （正确）

strcpy(str2，str1) ；   （正确）

str2 = "USA" ；（错误）

str2 = str1 ；   （错误）

④ 此外，还可以用 strcpy(字符数组 1，字符串 2，长度 n)函数将字符串 2 中前面的 n 个字符复制到字符数组 1 中去。例如，将字符串"ABCDE"中的前 3 个字符 ABC 复制到 str2 中，可使用下面的语句：

strcpy(str2，"ABCDE"，3) ；

【例 5-24】字符串复制。程序如下：

```
# include    <stdio.h>
# include    <string.h>
main( )
{    char    str1[40]，str2[ ] = "china" ；
     strcpy( str1，str2 ) ；
     puts( str1 ) ；
}
```

运行结果：

china

【高职高专新课程体系规划教材·计算机系列】

（3）字符串连接函数——strcat( )

调用的一般形式为：

strcat(字符数组1，字符串2)

功能：在字符数组 1 中，把字符串 2 连接到字符数组 1 中字符串的后面。

返回值：字符数组 1 的地址。

说明：

① 字符数组 1、字符串 2 可以是地址表达式，字符串 2 还可以是字符串常量。

② 字符数组 1 必须定义得足够大，以便容纳连接后的字符串。

③ 连接时，去掉字符数组 1 中字符串的结束符'\0'，将字符串 2 接在其后，在连接后的新串最后保留一个'\0'。连接后，字符串 2 不变。

【例 5-25】字符串连接。

```
# include    <stdio.h>
# include    <string.h>
main( )
{    char    str1[40] = "china" ;
     strcat( str1 ,  "beijing" ) ;
     puts( str1 ) ;
}
```

运行结果：

```
chinabeijing
```

（4）测试字符串长度函数——strlen( )

调用的一般形式为：

strlen(str)

功能：求字符串 str 的实际长度，不包括'\0'。返回值为字符串中实际字符的个数。

说明：

字符串可以是地址表达式（一般为数组名或指针变量），也可以是字符串常量。

【例 5-26】统计一串字符串中数字字符的个数。

```
# include    <stdio.h>
# include    <string.h>
main( )
{    char    str1[40] = "abc123ef45gh666" ;
     int    num = 0 , i , len ;
     len = strlen( str1 ) ;
     for ( i = 0 ; i < len ; i++ )
         if ( str1[i]>= '0' && str1[i]<= '9' )   num++;
     printf( " num = %d " , num ) ;
}
```

运行结果：

num = 8

（5）字符串大写转换为小写函数——strlwr( )

调用的一般形式为：

strlwr(str)

功能：将字符串中的大写字母转换成小写字母。返回值为 str 的值，即字符串的首地址。

说明：

str 可以是地址表达式（一般为数组名或指针变量），也可以是字符串常量。

例如：

语句"puts(strlwr ("aB3E")) ；"的输出结果为 ab3e。

（6）字符串小写转换为大写函数——strupr( )

调用的一般形式为：

strupr(str)

功能：将字符串中的小写字母转换成大写字母。返回值为 str 的值，即字符串的首地址。

说明：

str 可以是地址表达式（一般为数组名或指针变量），也可以是字符串常量。

例如：

语句"puts(strupr("aB3e")) ；"的输出结果为 AB3E。

课堂训练：

编程实现：判断从键盘输入的两个字符串（不区分大小写），若相同，输出"OK"，否则，输出"NOT"。

三、任务的实现

任务描述：设定一个用户名和密码（长度不超过 10 个字符），提示用户输入用户名和密码，若输入的用户名和密码正确，显示"登录成功！"，否则显示"输入有错，请重新输入！"，允许用户输入 3 次。

（1）分析：

① 设定的用户名和密码分别用_user、_pass 字符数组存放。输入的用户名和密码分别用 user、pass 字符数组存放。每个数组的长度都为 10。

② 用 strcmp( )函数比较两个字符串，若返回值为 0 表示两个字符串相等。

③ 允许输入 3 次需要用一个循环结构实现。

（2）实现的程序：

```
# include   <stdio.h>
# include   <string.h>
# define   M   10                        /*  M代表字符串的最大长度 */
main( )
{   char  _user[M]= "hello", _pass[M] = "1234" , user[M] , pass[M];
```

```
int  i;
printf( "请输入用户名和密码（以空格间隔）:" );
for ( i = 1 ; i <= 3 ; i++ )
{   scanf("%s %s", user , pass );
    if ( strcmp( user , _user ) || strcmp( pass , _pass ) )
                printf(" 输入有错，请重新输入： " );
    else  {    printf(" 登录成功! \n " );   break ;   }
}
if ( i > 3 )     printf(" \n登录失败! \n " );
}
```

课堂训练：

如果输入的用户名和密码不区分大小写，程序如何实现？

5.5 数组综合应用

任务 5 班级期末成绩单的处理

知识与技能：

☑ 一维、二维数组及字符数组的综合应用

☑ 多个不同类型数组之间的数据相互对应

☑ 二维数组按列排序及数据的相互对应

一、任务背景分析

期末，我们需要对班级成绩进行处理，生成一个班级成绩单。班级成绩单中的数据应该有学号、姓名、各科成绩、总分、平均分、名次等。在这些数据中，学号、姓名为字符串，各科成绩、总分、名次为整数，平均分为实数，显然这些数据的类型不一样。如何将不同类型的数据有序地组织在一起，并建立它们之间的关系，在 C 语言中，利用结构体类型可以方便地解决。在学习结构体类型之前，我们也可以利用不同类型的一维、二维数组将这些数据分别有序地组织在一起，利用下标建立起各数组之间的对应关系。

任务如下：

输入班级学生数据，输出原始成绩单，然后按个人总分排名次，最后按名次顺序输出班级成绩单。

二、知识点介绍

1．二维数组数据按列排序

【例 5-27】设有 5 行 4 列数据，计算每行的和，并将和放入每行的第 5 列，然后对第 5 列数据按升序排序，最后按行列格式输出整个数据，请编程。

分析：

① 按行求和算法前文已讲解，故数组定义为 a[5][5]（第 5 列用于存放每行的和）。

② 二维数组按列排序与一维数组排序算法相同。

设有 5 个数据需要排序，则：

在一维数组中的表示为：a[0]、a[1]、a[2]、a[3]、a[4]

在二维数组中的表示为：a[0][4]、a[1][4]、a[2][4]、a[3][4]、a[4][4]

分析两个数组中的元素，不难发现，一维数组中的元素若用 a[i]表示，则二维数组中对应元素就用 a[i][4]表示。按一维数组写出 5 个数据的排序程序，然后将 a[i]换成 a[i][4]、a[j]换成 a[j][4]即可。

用冒泡法实现排序的程序如下：

```c
# include <stdio.h>
main( )
{   int   a[5][5] = { { 1 , 1 , 1 , 1 , 0 } , { 2 , 2 , 2 , 2 , 0   } , { 3 , 3 , 3 , 3 , 0 } ,
                { 4 , 4 , 4 , 4 , 0 } , { 5 , 5 , 5 , 5 , 0 } } , i , j , t ;
    /* ———————————————— 按行求和 ———————————————— */
    for ( i = 0 ; i < 5 ; i++ )
        for ( j = 0 ; j < 4 ; j++ )
            a[i][4] += a[i][j] ;
    /* ———————————————— 5个数据，排序4趟 ———————————————— */
    for ( i = 1 ; i < 5 ; i++ )      /
        for ( j = 0 ; j < 4 ; j++ )
            if ( a[j][4] < a [j+1][4] )
                {   t = a[j][4] ;   a[i][4] = a[j+1][4] ;   a[j+1][4] = t ;   }
    /* ———————————————— 输出结果 ———————————————— */
    for ( i = 0 ; i <= 4 ; i++ )
    {   printf ( " \n " ) ;
        for ( j = 0 ; j <= 4 ; j++ )
            printf( " %4d " , a[i][j] ) ;
    }
    printf( " \n " ) ;
}
```

运行结果，如图 5-19 所示。

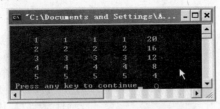

图 5-19　【例 5-27】运行结果

课堂训练：

① 观察运行结果，说出存在的问题？每行之和是否与该行数据对应？

② 试写出实现每行数据与和对应的程序段。

2. 多行数据按某列排序

【例 5-28】 在【例 5-27】程序的基础上，实现二维数组按列排序，并与该行原始数据

【高职高专新课程体系规划教材·计算机系列】

对应。

分析：在【例 5-27】程序中，在对第 5 列数据进行排序时，只交换了第 5 列数据，没有交换其他列数据，排序后的数据与原始数据不对应。解决的方法是，在排序交换 a[j][4] 和 a[j+1][4]时，应将两行的各列数据全部交换。实现排序并与原始数据对应的程序段如下：

```
int   k;                          /* 在变量声明处再声明一个变量 k */
…
for ( i = 1 ; i < 5 ; i++ )        /* 用冒泡法排序，5个数据排序4趟 */
    for ( j = 0 ; j < 4 ; j++ )
        if ( a[j][4] < a [j+1][4] )
            for ( k = 0 ; k <= 4 ; k++ )
            {   t = a[j][4];   a[j][4] = a[j+1][4];   a[j+1][4] = t;
            }                      /*第j行和第j+1行数据交换（第0~4列）*/
```

三、任务的实现

任务描述：期末我们需要对某班学生成绩进行处理，生成班级成绩单。假设班级人数为 N 人（为方便调试程序，N 取为 5），学生的学号、姓名不超过 10 个字符，输入每个学生的学号、姓名、4 科成绩，计算每个学生的总分、平均分，然后按总分排名次，输出原始成绩单和排序后的成绩单。

（1）分析：

① 班级学生的学号、姓名为字符串，可用两个二维字符数组 num、name 分别存放。4 科成绩及总分为整型数据，可用一个整型的二维数组 sc 存放。平均分每人一个，为实数，可用一个实型的一维数组 ave 存放。由于一个学生的数据使用了不同的数组存放，在输入数据时，保证每个学生的数据要对应，顺序要一致。

② 按总分排名次时，若交换数据要交换对应的所有数据（学号、姓名、4 科成绩、总分、平均分），这样，才能使数据对应。交换数据时要用到中间变量，学号、姓名用一维字符数组 str，4 科成绩、总分用整型变量 t1，平均分用实型变量 t2。

③ 输出成绩单时，按指定宽度输出，可使数据对齐输出。

（2）实现的程序：

```
# include    <stdio.h>
# include    <string.h>                   /* strcpy () 函数的头文件 */
# define   M1   10                         /* M代表字符串的最大长度 */
# define   N   5                           /* N代表学生人数 */
# define   M2   4                          /* M代表课程门数 */
main( )
{   char   num[N][M1] , name[N][M1] , str[M1] ;
    int   sc[N][M2+1] , t1 ;              /* sc存放4科成绩及总分 */
    float   ave[N] , t2 ;                 /* ave存放平均分 */
    int   i , j , s , k ;
    /* ——————————— 输入数据 ——————————— */
    for ( i = 0 ; i < N ; i++ )
    {   printf( "请输入第%d个学生学号、姓名、4科成绩（空格间隔）:" , i + 1 );
        scanf("%s %s " , num [i] , name[i] );
```

```
        for ( j = 0 ; j < M2 ; j++ )
            scanf("%d" , &sc[i][j] ) ;
    }
    printf( " \n " ) ;
    /* ———————————— 统计总分、平均分 ———————————— */
    for ( i = 0 ; i < N ; i++ )
    {   s = 0 ;
        for ( j = 0 ; j < M2 ; j++ )
            s += sc[i][j] ;
        sc[i][M2] = s ;
        ave[i] = (float) sc[i][M2] / M2 ;                    /* 计算平均分 */
    }
    /* ———————————— 输出表头及排序前的成绩单 ———————————— */
    printf( "\n %-10s %-10s %-6s %-6s %-6s %-6s %-6s %-6s \n\n" , "学 号",
        "姓 名","英语","数学","体育","计算机"," 总 分"," 平均分") ;
    for ( i = 0 ; i < N ; i++ )                              /* 输出排序前的成绩单 */
    {   printf(" %-10s %-10s " , num [i] , name[i] ) ;
        for ( j = 0 ; j < M2 +1 ; j++ )
            printf( " %-6d", sc[i][j] ) ;
        printf( " %-5.2f \n " , ave[i] ) ;
        printf( " \n " ) ;
    }
    printf( " \n " ) ;
    /* ———————————— 按总分排序 ———————————— */
    for ( i = 1 ; i < N ; i++ )
        for ( j = 0 ; j < N-1 ; j++ )
            if (sc[j][4] < sc[j+1][4] )                      /* 交换第j行和第j+1行的数据 */
            {   for ( k = 0 ; k <= M2 ; k++ )                /* 交换4科成绩及总分 */
                {   t1 = sc[j][k] ;
                    sc[j][k] = sc[j+1][k] ;
                    sc[j+1][k] = t1 ;
                }
                /* ———————— 交换平均分 ———————— */
                t2 = ave[j] ;   ave[j] = ave[j+1] ;   ave[j+1] = t2 ;
                /* ———————— 交换学号 ———————— */
                strcpy( str , num[j] ) ;
                strcpy( num[j] , num[j+1] ) ;
                strcpy( num[j+1] , str ) ;
                /* ———————— 交换姓名 ———————— */
                strcpy( str , name[j] ) ;
                strcpy(name[j] , name[j+1] ) ;
                strcpy( name[j+1] , str ) ;
            }
    /* ———————————— 输出表头 ———————————— */
    printf( "\n %-10s %-10s %-6s %-6s %-6s %-6s %-6s %-6s \n\n " , "学 号",
        "姓 名","英语","数学","体育","计算机"," 总 分"," 平均分") ;
    /* ———————————— 输出结果 ———————————— */
    for ( i = 0 ; i < N ; i++ )
    {   printf (" %-10s %-10s " , num [i] , name[i] ) ;
```

```
        for ( j = 0 ; j < M2 +1 ; j++ )
            printf( " %-6d", sc[i][j] );
        printf( " %-5.2f \n", ave[i] );
        printf( " \n " );
    }
    printf( " \n " );
}
```

（3）运行结果：

运行程序，输入的数据及输出结果如图 5-20 所示。

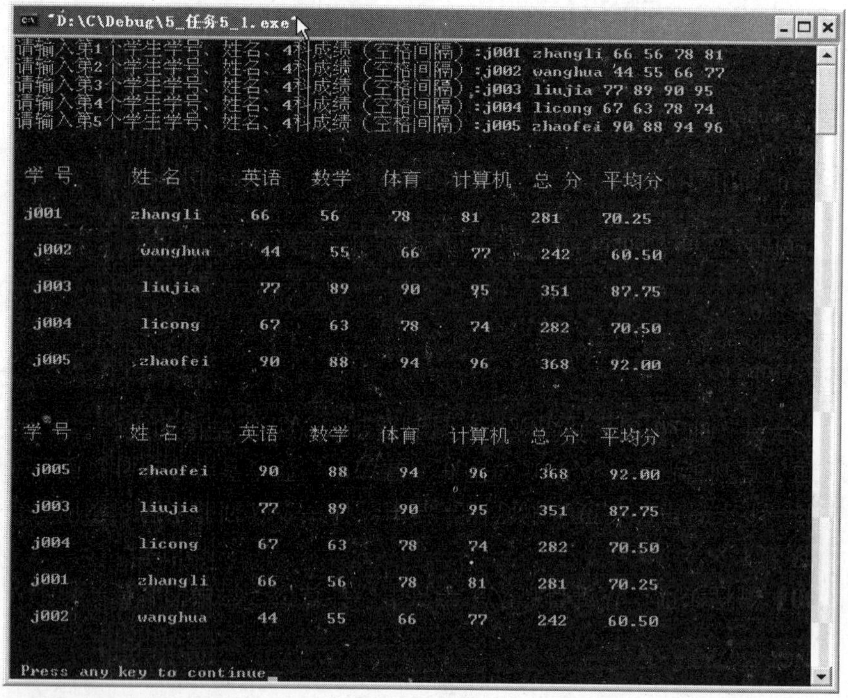

图 5-20　【项目 5-任务 5】运行结果

四、知识扩展

1．字符串的连接

【例 5-29】编程实现：将从键盘输入的两个字符串首尾相接（第 2 个接在第 1 个的后面），形成一个新的字符串后输出（要求不能使用字符串连接函数 strcat( )）。

分析：两个字符串的连接就好比生活中两个队列相接一样，我们必须先找到第 1 个队列的末尾，然后再将第 2 个队列的头及后续部分一一连接过去。在 C 语言中如果将连接后的新字符串仍放在第 1 个字符串数组中，则第 1 个字符串数组就必须定义得足够大（能够存放下两个字符串）。程序如下：

```
# include    <stdio.h>
# include    <string.h>
main( )
{    char   str1[50] , str2[20] ;        int   i,j;
```

```
        gets( str1 );   gets( str2 );
        for ( i = 0 ; str1[i] != '\0' ; i++ )
            ;                                  /* 找到第1个串的末尾，即str1[i]='\0' 时*/
        for ( j = 0 ; str2[ j ] != '\0' ; j++ )
            str1[ i++] = str2[ j ];            /* 将第2个串中的字符依次存入第1个串的后面 */
        str1[ i ] = '\0';                      /* 在新串的末尾加串结束标志 '\0' */
        puts( str1 );
}
```

运行程序，输入：abcd123↙

MNOP45678↙

输出：

abcd123MNOP45678

【例 5-30】编程实现：从键盘输入一字符串，计算该字符串的长度并输出（要求不能使用 strlen( )函数）。

分析：求一个字符串的长度，就好比生活中统计一个队列的人数。我们总是从队列的第 1 个人数起，直到最后一个人为止。因此，算法中，要设置一个统计长度的变量，从字符串的第 1 个字符（即 str[0]）开始统计，直到遇到'\0'为止。程序如下：

```
# include   <string.h>
# include   <stdio.h>
# define   N   30
main( )
{   char   str[N] ;    int   length = 0 , i ;
    gets( str );
    for ( i = 0 ; str[i] ; i++ )              /* str[i]非0，为真；也可用str[i] != '\0' */
        length++ ;
    printf( " length is : %d \n", length );
}
```

运行程序，输入：abcd123↙
输出：

length is : 7

2. 统计单词个数

【例 5-31】从键盘输入一句英文（长度不超过 50 个字符），统计其中单词的个数。

分析：

① 存放一句英文，需要一个字符数组 en[50]。

② 统计单词个数需要一个整型变量 num，且 num 的初值应为 0。

③ 在一句英文中，单词通常用空格间隔，但空格的数目有时不一样，因此，不能简单地用统计空格数目来计量单词。怎样判断一个单词是算法的关键，通常有多种方法。

在此介绍一种简便的算法：判断一个单词的开始。

【高职高专新课程体系规划教材·计算机系列】

一个单词的开始通常呈现的特征是：前一个字符为空格，后一个字符为字母。但在句首，有时会以字母开头。

若第 1 个字符是字母，即以单词开始，则 num = 1；否则，不是单词，则 num = 0。后续单词开始的判别方法是：从第 2 个字符开始，若前一个字符为空格，而后一个字符为字母，则是一个单词的开始，此时应 num++，一直判断完所有字符。

④ 判断一个字符是否为字母，用 tolower( ) 函数将其转换为小写字母，故只需判断是否为小写字母即可，也可用 isalpha( ) 函数直接判断。程序如下：

```c
# include    <stdio.h>
# include    <string.h>
# include    <ctype.h>
main( )
{   char   en[50];    int   i, num = 0;
    gets( en );
    if ( ( tolower(en[0] ) >= 'a' ) && ( tolower(en[0] ) <= 'z' ) )   num = 1;
    for ( i = 1; i < ( int ) strlen( en ); i++ )
        if ( ( en[i-1] == '␣' ) && ( isalpha (en[i] ) ) )    num ++ ;
    printf( " num = %d ",  num );
}                      /* 程序中 "␣" 代表空格字符，运行程序时，请将其换成空格 */
```

运行程序，输入：I am a student!✓

输出：

num = 4

 本节教学建议：

（1）实验：也可将 "5.6 实验任务 3" 安排在此处

（2）作业：习题 5 一、18~20，三、9

5.6 实　　验

实验任务 1　一维数组程序设计

一、实验目的

（1）掌握一维数组的定义及初始化方法。

（2）学习利用一维数组解决一些问题的常用算法。

二、实验内容

1. 验证性实验

（1）验证【例 5-2】程序（输入 10 个整数，存入数组中，分别按原序、逆序输出），回答题后问题。

① 运行程序时如何输入数据？请举例：_____。

② 输入的 10 个数据分别存放在 _____ 中。

③ 若要计算 10 个整数的和，请写出此程序段并验证。

（2）验证【例 5-4】程序（选择法排序），回答题后问题。

① 语句"if (w != i) { t = a[i] ; a[i] = max ; a[w] = t ; }"

实现的操作是_____。

② 请将随机产生的数据改为从键盘输入。

③ 请修改程序实现从小到大排序。

2．设计性实验

（1）把一组数{ 3，4，6，7，1，8，9，13，2，5，11，14 }中的所有奇数找出，放在另一个数组中并输出，数据由初始化方式提供。

（2）利用随机数函数产生 20 个三位数，将这 20 个数从小到大排列并输出。

（3）已知一个有序数列{ 3，5，6，8，11，14，19，23，25，35，41 }，要求从键盘输入一个任意数，将其插入到合适位置仍使数列有序，输出插入前、后的数列。

（4）输入一个十进制数，将其转换成八进制数后输出结果。

3．实验总结

（1）写出两种排序算法的步骤。

（2）写出在一个有序数列插入一个数据，仍使数列有序的算法步骤。

实验任务 2　二维数组程序设计

一、实验目的

（1）掌握二维数组的定义及初始化方法。

（2）学习利用二维数组解决一些问题的常用算法。

二、实验内容

1．验证性实验

（1）验证【例 5-10】程序（二维数组求最小值及所在的位置），回答题后问题。

① "printf("\n") ;" 语句的作用是_____。

② 不给 min 赋初值或给 min 赋初值为 0，程序的运行结果会是什么？

③ 输出时为什么要用 row +1 , col +1？

（2）验证【例 5-13】程序（杨辉三角形），回答题后问题。

① 语句"y[m][0] = 1 ; y[m][m] = 1 ;"实现的操作是_____。

② 语句"if (n == 0 ‖ n == m) y[m][n] = 1 ;"实现的操作是_____。

③ 语句"y[m][n] = y[m-1][n-1] + y[m-1][n] ;"实现的操作是_____。

2．设计性实验

（1）设有二维数组如下：{ { 1，11，19，9，12 }，{ 2，5，20，1，18 }，{ 3，4，16，6，10 }，{ 4，15，2，17，3 }，{ 5，14，7，13，8 }，请按行（第 2~5 行）、按列（第 2~5 列）求和及

【高职高专新课程体系规划教材·计算机系列】

总和，然后以二维表形式输出数据及求和结果，数据由初始化方式提供。

（2）对一个 m×n 的矩阵，分别求两个对角线上的所有元素之和，然后输出这个矩阵及计算结果。矩阵的数据由键盘输入。

（3）对一个 m×n 的矩阵，交换指定的两列元素。交换的两列列号由用户从键盘指定。输出交换前后的矩阵。矩阵的数据由初始化方式提供。

3．实验总结

（1）写出二维数组的初始化方法。二维数组如何按行、列形式输出？

（2）在二维数组中，主、次对角线上的元素分别表示成_____、_____。

（3）如何交换二维数组中两行的内容？

实验任务 3　字符串及数组综合程序设计

一、实验目的

（1）掌握字符数组的定义及初始化方法。

（2）学习利用字符数组解决字符串的操作。

二、实验内容

1．验证性实验

（1）验证【例 5-17】程序（输出一个字符串），回答题后问题。

　　① 输入字符串使用语句：_____。

　　② 输出字符串使用语句：_____。

　　③ 数组名 s3 代表 _____。

（2）验证【例 5-21】程序（输入/输出多个字符串），回答题后问题。

　　① 输入字符串使用语句：_____。

　　② 输出字符串使用语句：_____。

　　③ city[i]代表 _____。

2．设计性实验

（1）从键盘输入自己的 QQ 号和密码，进行保存，并将密码加密（加密规则自定），然后将 QQ 号和加密后的密码输出。

（2）删除一个字符串中的所有空格字符，使非空格字符连续存放。（算法提示 1：借助一个数组存放非空格字符。算法提示 2：借助两个变量，在本字符串中进行删除、移动）

（3）期末班级成绩处理。设有学生 5 人，每人 5 科成绩，统计每个学生的总分、不及格课程门数，并按总分排名次，按下面格式输出排名后的成绩单。数据由初始化方式提供。

　　学号　姓名　科目 1　科目 2　科目 3　科目 4　科目 5　总分　名次　不及格门数

3．实验总结

（1）写出字符数组的初始化方法。

（2）写出"删除一个字符串中的所有空格字符"的算法（用流程图表示）。

（3）在期末班级成绩处理程序中，你是如何存放数据的？要输出排名后的成绩单，在排序时应进行的操作有哪些?

习 题 5

一、选择题

1. 以下关于数组描述正确的是（　　）。
   A. 数组的大小是固定的，但可以有不同类型的数组元素。
   B. 数组的大小是可变的，但所有数组元素的类型必须相同。
   C. 数组的大小是固定的，所有数组元素的类型必须相同。
   D. 数组的大小是可变的，可以有不同类型的数组元素。

2. 以下不能正确定义一维数组的选项是（　　）。
   A. int　a[5] = { 1, 2, 3, 4, 5 };　　　　B. int　a[ ] = { 1, 2, 3, 4, 5 };
   C. int　a[5];　　　　　　　　　　　　D. int　n = 5, a[n];

3. 设有 "int　i, a[10]; 且 0< i < 10"，不能正确引用 a 数组元素的是（　　）。
   A. a[10]　　　　　　B. a[i]　　　　　　C. a[2]　　　　　　D. a[10-i]

4. 设有语句 "int　a[10] = { 1, 2, 3, 4 }, i = 0;"，则 a[i + 1] 的值为（　　）。
   A. 1　　　　　　B. 2　　　　　　C. 3　　　　　　D. 4

5. 若有 "int　a[8] = { 1, 3, 5, 7, 9, 11 };"，则 a 数组中的元素个数是（　　）。
   A. 不确定　　　　　B. 6　　　　　C. 7　　　　　D. 8

6. 若有 "int　a[10] = { 0, 1, 2, 3, 4, 5 };"，则对 a 数组元素的引用范围是（　　）。
   A. a[10]　　　　　　B. a[1] ~ a[10]　　　C. 0 ~ 5　　　　　D. a[0] ~ a[9]

7. 设有语句 "int　a[10] = { 1, 3, 5, 7, 9, 11 };"，则 a[1] 的值为（　　）。
   A. 1　　　　　　B. 2　　　　　　C. 3　　　　　　D. 4

8. 设有 "int　a[6] = { 1, 2, 3, 4 }, i;"，不能正确输出 a 中所有元素值的语句是（　　）。
   A.　　　　　　　　　　　　　　　　B.

```
for ( i = 1; i < 6 ; i++)
printf(" %d ", a[i] );
```

```
for ( i = 0 ; i < 6 ; i++)
printf(" %3d ", a[i] );
```

   C.　　　　　　　　　　　　　　　　D.

```
for ( i = 1; i < 6 ; i++)
printf(" %d ", a[i-1] );
```

```
for ( i = 0 ; i <= 5 ; )
printf(" %3d ", a[i++] );
```

9. 设有 "int　a[ ][2] = { 1, 2, 3, 4, 5, 6, 7 };"，则值为 3 的数组元素是（　　）。
   A. a[1][3]　　　　　　B. a[2][1]　　　C. a[1][0]　　　　　D. a[3][1]

10. 以下数组定义有错误的语句是（　　）。
   A. int　x[ ][3] = { 0 };
   B. int　x[2][3] = { {1, 2}, {3, 4}, {5, 6} };

C. int   x[ ][3] = { { 1 , 2 , 3 } , { 4 , 5 , 6 } };

D. int   x[2][3] = { 1 , 2 , 3 , 4 , 5 , 6 };

11. 若有 "int   x[ ][2] = { 1 , 3 , 5 , 7 , 9 , 11 , 13 };"，则 x 数组的行数为（　　）。

    A. 2　　　　　　　　B. 3　　　　　　　　C. 4　　　　　　　D. 无确定值

12. 设有 "int   x[3][4] = { { 1 } , { 2 } , { 3 } };"，那么元素 x[1][1]的取值是（　　）。

    A. 0　　　　　　　　B. 1　　　　　　　　C. 2　　　　　　　D. 不确定

13. 执行下面程序后的输出结果是（　　）。

```
main( )
{   int  i,b[ ][3] = {9,8,7,6,5,4,3,2,1};
    for ( i = 0 ; i < 3 ; i++ )
        printf( "%d", b[i][i] );
}
```

    A. 9 8 7　　　　　B. 3 5 7　　　　　C. 9 6 3　　　　　D. 9 5 1

14. 以下不能正确初始化字符数组的选项是（　　）。

    A. char   str[10] = "abcdef";　　　　　　B. char   str[ ] = {" abcdef " };

    C. char   str[10] = "abc\0def";　　　　　D. char   str[ ] = { abcdef };

15. 设有 "char   str[ ] = "ABCDE";"，则能够正确输出 str 中字符串的语句是（　　）。

    A. printf("%c", str[0]);　　　　　　　B. printf("%s", str[0]);

    C. printf("%s", str);　　　　　　　　D. printf("%s", &str);

16. 有两个字符数组 x、y，则能够正确对 x、y 进行输入的语句是（　　）。

    A. gets(x , y)　　　　　　　　　　　B. scanf("%s %s", x , y);

    C. scanf("%s %s", &x , &y);　　　　　D. gets("x"); gets("y");

17. 下面程序运行后的输出结果是（　　）。

```
main( )
{   char   s1[ ] = { 'a', 'b', 'c' }, s2[ ] = "abc";
    printf( "%d  %d \n", sizeof( p ), sizeof( q ));
}
```

    A. 4 4　　　　B. 3 3　　　　　C. 3 4　　　　　D. 4 3

18. 判断字符串 a 和 b 是否相等，应当使用（　　）。

    A. if (a == b)　　　　　　　　　B. if (a = b)

    C. if (strcpy (a , b))　　　　　　D. if (strcmp (a , b))

19. 以下程序的输出结果是（　　）。

```
main( )
{   char   str[20] = "hello\0OK";
    printf( "%d,%s", strlen ( str ), str );
}
```

    A. 5 , hello　　　　B. 9 , hello　　　　C. 5 , helloOK　　　　D. 7 , helloOK 10

20. 设有 "char s1[20]= "abc", s2[20] = "123";"，能将 s2 连接到 s1 后面的语句是

（　　）。

  A. strcmp（s1，s2）;　　　　　　　B. strcpy（s1，s2）;

  C. s1 = s1 + s2;　　　　　　　　　D. strcat（s1，s2）;

二、阅读下面程序，写出运行结果，并回答题后问题

1. 下面程序的输出结果为_____。程序实现的功能是：

```
main( )
{    int   x[10] = { 1 , 2 , 3 , 4 , 5 , 6 , 7 , 8 , 9 , 10 } , s = 0 , i ;
     for ( i = 0 ; i < 10 ; i++ , i++ )
         s += x[i] ;
     pintf(" s = %d \n " , s ) ;
}
```

2. 下面程序的输出结果为_____。程序实现的功能是：

```
main( )
{    int   x[4] = { 1 , 2 , 3 , 4 } , i ;
     for ( i = 3 ; i >= 0 ; i— )
         printf( " %d ," , x[ i ] ) ;
}
```

3. 下面程序的输出结果为_____。程序实现的功能是：

```
main( )
{    int   a[10] = { 1 , 2 , 3 , 2 , 3 , 1 , 3 , 1 , 3 , 1 } , n[4] = { 0 } , i ;
     for ( i = 0 ; i < 10 ; i++ )
         n[a[i]]++;
     for ( i = 1 ; i <= 3 ; i++ )
         printf(" %d    " , n[i] ) ;
}
```

4. 下面程序的输出结果为_____。程序实现的功能是：

```
main( )
{    int   a[3][4] = { 1 , 2 , 3 , 4 , 5 , 6 , 7 , 8 , 9 , 10 , 1 , 2 , 3 , 4 } , i ;
     for ( i = 0 ; i < 3 ; i++ )
         printf( "%d    " , a[i][3] ) ;
}
```

5. 下面程序的输出结果为_____。程序实现的功能是：

```
main( )
{    int   a[3][3] = { { 1 , 2 , 9 } , { 3 , 4 , 8 } , { 5 , 6 , 7 } } , i , s = 0 ;
     for ( i = 0 ; i < 3 ; i++ )
         s += a[i][0] + a[0][i] ;
     printf( " %d \n " , s ) ;
}
```

6. 下面程序的输出结果为_____。

```
main( )
{    char    str[10] = "abcdefg" ;
     printf( " %s \t" , &str[2] ) ;   printf( " %c \t" , str[2] ) ;   printf( " %s " , str ) ;
}
```

① 输出整个字符串使用语句_____。

② 输出字符串中的一个字符，使用语句：_____。

7. 下面程序的输出结果为_____。

```
main( )
{    char    sa[ ] = "12+34" , sb[ ] = "abcdef" , sc[10] ;
     printf(" %s , %s \n" , sa , sb ) ;
     strcpy( sc , sa ) ;    strcpy( sa , sb ) ;    strcpy( sb , sc ) ;
     printf(" %s , %s \n" , sa , sb ) ;
}
```

① 初始化时数组 sa 中存放的是_____，sb 中存放的是_____。

② 程序实现的功能是_____。

三、程序设计题

1. 随机产生并输出 20 个 100 以内不重复的整数。

2. 把一个一维组数中 { 3 , 4 , 6 , 7 , 1 , 8 , 9 , 13 , 2 , 5 , 11 , 14 } 的所有偶数剔除，保留奇数并连续存放在本数组中，输出剔除前、后组数内容，数据由初始化方式提供。

3. 随机产生 20 个 100 以内的整数，从键盘输入一个要查找的数据，若找到，输出整个数列，并输出查找到的位置（可能有多个）；若没有找到，也输出整个数列，并给出一个未找到的信息。

4. 随机产生 100 个整数，找出其中的素数，统计出素数的个数，每行输出 10 个素数。

5. 在一个 4×5 的方阵中，找出每列中的最小元素及其所在位置。

6. 通过随机函数生成一个 n×n 矩阵，每个元素均为 10~30 之间的整数，求其每行元素的平均值，然后按行、列方式输出这个矩阵及每行的平均值。

7. 从键盘输入一个字符串，求其长度和其中包含的数字字符的个数。

8. 从键盘输入一串数字字符，统计每种数字字符的个数，统计结果用数组存放。即用下标为 0 的元素统计并存放字符'0'的个数，用下标为 1 的元素统计并存放字符'1'的个数……

9. 验证设定的用户名和密码（均不超过 10 个字符）。允许验证 3 次，若输入的用户名和密码正确，显示"登录成功"，3 次都不正确，显示"登录失败"。

第6章 指针及其应用

生活中，我们离不开"地址"这个概念。我们找人、找东西离不开地址，收发邮件更离不开地址。在程序设计中，我们时常也需要利用数据的存放地址来解决问题。在 C 语言中，正确理解和使用指针可以合理地直接使用内存地址，有效而方便地使用数组，灵活地实现内存的动态分配，有效地表示一些复杂的数据结构，增加 C 语言的处理能力。

内容摘要：

- ☑ 指针与地址的概念
- ☑ 指针变量的定义与使用
- ☑ 指针与数组的关系

学习目标：

- ☑ 掌握指针变量的使用
- ☑ 掌握用指针处理数组的方法

 项目6：利用指针优化项目5的部分程序

1．项目功能

（1）使用指针输入并存储一个班级一门课程的成绩，并统计最高分。

（2）使用指针输入并存储一个班级所有人员4门课程的期末成绩。

（3）使用指针输入并存储一个班级的学生姓名。

2．项目分解

该项目可分解为两个任务。

任务1：利用指针实现一个班级一门课程成绩的处理。

任务2：利用指针实现一个班级学生姓名和多门课程成绩的处理。

6.1 指针和一维数组的应用

任务1 利用指针实现一个班级一门课程成绩的处理

知识与技能：

- ☑ 指针变量的使用
- ☑ 利用指针访问一维数组

一、任务背景分析

在数组章节中，一个班级多个学生的一门课程成绩使用了一维数组进行存放，采用了"数组名+下标"的方法进行访问。为了更加方便灵活地访问数组元素，本节将介绍使用指针访问一维数组元素。

指针极大地丰富了 C 语言的功能，同时也是 C 语言学习中的难点。若能正确灵活地运用指针，在程序中就可以有效快速地访问内存。

二、知识点介绍

1. 指针和指针变量的概念

（1）地址与直接访问

在计算机中，所有的数据都存放在存储器中。计算机的内存储器拥有大量的存储单元，每个单元存放一个字节的信息。为了便于管理，系统按顺序为每个存储单元进行编号，这些固定唯一的编号称为存储单元的地址。

程序在运行时，数据存放在内存中，不同类型的数据占用的内存单元数目不同。如 short int 型变量占 2 个字节，float 型变量占 4 个字节，char 型变量占 1 个字节。

编译程序在对源程序进行编译时，对遇到的每一个变量，都为其分配相应的内存单元，同时记录变量的名称、变量的数据类型和变量的地址。变量占有的存储单元的起始地址就是该变量的地址。

例如，有下面的定义语句：

```
short   int   x = 15 ;
float   r = 3.78 ;
short   int   y ;
```

假设系统为变量分配的内存单元如图 6-1 所示，那么系统记录下来的变量与地址对照表就如表 6-1 所示。

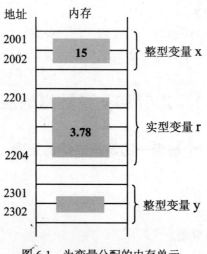

图 6-1　为变量分配的内存单元

高职高专新课程体系规划教材·计算机系列

表 6-1　变量与地址对照表

变　量　名	数　据　类　型	地　　址
x	short　int	2001H
r	float	2201H
y	short　int	2301H

例如，在程序中要执行语句"y = x * 3 ;"，则计算机的操作过程为：

① 在变量与地址对照表中找到变量 x，取出 x 的地址 2001H，并根据 x 的数据类型（短整型），从 2001H 开始的两个字节中取出数据（15）。

② 在运算器中与 3 相乘后得结果 45。

③ 在变量与地址对照表中找到变量 y，取出 y 的地址 2301H 并根据其数据类型（短整型），将结果存入从 2301H 开始的两个字节中，即将 45 存入变量 y 中。

由上述操作可知，在对变量进行访问时，通过变量与地址对照表，根据变量名查取变量的地址，再根据变量的数据类型从对应地址的内存单元中取出数据或存入数据。这种访问变量的方式称为"直接访问"。

（2）指针的概念

由于地址起到了寻找操作对象的作用，像一个指向对象的指针，所以把地址形象地称为"指针"。所谓指针，就是内存单元的地址，它指向一个内存单元。一个变量的地址称为该变量的指针。

在图 6-1 中，变量 x 占用地址为 2001H 和 2002H 两个内存单元。我们把 2001H 称为变量 x 的地址，也称为变量 x 的指针。

由于变量的存储位置是系统分配的，用户不能改变变量的存储位置，所以变量的地址是个固定值，为地址常量。因此，变量的指针也是个地址常量。变量的地址可以通过取地址运算符&得到。

（3）指针变量与间接访问

在 C 语言中，既然指针（地址）是数据，而且是常量，就可以将其保存在一个变量中。由于它不同于一般的数据，因此把用于保存地址的变量，称为指针变量。一个指针变量的值就是某个内存单元的地址，变量的指针指向变量对应的内存单元。

假设：我们把整型变量 x 的地址赋给另一个变量 p，此时，p 应为整型指针变量。如果要访问变量 x 的存储单元，我们则可以先从指针变量 p 的内存单元中得到变量 x 的地址，然后根据变量 x 的地址找到变量 x 的存储单元，这种方式称为"间接访问"，我们也称"p 指向变量 x"，或"p 是指向变量 x 的指针"。变量 x 和指针变量 p 之间的关系，如图 6-2 所示。

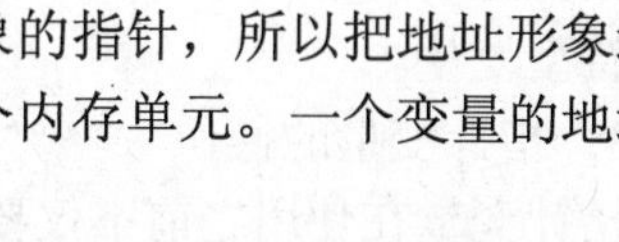

图 6-2　变量 x 和指针变量 p 之间的关系

严格地说，一个指针就是一个地址，是常量，而一个指针变量是变量，可以存放不同的地址值，两者概念不同，不能混淆。

2. 指针变量的定义

C 语言规定所有变量在使用前必须先定义，指针变量也一样。但指针变量不同于数值型变量，它是专门用来存放地址的，必须将它定义为"指针类型"。定义指针变量的目的

【高职高专新课程体系规划教材·计算机系列】

是为了通过其中存放的地址去访问相对应的内存单元。

定义指针变量的一般形式：

类型说明符　*指针变量名；

例如：

```
int   x , *p1 ;              /* p1是指向整型变量的指针变量 */
float   *p2 ;                /* p2是指向浮点型变量的指针变量 */
char   *p3 ;                 /* p3是指向字符型变量的指针变量 */
```

说明：

① 在定义语句中，*是指针类型标识符，用于标识其后的变量为指针变量，指针变量名不包括*。如上例语句中，x 为整型简单变量，p1 为整型指针变量，p2 为实型指针变量，p3 为字符型指针变量。

② 指针变量名应遵循用户标识符的命名规则。

③ 指针变量定义的类型应与所指向的变量类型一致。一个指针变量只能指向同类型的一个变量，不能指向其他数据类型的变量。如上例语句中，p1 只能指向整型变量，不能指向其他类型的变量，即 p1 中只能存放整型变量的地址，p2 只能指向实型变量，p3 只能指向字符型变量。

3．指针变量的操作

指针变量在使用之前不仅要进行声明，而且必须赋予具体的值。未经赋值的指针变量不能使用，否则将导致系统混乱，甚至死机。指针变量的赋值只能赋予地址，不能赋予其他任何数据。

1）两个运算符

❧　取地址运算符——&。

❧　指针运算符——*。

（1）取地址运算符（&）：在 C 语言中，变量的地址是由编译系统分配的。可用取地址运算符（&）来获取变量的地址。其一般形式为：

&变量名

例如：

int   a , b , *p = &a , *q = &b ;

其中，&a 表示变量 a 的地址，&b 表示变量 b 的地址。

（2）指针运算符（*）：有了指针变量，如何使用指针变量，并对它所指向的变量进行操作呢？C 语言提供了*运算符来完成该操作。其一般形式为：

*指针变量名

例如：

```
int   a , *p1 = &a ;        /* 将变量a的地址赋给指针变量p1，此时p1是变量a的指针 */
*p1 = 8 ;                    /* 将8赋给指针变量p1指向的变量a，即将8赋给了变量a */
```

说明：

① 指针运算符（*）的功能：访问指针变量所指向的变量。运算过程为：访问*后的指针变量，取出指针变量中的内容（地址），根据地址找到目标变量，即指针变量指向的变量。

② 语句"*p1 = 8；"的运算过程为：访问 p1，得到变量 a 的地址，根据 a 的地址找到变量 a，然后将 8 赋给变量 a。

 课堂思考：

上面例如语句中，"a"与"&a"有什么区别？第 1 个*与第 2 个*有什么区别？

2）指针变量的赋值

定义了指针变量，如何让指针变量指向一个变量呢？这可以通过给指针变量赋值实现。通常可用两种赋值方式：

（1）在定义指针变量时进行初始化，让指针变量指向目标变量。例如：

```
int   a , *p = &a ;              /* 将变量a的地址赋给指针变量p，此时p指向变量a */
```

（2）通过赋值语句进行赋值，让指针变量指向目标变量。例如：

```
int   a , *p , *q ;
p = &a ;                         /* 将变量a的地址赋给指针变量p，此时，p就指向变量a */
q = p ;                          /* 将p的内容（变量a的地址）赋给q，此时，p和q均指向变量a */
```

说明：

① 给指针变量赋值时，只能是地址类型，而且两边的类型一定要匹配。不允许把一个整数赋给指针变量。例如，设有"int   a , *p1 ；   float   f , *p2 ；"，则下面的赋值语句：

p1 = 10 ；　或　p1 = &f ；　或　p2 = &a ；　或　p2 = p1 ；　或　*p2 = &a ；　或　p1 = a ；

等都是错误的。

② 在用赋值语句给指针变量赋地址值时，指针变量前不能加"*"号。例如：

```
*p = &a ；   是错误的。
```

因为"&a"表示变量 a 的地址值，"*"表示指针运算符，"*p"表示指针变量 p 指向的变量，两边数据类型不一致。

 课堂思考：

设有语句"int x；folat y；"，若想用两个指针变量 p 和 q 分别指向变量 x 和 y，应如何实现？

（3）指针变量的引用。

指针变量在程序中的引用有 3 种形式，即给指针变量赋值、引用指针变量的值和引用指针变量指向的变量的值。例如：

```
int   a , b , *p , *q ;
p = &a ;                         /* 给指针变量p赋值 */
q = p ;                          /* 引用指针变量p的值 */
b = *p ;                         /* 引用指针变量p指向的变量a的值 */
printf（" %d " , *p）；          /* 引用指针变量p指向的变量值 */
```

【例 6-1】 输入任意两个整数，按先大后小的顺序输出（用指针实现）。

程序如下：

```
# include   <stdio.h>
main ( )
{   int   a , b , *p1 , *p2 , *q ;
    scanf ("%d , %d" , &a , &b ) ;
    p1 = &a ;   p2 = &b ;
    if ( *p1 < *p2 )  {   q = p1 ;   p1 = p2 ;   p2 = q ;  }
    printf (" \n a = %d ,   b = %d \t " , a , b ) ;
    printf (" max = %d ,   min = %d \n" , *p1 , *p2 ) ;
}
```

运行程序，输入：12 , 34

输出：

```
a = 12 ,  b = 34        max = 34 ,  min = 12
```

课堂思考：

① 语句 "q = p1 ;   p1 = p2 ;   p2 = q ;" 实现的是什么操作？

② 若想交换 p1、p2 指向的变量内容，应该如何实现？

4. 指针的运算

指针是地址，对指针的运算，就是对地址的运算。指针的运算不同于普通变量的运算，它只允许有限的几种运算。除了可以将一个变量的地址或指针赋给一个同类型的指针变量外，当指针变量指向一个数组时，还可对指针变量进行简单的加减运算和比较运算。

（1）指针变量的加减运算：例如，设有：

```
short   int   a[10] , i , *p1 , *p2 ;
p1 = a ;   p2 = &a[4] ;              /* p1指向a数组的a[0]，p2指向a数组的a[4]*/
```

则下述运算都是正确的：

```
p1 + i、p2 - i、p1 += i、p1++、p2--、p1 < p2、*p1、* ( p1+1 )、*p2++
```

说明：

① 语句 "p1 = a ;" 表明 p1 指向 a[0]元素。则 p1+1 指向 a[0]的下一个元素 a[1]，p1+2 指向 a[0]元素的下下一个元素 a[2]，p1-1 指向 a[0]元素的前一个元素（此时越界）。

② 语句 "p2 = &a[4] ;" 表明 p2 指向 a[4]元素，则 p2+1 指向 a[4]的下一个元素 a[5]，p2-2 指向 a[4]元素的前两个元素 a[2]。

③ p1+1 并不是将 p1 的值（地址）简单地加 1，而是在 p1 值的基础上加上一个数组元素所占用的字节数，本例中的 p1+1 即从当前位置向后移动 2 个字节，指针指向下一个元素。若有语句 "float   b[10] , *p1 = b ;"，则 p1+1 意味着在 p1 值（地址）的基础上加上 4 个字节。注意，p1 本身的值并未改变。那么，*(p1+1)就是 p1 指向元素的下一个元素，*(p1-1)就是 p1 指向元素的前一个元素，*p1 仍是原指向的元素。

设有 "int a[10],*p1,*p2；p1 = a； p2 = &a[9]；"，则 p1+ 4、p2-3、*(p1+ 4)、*(p2-3)、*p1、*p2 分别表示什么？

训练提示：指针变量 p1 指向 a 数组的 a[0]，指针变量 p2 指向 a 数组的 a[9]，则 p1+ 4 指向数组元素 a[4]，p2-3 指向数组元素 a[6]，*(p1+ 4)表示数组元素 a[4]，*(p2-3)表示数组元素 a[6]。p1、p2 本身的值并未改变，故*p1、*p2 分别表示数组元素 a[0]和 a[9]。指针及指向关系如图 6-3 所示。

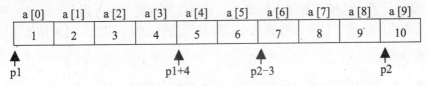

图 6-3　指针及指向关系

（2）指针变量的赋值运算：当对指针变量进行赋值时，可改变指针变量的值，从而使指针的指向发生改变，指针指向新的地址，如 p1++、p1--、p1 = p2-3、p1 += i 等。

【例 6-2】阅读下面程序，分析指针的变化，写出运行结果。程序如下：

```c
# include   <stdio.h>
main ( )
{   int   a[10] = { 1,2,3,4,5,6,7,8,9,10 },i,*p1,*p2;
    p1 = a；  p2 = &a[9]；              /* p1指向a[0]，p2指向a[9] */
    p1++；  p2--；                      /* p1指向a[1]，p2指向a[8] */
    printf ( "\n %d    %d \t ",*p1,*p2 );
    p1 = p1 + 3；                       /* p1指向a[4] */
    p1++；  p2--；                      /* p1指向a[5]，p2指向a[7] */
    printf ( " *** \t %d    %d  \n ",*p1,*p2 );
}
```

运行结果：

```
9     ***   6   8
```

（3）两个同类型的指针变量相减：如果指针变量 p1 和 p2 都指向同一数组，若执行 p2 - p1，则实际上执行的是两个地址的差值除以数组元素的类型长度，即表示的是 p2 与 p1 之间相差的元素个数。上例中，若 p1 指向数组元素 a[3]，p2 指向数组元素 a[7]，则 p1 - p2 表示 a[3]和 a[7]之间相差 4 个元素。

（4）指针的比较：如果指针变量 p1 和 p2 都指向同一数组，若 p1 指向的数组元素位于 p2 指向的数组元素之前，则关系表达式 p1 < p2 为真，否则 p1 < p2 为假。

（5）NULL 空指针：C 语言设置了一个称为空指针的指针常量 "NULL"。空指针不指向任何存储单元，可以将空指针常量赋给任何类型的指针变量。如果一个指针变量不指向任何变量，则应给其赋值为 NULL。例如：

【高职高专新课程体系规划教材·计算机系列】

```
int    a , *p = NULL ;
```

5．指针与一维数组

指针和数组有着密切的关系，二者都可以处理内存中连续存放的若干数据。使用指针访问数组中的元素，可使程序代码更紧凑、更灵活。

1）一维数组的首地址和数组元素的地址

（1）一维数组的首地址：一个变量有一个地址，一个数组包含了若干元素，在内存中占用一片连续的存储空间，这片连续空间的起始地址称为数组的首地址。在 C 语言中，数组名代表数组的首地址。因此，数组名也是数组的指针。

（2）数组元素的地址：数组中的每个元素按其类型的不同占用几个连续的存储单元，一个数组元素的地址就是它所占用的几个存储单元的首地址。数组元素的地址可以表示为：

&数组名[下标]

根据数组首地址与各元素地址的关系，一个数组元素的地址也可表示为：

数组名 + 下标

例如，设有"int   a[10] = { 0 , 1 , 2 , 3 , 4 , 5 , 6 , 7 , 8 , 9 } ; "，则 a 表示数组的首地址，也是 a[0] 的地址；&a[0] 表示元素 a[0] 的地址；a + 2 和&a[2]都表示元素 a[2] 的地址；a 与 &a[0]等价，&a[2]与 a + 2 等价。

2）指向数组的指针和指针变量

数组的指针就是数组的首地址。在 C 语言中，数组的首地址用数组名表示。定义一个指向数组的指针变量，其方法与定义指针变量的方法相同。例如：

```
int    a[10] , *p = a ;          或          int    a[10] , *p = &a[0] ;
```

也可以写成：

```
int    a[10] , *p ;              或          int    a[10] , *p ;
p = a ;                                      p = &a[0] ;
```

课堂训练：

设有"int   a[10] ;"，请写出引用数组元素 a[5]的几种方式。

3）访问一维数组的多种方法

引入指针之后，访问一维数组就变得灵活多样。下面以例题的方式介绍多种一维数组的访问方法。

（1）下标法：即用 a[i]形式引用数组元素，在第 5 章中均采用此方法。

【例 6-3】用下标法引用数组元素。程序如下：

```
# include    <stdio.h>
main ( )
{    int    a[5] , i ;
     for ( i = 0 ; i < 5 ; i++ )
     {    a[i] = i *10 + i ;
```

```
        printf ( "a[%d] = %d    " , i , a[i] );
    }
}
```

运行结果：

```
a[0] = 0    a[1] = 11    a[2] = 22    a[3] = 33    a[4] = 44
```

（2）数组名引用法：利用数组的首地址，采用*(a+i) 引用数组元素。数组名 a 代表数组 a 的首地址，a+i 表示数组元素 a[i]的地址，*(a+i) 表示数组元素 a[i]。

【例 6-4】采用 *(a+i) 的形式引用数组元素。程序如下：

```
# include   <stdio.h>
main ( )
{   int a[5] , i ;
    for ( i = 0 ; i < 5 ; i++ )
    {   *(a+i) = i * 10 + i ;
        printf ( " a[%d] = %d    " ,  i , *(a+i) ) ;
    }
}
```

（3）用指向数组的指针变量引用数组元素：即用指针变量 p 指向数组的首地址，用*(p+i) 引用数组元素 a[i]。

【例 6-5】利用*(p+i) 引用数组元素。程序如下：

```
# include   <stdio.h>
main ( )
{   int  a[10] , *p , i ;   p = a ;
    for ( i = 0 ; i < 10 ; i++ )
        *(p+i) = i * 10 + i ;
    for ( i = 0 ; i < 10 ; i++ )
        printf ( "%d    " , *(p+i) ) ;
}
```

本例中，指针变量 p 与数组 a 的关系如图 6-4 所示。

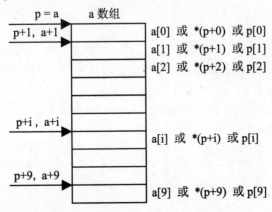

图 6-4　指针变量 p 与数组 a 的关系

课堂思考：

在上例中，指针变量 p 的指向有没有发生变化？

（4）利用指向数组的指针变量的移动引用数组元素：让指针变量指向数组的首地址，用 p++ 移动指针，用 *p 引用数组元素 a[i]。

【例 6-6】 利用指针变量的移动引用数组元素。程序如下：

```
# include    <stdio.h>
main ( )
{    int   a[10] , *p , i ;   p = a ;
     for ( i = 0 ; i < 10 ; i++ , p++ )
         *p = i * 10 + i ;
     p = a ;                           /* 让指针变量p重新指向数组的首地址 */
     for ( i = 0 ; i < 10 ; i++ )
         printf ( "%d   " , *p++ ) ;
}
```

 课堂思考：

在上例中，若去掉第二个语句"p = a；"，程序的运行结果如何？

（5）用指针下标法引用数组元素：指向数组的指针变量 p 也可以带下标，如 p[i]，p[i] 表示 p 所指向的数组元素之后的第 i 个元素。例如，若 p 指向数组元素 a[0]，则 p[i] 表示 a[i]；如果 p 指向 a[1]，则 p[2] 表示 a[1] 之后的第 2 个元素 a[3]，即 a[1+2]，并不是 a[2]。

注意： 这种方法与 p 指向的起始位置有关，使用时要谨慎。

【例 6-7】 利用指针下标法引用数组元素。程序如下：

```
# include    <stdio.h>
main ( )
{    int   a[10] , *p , i ;   p = a ;
     for ( i = 0 ; i < 10 ; i++ )
         p[i] = i*10 + i ;
     for ( i = 0 ; i < 5 ; i++ )
         printf ( "%d    " , p[i] ) ;
     printf ( "\n" ) ;
     p = a + 4 ;
     for ( i = 0 ; i < 5 ; i++ )
         printf ( "%d    " , p[i] ) ;
}
```

运行结果：

0	11	22	33	44
44	55	66	77	88

课堂思考：

在上例中，两次输出程序段一样，为什么结果不一样？

【例 6-8】 从键盘输入 5 门课程成绩，完成平均分的计算（用指针引用数组元素）。

程序如下：

```
# include   <stdio.h>
main ( )
{    float   sc[5] , av = 0 , *sp ;    int   i ;
     sp = sc ;
     printf ( " \n  input  5  scores : \n " ) ;
     for ( i = 0 ; i < 5 ; i++ )
          scanf ( "%f" , sp + i ) ;
     for ( i = 0 ; i < 5 ; i++ )
          av += *( sp + i ) ;
     av /= 5.0f ;
     printf ( " average  score  is %5.2f " , av ) ;
}
```

运行程序，显示：input 5 scores :（输入数据）86 87 96 97 76↙

输出：

```
average  score  is   88.40
```

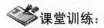

课堂训练：

请写出用其他方法访问数组元素的程序。

4）小结

（1）利用首地址引用数组元素：若有指针变量 p 始终指向数组 a 的首地址，即有"p = a ;或 p = &a[0] ；"，则对数组元素 a[i] 的引用方法为：

① 下标法。

➥　数组名下标法：a[i]。

➥　指针变量下标法：p[i]。

② 指针法。

➥　数组名指针法：*(a + i)。

➥　指针变量指针法：*(p + i)。

（2）利用指针变量的移动引用数组元素：若有指针变量 p 开始时指向数组 a，则利用 p 的移动引用数组元素 a[i] 的方法为：

```
int   a[10] , *p , i ;              或          int   a[10] , *p ;
p = a ;                                          for ( p = a ; p < a +10 ; p++ )
for ( i = 0 ; i < 10 ; i++ , p++ )                   printf ( "%d   " , *p ) ;
    printf ( "%d   " , *p ) ;
```

三、任务的实现

任务描述：假设一个班级有 10 名学生，课程为英语，成绩为百分制整数，要求能够输入、存储、输出每个学生的英语成绩，并统计出其中的最高分。

【高职高专新课程体系规划教材·计算机系列】

（1）分析：10 个人的成绩值用数组存放，对数组的访问采用指针实现，可以用指针变量下标法、数组名指针法、指针变量指针法。在此，为了方便各种方法的使用，程序中的处理方法为：输入时采用指针变量下标法，统计最高分时采用数组名指针法，输出时采用指针变量指针法。

（2）实现的程序：

```
# include    <stdio.h>
main ( )
{   int   sc[10] , i , *p , max ;    p = sc ;
    for ( i = 0 ; i < 10 ; i++ )              /* 采用指针变量下标法实现数据的输入 */
        scanf ( "%d" , &p[i] );
    max = *( a + 0 );                         /* 采用数组名指针法实现统计最高分*/
    for ( i = 1 ; i < 10 ; i++ )
        if ( *( a + i ) > max )     max = *( a + i );
    for ( i = 0 ; i < 10 ; i++ )              /* 采用指针变量指针法实现数据的输出 */
        printf ( "%4d" , *( p + i ));
    printf ("\n   最高分 = %d \n" , max );
}
```

课堂思考：

针对上例，还可以采用什么方法实现数据的输入、统计和输出？

四、知识扩展

1．数组元素按逆序输出

【例 6-9】设 10 个人的成绩已经按由小到大的顺序存放在数组中，要求将成绩按从高到低的顺序输出（用指针引用数组元素）。

此题的程序可用多种方法实现，在此给出其中的一种，程序如下：

```
# include    <stdio.h>
main ( )
{   int   sc [10] = { 45 , 62 , 70 , 77 , 80 , 81 , 85 , 85 , 89 , 93 } , *sp , i ;
    sp = &sc[9] ;
    for ( i = 9 ; i >= 0 ; i — , p— )
        printf ( "%4d" , *sp );
}
```

课堂训练：

请用指针引用数组元素的方式写出数组元素按逆序存放的程序。

2．字符型指针变量与字符串

字符串是一个数据类型为 char、末尾用 '\0' 作为结束标志的特殊一维数组。因此，同样可以用指针表示并操作它。C 语言中，可用两种方法表示一个字符串。

（1）用字符数组存放一个字符串。例如：

```
char   s[ ] = "I  am  a  student" ;
```

（2）用字符型指针变量指向一个字符串。例如：

```
char   *ps = "I am a student" ;   或   char   s[ ] = "I am a student" , *ps = s ;
```

本书前面介绍中，主要用方法（1）存储和使用字符串；此处主要介绍用方法（2）存储和使用字符串。

1）指向字符串的指针变量的定义和使用

指向字符串的指针变量的定义与字符型指针变量的定义是相同的。它们的区别只是对指针变量的赋值不同。例如：

```
char   c1 , *p1 = &c1 ;
char   c2[ ] = "a student" , *p2 = c2 ;
char   *p3 = "a student" ;
```

其中，p1、p2、p3 均为字符型指针变量。p1 指向字符变量 c1，p2 指向字符数组 c2，p3 指向字符串 "a student"，即 p2 中存放字符数组 c2 的起始地址，p3 中存放字符串 "a student" 的首地址。p3 与字符串的关系如图 6-5 所示。也可用下面的语句使 p3 指向字符串 "a student"。

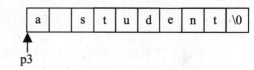

图 6-5 p3 与字符串的关系

```
char   *p3 ;
p3 = "a student" ;
```

【例 6-10】利用字符型指针变量输出一个字符串 "How do you do!"。程序如下：

```
# include   <stdio.h>
main ( )
{    char   *s ;                       /* 也可用 "char   *s = "How do you do!" ; " */
     s = "How do you do!" ;           /* 把字符串常量的首地址赋给指针变量s */
     puts ( s ) ;                     /* 从s所指处开始输出，直到遇\0 */
}
```

课堂思考：

针对上例，若用 "printf ("%s" , s) ;" 语句输出，结果如何？

【例 6-11】利用指向字符串的指针输出字符串中第 N 个字符后的所有字符。程序如下：

```
# include   <stdio.h>
# define   N   10
main ( )
{    char   *p = "This is a book" ;     /* p指向字符串的首地址  */
     printf ( "%s \n" , p + N ) ;       /* p+N指向字符b，p仍指向字符串的首地址  */
}
```

运行结果：

```
book
```

【高职高专新课程体系规划教材·计算机系列】

【例 6-12】利用指针指向一个用户输入的字符串，查找该字符串中是否有字符 k。

程序如下：

```
# include    <stdio.h>
main ( )
{    char    st[20] , *ps = st ;    int  i ;
     printf ( " input  a  string : " ) ;   scanf ( "%s" , ps ) ;
     for ( i = 0 ; ps[i] != '\0' ; i++ )
          if ( ps[i] == 'k' )  {   printf ( " Yes \n " ) ;   break ;   }
     if ( ps[i] == '\0' )       printf ( " No \n " ) ;
}
```

运行程序，显示：input a string :（输入数据）abcdef↙

输出：

```
No
```

2）指向字符串的指针变量与字符数组的区别

用字符型指针变量和字符数组都可以实现字符串的存储和操作，但是两者有区别。

① 指向字符串的指针变量本身是一个变量，只用于存放字符串的首地址。字符数组由若干个数组元素组成，它可用来存放整个字符串。

② 对指向字符串的指针变量可以直接赋值，对字符数组不能直接赋值。例如：

i）对字符型指针变量　　　　　　　　ii）对字符数组

```
char  *ps = "Book " ;（正确）
或
char  *ps ;
ps = " Book " ;       （正确）
```

```
char  st[ ] = " Book " ;   （正确）
或
char   st[20] ;
st = " Book " ;          （错误）
```

③ 对于字符数组，可以用 scanf ( )函数直接从键盘输入一个字符串；而对于字符型指针变量，若没有指向一个字符数组，则不允许直接从键盘给其输入字符串；若指向了一个字符数组，则可以从键盘给其输入字符串。例如：

i）给字符数组直接从键盘输入字符串，是允许的。例如：

```
char  s[10] ;   scanf ( " %s" , s ) ;      （正确）
```

ii）给指向字符数组的指针变量直接从键盘输入字符串，是允许的。例如：

```
char   s[10] , *p = s  ;    scanf ( " %s" , p ) ;      （正确）
```

iii）给无指向的字符型指针变量直接从键盘输入字符串，是不允许的。例如：

```
char   *p ;
scanf ( " %s" , p ) ;  （不允许，因为指针变量a指向不确定的一段内存单元）
```

本节教学建议：

（1）实验：实验任务 1
（2）作业：习题 6　一、1~9，二、1~6，三、1~2

6.2　指针与二维数组的应用

任务 2　利用指针实现一个班级学生姓名和多门课程成绩的处理

内容摘要：

☑　指针与二维数组的关系
☑　指针的灵活运用

一、任务分析

一个班级多名学生的姓名需要使用二维字符数组进行存放，每个学生多门课程的成绩需要使用二维整型数组进行存放（成绩值只考虑整数）。指针变量可以指向一维数组中的元素，也可以指向多维数组中的元素。但在概念和使用上，多维数组的指针比一维数组的指针要复杂一些。本章以二维数组为例来介绍指针在多维数组中的应用。

二、知识点介绍

1．二维数组的地址

为了说明问题，我们定义一个二维数组如下：

```
short   int   a[3][4] = {{0,1,2,3},{4,5,6,7},{8,9,10,11}};
```

其中，a 为二维数组名，该数组有 3 行 4 列，共 12 个元素。由于 C 语言允许把一个二维数组看作由多个一维数组组成的二维数组。因此，数组 a 可看作为 3 个元素，即 a[0]、a[1]和 a[2]。这 3 个元素又是一个一维数组，且都含有 4 个元素。例如，a[0]代表的一维数组所包含的 4 个元素分别为 a[0][0]、a[0][1]、a[0][2]和 a[0][3]，如图 6-6 所示。

从二维数组的角度来看，a 代表二维数组的首地址，即是二维数组第 0 行元素 a[0]的首地址。a + 1 代表第 1 行元素 a[1]的首地址，a + 2 代表第 2 行元素 a[2]的首地址。如果此二维数组的首地址为 1000，由于第 0 行有 4 个短整型元素，所以 a + 1 为 1008，a + 2 为 1016，二维数组地址的表示如图 6-7 所示。

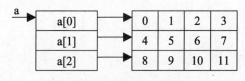

图 6-6　二维数组地址的表示法

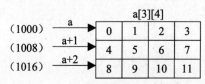

图 6-7　二维数组地址的表示法

【高职高专新课程体系规划教材·计算机系列】

既然我们把 a[0]、a[1]、a[2]看成是一维数组名，则可以认为它们分别代表它们所在行的首地址。也就是说，a[0]代表第 0 行的起始地址，即&a[0][0]；a[1]代表第 1 行的起始地址，即&a[1][0]。根据地址运算规则，a[0]+1 即代表第 0 行第 1 列元素的地址，即&a[0][1]。

一般而言，a[i]+j 代表第 i 行第 j 列元素的地址，即&a[i][j]。

在二维数组中，我们还可用指针的形式来表示各元素的地址。如前所述，a[0]与*(a+0)等价，a[1]与*(a+1)等价。因此，a[i]+j 就与*(a+i)+j 等价，它表示数组元素 a[i][j]的地址。因而，二维数组元素 a[i][j]可表示成*(a[i]+j)、*(*(a+i)+j) 或(*(a+i))[j]，它们都与 a[i][j]等价。

2．访问二维数组的多种方法

（1）通过数组名引用二维数组元素

【例 6-13】利用数组名来引用二维数组元素，实现数组内容的输出。程序如下：

```
# include   <stdio.h>
main ( )
{   int   a[3][4] = { 0 , 1 , 2 , 3 , 4 , 5 , 6 , 7 , 8 , 9 , 10 , 11 } ;   int   i,j;
    for ( i = 0 ; i < 3 ; i++)
    {   for ( j = 0 ; j < 4 ; j ++)
            printf ( " %5d " , *( *( a + i ) + j )) ;        /* 输出数组元素 */
        printf ( "\n " ) ;
    }
}
```

输出结果：

```
0    1    2    3
4    5    6    7
8    9    10   11
```

课堂思考：

① 上例中加注释的语句可改为 "printf (" %5d " , *(a[i] + j)) ;" 吗？
② 上例中加注释的语句可改为 "printf (" %5d " , (*(a + i)) [j]) ;" 吗？

（2）利用指向数组元素的指针变量引用数组元素

【例 6-14】用指向元素的指针变量输入、输出二维数组中的各元素值。程序如下：

```
# include   <stdio.h>
main ( )
{   int   a[3][4] ;   int   *p = a,i,j;
    for ( i = 0 ; i < 3 ; i++)
        for ( j = 0 ; j < 4 ; j++)
            scanf ( "%d", p++) ;        /* 也可用*( p + 4 * i + j )引用每个元素 */
    printf ( " \n") ;
    p = a ;
    for ( i = 0 ; i < 3 ; i++)
    {   for ( j = 0 ; j < 4 ;j++)
```

```
            printf("%2d  ",*(p++));/* 也可用*(p+4*i+j)引用每个元素 */
        printf("\n");
    }
}
```

运行程序，输入：1 2 3 4 5 6 7 8 9 10 11 12↙

输出：

```
1     2     3     4
5     6     7     8
9    10    11    12
```

（3）利用指向一维数组的指针变量访问二维数组

在 C 语言中，也可以定义一个特殊的指针变量，让其指向有若干元素的一维数组，这样的指针变量又被称为行指针。定义指向一维数组的指针变量的一般形式为：

类型说明符 (*指针变量名)[长度]；

例如：

```
int   a[3][4];
int   (*p)[4];                   /* p是指针变量，可指向有4个元素的一维数组 */
p=a;
```

说明：

① 类型说明符是所指数组的数据类型，"*"表示其后的变量是指针类型，长度表示该指针所指向的一维数组的长度，也就是二维数组的列数。

② "(*指针变量名)"两边的括号不能少。如果缺少括号，则表示指针数组（后续内容将会介绍），意义就完全不同了。

③ 例如中定义的 p 是一个指针变量，它指向了二维数组 a 或指向第 0 行的一维数组 a[0]，其值为 a 或 a[0]或&a[0][0]。若进行 p+i 运算，则 p+i 指向一维数组 a[i]（即二维数组的第 i 行）。*(p+i)+j 是二维数组第 i 行 j 列元素的地址，而*(*(p+i)+j)表示第 i 行 j 列的元素。指向一维数组的指针变量与二维数组的关系如图 6-8 所示。

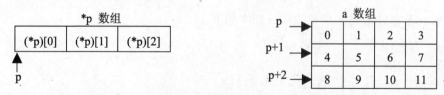

图 6-8 指向一维数组的指针变量与二维数组的关系

【例 6-15】利用指向数组的指针变量实现二维数组内容的输入与输出。程序如下：

```
# include  <stdio.h>
main()
{   int  a[3][4],(*p)[4],i,j;  p=a;
    for(i=0;i<3;i++)
```

【高职高专新课程体系规划教材·计算机系列】

```
        for ( j = 0 ; j < 4 ; j++ )
            scanf ( "%d" , &p[i][j] ) ;
    printf ( "\n" ) ;
    for ( i = 0 ; i < 3 ; i++ )
    {    for ( j = 0 ; j < 4 ; j++ )
            printf( "%2d   " , *( *( p + i ) + j ) ) ;
        printf( "\n" ) ;
    }
}
```

（4）通过指针数组引用二维数组

一个数组，若其元素均为指针类型，则称这个数组为指针数组。指针数组的每一个元素相当于一个指针变量，都可存放一个地址，且都可指向相同数据类型的变量。

定义一维指针数组的形式为：

类型名   *数组名[数组长度]

例如：

int   *pa[3] ; /* pa是指针数组，其3个元素都是指针变量，可分别指向不同的整型变量*/

说明：

① 类型名为指针所指向变量的类型。

② 由于"[ ]"比"*"优先级高，因此 pa 先与"[3]"结合，形成数组 pa[3]，它有 3 个元素。然后再与 pa 前面的"*"结合，表示此数组是指针类型，即每个元素都相当于一个指针变量，都可指向一个整型变量。

③ 指针数组常用于指向一个二维数组。指针数组中的每个元素被赋予二维数组每一行的首地址，因此也可理解为指针数组的每个元素可指向一个二维数组的其中一行。

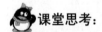课堂思考：

① *pa[3] 与（*pa）[3]有何不同？

② 请总结用指针引用二维数组元素几种方法的不同。

【例 6-16】指针数组的简单应用。程序如下：

```
# include   <stdio.h>
main ( )
{    static int   a[3][3] = { 1 , 2 , 3 , 4 , 5 , 6 , 7 , 8 , 9 } ;
    int   *p[3] = { a[0] , a[1] , a[2] } ;    int   *q = a[0] , i ;
    for ( i = 0 ; i < 3 ; i++ )                              /* 用数组名 */
        printf ( "%d，  %d，  %d \n" , a[i][0] , *a[i] , *(*(a + i ) + i ) ) ;
    printf ( " ******** \n" ) ;
    for ( i = 0 ; i < 3 ; i++ )                              /* 用指针数组和指针变量 */
        printf ( "%d，  %d，  %d \n", *p[i] , q[i] , *( q + i ) ) ;
}
```

运行结果：

```
1，1，1
4，4，5
7，7，9
********
1，1，1
4，2，2
7，3，3
```

说明：

① 本例中，p 是一个指针数组，3 个元素分别指向二维数组 a 的各行。

② 在程序中，输出指定的数组元素时使用了多种描述数组元素的方法。其中，a[i][0]、*a[i]均表示第 i 行第 0 列元素的值；*(*(a+i)+i)表示第 i 行第 i 列元素的值；*p[i]表示第 i 行第 0 列元素的值；由于 p 与 a[0]相同，故 p[i]、*(p+i)均表示第 0 行第 i 列的值。

③ 注意指针数组和指向一维数组的指针变量的区别。这两者虽然都可用来表示二维数组，但是其表示方法和意义是不同的。

④ 指针数组也常用来表示一组字符串。这时，指针数组的每个元素被赋予一个字符串的首地址。指向字符串的指针数组的初始化更为简单，例如：

```
char   *city[ ] = { "Shanghai" , "Beijing" , "Xi'an" , "Nanjing" , "Dalian" } ;
```

初始化之后，city[0]即指向字符串"Shanghai"，city[1]指向"Beijing"……

三、任务的实现

任务描述：一个班级有多名学生（假设为 10 名），每个学生有姓名和 3 门课程成绩，要求用指针实现这些数据的输入、存储与输出，并统计出不及格人次。要求用指针实现。

（1）分析：10 个人 3 门课程的成绩用二维整型数组 sc 存放，姓名用二维字符数组 name 存放。为方便使用指针访问数据，需要定义一个整型的指针变量 psc，让其指向成绩数组 sc；还需要定义一个字符型的指针数组 pname，让其指向姓名数组 name。

（2）实现的程序（调试程序时，可将 N 值设定为 3）：

```
# include   <stdio.h>
# define   N   10              /* 10 个学生 */
# define   M   3               /* 3 门课程 */
main ( )
{   int   sc[N][M] , i , j , *psc , num ;
    char   name[N][15] , *pname[N] ;
/*————————————— 输入学生姓名和成绩 —————————————*/
    psc = sc ;                       /* 让psc指向成绩数组sc */
    for ( i = 0 ; i < N ; i++ )
    {   printf("输入第%d个学生姓名:" , i + 1 ) ;
        pname[i] = name[i] ;              /* 让pname指向姓名数组的第i行 */
        gets ( pname[i] ) ;              /* 输入第i个学生的姓名 */
        printf("输入第%d个学生%d门课成绩:" , i , M ) ;
        for ( j = 0 ; j < M ; j++ )
```

【高职高专新课程体系规划教材·计算机系列】

```
            scanf ( "%d", psc++ ) ;
        }
/*————————————— 统计不及格人次 —————————————*/
    num = 0 ;   psc = sc;
    for ( i = 0 ; i < N ; i++ )
        for ( j = 0 ; j < M ; j++ )
            if ( *( psc++ ) < 60   )    num ++;
/*————————————————— 输  出 —————————————————*/
    psc = sc ;
    for ( i = 0 ; i < N ; i++ )
    {    printf ( "%s \t", pname[i] ) ;
        for ( j = 0 ; j< M ; j++ )
            printf ( "%4d", *( psc ++) ) ;
        printf ( " \n " ) ;
    }
    printf (" 不及格人数= %d \n", num ) ;
}
```

课堂训练：

请用指针访问数组元素的其他方法实现上述程序功能。

本节教学建议：

（1）实验：实验任务 2
（2）作业：习题 6 一、10，二、7~8，三、5

6.3 实   验

实验任务 1   指针的应用 1

知识与技能：

☑   用指针访问普通变量
☑   用指针访问一维数组与字符串

一、实验目的

（1）能利用指针变量进行简单的程序设计。
（2）掌握使用指针变量对一维数组进行操作的方法。
（3）掌握运用指针对字符串进行操作的方法。

二、实验内容

1. 验证性实验

（1）输入并运行下面程序，回答题后问题。

```
# include   <stdio.h>
main ( )
{   int   a = 12 , b = 34 , s , *pa , *pb ;
    pa = &a ;   pb = &b ;   s = *pa + *pb ;
    printf ( " s = %d \n " , s ) ;
}
```

　　　　① 程序的输出结果是＿＿＿＿＿＿＿＿＿＿＿＿＿。

　　　　② 变量 pa、pb 与变量 a、b 的区别是＿＿＿＿＿＿＿＿＿。

　　　　③ 变量 a 的值是＿＿＿＿＿＿＿＿，变量 pa 的值是＿＿＿＿＿＿＿。

　　（2）输入并运行下面程序，回答题后问题。

```
# include   <stdio.h>
main ( )
{   int   a = 10 , b = 20 , *p = &a , *pa = &a , *pb = &b ;
    pa = pb ;
    printf ( " %d   %d   %d \n " , *p , *pa , *pb ) ;
}
```

　　　　① 程序的输出结果是＿＿＿＿＿＿＿＿＿＿＿＿＿。

　　　　② 若把 "pa = pb ;" 改为 "*pa = *pb ;" 后，程序的输出结果是＿＿＿＿＿＿。

　　（3）输入并运行下面程序，回答题后问题。

```
# include   <stdio.h>
main ( )
{   int   a[4] = {1 , 2 , 3 , 4 } , *p , i ;   p = a ;
    for ( i = 0 ; i < 4 ; i ++ )
    {   *( p + i ) = *( p + i ) +1 ;
        printf ( " %d , " , a[i] ) ;
    }
}
```

　　　　① 程序的输出结果是＿＿＿＿＿＿＿＿＿＿＿＿＿。

　　　　② 本例对数组的引用方法采用了＿＿＿＿＿＿＿＿＿ 和＿＿＿＿＿＿＿＿＿。

　　（4）输入并运行下面程序，回答题后问题。

```
# include   <stdio.h>
main ( )
{   char   s1[50] , *s2 ;
    s1 = "Every body" ;   s2 = "Welcome to you!" ;
    printf ( " %s , %s " , s1 , s2 ) ;
}
```

　　　　① 程序的编译结果是＿＿＿＿＿＿＿＿＿＿＿＿＿＿＿。请分析原因并改正错误。

　　　　② 本例用两种方式操作和使用字符串，比较一下两种方式的特点（从初始化、
　　　　　赋值、输入、输出几方面总结）。

　　　　③ s1 是＿＿＿＿＿＿＿＿，s2 是＿＿＿＿＿＿＿＿。s1 中存放的是＿＿＿＿＿＿＿＿，

【高职高专新课程体系规划教材·计算机系列】

s2 中存放的是_____。

2．设计性实验

（1）从键盘输入一组整数（用数组存放，个数自定），求这组数之和及最小数。要求用指针变量访问数组的方式实现。

（2）随机产生一组整数（用数组存放，个数自定），查找这组数中是否存在值为 55 的整数。要求用指针下标法访问数组的方式实现。

3．实验总结

（1）对内存引用的方式有几种？你比较喜欢用哪一种？

（2）在上机实验中，你还应注意什么？

实验任务 2　指针的应用 2

知识与技能：

☑　用指针操作二维数组

☑　用指针访问字符串数组

一、实验目的

（1）掌握使用指针变量对二维数组进行操作的方法。

（2）设计程序时能够灵活地使用指针。

二、实验内容

1．验证性实验

（1）输入并运行下面程序，回答题后问题。

```
# include  <stdio.h>
main ( )
{   int   a[3][3] = {1, 2, 3, 4, 5, 6, 7, 8, 9 } , *p , i , j ;   p = a ;
    for ( i = 0 ; i < 3 ; i ++ )
    {   for ( j = 0 ; j < 3 ; j ++ )
            printf ( " %4d " , *(p++) ) ;
        printf ( " \n " ) ;
    }
}
```

① 程序的输出结果是_____。

② 若将输出语句"printf (" %4d " , * (p++)) ;"换成"printf(" %4d " , * (*(p + i) + j)) ;"，则输出为_____。

（2）输入并运行下面程序，回答题后问题。

```
# include  <stdio.h>
main ( )
{   char   *p[ ] = { "school" , " teacher" , "student" } ;   int  i ;
    for ( i = 2 ; i >= 0 ; i — )
```

```
        printf ( " %s \t " , p[i] );
}
```

① 程序的输出结果是_____。

② 若想利用指向一维数组的指针变量来访问该二维字符数组，程序应修改

为：_____。

2．设计性实验

（1）编写程序，找出一个二维数组中元素的最大值。要求用指针的方式访问二维数组。

（2）在若干个地名中，判断其中是否有"xian"，若有则输出"yes"，否则输出"no"。

3．实验总结

（1）写出你所知道的对二维数组的几种操作方式。

（2）画出二维数组的地址表示方法。

习　题　6

一、选择题

1．若 x 为整型变量，pb 为整型指针变量，则正确的赋值表达式是（　　）。

    A．pb = &x；　　　　　B．pb = x；　　　　　C．*pb = &x；　　　　　D．*pb = *x；

2．若有定义"int　x = 0 , *t = &x；"，则语句"printf ("%d \n " , *t)；"的输出结果是（　　）。

    A．随机值　　　　　B．0　　　　　C．x 的地址　　　　　D．p 的地址

3．以下程序段完全正确的是（　　）。

    A．int　k , *p ; *p = &k ; scanf ("%d" , p)；　　B．int　*p ;　scanf ("%d" , &p)；

    C．int　k , *p = &k ; scanf ("%d" , p)；　　D．int　*p ;　scanf ("%d" , p)；

4．下面程序的运行结果是（　　）。

```
# include   <stdio.h>
main ( )
{    int   b [ ] = { 1 , 2 , 3 , 4 } , y , * p = &b[3];
     —p ;  y = * p ;
     printf ( " y = %d \n " , y );
}
```

    A．y = 0　　　　　B．y = 1　　　　　C．y = 2　　　　　D．y = 3

5．下面程序的运行结果是（　　）。

```
# include <stdio.h>
main (  )
{    int   n[10] = { 1 , 2 , 3 , 4 , 5 , 6 , 7 , 8 , 9 , 10 } , *s = &n[3] , *t = s + 2;
     printf ( " %d \n " , *s +*t );
}
```

A. 16   B. 10   C. 8   D. 6

6. 下面程序执行后的输出结果是（　　　）。

```c
# include <stdio.h>
main ( )
{   int  i , s = 0 , t [ ] = { 1 , 2 , 3 , 4 , 5 , 6 , 7 , 8 , 9 } ;
    for ( i = 0 ; i < 9 ; i += 2 )
        s += * ( t + i ) ;
    printf ( " %d \n " , s ) ;
}
```

A. 45   B. 20   C. 25   D. 36

7. 设有 "char str [20] = "Program" , *p ; p = str ; " ，以下叙述中正确的是（　　　）。

    A. 可以用 *p 表示 str [0]

    B. str 与 p 都是指针变量

    C. str 数组中元素的个数和 p 所指向的字符串长度相等

    D. 数组 str 中的内容和指针变量 p 中的内容相同

8. 下面程序执行后的输出结果是（　　　）。

```c
# include  <stdio.h>
main ( )
{   char  s [ ] = { "a1b2c3d4" } , *p ;   p = s ;
    printf ( " %c \n " , *p + 4 ) ;
}
```

A. a   B. e   C. u   D. 元素 s[4]的地址

9. 以下程序的运行结果是（　　　）。

```c
# include  <stdio .h>
main ( )
{   char s [ ] = "rstuv " ;
    printf ( "%c \n " , *s + 2 ) ;
}
```

A. tuv   B. 字符 t 的 ASCII 码值

C. t   D. 出错

10. 若有 "int c[4][15] , (*cp)[15] ; cp = c ; " ，则对数组 c 中元素正确引用的是（　　　）。

    A. cp +1   B. *(cp + 3)   C. *(cp + 1) +3   D. *(*cp + 2)

二、填空题

1. 以下程序的输出结果是 ＿＿＿＿＿＿。

```c
# include <stdio.h>
main ( )
{   int  a[5] = { 2 , 4 , 6 , 8 , 10 } , *p ;
    p = a ;   p++ ;
```

```
        printf ( " %d ", *p ) ;
}
```

2．以下程序的输出结果是＿＿＿＿＿＿＿＿＿＿。

```
# include <stdio.h>
main ( )
{    int    a[ ] = { 2 , 4 , 6 , 8 , 10 } , s = 0 , x , *p ;
     p = &a[1] ;
     for ( x = 1 ; x < 3 ; x++)
          s += p[x] ;
     printf ( " %d \n " , s ) ;
}
```

3．以下程序的执行结果是＿＿＿＿＿＿＿＿＿＿。

```
# include <stdio.h>
main ( )
{    int    a[ ] = { 1 , 2 , 3 , 4 , 5 , 6 } , *p ;
     p = a ;
     *( p + 3 ) += 2 ;
     printf ( " %d , %d \n " , *p , *( p+3 ) ) ;
}
```

4．以下程序的输出结果是＿＿＿＿＿＿＿＿＿＿。

```
# include <stdio.h>
main ( )
{    int    a[ ] = { 5 , 8 , 7 , 6 , 2 , 7 , 3 } ;   int   y , *p = &a[1] ;
     y= (*--p)++ ;                        /* 注意此处先做—运算，后做间接运算 */
     printf ( " %d   %d " , y , *p ) ;
}
```

5．以下程序的输出结果是＿＿＿＿＿＿＿＿＿＿。

```
# include <stdio.h>
main ( )
{    char    a[ ] = "Language" , b[ ] = "Programe" ;
     int    k ;    char  *s1 , *s2 ;
     s1 = a ;   s2 = b ;
     for ( k = 0 ; k <= 7 ; k ++ )
          if ( *( s1 + k ) == *( s2 + k ) )   printf ( " %c " , *( s1 + k ) ) ;
}
```

6．以下程序的运行结果是＿＿＿＿＿＿＿＿＿＿。

```
# include   <stdio.h>
main ( )
{    char    s[ ] = { "abc123de56" } , *p ;
     p = s + 3 ;
     printf ( " %s \n " , p + 2 ) ;
}
```

【高职高专新课程体系规划教材·计算机系列】

7. 以下程序的运行结果是＿＿＿＿＿＿＿＿。

```
# include    <stdio.h>
main ( )
{    int    a[3][3] = { 1 , 2 , 3 , 4 , 5 , 6 , 7 , 8 , 9 } , s = 0 , i ;
     for ( i = 0 ; i < 3 ; i ++)
          s = s + *(*( a + i ) + i ) ;
     printf ( " %d \n " , s ) ;
}
```

8. 以下程序的运行结果是＿＿＿＿＿＿＿＿。

```
# include    <stdio.h>
main ( )
{    char    *p[ ] = { "book" , "opk" , "h" , "sp" } ;    int   i ;
     for ( i = 3 ; i >= 0 ; i -- , i --)
          printf ( " %c " , *p[i] ) ;
     printf ( " \n " ) ;
}
```

三、程序设计题

1. 求整型一维数组中所有偶数之和，用指针访问数组。

2. 从键盘输入一行字符，字符个数不限，保存在内存中，然后输出该字符串，并统计该字符串中小写字母的个数。要求用指针完成。

3. 编写一个程序，利用指针变量计算从键盘输入的任意一个字符串的长度（要求：不能调用 strlen 函数）。

4. 利用指针实现从字符串 s 中删除第 m 个字符的操作。

5. 输入若干个城市名称（用拼音表示），统计城市名称中第二个字母为 'e' 的城市个数。

第 7 章 函　　数

在软件开发过程中，对于功能复杂、规模较大的程序采用模块化设计方法，即把一个大型任务分解为若干子任务，每个子任务对应一个或多个功能相对独立的程序模块。开发人员以项目小组为单位多人合作，最后将所有模块像搭积木一样，进行有序组合，完成一个完整的应用程序。C 语言中，每一个功能独立的程序模块通常由函数实现，在需要的地方直接调用即可。

内容摘要：

- ☑ 函数的定义方法和调用方法
- ☑ 形式参数与实际参数，参数值的传递，函数的类型和返回值
- ☑ 全局变量与局部变量

学习目标：

- ☑ 掌握自定义函数的定义和调用方法
- ☑ 了解全局变量与局部变量的区别

 ## 项目 7：用函数实现某课程的成绩处理

1．项目功能

（1）使用函数，显示系统功能菜单。

（2）用户根据需要，可选择系统功能菜单项，并实现相应功能。各菜单项功能均由对应函数实现。

（3）系统菜单应实现下述功能：

① 输入数据：能够输入班级的实际学生人数（假设不超过 20 人），能够输入每个学生的姓名、某课程的平时成绩和考试成绩。

② 计算某课程的学生总评成绩（平时成绩占 30%，考试成绩占 70%）。

③ 计算某课程总评成绩的平均分。

④ 统计某课程的总评成绩不及格人数。

⑤ 按某课程的总评成绩排名次。

⑥ 输出某课程的成绩单。

2．项目分解

该项目可分解为 3 个任务。

任务 1：显示系统功能的菜单函数。

任务 2：利用函数计算某课程的总评成绩。

任务 3：实战项目训练——项目 7 的完整实现。

7.1　无参函数的定义与调用

任务 1　显示应用系统功能菜单函数

知识与技能：

☑　无参函数的定义方法
☑　无参函数的调用方法

一、任务背景分析

菜单选择程序在前面章节中已经作过介绍，本章只是把这个功能封装成一个函数，方便以后调用。

二、知识点介绍

1．模块化设计
（1）模块化设计的概念
模块化设计是指把一个复杂的问题按功能或按层次划分成若干功能相对独立的模块。即把一个大的任务进行分解，分解后的每一个子任务对应一个或多个子程序，然后把这些子程序有机组合成一个完整的程序。项目 7 的模块分解如图 7-1 所示。
（2）模块化设计的优点
① 一个大的程序分为若干模块，每个模块由一个子程序或函数实现。这将使程序的设计结构清晰，也便于软件的并行开发。
② 模块化程序设计解决了代码的重复编写问题，提高了程序的可重用性，从而提高了程序的开发效率。
③ 模块化程序设计提高了程序的可维护性。在 C 语言中，只要函数参数（或称用户接口）不变，函数内部的代码再次修改不会影响其他函数对它的调用，使得修改、维护程序变得更加轻松。
2．C 程序结构
在 C 语言中，函数是实现程序模块化的必要手段。一个 C 源程序可由一个 main 函数和若干其他函数构成，且 main 函数必不可少。main 函数可以调用其他任何函数，其他函数之间也可以相互调用，但不能调用 main 函数。一个 C 源程序结构及函数之间的调用示意图，如图 7-2 所示。
说明：
① C 程序的执行总是从 main 函数开始，并在 main 函数中结束。在 main 函数中可以调用其他函数，调用结束后返回到 main 函数的调用处。
② 所有函数都是分别定义、相互独立，即不能嵌套定义。非主函数间可以相互调用，也可嵌套调用。任何函数都不能调用 main 函数，main 函数是由系统调用的。

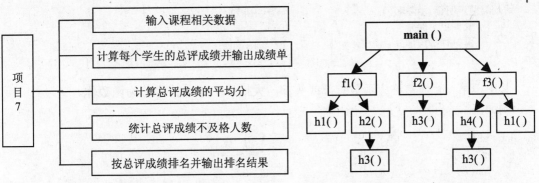

图 7-1 项目 7 的模块分解图　　　　图 7-2 C 源程序结构及函数调用示意图

3．函数及其分类

（1）函数的概念：函数是一段可以重复调用的、功能相对独立的完整程序段。在 C 语言中，函数是 C 源程序的基本组成单位。

（2）函数的分类：C 语言的函数分类，可以从不同的角度进行划分，如表 7-1 所示。

表 7-1　C 语言的函数分类

划 分 角 度	种　　　类	
从使用的角度分	库函数	用户函数
从函数定义角度分	无参函数	有参函数

说明：

① 库函数是由 C 语言编译系统提供的，用户可以直接使用，如 printf( )、scanf( )、sin( )、strcmp( )等函数。在程序中若使用这些库函数，需要在程序的开头用包含命令将含有该函数原型的头文件包含。

② 用户函数是由用户根据需要自己定义的函数，用来实现用户指定的功能。用户函数通常需要先定义，后使用。

③ 有参函数和无参函数。有参函数是指在函数定义时，指出有形式参数；无参函数是指在函数定义时，没有形式参数。

课堂思考：

① 在什么时候使用库函数？在什么时候使用用户函数？

② 请说出你使用过的无参函数和有参函数？

4．无参函数的定义和调用

C 语言规定，在程序中用到的所有函数，必须"先定义，后使用"。函数定义就是用户自己编写能实现指定功能的程序段。函数的定义，分为有参函数的定义和无参函数的定义。

（1）无参函数的定义

无参函数，即没有形式参数的函数。定义的一般形式为：

【高职高专新课程体系规划教材·计算机系列】

```
函数类型声明符 函数名( )          ── 函数首部
   { 变量声明部分
     可执行语句部分        }        ── 函数体
   }
```

其中，第一行通常称为函数首部或头部，大括号{ }中的内容称为函数体。

例如：

```
int  p1 ( )                    /* 函数头 */
{   int  i;                    /* 变量声明 */
    for ( i = 1 ; i <= 10 ; i++)   /* 执行语句 */
        printf ( " * " );
    return ( n );              /* 返回语句 */
}
```
函数体

关于无参函数定义的几点说明：

① 函数类型声明符。函数类型声明符用来说明函数返回值的类型，即函数的类型。如果不需要返回值，则应将其声明为"void"，即空类型。若函数类型为 int 类型，则定义时可省略函数类型（建议不要省去）。

② 函数名。函数名必须是一个合法的 C 语言标识符，不能与程序中其他函数名或变量名重名。函数名后的一对"( )"不可省略。

③ 函数体。函数体由变量声明部分和可执行部分组成。变量声明部分用来定义该函数体中要用到的各个变量（除形式参数外），可执行语句部分是实现函数功能的具体语句部分。

④ 函数的返回值。函数调用结束时，若需要将运算结果返回给主调函数，可以用 return 语句实现。return 语句的形式为：

```
return ( 表达式 );     或     return  表达式 ;
```

该语句的执行过程是：计算表达式的值，将表达式的值按照函数首部定义的函数类型返回到主调函数的调用处。return 语句中的表达式类型一般应和函数类型一致，若不一致，则以函数类型为准，对数值型数据系统自动进行转换，函数的类型决定了返回值的类型。一个函数只能有一个返回值。

⑤ "void"类型。如果函数中无 return 语句或 return 语句后不带表达式，并不代表函数无返回值，而是返回一个不确定的值，这个不确定的值有可能会给程序带来某些意外的影响。因此，如果确定函数不需要返回值，则在函数定义时声明函数类型为"void"型。

【例 7-1】定义一个输出一行问候语"How are You."的函数。

分析：因为函数仅输出一行已知的问候语，用 printf( ) 就可以直接输出。因此，不需要任何形参，函数也没有返回值，故可声明类型为"void"的无参函数。函数定义如下：

```
void  hello ( )               /* 定义hello函数为无返回值的无参函数 */
{   printf ( " How are You . \n " );
}
```

【例 7-2】定义一个函数，输出一串"*"，"*"的个数由随机函数产生（不超过 100），返回输出的"*"个数。

分析：本例是一个无参函数的定义，但有返回值。函数定义如下：

```c
# include    <stdlib.h>
# include    <time.h>
int   p2 ( )
{    int   i , n ;
     srand ( time ( NULL ) ) ;        n = rand ( ) %10 ;
     for ( i = 1 ; i <= n ; i ++ )
          printf ( "*" ) ;
     return   n ;
}
```

（2）无参函数的调用

定义函数的目的是为了调用。在一对调用关系中，调用其他函数的函数称为主调函数，被其他函数调用的函数称为被调函数。函数的调用是通过主调函数实现的，调用语句应出现在主调函数中。

无参函数调用的一般形式为：

函数名( )

说明：

① 无论是有参函数还是无参函数，调用用户自定义函数与调用库函数的方式相同。

② 函数调用的两种方式：

方式 1：将函数调用作为语句。形式为：

函数名( );

把函数调用作为一条语句，一般用于调用无返回值的函数。此调用只要求函数完成一定的操作，不要求函数带回一个返回值，如【例 7-3】。

方式 2：将函数调用作为表达式的一部分。形式为：

变量 = 函数名( );   或   变量 = 表达式 ;   （注：表达式中有函数名）

此方式一般用于调用带有返回值的函数。函数调用出现在表达式中，函数的返回值参与表达式的运算，如【例 7-4】。

【例 7-3】调用【例 7-1】中的 hello 函数。主函数如下：

```c
# include    <stdio.h>
main ( )
{    hello ( ) ;                              /* 调用无返回值的无参函数hello( ) */
}
```

【例 7-4】调用【例 7-2】中的 p2 函数。主函数如下：

```
# include   <stdio.h>
main ( )
{   int  a, b;
    a = p2 ( );    b = p2 ( ) + 5;              /* 调用有返回值的无参函数p( ) */
    printf ( " a = %d  ,  b = %d \n", a, b);
}
```

说明：

【例 7-3】、【例 7-4】两题完整的源程序还要分别包括【例 7-1】、【例 7-2】中各自的用户函数。在上机验证程序时，请把用户函数输入在前，main 函数输入在后。

（3）无参函数的调用过程

函数调用过程，实际上是使函数得到执行的过程。调用过程如下：

① 根据函数名找到被调函数。若没有找到，系统将报告出错信息。

② 为函数体内声明的变量分配内存单元。

③ 依次执行函数体中的所有语句。若有 return 语句，计算表达式的值，将表达式的值作为返回值返回到主调函数的调用处；若无 return 语句，则遇函数结束的右大括号"}"时，返回到主调函数的调用处。

④ 释放本函数中的内部变量所占用的内存单元。

⑤ 从主调函数调用处继续执行程序。

三、任务的实现

任务描述：在一般的应用程序中，常常需要良好的人机界面，菜单是实现良好人机界面的一种方式，它用来方便用户选择应用系统的各种功能。根据项目 7 的功能要求，本任务的菜单用一个函数实现，该函数应显示如下菜单项：输入数据、计算课程总评成绩、计算课程总评成绩平均分、统计总评成绩不及格人数、按总评成绩排名次并输出、退出，以方便用户选择。

（1）分析：菜单函数只需要显示程序所需的菜单项，不需要对参数进行处理，因此可将其定义成无参、无返回值的函数 menu ( )。菜单项的选择通常可放在主调函数调用菜单函数之后实现。

（2）实现的程序：

```
# include   <stdio.h>
# include   <windows.h>
void   menu ( )                              /* 定义主菜单函数menu ( ) */
{   system ( " cls " );
    printf ( "             XX课程成绩处理系统  \n");
    printf ( " \n ******************************************* \n\n ");
    printf ( "        1 ---- 输入数据（姓名,平时成绩,考试成绩）  \n");
    printf ( "        2 ---- 输出成绩单  \n");
    printf ( "        3 ---- 计算课程总评成绩  \n");
    printf ( "        4 ---- 计算课程平均分  \n");
    printf ( "        5 ---- 统计不及格人数  \n");
```

【高职高专新课程体系规划教材 · 计算机系列】

```
        printf("            6---- 按总评成绩排名并输出 \n");
        printf("            0---- 退出 \n");
        printf("\n ***************************************** \n\n");
        printf(" 请选择 0~6:");
}
void   main()
{    int   xz;
     menu();                              /* 调用主菜单函数 menu() */
     scanf("%d", &xz);                    /* 用户输入要选择的菜单项 */
     if   (xz < 0 && xz > 6)   printf(" 输入错误, 请重新选择!");
     else   printf(" 你选择的菜单项是%d", xz);
}
```

运行结果：（略）

说明：

本任务主要是实现用户菜单函数 menu() 的功能。为了能够正常运行 menu() 函数，需要一个 main() 函数，此处的 main() 函数是为临时使用而加的。真正实现项目 7 功能的主函数，请参看 7.3 节的任务 3：项目 7 的完整实现中的 main() 函数（程序段 1）。

 课堂思考：

① 如何实现菜单项的重复选择，直到选择了 0 才退出？

② 如何实现各菜单项的功能？

> **本节教学建议：**
>
> （1）实验：无
> （2）作业：习题 7 一、1~2，三、1

7.2　有参函数的定义与调用

任务 2　利用函数计算某课程期末总评成绩

知识与技能：

☑　有参函数的定义与调用方法

☑　形式参数与实际参数的传递方式

一、任务背景分析

按比例计算课程的总评成绩，需要对每个学生的平时成绩和考试成绩进行处理。如果用一个函数实现此功能，就需要把每个学生的平时成绩和考试成绩以及分数比例传递到函数中。因此，需要学习有参函数的定义与调用。

【高职高专新课程体系规划教材·计算机系列】

二、知识点介绍

1. 有参函数的定义和调用

（1）有参函数的定义

有参函数，即带有形式参数的函数。定义的一般形式为：

```
函数类型声明符   函数名( 形式参数声明表列 )          —— 函数首部
{   变量声明部分
    可执行语句部分                                   —— 函数体
}
```

例如：

```
int   sum ( int   a ,   int   b )         /* 函数头 */
{   int   c ;                             /* 变量声明 */
    c = a + b ;                           /* 执行语句 */        函数体
    return   ( c ) ;                      /* 返回语句 */
}
```

关于有参函数定义的几点说明：

① 有参函数定义与无参函数定义基本相同，不同之处就是带有形式参数。

② 形式参数。形式参数是指函数名后括号中声明的变量，它们可以是各种类型的变量，每个变量必须单独指出其类型及名称，各变量之间用逗号间隔。

【例 7-5】定义一个求两个整数中大数的函数。

分析：根据题意函数起名为 max，函数需要对两个整数进行处理，就必须有两个整型参数。处理完毕，用 return 语句返回大数。函数定义如下：

```
int   max ( int   num1 , int   num2 )              /* 函数首部 */
{   int   m ;                                      /* 变量声明 */
    m = num1 > num2 ? num1 : num2 ;                /* 也可用if语句实现 */
    return ( m ) ;                                 /* 返回语句 */
}
```

课堂训练：

请用另外的方法实现此函数的功能。

（2）有参函数的调用

有参函数调用的一般形式为：

```
函数名( 实际参数表列 )
```

例如，调用【例 7-5】中的 max 函数，调用语句为：

```
m = max ( 12 , 23 ) ;
x = max ( 10 , 22 ) + 3 ;
```

说明：

① 实际参数表列。调用函数时，函数名后括号中的各个量即为实际参数，简称实参。

实参可以是常数、变量或表达式，各实参之间用逗号分隔，实参的个数和类型应与该函数形参的类型和个数一致。

② 在函数调用时，实参的值一一对应地赋给形参。注意，在 Turbo C 和 Visual C++ 6.0 中，实参的求值顺序是从右至左。

③ 函数调用方式。同无参函数的调用方式一样，区别只是需要指明实参。

（3）有参函数的调用过程

有参函数的调用过程与无参函数的调用过程有所不同，描述如下：

① 根据函数名找到被调函数，并为被调函数的所有形式参数按指定的数据类型分配另外的内存单元。

② 虚实结合。计算实际参数的值，并一一对应地传递给形式参数。

③ 为函数体内声明的变量分配内存单元。

④ 依次执行函数体中的所有语句，之后返回到主调函数的调用处。

⑤ 释放本函数中形参变量和内部变量所占用的内存单元（对于 static 类型的变量，其所用内存单元不释放），之后继续执行程序。

【例 7-6】通过调用【例 7-5】中的 max ( ) 函数，求任意两个整数的最大数。

主函数如下：

```
# include   < stdio.h >
main ( )
{   int   a , b , c ;
    scanf ("%d,%d" , &a , &b ) ;
    c = max ( a , b ) ;
    printf (" max = %d \n " , c ) ;
}
```

说明：

此程序的 max ( ) 函数在此省略了。若要运行该程序，请将【例 7-5】中的 max ( ) 输入在前。程序的执行过程如图 7-3 所示。

```
程序执行过程：
 （1）主函数的执行过程：
    ① 给 a , b , c 分别分配内存单元。
    ② 从键盘输入两个整数给 a 和 b。
 （2）调用 max 函数：
    ① 先给形参 num1 和 num2 分配内存单元。
    ② 将实参 a 和 b 的值传递给 num1 和 num2。
    ③ 给变量 m 分配空间。
    ④ 执行函数体，将结果赋给 m。
    ⑤ 返回 m 值并赋值给变量 c。
    ⑥ 释放 num1 , num2 , m 占用的内存空间。max 函数调用结束。
 （3）继续执行主函数，输出 c 的值。整个程序运行结束。
```

图 7-3   【例 7-6】程序运行过程

课堂思考：

① 有参函数和无参函数的调用过程有何不同？

② 如何区分有参函数和无参函数？

2．对被调函数的声明

（1）函数之间的位置关系

在一个拥有多个用户函数的程序中，main( ) 函数和其他用户函数都是平级定义的，位置顺序可前可后，没有限制。但函数的位置顺序会影响到编译的结果。

同普通变量一样，函数也遵循"先定义，后使用"的原则。在一个 C 程序中，当有多个函数时，编译系统要检查函数调用的合法性（检查函数类型、函数名、形参个数及类型等），若这些信息提供的不正确或不及时，编译时将不能通过。C 语言规定，以下几种情况是允许的：

① 被调函数定义在前面，主调函数定义在后面。此时，可以直接调用，不必加以声明。

② 主调函数定义在前面，被调函数定义在后面。此时，需要对被调函数进行原型声明。若被调函数的类型是 int 类型，则也可以省略对被调函数的原型声明。

③ 建议：无论何种情况，都对被调函数进行原型声明。

（2）对被调函数原型声明的方法

所谓原型声明，是指主调函数在调用被调函数之前，向编译系统提供被调函数的必要信息，包括函数类型、函数名、形参个数及类型等，以便编译系统在遇到函数调用时能正确识别函数并检查函数调用是否合法。

函数原型声明的一般形式为：

函数类型　被调函数名(形参类型1　参数名1，形参类型2　　参数名2，…)；

或

函数类型　被调函数名(形参类型1，形参类型2，…)；

例如，对 max ( ) 函数的声明语句为：

int　max (int　a，int　b)；　　　　　或　　　　int　max (int，int)；

说明：

① 函数声明的位置可在主调函数中，也可在主调函数的外部，但一定要在调用之前。

② 若在主调函数中进行声明，函数声明语句应放在主调函数的变量声明处。此时，该声明仅对该主调函数有效。

③ 若在主调函数的外部进行声明，函数声明语句可放在所有函数定义之前（一般放在源程序的开头），则该声明对整个源程序有效。此时，在各主调函数中不必再对所调用的函数进行声明。

④ 函数声明与定义不同。函数定义是指对函数功能的确立，包括函数的首部和函数体，是一个完整而独立的函数单位。函数声明则是对已定义函数在调用之前进行类型声

明，它仅是函数的首部（包括函数类型、函数名、形参个数及类型等），用一条语句即可实现。

【**例 7-7**】用函数实现求两个整数的平均值（保留两位小数）。

分析：该程序需要两个函数，即求两个整数平均值的函数 ave 和 main 函数。其中，main 函数用于输入数据、调用 ave 函数、输出结果；ave 函数用于计算两个整数平均值，需要两个整型的形参，函数返回值为实型。可用 3 种方法实现。

方法 1：把 ave ( ) 函数定义在 main ( ) 函数之前。程序如下：

```
# include   <stdio.h>
float ave ( int  a,  int   b )                      /* 定义函数ave ( )*/
{   int  s ;
    s = a + b ;
    return   s / 2.0f ;
}
main ( )
{   int  a , b ;  float  pj ;
    scanf ( "%d ,%d" , &a , &b ) ;
    pj = ave ( a , b ) ;                             /* 调用ave ( )函数 */
    printf ( " 平均值 = %.2f \n " , pj ) ;
}
```

方法 2：在主调函数中对被调函数进行声明。程序如下：

```
# include   <stdio.h>
main ( )                                             /* 主函数在前 *
{   int  a , b ;  float  pj ;
    float ave ( int  a,  int  b ) ;                  /* 对函数ave原型声明 */
    scanf ( "%d ,%d" , &a , &b ) ;
    pj = ave ( a , b ) ;                             /* 调用ave ( ) 函数 */
    printf ( " 平均值 = %.2f \n " , pj ) ;
}
float  ave ( int  a,  int  b )                       /* 定义函数ave ( )*/
{
    …（同上，略）
}
```

方法 3：在所有函数的定义之前、主调函数之外，对被调函数进行声明。程序如下：

```
float  ave ( int  a,  int  b ) ;                     /* 对ave函数原型声明 */
main ( )
{   …
     （同方法1，略）
}
float  ave ( int  a,  int  b )
{
    …（同上，略）
}
```

【高职高专新课程体系规划教材·计算机系列】

课堂思考：

① 在方法2中，能否将main函数放在ave函数的后面？

② 函数定义、函数调用、函数声明在形式和本质上有何不同？

3．函数参数的传递

函数调用时，大多数情况下主调函数与被调函数之间存在着数据传递关系。调用时，主调函数可以通过实际参数向被调函数的形参传递数据；调用结束后，被调函数也可以通过return语句向主调函数返回结果，还可以通过参数传递的方式返回结果。C语言提供了两种参数传递方式：按值传递和按地址传递。

（1）按值传递

当实际参数是变量名、常数、表达式或数组元素，形式参数是变量名时，函数的参数传递采用按值传递方式，此方式下，函数调用时，主调函数把实参的值——对应地传给被调函数的形参。在函数调用过程中对形参值的改变不会影响实参的值。按值传递的特点是单向数据传递，即只把实参的值传递给形参，形参值的任何变化都不会影响实参。

【例7-8】阅读分析下面程序，写出运行结果。程序如下：

```
# include  < stdio.h >
void  swap( int  x, int  y)
{   int  t;   t=x;   x=y;   y=t;
    printf( " (2) x = %d, y = %d \t", x, y);
}
main( )
{   int  a = 12, b = 10;
    void  swap( int  a, int  b);
    printf( " (1) a = %d, b = %d \t", a, b);
    swap( a, b);
    printf( " (3) a = %d, b = %d \t", a, b);
}
```

分析：函数调用及参数传递过程如图7-4所示。程序的运行结果为：

(1) a = 12, b = 10   (2) x = 10, y = 12   (3) a = 12, b = 10

可以看出，形参值的改变没有影响实参的值，实参的值未变。

课堂训练：

① 请在上面程序中找出或标出用户函数定义、声明、调用的位置。

② 在调用用户函数时，采用了什么传递方式？

（2）按地址传递

当实参是变量的地址、数组名或指针变量，形参是数组或指针变量时，函数的参数传递采用按地址传递。按地址传递方式下，在函数调用时，主调函数把实参的地址传递给形参，即传递的是存储数据的内存单元地址，而不是数值本身。

地址传递，使得形参与实参共用同一地址，共享同一存储空间。函数体内对形参的所有操作,实际上都是对形参所指向的存储空间的操作,因而所产生的改变影响到实参的值。按地址传递的特点是:数据传递是双向的,即实参的值能够传递给形参,而形参的改变也会影响到实参的内容。利用地址传递方式可以实现调用一个函数返回多个值的操作。

【例 7-8】程序执行过程:

(1) 执行 main( ) 函数:

① 给 main( ) 函数中的 a、b 变量分配内存单元并进行初始化。a 12   b 10

② 输出 a、b 的值。输出为:(1) a = 12 , b = 10

③ 调用 swap 函数。

(2) 执行 swap 函数:

① 按形参类型给形参 x、y 分配另外的内存单元。x ▢   y ▢

② 将实参的值传递给形参。

实参: a 12   b 10

形参: x 12   y 10

③ 给 swap 函数中的 t 变量分配内存空间。 t ▢

④ 执行语句"t = x ; x = y ; y = t ; "之后,形参 x、y 的值为: x 10   y 12

⑤ 输出 x 和 y 的值。输出为:(2) x = 10 , y = 12

⑥ 释放变量 x、y、t 占用的内存空间。swap 函数调用结束,返回到调用处。

(3) 继续执行 main 函数:输出变量 a、b 的值(值未变)。输出为:(3) a = 12 , b = 10

(4) 整个程序运行完毕。

图 7-4   【例 7-8】程序执行及参数传递过程

【例 7-9】下面程序中,函数调用采用了按地址传递方式。阅读分析该程序,写出运行结果。程序如下:

```c
# include  < stdio.h >
void  swap ( int  *x , int  *y )               /* 用指针变量接收实参变量的地址 */
{   int  t ;   t = *x ;   *x = *y ;   *y = t ;
    printf ( " (2) %d ,%d \t " , *x , *y );
}
main ( )
{   int  a = 12 , b = 10 ;
    printf ( " (1) a = %d , b = %d \t " , a , b );
    swap ( &a , &b );                         /* 传递实参变量的地址 */
    printf ( " (3) a = %d , b = %d \t " , a , b );
}
```

分析:函数调用及参数传递过程如图 7-5 所示。程序的运行结果为:

(1) a = 12 , b = 10   (2) 10 , 12   (3) a = 10 , b = 12

可以看出,形参值的改变影响了实参的值,实参的值发生了改变。

课堂思考:

请说出【例 7-8】、【例 7-9】在函数定义、调用及运行结果上的不同?

高职高专新课程体系规划教材 · 计算机系列

【例 7-9】程序执行过程：

（1）从 main( )函数开始执行：

① 给 main( ) 函数中的 a、b 变量分配内存单元并进行初始化。a ┌12┐ b ┌10┐

② 输出 a、b 的值。输出为：(1) a = 12，b = 10

③ 调用 swap 函数。

（2）执行 swap 函数：

① 给形参 x、y 分配另外的内存单元，此时形参是指针变量。x ┌　┐ y ┌　┐

② 将实参的值传递给形参。即：

把 a 的地址传给指针变量 x，　　　　　　a ┌12┐　　　　b ┌10┐

把 b 的地址传给指针变量 y。　　　　　　　↑　　　　　　　↑

此时，x 指向变量 a，y 指向变量 b。　x ┌&a┐　　y ┌&b┐

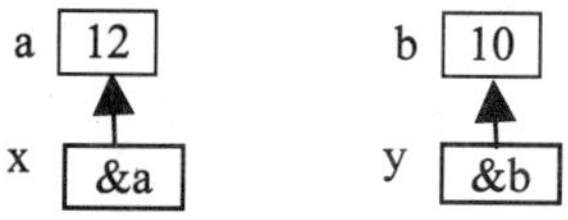

③ 给 t 变量分配内存空间。t ┌　┐

④ 执行语句 "t = *x；*x = *y；*y = t；" 之后，a、b 中的内容为：a ┌10┐ b ┌12┐

⑤ 输出*x、*y 的值。输出为：(2) 10，12

⑥ 释放变量 x、y、t 所占用的内存空间。此时指针变量 x、y 不再存在。

⑦ swap 函数调用结束，返回到调用处。

（3）继续执行 main 函数：输出变量 a、b 的值。输出为：(3) a = 10，b = 12

（4）整个程序运行完毕。

图 7-5　【例 7-9】程序执行及参数传递过程

三、任务的实现

任务描述：一个班级有多名学生（假设不超过 20 名），请输入平时和考试成绩的百分比（平时成绩占 P1，考试成绩占 P2），然后按百分比计算每个学生的总评成绩，计算结果四舍五入后取整。将实现此功能的程序段封装成函数。

（1）分析：不超过 20 名学生的成绩值（平时成绩、考试成绩、总评成绩）最多需要用一个 20 行 3 列的二维数组 sc[20][3]存放。其中，第 0 列存放平时成绩，第 1 列存放考试成绩，第 2 列存放总评成绩，一行存放一个学生的成绩。学生的实际人数由主调函数传入，由于是一个不需改变的数据，可采用按值传递，故在用户函数中需要一个整型形参，用 int n 表示；计算某课程的总评成绩，需要对每个学生的平时和考试成绩进行处理，因此，需要主调函数传入每个学生的平时和考试成绩，另外，函数调用结束后，应返回每个学生的总评成绩，显然，这里要求多值传入、多值返回。所以，形参应采用共用数组地址的方式，形参数组应用多行 3 列的二维数组实现，用 int sc[ ][3]表示。设封装的函数为 calc( )。

（2）实现的程序：

```
/*——————————————— 定义calc( ) 函数 ———————————————*/
void   calc ( int   n , int   sc[ ][3] )
{    int   i ;    float   p1 , p2 ;
     printf ("请输入平时、期末百分比(如0.3  0.7 ) : " ) ;
     scanf ("%f %f" , &p1 , &p2 ) ;
     for ( i = 0 ; i < n ; i ++ )
         sc[i][2] = ( int ) ( sc[i][0] * p1 + sc[i][1] * p2 + 0.5 ) ;
```

```
}
/*——————————主函数（在此，仅做参考）——————————*/
# include  < stdio.h >
# define   N   20
void   main ( )
{   int   sc[N][3] , i , j , n ;
    printf ("请输入学生的实际人数: ") ;
    scanf ("%d" , &n ) ;                          /* 输入学生的实际人数 */
    for ( i = 0 ; i < n ; i ++ )                  /* 输入每个学生的平时、考试成绩 */
    {   printf ("请输入第%d个学生的平时、考试成绩(如60  90) " , i +1 ) ;
        scanf ("%d%d" , &sc[i][0] , &sc[i][1] ) ;
    }
    calc ( n , sc ) ;                             /* 调用calc( )函数 */
    for ( i = 0 ; i < n ; i ++ )                  /* 输出结果 */
    {   for ( j = 0 ; j < 3 ; j ++ )
            printf (" %5d " , sc[i][j] ) ;
        printf ( "\n" ) ;
    }
}
```

（3）运行结果：（略）

课堂思考：

① 请找出上述程序中的用户函数定义部分和调用部分。

② 说出上面的程序中函数的传参形式，能否用别的方法实现？

四、知识扩展

1. 函数的嵌套调用

C 语言中在定义函数时，一个函数体内不能包含对另一个函数的定义，即函数定义不能嵌套，函数定义互相平行且独立。但是 C 语言允许在一个函数的定义中出现对另一个函数的调用，这就是函数的嵌套调用。

【例 7-10】 设有函数 $y = f(x)$，任给一实数 x，求 y 的值。其中：

$$f(x) = g(x) - 7$$
$$g(x) = h(x) + 8$$
$$h(x) = x^3 - 2x$$

分析：上述问题中包含了 3 个函数，即 $f(x)$、$g(x)$ 和 $h(x)$，在计算 $f(x)$ 值时用到了 $g(x)$，计算 $g(x)$ 时又用到了 $h(x)$。显然，这是一个函数嵌套调用的问题。定义 $f(x)$ 时调用了 $g(x)$，定义 $g(x)$ 时调用了 $h(x)$。在定义函数时，请注意函数的先后顺序，最好能够对被调函数进行原型声明。程序如下：

```
/*——程序段0：对被调函数g(x)、h(x)、f(x)进行声明，也可放在main函数中 ——*/
float   g ( float   x ) ;
float   h ( float ) ;
float   f ( float ) ;
```

```
/*————————程序段1: 定义h(x)函数————————*/
float  h(float  x)
{   float   t;
    t=x*x*x-2*x;
    return  t;
}
/*————————程序段2: 定义g(x)函数————————*/
float g(float  x)          /
{   float  z;
    z=h(x)+8;                        /* 在定义g(x)时，调用h(x)函数 */
    return  z;
}
/*————————程序段3: 定义f(x) 函数————————*/
float f(float  x)
{   float  y;
    y=g(x)-7;                        /* 在定义f(x)时，调用g(x)函数 */
    return  y;
}
/*————————程序段4: main() 函数————————*/
# include   < stdio.h >
main()
{   float   x,y;
    scanf("%f",&x);
    y=f(x);                          /* 调用f(x)函数 */
    printf(" y=%f\n",y);
}
```

运行程序，输入：3↙

输出：

y = 22.000000

【例 7-11】函数嵌套调用过程示意图如图 7-6 所示。

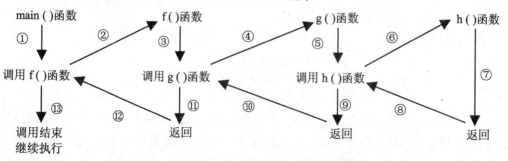

图 7-6 【例 7-11】函数嵌套调用过程示意图

2. 函数的递归调用

在调用一个函数的过程中，又出现直接或间接地调用该函数本身，这称为函数的递归调用。实现递归调用的函数称为递归函数。如下所示，左边为直接调用，右边为间接调用。

直接调用：fun 函数直接调用自身。

```
int  fun ( int  n )
{    int  y ;
     …
     if ( n > 0 )
             y = fun ( n - 1 ) + 2 ;
     else
             y = 10 ;
     …
     return  y ;
}
```

间接调用：fun1 函数调用 fun2 函数，fun2 函数又调用 fun1 函数。

```
int  fun1 ( int  n )
{    …
     fun2 ( 2 + n ) ;
     …
}
int  fun2 ( int  x )
{    …
     fun1 ( x ) ;
     …
}
```

C 语言允许函数进行递归调用，在递归调用中，主调函数同时又是被调函数。显然，递归调用是嵌套调用的特例。

递归算法的思想：在解决一个问题时，把原问题不断地转化为与原问题解决方法相同的新问题，新问题的规模越来越小，经过有限次的转化，最终归结到一个已知解的问题上，即递归的终结。其算法分为两个阶段：回推阶段和递推阶段。

① 回推阶段：回推是从目标追溯到源头，即从要解决的问题出发，逐步把原问题转化为形式相同、越来越简单的小问题，直到某个小问题有已知解为止（这称为递归结束的条件）。

如求 5 的阶乘（回推阶段）：

目标问题：5!= 5*4 ! → 4!= 4*3 ! → 3!= 3*2 ! → 2!= 2*1 ! → 1!= 1（递归结束条件）。

② 递推阶段：从源头开始，即从回推到有已知解的那个小问题处开始，按照回推的逆过程，逐一求值返回，最终到达回推的开始处，使最初的问题得到解决。

如求 5 的阶乘（递推阶段）：

源头：1!=1 → 2!=2*1!=2 → 3!= 3*2!=6 → 4!= 4*3! =24 → 5!= 5*4! =120（目标）。

说明：

在递归算法中，递推阶段采用的方法称为递推法，利用递推法也可以直接解决一些问题。如第 4 章求 n!和第 5 章求斐波那契数列。

【例 7-12】对于任意一个给定的自然数 n，求 n 的阶乘（n!）。

分析：

① 求 n!，我们可用 n * (n-1)! 来计算。由此可看出，要计算 n!，需要求（n-1）的阶乘，要计算（n-1）的阶乘，需求（n-2）的阶乘……很显然，当这个过程转化到求 1! 时就可停止，因为 1!＝1。此时 n＝1 即为递归调用的终止条件。此阶段即为回推。

② 知道了 1!，可递推出 2!，然后再递推出 3!……最终计算出 n!。此阶段即为递推。

③ 递归公式表示为：

$$\text{fac} (n) = \begin{cases} n \times \text{fac} (n-1) & (n > 1) \\ 1 & (n = 1) \end{cases}$$

④ 按照上述分析，编写的程序如下：

【高职高专新课程体系规划教材·计算机系列】

```
long   fac ( int   n )                    /*  定义计算n!的函数fac */
{    long   p ;
     if  ( n > 1 )   p = n * fac ( n -1 ) ;
     else     p = 1 ;
     return   ( p ) ;
}
# include   < stdio.h >
main ( )
{    int   n ;    long   y ;
     scanf ( " %d" , &n ) ;
     y = fac ( n ) ;
     printf ( " %d ! = %ld" , n , y ) ;
}
```

运行程序，输入：4✓

输出：

4! = 24

从上面的程序可以看出，在定义 fac 函数时，又调用了自己。程序执行及函数递归调用过程如图 7-7 所示。

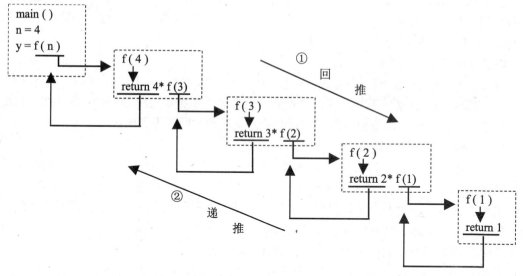

图 7-7   【例 7-12】程序执行及函数递归调用过程

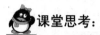 课堂思考：

日常生活中哪些问题可以用递归算法进行分析求解？

 本节教学建议：

（1）实验：实验任务1

（2）作业：习题 7 一、3 ~ 8，二、1 ~ 6，三、2 ~ 4

【高职高专新课程体系规划教材·计算机系列】

7.3 函数综合应用

任务 3 实战项目训练——项目 7 的完整实现

知识与技能：

☑ 利用指针传递函数参数
☑ 利用指针获取函数中的多值
☑ 利用全局变量实现数据共享

一、任务背景分析

在 C 程序设计中，常常把功能相对独立的程序段写成一个函数。项目 7（课程的成绩处理）实现的功能较多，我们可将其分解为多个函数。

二、任务的实现

1. 项目 7 总体设计思想

1）模块划分和函数分解

根据模块化设计思想，我们把项目 7 按功能进行模块划分，划分的模块如图 7-1 所示（在本章的前面）。根据 C 程序的结构特点，我们将整个程序分解为多个函数，每个函数实现一个单一功能。函数分解及功能简述如下：

（1）主函数 main ( )。

（2）提供功能选择的菜单函数 menu ( )。　　　　　　　　（7.1 节的任务中已经实现）

（3）课程数据的输入函数 input ( )。

（4）课程成绩单输出函数 output ( )。

（5）课程总评成绩的计算函数 calc ( )。　　　　　　　　（7.2 节的任务中已经实现）

（6）课程总评成绩平均分的计算函数 ave ( )。

（7）课程总评成绩不及格人数的统计函数 count ( )。

（8）按总评成绩排名并输出结果的排序函数 sort ( )。

完整的程序需要将所有函数组织、拼装在一起。在拼装时，一定要注意函数的相互位置及函数的声明。各函数实现的功能见其任务描述。

2）数据结构设计

项目 7 涉及的数据有课程最多人数、实际人数，多名学生的姓名、平时成绩、期末考试成绩、总评成绩，总评成绩的平均分、总评成绩不及格人数等。在程序设计时，需要考虑这些数据的类型、存放形式以及函数之间的数据传递，哪些是需要输入的，哪些是需要计算的，哪些是需要输出的。综合考虑，将项目 7 的数据结构设计如下：

（1）由于各个班级的学生实际人数不相同，考虑到程序的通用性，将课程的最多人数定义为符号常量，用 N 表示（假设不超过 20 人）。班级的实际人数在 input ( ) 函数中定

【高职高专新课程体系规划教材·计算机系列】

义为 n，在输入数据之前输入。

（2）设每名学生的姓名不超过 15 个字符，多名学生的姓名需要用二维字符数组来存放，将其定义为 name[N][15]；设多名学生的平时成绩、期末考试成绩及总评成绩均为百分制整型数据，用二维整型数组来存放，将其定义为 sc[N][3]，其中，第 0 列存放平时成绩，第 1 列存放考试成绩，第 2 列存放总评成绩。根据学生人数，上述两个数组均应该定义得足够大。

（3）函数中的参数设计及各函数之间的参数传递。若函数调用时需要处理多名学生的姓名或成绩，则采用按地址传递方式；若函数需要返回多个数据，也采用按地址传递方式。各函数中的数据设计见各函数的任务描述与分析。

2．项目 7 实现的各函数

1）主函数

任务描述：在主函数中，首先显示系统功能菜单界面，以供用户选择。然后根据用户的选择，调用相应的函数以完成需要的功能。在主函数中输入学生的实际人数。

（1）分析：项目 7 按功能被分解为多个函数，主函数是程序运行开始的地方，也是程序运行结束的地方。通过主函数调用各个功能函数，各功能函数必须事先准备好，从而完成整个项目的功能。主函数中需要的变量：存放学生姓名的二维数组（name）、存放学生成绩的二维数组（sc）、存放选择的菜单项结果的变量（m_xz）和学生实际人数的变量（n）。

注意：应在主函数的前面，加上对被调函数的原型声明。

（2）实现的函数：见项目 7 完整程序中的程序段 1：主函数 main ( )。

课堂训练：

① 根据主函数，请画出项目 7 中程序的大致流程。
② 请在课外验证项目 7 程序。

2）提供功能选择的菜单函数 menu ( )

见项目 7 完整程序中的程序段 2：菜单函数 menu ( )。该函数在 7.1 节任务中已实现。

3）课程数据的输入函数 input( )

任务描述：在该函数中实现按课程实际人数输入每个学生的课程数据（姓名、平时成绩、期末考试成绩），并将输入的数据返回给主调函数。

（1）分析：在函数中，课程的实际人数和存放学生姓名、成绩的起始地址应由主调函数传入。因此函数的形参有 3 个，其类型和个数应与主调函数一致。课程的实际人数采用按值传递方式，学生姓名和成绩采用按地址传递方式。用循环结构实现多名学生数据的输入。

（2）实现的函数：见项目 7 完整程序中的程序段 3：输入函数 input ( )。

4）成绩单输出函数 output( )

任务描述：在该函数中实现按实际人数输出课程成绩单（姓名、平时成绩、考试成绩、总评成绩）。

（1）分析：在函数中，课程的实际人数和存放学生姓名、成绩的起始地址应由主调函数传入，将传入的数据输出即可。函数的形参也是 3 个。

（2）实现的函数：见项目 7 完整程序中的程序段 4：输出函数 output ( )。

5）课程总评成绩的计算函数 calc( )

见项目 7 完整程序中的程序段 5：总评成绩的计算函数 calc( )。该函数在 7.2 节任务中已实现。

6）课程总评成绩平均分的计算函数 ave( )

任务描述：该函数实现计算课程总评成绩的平均分。

（1）分析：在函数中，主调函数应传入课程的实际人数和每个学生的总评成绩，然后根据传入的数据计算出课程的总分，再根据总分计算出课程的平均分，最后应把平均分（实型）返回。由于期末总评成绩在二维数组 sc 的第 2 列（从第 0 列数起），传入其地址比较麻烦。在此，将二维数组 sc 的首地址传入，取总评成绩时要在第 2 列取。

（2）实现的函数：见项目 7 完整程序中的程序段 6：平均分计算函数 ave ( )。

7）课程总评成绩不及格人数的统计函数 count( )

任务描述：该函数实现统计课程总评成绩的不及格人数。

（1）分析：在函数中，主调函数应传入学生的实际人数和每个学生的总评成绩，然后根据传入的数据统计出不及格人数，并将统计结果返回，统计的结果应为整型数。同理，总评成绩由二维数组 sc 的首地址传入。

（2）实现的函数：见项目 7 完整程序中的程序段 7：不及格人数统计函数 count ( )。

8）按总评成绩排名并输出排序结果的排序函数 sort( )

任务描述：该函数实现按课程总评成绩排名次，并将排名的结果以表格形式（姓名、平时成绩、考试成绩、总评成绩）输出，排名结果另行存放，不要影响原始数据。

（1）分析：学生成绩放在二维数组中，总评成绩在其中的第 2 列。要对 n 个学生的总评成绩排序，在排序过程中，需要交换总评成绩，为了保证数据的一致性，同时也必须交换对应的平时成绩、考试成绩以及学生的姓名。因此，主调函数应传入课程的实际人数和每个学生的所有成绩以及每个学生的姓名。由于希望排序不影响原始数据，故排序应在另一个数组中进行，所以，在排序之前，应先将学生的姓名及成绩复制到另外的数组中。下面给出用选择排序法实现的函数。排序完毕，调用输出函数输出排序后的结果。

（2）实现的函数：见项目 7 完整程序中的程序段 8：排名及输出结果函数 sort ( )。

3．项目 7 实现的完整程序

```
# include   <stdio.h>
# include   <windows.h>
# define   N   20
/*————程序段0：被调函数原型声明————————*/
void   menu ( );
void   input ( int   n , char   name[ ][15] , int   sc[ ][3] );
void   output ( int   n , char   name[ ][15] , int   sc[ ][3] )  ;
void   calc ( int   n , int   sc[ ][3] )  ;
float   ave ( int   n , int   sc[ ][ 3 ]);
int   count ( int   n , int   sc[ ][ 3 ]);
void   sort ( int   n , char   name1[ ][15] , int   sc1[ ][3] );
```

```
/*————程序段1：主函数 main ( ) ————————————————*/
void  main ( )
{   char  name[N][15] ;                    /*  存放每个学生的姓名  */
    int  sc[N][3] ;                        /*  存放每个学生的平时、考试和总评成绩  */
    int  m_xz , n ;                        /*  存放选择的菜单项结果、学生的实际人数  */
    while ( 1 )
    {  menu ( ) ;                          /*  调用主菜单函数  */
       scanf ("%d" , &m_xz ) ;
       if  ( m_xz == 0 )   break ;
       switch ( m_xz )
       {   case  1 :  printf ( "\n请输入学生的实际人数： ") ;
                       scanf ("%d" , &n ) ;
                       input ( n , name , sc ) ;  break ;
           case  2 :  output ( n , name , sc ) ;  break ;
           case  3 :  calc ( n , sc ) ;  output ( n , name , sc ) ;  break ;
           case  4 :  printf ( "\n课程平均分 = %.2f \n", ave ( n , sc ) ) ;
                       break ;
           case  5 :  printf ( "\n课程不及格人数 = %d \n", count ( n , sc ) ) ;
                        break ;
           case  6 :  sort ( n , name , sc ) ;  break ;
       }
       getchar ( ) ;   printf ( " 按任意键返回.") ;  getchar ( ) ;
       }
}
/*————程序段2：菜单函数 menu ( ) ————————————————*/
void  menu ( )
{         /*  代码见7.1节的任务实现，在此略  */
}
/*————程序段3：输入函数 input ( ) ————————————————*/
void  input ( int  n , char  name[ ][15] , int  sc[ ][3] )
{    int  i ;
     for ( i = 0 ; i < n ; i ++ )
     {   printf ("\n输入第%d个姓名/平时/考试成绩( 如liu  80  90):", i+1) ;
         scanf (" %s%d %d", name[i] , &sc[i][0] , &sc[i][1] ) ;
         sc[i][2] = 0 ;
     }
}
/*————程序段4：输出函数 output ( ) ————————————————*/
void  output ( int  n , char  name[ ][15] , int  sc[ ][3] )
{    int  i , j ;
     printf ( " \n 姓名 \t平时 \t 考试 \t 总评 \n\n ") ;
     for ( i = 0 ; i < n ; i ++ )
     {   printf ( " %s \t ", name[i] ) ;
         for ( j = 0 ; j < 3 ; j ++ )
              printf ("%3d \t ", sc[i][j] ) ;
         printf ( " \n ") ;
     }
}
```

```
/*————————程序段5：总评成绩计算函数calc ( ) ————————————*/
void   calc ( int   n , int   sc [ ][3] )
{            /* 代码见7.2节的任务实现，在此略 */
}
/*————————程序段6：平均分计算函数ave ( ) ————————————*/
float   ave ( int   n , int   sc [ ][ 3 ] )
{    int  i ;
     float    sum = 0.0f ;
     for ( i = 0 ; i < n ; i ++ )
          sum = sum + sc[i][2] ;
     return   ( sum / n ) ;
}
/*————————程序段7：不及格人数统计函数count ( ) ————————*/
int   count ( int   n , int   sc [ ][ 3 ] )
{    int  i , num = 0 ;
     for ( i = 0 ; i < n ; i ++ )
          if ( sc[i][2] < 60 )   num++ ;
     return   ( num ) ;
}
/*————————程序段8：排名及输出结果函数sort ( ) ————————*/
void   sort ( int   n , char   name1 [ ][15] , int   sc1 [ ][3] )
{   int  i , j , max , k , temp , sc2[N][3] ;
    char   name2[N ][15] , s[15] ;
    for ( i = 0 ; i < n ; i ++ )
    {   strcpy ( name2[i] , name1[i] ) ;
        sc2[i][0] = sc1[i][0] ;   sc2[i][1] = sc1[i][1] ;   sc2[i][2] = sc1[i][2] ;
    }
    for ( i = 0 ; i < n -1 ; i ++ )
    {   max = sc2[i][2] ;   k = i ;
        for ( j = i+1 ; j < n ; j ++ )
            if  ( sc2[j][2] > max )   {   max = sc2[j][2] ;   k = j ;   }
        strcpy ( s , name2[i] ) ;      strcpy ( name2[i] , name2[k] ) ;
        strcpy ( name2[k] , s ) ;
        for ( j = 0 ; j < 3 ; j ++ )
        {    temp = sc2[i][j] ;   sc2[i][j] = sc2[k][j] ;   sc2[k][j] = temp ;    }
    }
    output ( n , name2 , sc2 ) ;
}
```

课堂思考：

主函数结束处两个 "getchar ( ) ;" 语句各起什么作用？

三、知识扩展

1. 变量的作用域

一个 C 程序中出现的所有变量都必须遵循 "先定义，后使用" 的原则。变量的定义是指给变量分配确定的存储单元。一旦定义了某变量，程序的哪部分可以使用该变量？该变

【高职高专新课程体系规划教材·计算机系列】

量占用多大的内存单元？占用内存的哪一部分区域？这些都与该变量定义的位置及定义的类型有关。C 语言中，允许在 3 种地方定义变量：

- 函数内部的声明部分。
- 复合语句中的声明部分。
- 所有函数的外部。

（1）局部变量

在一个函数内部定义的变量称为“局部变量”。局部变量只在本函数范围内有效，此函数以外不能使用，因此是内部变量。有关局部变量的说明如下：

① 在每个函数（包括主函数）中定义的变量是局部变量。

② 在一个函数内部，可在复合语句中定义变量，这些变量只在本复合语句中有效。

③ 在同一函数的不同位置或在不同的函数中，允许使用名字相同的变量名，因为它们代表不同的局部变量对象，在内存中占用不同的内存单元，相互独立，互不干扰。

④ 形参变量是属于被调函数的局部变量，实参变量是属于主调函数的局部变量。

（2）全局变量

在所有函数之外定义的变量称为全局变量，也称外部变量。全局变量的作用域是从定义全局变量的位置开始到程序结束。它属于整个程序，不属于任何函数。这个 C 源程序中的所有函数可共用这个全局变量。有关全局变量的说明如下：

① 全局变量只能定义一次。定义的位置在所有函数之外，系统根据全局变量的定义为其分配存储单元。对全局变量的初始化只能在定义时进行。

② 如果在同一源文件中，外部变量与局部变量同名，则在局部变量的作用范围内，全局变量不起作用（程序对变量的引用遵守最小作用域原则）。

③ 在一个函数之前定义的全局变量，在该函数内可直接使用，不需声明；但在函数中若需使用在其后定义的全局变量，应进行全局变量声明。全局变量的声明符为 extern。如：

```
extern  int  m;
```

④ 由于全局变量可以被多个函数直接引用，因此全局变量可以成为函数间进行数据传递的一种方式。但是除非十分必要，一般情况不提倡使用全局变量。因为全局变量不论是否使用，在整个程序运行期间都一直占用内存空间；全局变量定义在函数之外，降低了函数的通用性及独立性；容易因疏忽或使用不当误改全局变量的值，从而引起负作用，产生难以查找的错误。

【例 7-13】分析下面程序，写出程序的运行结果。

分析：

① 主函数外定义的变量 m 是全局变量，其作用域为整个程序；② 在主函数中定义的变量 a、b、s 是局部变量，作用域为整个 main 函数；③ 在复合语句中定义的变量 a、s 也是局部变量，其作用域为整个复合语句。在复合语句中，有效的变量是复合语句中的变量 a，而不是 main 函数中的变量 a。变量的作用域如下所示：

```
     int  m = 8 ;
     main ( )
   { int  a = 5 , b = 3 , s ;
         s = a - b ;
       { int  s , a = 10 ;
           s = a - b ;
           a ++ ;
           printf ( " a = %d , b = %d , s = %d , m = %d \n" ,
                    a , b , s , m ) ;
       }
         a ++ ;   m ++ ;
         printf ( " a = %d , b = %d , s = %d , m = %d \n " , a , b , s , m ) ;
   }
```

在此范围内，复合语句中的 s,a 有效，主函数中的 s,a 无效

主函数中的 a,b,s 在此范围内有效

全局变量 m 的作用范围

输出结果:

```
a = 11 , b = 3 , s = 7 , m = 8
a = 6 , b = 3 , s = 2 , m = 9
```

【例 7-14】阅读下面程序，写出程序的运行结果。

```
# include  <stdio.h>
void f ( )
{   extern   int   n ;/* 全局变量n定义在了f函数的后面，故在此进行全局变量声明 */
    n++ ;
    printf ( " (3) n = %d \t" , n ) ;
}
int   n = 5 ;                                          /* 定义n为全局变量 */
main ( )
{   n++ ;
    printf ( " (1) n = %d \t" , n ) ;
    {   int   n = 2 ;                                  /* 此处的n为局部变量 */
        n++;
        printf ( " (2) n = %d \t" , n ) ;
        f ( ) ;
    }
    n++ ;
    printf ( " (4) n = %d \t" , n ) ;
}
```

运行结果:

```
(1) n = 6    (2) n = 3     (3) n = 7       (4) n = 8
```

 课堂思考:

通常在什么情况下使用全局变量？在什么情况下使用局部变量？

2．变量的存储类型

C 语言程序占用的存储空间通常为 3 部分，分别称为程序区、静态存储区和动态存储

高职高专新课程体系规划教材·计算机系列

区，其划分示意图如图 7-8 所示。其中，静态存储区中常用于存放程序中定义的常量、全局变量和 static 型局部变量；动态存储区（也称堆栈）常用于存放程序中定义的 auto 型局部变量、形式参数、函数调用时的现场保护和返回地址等；程序区用于存放程序的可执行代码。变量在存

程　序　区
动态存储区
静态存储区

图 7-8　C 程序占用内存划分示意图

储空间中的位置不同，其值的存在时间也就不同，变量值的存在时间被称为变量的生存期。

　　静态变量占用静态存储区，在编译时就为其分配存储空间，在程序开始执行时便被建立，在程序的整个运行期间使用的存储空间固定不变，程序执行完毕时才释放，其变量值一直保存到程序运行结束；动态变量占用动态存储区，在程序执行的某一时刻被动态地建立，在另一时刻被动态地撤销。因此，在函数中定义的变量只有调用函数时才为其分配存储单元，开始它的生存期，函数调用结束，释放存储单元。在复合语句中定义的动态变量，在复合语句结束时其生存期也结束。

　　变量在内存中的位置决定了变量的生存期，变量的存储类型决定了变量在内存中的存储区域。因此，在 C 程序中，定义变量时除了说明变量的数据类型外，还需要说明变量的存储类型。变量定义的一般形式如下：

　　存储类型　数据类型　　变量名；

　　C 语言中变量的存储类型有 3 种，即 auto（自动型）、static（静态型）和 register（寄存器型）。

　　（1）auto 型变量

　　声明为 auto 型的变量，它被放置在动态存储区。局部变量可以声明为 auto 型，如果没有指定存储类型，则系统默认为 auto 类型。在前面各章的程序中所定义的变量凡未加存储类型声明符的都是自动变量。全局变量不能被声明成 auto 型。

　　（2）static 型变量

　　声明为 static 型的变量，它被放置在静态存储区中。局部变量和全局变量都可以声明成 static 类型。

　　说明：

　　① 如果局部变量被声明为 static，则称其为静态局部变量，其生存期与全局变量相同，但作用域不改变。动态局部变量和静态局部变量的区别如表 7-2 所示。

表 7-2　动态局部变量和静态局部变量的区别

区　别	动态局部变量（auto 型）	静态局部变量（static 型）
作用域	作用域为所在的函数或复合语句内部	
存储区域	动态存储区	静态存储区
生存期	在使用时才给变量分配存储空间，函数调用结束或复合语句执行完毕，系统自动释放存储空间，变量的生存期结束	从程序运行开始，直到程序运行结束。在程序整个运行期间一直占据固定单元，变量的值一直保存。只能被本函数引用，不能被其他函数引用
初始化	每次执行到初始化语句，系统都将为变量重新分配存储空间并进行初始化 若不赋初值，则其值是一个不确定的值	初始化操作仅在编译时执行一次，以后将始终使用其前一次操作的结果，直至程序运行结束 若不赋初值，则编译时自动赋初值为 0（对数值型变量）或空字符（对字符型变量）

② 全局变量无论是否被声明成 static 类型，都将占用静态存储区，但静态全局变量只能被其所在的源文件中的函数所引用。静态全局变量与非静态全局变量的区别如表 7-3 所示。

表 7-3 静态全局变量与静态局部变量的区别

区 别	静态全局变量	非静态全局变量
作用域	只在本程序的本文件内，其他文件中的函数不能引用它	在本程序文件内，可用 extern 声明将其作用域扩展到该程序的其他文件中
生存期	整个程序的执行期间	

可以看出，局部变量声明为 static 后，作用域不变，生存期延长；全局变量声明为 static 后，生存期不变，作用域变小。

（3）register 型变量

声明为 register 型的变量，它被存放在 CPU 的寄存器中。使用时，不需要访问内存，而直接从寄存器中读写，这样可提高效率。对于频繁读写的变量可定义为寄存器变量。

说明：

① 只有局部自动变量和形式参数才可以定义为寄存器变量。因为寄存器变量属于动态存储方式。凡需要采用静态存储方式的量不能定义为寄存器变量。

② 由于 CPU 中寄存器的个数是有限的，因此使用寄存器变量的个数也是有限的。

【例 7-15】比较程序 1 和程序 2 的区别。写出各自的运行结果。

分析：两个程序的不同之处仅在于 b 的声明不同：程序 1 中为 auto，程序 2 中为 static。程序 1 中，main( )函数 3 次调用了 f 函数，每次都对变量 b 进行初始化。程序 2 中，main( ) 函数也调用了 f 函数 3 次，只在第一次对变量 b 进行初始化，再次调用 f 函数时不再执行初始化，变量 b 取前一次保留下来的值。

程序 1：

```
# include   <stdio.h>
f( int  a )
{   auto   int  b = 0 ;
    b = b + 1 ;
    return ( a + b ) ;
}
main ( )
{   int   x = 3 , i ;
    for ( i = 0 ; i < 3 ; i++ )
        printf ( "%d   " , f( x )) ;
}
```

程序 2：

```
# include   <stdio.h>
f( int  a )
{   static   int  b = 0 ;
    b = b + 1 ;
    return   ( a + b ) ;
}
main ( )
{   int   x = 3 , i ;
    for ( i = 0 ; i < 3 ; i++ )
        printf ( "%d   " , f( x )) ;
}
```

运行结果：

```
4 4 4
```

运行结果：

```
4 5 6
```

有的程序在多次调用一个函数时，需要保留以前的值，这时应该使用静态变量。但静态变量在程序运行期间一直占用存储空间，且多次调用后往往会弄不清楚该变量当前的值，使程序的可读性变差，因此除非十分必要尽量不要使用太多的静态变量。

【高职高专新课程体系规划教材·计算机系列】

课堂思考：

请总结 auto、static 型变量的区别？变量的生命期和作用域的不同？

> **本节教学建议：**
>
> （1）实验：实验任务 2
> （2）作业：习题 7 一、9~12，二、7~8，三、5~6

7.4 实 验

实验任务 1 函数应用 1

知识与技能：

- ☑ 根据要求自定义无参函数和按值传递的有参函数
- ☑ 正确调用自定义函数

一、实验目的

（1）了解函数的特点、函数的声明、函数的调用方式。
（2）掌握形参与实参的对应关系。
（3）能根据要求灵活地运用函数完成应用程序。

二、实验内容

1．验证性实验

（1）输入运行下面的程序 1 和程序 2，比较有何不同，回答题后问题。

程序 1：

```c
# include    <stdio.h>
void   printstar ( )
{    int i ;
     for ( i = 1 ; i <= 4 ; i ++ )
        printf ( " * " ) ;
     printf ( " \n " ) ;
}
main ( )
{   int  i ;
    for ( i = 1 ; i <= 3 ; i ++ )
       printstar ( ) ;
}
```

程序 2：

```c
# include    <stdio.h>
void   printstar ( int   n )
{    int i ;
     for ( i = 1 ; i <= n ; i ++ )
        printf ( " * " ) ;
     printf ( " \n " ) ;
}
main ( )
{   int  i ;
    for ( i = 1 ; i <= 3 ; i ++ )
       printstar ( i ) ;
}
```

① 程序 1 的输出结果是＿＿＿＿＿＿＿＿＿。
② 程序 2 的输出结果是＿＿＿＿＿＿＿＿＿。

③ 请在程序 1 和程序 2 中标出用户函数和调用语句。

（2）验证【例 7-8】、【例 7-9】程序，回答题后问题。

① 在【例 7-8】程序中，形参是＿＿＿＿＿＿＿＿＿＿，实参是＿＿＿＿＿＿＿。
程序实现的功能是＿＿＿＿＿＿＿＿＿＿＿＿＿＿＿＿＿＿＿＿＿＿＿＿＿＿。

② 在【例 7-9】程序中，形参是＿＿＿＿＿＿＿＿＿＿，实参是＿＿＿＿＿＿＿。
程序实现的功能是＿＿＿＿＿＿＿＿＿＿＿＿＿＿＿＿＿＿＿＿＿＿＿＿＿＿。

（3）验证【例 7-7】程序（求两个整数的平均值），回答题后问题。

① 方法 1 的程序中，放在前面的函数是＿＿＿＿＿＿＿＿＿，放在后面的函数是
＿＿＿＿＿＿＿＿。用户函数的类型是＿＿＿＿＿＿＿＿，此种情况下，有没有必要
对用户函数进行声明？＿＿＿＿＿＿。

② 方法 2 的程序中，放在前面的函数是＿＿＿＿＿＿＿＿＿，放在后面的函数是
＿＿＿＿＿＿＿＿。用户函数的类型是＿＿＿＿＿＿＿＿，此种情况下，有没有
必要对用户函数进行声明？＿＿＿＿＿＿。如何声明（请写出声明语句）？
＿＿＿＿＿＿＿＿＿＿＿＿＿＿＿＿＿。

2．设计性实验

（1）参照【例 7-5】、【例 7-6】编程，用函数实现：输出任意 3 个整数的最小数。

（2）参照【例 7-7】编程，用函数实现：输出 5 组任意两个整数的平均值（保留 2 位小数），5 组整数从键盘输入。

（3）编写 fun 函数，实现：判断一个字符是否是小写字符，若是将其改为大写字符。在主函数中实现：输入一个字符串，输出转换前后的字符串。

3．实验总结

（1）什么是实参？什么是形参？实参与形参如何对应？

（2）总结使用函数编程的优点和难点。

实验任务 2　函数应用 2

知识与技能：

☑ 利用函数处理数组中的元素
☑ 模块化程序设计思想

一、实验目的

（1）掌握使用数组名作为函数参数实现按地址传递方式的函数定义和调用方法。

（2）理解变量的作用域和存储类型对程序运行结果的影响。

（3）初步掌握模块化程序设计的思想方法。

二、实验内容

1．验证性实验

（1）输入并运行下面程序，回答题后问题。

高职高专新课程体系规划教材·计算机系列

```
# include   <stdio.h>
# define   N   5
int   n = 5 ;
main ( )
{   int   x[N] ;
    input ( x ) ;
    printf ( "%d" , count ( x ) ) ;
}
void   input ( int   a[ ] )
{   int   i ;
    for ( i = 0 ; i < n ; i++ )
        scanf ( "%d" , &a[i] ) ;
}
int   count ( int   a[ ] )
{   int   i , result = 0 ;
    for ( i = 0 ; i < n ; i++ )
        if ( a[i]>=0 )   result++ ;
    return   result ;
}
```

① 根据编译信息，请将程序修改正确。出错的原因是＿＿＿＿＿＿＿＿＿＿＿。
若输入 3 -7 5 9 0，程序的输出结果是＿＿＿＿＿＿＿＿＿。

② 程序中，N 是＿＿＿＿，n 是＿＿＿。程序的功能是＿＿＿＿＿＿＿＿＿＿。

③ 程序采用＿＿＿＿＿＿＿＿＿＿方式返回结果。

④ 在各函数段的右边写出其实现的功能。

（2）验证【任务 2】中的程序（课程期末成绩计算），回答题后问题。

① 程序中，放在前面的函数是＿＿＿＿＿＿，放在后面的函数是＿＿＿＿＿。
用户函数的类型是＿＿＿＿，此种情况下有没有必要对用户函数进行声明？

② 请将 main 函数放前，用户函数放后，重新编译程序，编译的信息为
＿＿＿＿＿＿＿＿＿＿＿＿＿＿＿＿＿＿＿＿＿＿＿＿＿＿＿＿＿＿＿＿＿。
请分析原因并将程序修改正确：＿＿＿＿＿＿＿＿＿＿＿＿＿＿＿＿＿。

③ 修改程序，请将输入、输出程序段改用函数实现。

（3）验证【例 7-12】程序（用递归算法求阶乘），回答题后问题。

① 运行程序，你的输入是＿＿＿＿＿，程序的输出结果是：＿＿＿＿＿＿＿。

② 函数 fac 的类型是＿＿＿＿，递归算法的两个阶段是：＿＿＿＿＿＿＿。

③ 请根据你的输入，画出程序的递归过程。

2．设计性实验

（1）编写一个函数，实现把一个字符串中所有数字字符替换成"*"。在主函数中完成字符串的输入、输出及调用。

（2）参照【任务 3】中的程序，实现下列功能：

① 在主函数中设计一个菜单界面，用以显示、选择菜单，完成相应功能。

② 用函数实现：输入 5 个学生 3 门课的成绩（英语、数学、计算机）。

③ 用函数实现：计算每个学生的总分，并以表格形式输出。输出内容及格式如下：

姓名	英语	数学	计算机	总分
xxxx	xx	xx	xx	xxx
……				

④ 用函数实现：按总分由高到低排序，并按上述格式输出排序后的结果。

（3）参照【例 7-12】，用递归算法求解下述问题：有 5 个人坐在一起，问第 5 个人多大？他说比第 4 个人大 2 岁。问第 4 个人多大？他说比第 3 个人大 2 岁。问第 3 个人多大？他说比第 2 个人大 2 岁。问第 2 个人多大？他说比第 1 个人大 2 岁。问第 1 个人多大？他说是 10 岁。请问第 5 个人多大？

3．实验总结

（1）在什么情况下使用无参函数？在什么情况下使用有参函数？

（2）若需要被调函数处理主调函数中的多个（1~5 个）值时，主调函数中的值通过什么传递给被调函数？采用何种传递方式？

（3）若需要被调函数返回给主调函数一个值时，通常用什么语句返回？返回值的类型由什么确定？若需要被调函数返回给主调函数一批同类型的值时，通常用什么方式实现？

习　题　7

一、选择题

1．以下关于函数的叙述中正确的是（　　）。

A．每个函数都可以被其他函数调用，包括 main 函数

B．每个函数都可以被单独编译

C．每个函数都可以单独运行

D．在一个函数内部可以定义另一个函数

2．在 C 语言中，函数返回值的类型最终取决于（　　）。

A．函数定义时在函数首部所说明的类型　　　B．return 语句中表达式值的类型

C．调用函数时主函数所传递的实参类型　　　D．函数定义时形参的类型

3．以下叙述中错误的是（　　）。

A．一个 C 程序由一个或一个以上的函数组成

B．函数调用可以作为一个独立的语句存在

C．若函数有返回值，可以通过 return 语句返回

D．在任何时候，函数实参的值都可以传回给对应的形参

4．若函数的实参为变量，以下关于函数形参和实参叙述正确的是（　　）。

A．函数的实参和其对应的形参共占同一存储单元

B．形参只是形式上的存在，不占用具体存储单元

C．同名的实参和形参占同一存储单元

【高职高专新课程体系规划教材·计算机系列】

D．函数的形参和实参分别占用不同的存储单元

5．以下函数调用语句中，实际参数的个数是（　　　）。

```
func ( exp1 , ( exp2 , exp3 ) , ( exp4 , exp5 , exp6 ) ) ;
```

  A．1 个   B．2 个   C．3 个   D．6 个

6．执行下面程序时，若给变量 x 输入 10，程序的输出结果是（　　　）。

```
# include    <stdio.h>
int  fun ( int  n )
{    if ( n ==1 )  return  1 ;
     else   return   ( n + fun ( n−1 ) ) ;
}
main ( )
{    int  x ;
     scanf ( " %d " , &x ) ;
     x = fun ( x ) ;
     printf ( " %d \n " , x ) ;
}
```

  A．55   B．54   C．65   D．45

7．执行下面程序后的输出结果是（　　　）。

```
# include    <stdio.h>
fun ( int  x )
{    int  p ;
     if ( x == 0 || x ==1 )   p = 3 ;
     else    p = x − fun ( x − 2 ) ;
     return   p ;
}
main ( )
{    printf ( " %d \n " , fun ( 7 ) ) ; }
```

  A．7   B．3   C．2   D．0

8．执行下面程序后的输出结果是（　　　）。

```
#include    <stdio.h>
void   f ( int q[ ] )
{    int  i = 0 ;
     for (   ; i < 5 ; i++ )
          q[i]++ ;
}
main ( )
{    int  a[5] = {1 , 2 , 3 , 4 , 5 } , i ;
     f ( a ) ;
     for ( i = 0 ; i < 5 ; i++ )
          printf ( " %d , " , a[i] ) ;
}
```

A. 2,2,3,4,5,　　　　　　　B. 6,2,3,4,5,

C. 1,2,3,4,5,　　　　　　　D. 2,3,4,5,6,

9. 在一个 C 语言源程序文件中所定义的全局变量,其作用域为(　　)。

　　A. 所在文件的全部范围　　　B. 所在程序的全部范围

　　C. 所在函数的全部范围　　　D. 由具体定义位置和 extern 说明来决定范围

10. 执行下面程序后的输出结果是(　　)。

```
# include  <stdio.h>
int  a = 1;
int  f( int  c )
{   static  int  a = 2;
    c = c + 1;
    return ( a++ ) + c;
}
main ( )
{   int  i, k = 0;
    for ( i = 0; i < 2; i++ )
    {   int  a = 3;   k += f( a );
    } k += a;
    printf ( "%d \n", k );
}
```

　　A. 14　　　　　　B. 15　　　　　　C. 16　　　　　　D. 17

11. 执行下面程序后的输出结果是(　　)。

```
# include  <stdio.h>
fun ( int  x, int  y )
{   static  int  m = 0, i = 2;
    i += m + 1;   m = i + x + y;
    return  m;
}
main ( )
{   int  j = 1, m = 1, k;
    k = fun ( j, m );   printf ( "%d,", k );
    k = fun ( j, m );   printf ( "%d,\n", k );
}
```

　　A. 5,5　　　　　　B. 5,11　　　　　　C. 11,11　　　　　　D. 11,5

12. 执行下面程序后的输出结果是(　　)。

```
# include  <stdio.h>
int  fun ( int  x[ ], int  n )
{   static  int  sum = 0, i;
    for ( i = 0; i < n; i++ )
        sum += x[i];
    return  sum;
}
main ( )
```

```
{   int  a[ ]={1,2,3},b[ ]={6,7,8,9},s=0;
    s=fun(a,3)+fun(b,4);
    printf("%d \n",s);
}
```

A. 45   B. 50   C. 42   D. 55

二、填空题

1. 以下程序的输出结果是_____。

```
# include  <stdio.h>
int  func(int  a,int  b)
{   return(a+b);
}
main()
{   int  x=2,y=5,z=8,r;
    r=func(func(x,y),z);
    printf("%d \n",r);
}
```

2. 以下程序的输出结果是_____。

```
# include  <stdio.h>
void  f(int  x,int  y)
{   int  t;
    if(x<y)  {  t=x;  x=y;  y=t;  }
}
main()
{   int  a=4,b=3,c=5;
    f(a,b);  f(a,c);  f(b,c);
    printf("%d,%d,%d \n",a,b,c);
}
```

3. 以下程序的输出结果是_____。

```
# include  <stdio.h>
main()
{   double  sub(double,double,double);
    double  a=2.5,b=9.0;
    printf("%f\n",sub(b-a,a,a));
}
double  sub(double  x,double  y,double  z)
{   y-=1.0;   z+=x;   return z;
}
```

4. 以下程序的输出结果是_____。

```
# include  <stdio.h>
long  fib(int  n)
{   if(n>2)  return(fib(n-1)+fib(n-2));
```

```
    else    return ( 2 ) ;
}
main ( )
{   printf ( " %ld \n " , fib ( 3 ) ) ;
}
```

5. 以下程序的输出结果是＿＿＿＿＿＿＿。（假设输入是：5678<回车>）

```
# include <stdio.h>
int  sub ( int  n )
{   return   ( n /10 + n %10 ) ;
}
main ( )
{   int  x , y ;
    scanf ( "%d" , &x ) ;
    y = sub ( sub ( sub ( x ) ) ) ;
    printf ( " %d\n" ,  y ) ;
}
```

6. 以下程序的输出结果是＿＿＿＿＿＿＿。（假设输入是：abcdefg12345<回车>）

```
void  fun ( char  s[ ] )
{   int  i , t , n ;    n = strlen ( s ) ;
    for ( i = 0 ; i <= ( n-1 ) / 2 ; i++ )
    {   t = s[i] ;    s[i] = s[ n-1-i ] ;    s[ n-1-i ] = t ;    }
}
main ( )
{   char  str[100] ;
    scanf ( "%s" , str ) ;
    fun ( str ) ;
    printf ( " %s " , str ) ;
}
```

7. 以下程序的输出结果是＿＿＿＿＿＿＿。

```
# include <stdio.h>
void  fun ( )
{   static  int  a = 0 ;
    a += 2 ;   printf ( " %d " , a ) ;
}
main ( )
{   int  c ;
    for ( c = 1 ; c < 4 ; c++ )
        fun ( ) ;
    printf ( "\n" ) ;
}
```

8. 以下程序的输出结果是＿＿＿＿＿＿＿。

```
# include  <stdio.h>
int   k = 0 ;
```

```
void  fun ( int  m )
{    m += k;    k += m;    printf ( " m = %d   k = %d ", m, k++ );
}
    main ( )
{    int  i = 4;    fun ( i++ );
    printf ( " i = %d   k = %d \n ", i, k );
}
```

三、程序设计题

1. 输出如图 7-9 所示的图案。要求使用一个可以输出 n 个 "*" 的函数 pn ( ) 实现。

图 7-9 图案

2. 编写函数 fs ( ) 实现：判断一个正整数是否为素数，若为素数返回'Y'，否则返回'N'。在主函数中产生 10 个 100~200 的随机整数，利用函数 fs ( ) 求出其中的素数及其个数，将求出的素数放在另一个数组中，然后输出素数及其个数。

3. 写一个函数，将一个 3 位的八进制数转换成十进制数并输出，在主函数中完成原始数据的输入（提示：八进制数按%o 格式输入，数字前不加 0，用 0~7）。

4. 编写一个函数，实现把 n×n 的二维数组的第 1 列和第 n 列交换。在主函数中完成数据的输入与输出。运行时把从键盘上输入的一个 n×n 的数组的第 1 列和第 4 列互换（提示：n 需定义为符号常量）。

5. 输入 5 个学生 3 门课的成绩，分别用函数实现下列功能：

（1）计算每个学生的总分、平均分并以表格的形式输出。表格中包括：

      姓名，课程 1，成绩 1，课程 2，成绩 2，课程 3，成绩 3，总分，平均分

（2）计算每门课的平均分。

（3）输出每门课的最高分及最高分对应的学生姓名、课程名和成绩。

6. 猴子第一天摘下若干个桃子，当即吃了一半，还不过瘾又多吃了一个，第二天早上又将剩下的桃子吃掉一半又多吃了一个，以后每天早上都吃了前一天剩下的一半零一个，第 10 天早上想吃时，就只剩下一个桃子了，求第一天共摘了多少桃子（用递归方法实现）？

第8章 结构体、共用体和链表

在现实生活中，经常需要处理一些数据类型不同但内容相互关联的数据。这些数据无法用前面学过的任何一种数据类型进行整体描述。因此，C语言提供了3种可由用户构造的数据类型——结构体类型、共用体类型和枚举类型。

内容摘要：

- ☑ 结构体类型与结构体变量
- ☑ 结构体数组及结构体指针
- ☑ 共用体类型和枚举类型
- ☑ 链表及其简单操作

学习目标：

- ☑ 熟练掌握结构体类型与结构体变量的使用
- ☑ 掌握结构体数组及指针的使用
- ☑ 了解共用体类型和枚举类型
- ☑ 了解链表及其简单操作

 项目8：学生信息的处理

1．项目功能

（1）使用结构体变量，输入并存储一个学生信息（包括学号、姓名和4门课程成绩）。

（2）使用结构体数组，输入、存储一个班级多个学生信息（包括学号、姓名和4门课程成绩），统计出该班每个学生的总分、平均分，然后以表格形式输出班级成绩单。

2．项目分解

该项目可分解为两个任务。

任务1：一个学生信息的处理

任务2：多个学生信息的处理

8.1 结构体类型与结构体变量

任务1 一个学生信息的处理

知识与技能：

- ☑ 结构体类型的声明，结构体变量的定义和初始化

☑　利用结构体变量，对各成员进行操作

一、任务背景分析

根据项目要求，一个学生的基本信息包括下列信息：学号、姓名和 4 门课程成绩。显然，这些数据的类型不完全相同，若用前面学过的单一数组或简单变量将无法整体描述。为了解决类似问题，C 语言提供了一种能够由用户将不同数据类型构造为一个整体的数据类型——结构体类型。

二、知识点介绍

1. 结构体类型的声明

在 C 语言中，结构体（structure）是一种由用户自行定义的复合数据类型。它可以包含多个数据项，各数据项可以具有不同的数据类型，在使用之前，由用户声明结构体类型。

结构体类型声明的一般格式如下：

```
struct   结构体类型名
{
    成员声明表列 ；              /* 成员声明的一般格式为： 数据类型   成员名 */
};                            /* 注意，此处的分号( ；)不能省略 */
```

例如，要描述一个学生的基本信息：学号（字符串）、姓名（字符串）、年龄（整型）。可声明如下结构体类型：

```
struct   stu_xx                /* 声明结构体类型：stu_xx */
{   char   num[5];             /* 声明结构体成员：字符数组num —— 学生学号 */
    char   name[10];          /* 声明结构体成员：字符数组name —— 学生姓名 */
    int   age ;                /* 声明结构体成员：整型age —— 学生年龄 */
};
```

说明：

① 结构体类型是一种由用户自己声明的构造类型。因此，必须先声明结构体类型，再用其类型定义结构体变量。

② 结构体类型声明时，struct 是关键字不能省略。另外，要注意分号的位置。

③ 成员名的命名规则与变量名相同。

④ 结构体的成员可以是基本数据类型，也可以是数组，甚至可以是另一个已经定义的结构体类型（参见后面的知识扩展）。

2. 结构体类型变量的定义

在用户声明结构体类型后，还需要用该类型定义结构体变量，以便存储数据。结构体类型变量简称结构体变量，可用下述 3 种形式定义：

（1）先定义结构体类型，再用该类型定义结构体变量。例如：

```
struct   stu_xx                                     /* 此处声明结构体类型 */
{   char   num[5] , name[10] ;
    int   age ;
};
```

```
struct   stu_xx   s1 , s2 ;              /* 此处定义的结构体变量s1、s2为外部变量 */
main( )
{  struct   stu_xx   s3 , s4 ;           /* 此处定义的结构体变量s3、s4为局部变量 */
   …
}
```

（2）定义结构体类型的同时定义变量。例如：

```
struct   stu_xx
{   char   num[5] , name[10] ;
    int   age ;
}   s1 , s2 ;                            /* 此处定义的结构体变量s1、s2为外部变量 */
main( )
{
    …
}
```

（3）省略结构体类型名，直接定义结构体变量。例如：

```
struct
{   char   num[5] , name[10] ;
    int   age ;
}  s1 , s2 ;                             /* 此处定义了s1 , s2结构体变量 */
```

说明：

① 结构体类型与结构体变量不同，不要混淆。在编译时，系统不给结构体类型分配内存空间，只给结构体变量分配内存空间。必须先定义结构体类型，再定义结构体变量。

② 结构体变量中的各个成员，在内存中是按顺序存放的。结构体变量所占的存储空间是各个成员所占存储空间的总和。例如，变量 s1,s2 在内存中占有的空间均为：5 + 10 + 4 = 19 个字节。

③ 如上例所示，变量 s1,s2 定义在所有函数的外部，则变量 s1,s2 为外部结构体变量；变量 s3,s4 定义在一个函数的内部，则 s3,s4 为局部结构体变量。

④ 使用前两种变量定义形式，可以定义更多的该结构体类型变量。但是，第三种定义方法由于无法记录该结构体类型，所以除直接定义外，不能再定义该结构体类型变量。

3．结构体变量的初始化

由于结构体变量汇集了不同数据类型的成员，所以给结构体变量初始化需要给各个成员赋初值。常用下述两种方法。

（1）定义结构体类型的同时定义结构体变量，并初始化变量。例如：

```
struct   stu_xx
{   char   num[5] , name[10] ;
    int   age ;
}   s = { "3001" , "Zhang" , 18 } ;
```

（2）在函数中定义结构体变量并进行初始化。例如，在 main( )函数中：

```
（定义结构体类型同上，此处略）
main( )
```

【高职高专新课程体系规划教材·计算机系列】

```
{    struct    stu_xx    s = { "3001" , "Zhang" , 18 } ;

     ......

}
```

说明：

初始化后，变量 s 各成员在内存中的值如图 8-1 所示。

成员名	num	name	age
成员的值	"3001"	"Zhang"	18

图 8-1   结构体类型变量在内存中的存储

4．结构体变量的引用

一个结构体变量中包含了若干成员，结构体变量的成员同普通变量，可以被直接引用，也可以进行各种运算。结构体变量的成员引用方法为：

结构体变量名.成员名

其中，"."是成员运算符，优先级最高。

例如，有结构体类型及变量 s1 和 s2：

```
struct    stu_xx
{    char    num[5] , name[10] ;
     int    age ;
} ;
main( )
{    struct    stu_xx    s1 , s2 = { "3001" , "Zhang" , 18 } ;
     ...
}
```

变量 s1 和 s2 各成员的引用形式为：

s1.num、s1. name、s1.age 及 s2.num、s2.name、s2.age。

说明：

① 一个结构体变量中包含了若干成员，因此不能直接对一个结构体变量整体进行输入、输出操作，只能对结构体变量中的各成员进行操作。

例如，要输入一个学生的信息存放到变量 s1 中，可以使用语句：

```
scanf("%s%s%d" , s1. num , s1.name , &s1.age ) ;
```

例如，要使学生结构体变量 s1 的年龄增加 1 岁，可以使用语句：

```
s1.age = s1.age + 1 ;
```

② 不能对结构体变量整体引用，也不能给结构体变量整体赋值，但同类型的结构体变量之间可以相互赋值。例如：

s2 = s1 ; 是正确的：同类型结构体变量，可以直接赋值，除此之外，整体引用均是错误的。

printf("%s" , **s1**);是错误的：对结构体变量进行了整体引用。

s2 = { "3002" , "liu" , 19 };是错误的：只能在初始化时对结构体变量进行整体赋值，除此之外，均是错误的。

【例 8-1】 利用结构体类型编写程序，实现输入、存储两个学生的个人信息（信息包括姓名和年龄），交换两个学生的信息，计算两人的平均年龄，然后输出交换和计算的结果。

分析： 要实现该程序的功能，需要先声明一个结构体类型，存放两个学生信息需要定义两个结构体变量，交换学生信息，还需要一个结构体变量。数据的输入、计算方法同前。程序如下：

```
# include <stdio.h>
struct   stu_xx
{    char    name[10] ;
     int    age ;
} ;
main( )
{    struct   stu_xx   s1 , s2 , t ;    float   ave_age ;
     scanf("%s%d" , s1.name , &s1.age );                    /* 输入第1个学生信息 */
     scanf("%s%d" , s2.name , &s2.age );                    /* 输入第2个学生信息 */
     t = s1;    s1 = s2;    s2 = t;                          /* 交换两个学生的信息 */
     ave_age = ( s1.age + s2.age ) / 2.0f ;                 /* 计算两人的平均年龄 */
     printf("%s   %d \t %s   %d \t " , s1.name , s1.age , s2.name , s2.age );
     printf(" ave_age = %.2f " , ave_age );
}
```

运行程序，输入：（也可用回车符间隔数据）Zhang　18↙

　　　　　　　　　　　　li　20↙

输出：

li　20　　　Zhang　18　　　ave_age = 19.00

课堂训练：

① 交换两个学生的信息有没有别的方法？请尝试。

② 请完成一个教师信息（姓名、工龄和工资）的输入与输出。

三、任务的实现

任务描述： 设某名学生的基本信息包括学号、姓名和 4 门课程成绩。分别使用初始化和从键盘输入的方法，输入该学生的基本信息，然后输出该学生信息。

（1）分析：该学生的基本信息及类型分别为：学号（字符串）、姓名(整型)、4 门课程成绩（实型数组），据此声明结构体类型 stu_xx 和定义结构体变量 s1，并对 s1 进行输入输出操作。

高职高专新课程体系规划教材·计算机系列

（2）实现的程序：

方法1：使用初始化方法。程序如下：

```
# include   <stdio.h>
struct   stu_xx                                      /* 定义结构体类型 */
{   char   num[5] , name[10] ;
    float   score [4] ;
};
main( )
{   struct   stu_xx   s1 = { "3001" , "zhang" , 98.0 , 78.0 , 76.0 , 80.0 } ;
    printf( "Num \t Name \t Ch\t Math \t En \t C \n " ) ;              /* 输出表头 */
    printf("%s \t %s \t %-6.0f \t %-6.0f \t %-6.0f \t %-6.0f \n" , s1.num , s1.name ,
                s1.score[0] , s1.score[1] , s1.score[2] , s1.score[3] ) ;
}
```

运行结果：

Num	Name	Ch	Math	En	C
3001	zhang	98	78	76	80

方法2：从键盘输入数据。程序如下：

（定义结构体类型同上，此处略）
```
# include   <stdio.h>
main( )
{   struct   stu_xx   s1 ;                             /* 定义结构体变量 */
    printf( "请输入Num   Name   Score (4) : \n " ) ;      /* 输出提示信息 */
    scanf("%s%s%f%f%f%f" , s1.num , s1.name , &s1.score[0] , &s1.score[1] , &s1.score[2] , &s1.score[3] ) ;
    printf( " Num \t Name \t Ch\t Math \t En \t C \n " ) ;           /* 输出表头*/
    printf("%s \t %s \t %-6.0f \t %-6.0f \t %-6.0f \t %-6.0f \n" , s1.num , s1.name ,
                s1.score[0] , s1.score[1] , s1.score[2] , s1.score[3] ) ;
}
```

运行结果：

运行程序，显示：请输入Num   Name   Score (4) : 3001   zhang   98   78   76   80✓

输出：

Num	Name	Ch	Math	En	C
3001	zhang	98	78	76	80

课堂训练：

① 在 scanf( )语句中，给结构体成员输入数据时，什么情况加&？

② 在上述功能的基础上，请增加对该学生总成绩的统计功能。

四、知识扩展

1. 结构体类型的嵌套使用

结构体的成员可以是基本数据类型和数组，还可以嵌套声明，即结构类型的成员是另一个已经声明的结构体类型。此时，引用结构体成员要逐级引用，要引用到最低一级成员。

有关结构体类型的嵌套使用将通过下面的例子来介绍。

2．结构体类型的嵌套使用举例

【例 8-2】设学生基本信息有学号、姓名、出生日期（年、月、日）和 3 科成绩（英语、数学、C 语言），分别用初始化和输入的方法保存并输出一个学生的基本信息。

分析：

① 学生的出生日期包含了 3 个数据，可定义为一个日期型结构体类型。3 科成绩也包含了 3 个数据，也可定义为一个成绩结构体类型。

② 学生的基本信息有 4 项，将其定义为学生基本信息结构体类型。保存 1 个学生信息，需要 1 个同类型结构体的变量。

方法 1：使用初始化的方法保存并输出一个学生的基本信息。程序如下：

```c
struct   date                         /* 定义日期结构体类型date */
{   int   year , month , day ;
};
struct   score                        /* 定义成绩结构体类型score */
{   int   en , math , c ;
};
struct   stu_xx                       /* 定义学生基本信息结构体类型stu_xx */
{   char   num[5] , name[10] ;
    struct   date   d ;               /* d成员为结构体类型date */
    struct   score   s ;              /* s成员为结构体类型score */
};
# include   <stdio.h>
main( )
{   struct   stu_xx   s1 = { "3001" , "Wang" , { 1989 , 1 , 3 } , { 98 , 99 , 80 } } ;
    printf( " Num \t Name \t year \t month \t day \t en \t math \t C \n " ) ;
    printf("%s \t %s \t %d \t %d \t %d \t %d \t %d \t %d \n " , s1.num , s1.name , s1.d.year , s1.d.month ,
            s1.d.day , s1.s.en , s1.s.math, s1.s.c ) ;
}
```

说明：

① 结构体变量在初始化时，应按照成员的先后次序给各成员赋值。初始化后，各成员的值如图 8-2 所示。

成员名	num	name	date			score		
			year	mouth	day	en	math	c
成员的值	3001	"Wang"	1989	1	3	98	99	80

图 8-2　结构体变量 s 的各成员的值示意图

② 引用嵌套定义的结构体成员，则要用成员运算符，一级一级地找到最低一级的成员进行引用。例如，引用变量 s1 的出生月份：s1.d.month，引用变量 s1 的 en 成绩：s1.s .en。

【高职高专新课程体系规划教材·计算机系列】

方法 2：使用从键盘输入数据的方法保存并输出一个学生的基本信息。程序如下：

```
（定义结构体类型同上，此处略）
# include   <stdio.h>
main( )
{    struct   stu_xx   s1;                          /* 定义结构体变量 */
     scanf("%s%s%d%d%d%d%d%d" , s1.num , s1.name , &s1.d.year ,
                 &s1.d.month , &s1.d.day , &s1.s.en , &s1.s.math , &s1.s.c );
     printf( "Num \t Name \t year \t month \t day \t en \t math \t C \n" );
     printf("%s \t %s \t %d \t %d \t %d \t %d \t %d \t %d \n", s1.num , s1.name ,
                 s1.d.year , s1.d.month , s1.d.day , s1.s.en , s1.s.math , s1.s.c );
}
```

运行程序，输入：3001   zhang   1989   1   3   98   99   80↙
输出：

Num	Name	year	month	date	en	math	C
3001	zhang	1989	1	3	98	99	80

课堂训练：

① 请说出程序中 score 、stu_xx 、d 、s 、s1、s1.s.en 的不同？
② 请将任务 1 中的 4 科成绩改用嵌套的结构体类型来实现。

本节教学建议：

（1）实验：8.5 实验任务 1（也可将此教学建议放 8.2 节后进行）
（2）作业：一、1~3，二、1~3，三、1~2

8.2 结构体数组及结构体指针

任务 2 多名学生信息的处理

知识与技能：

☑ 用结构体数组存储、处理多名学生信息
☑ 用结构体指针和函数处理多名学生信息

一、任务背景分析

一个结构体变量可以存放一个学生的信息。如果需要存放和处理多个学生的信息，这就需要学习和使用结构体数组和结构体指针。

任务分解：

（1）通过使用结构体数组，实现多名学生信息的处理。
（2）使用函数实现多名学生信息的处理。

二、知识点介绍

1. 结构体数组的定义、初始化和引用

（1）结构体数组的定义与初始化

一个结构体变量只能存放一组数据（如一个学生信息），如果要存储和处理多组数据，应使用结构体数组。结构体数组中的每一个元素，都是结构体类型变量。结构体数组的定义与结构体变量的定义方法相同，只须说明其为数组即可。对结构体数组也可初始化。

例如：

```
struct   stu_xx
{    char   num[5] , name[10] ;
     int   age ;
} s[3] = { {"3001" , " Sun " , 18 } , { "3002" , "Li" , 19 } , { "3003" , " Zhao" , 20 } } ;
```

或

```
main ( )
{    struct   stu_xx   s[3] = { { "3001" , "Sun" , 18 } , { "3002" , "Li" , 19 } ,
                        { "3003" , "Zhao" , 20 } } ;
     …
}
```

说明：

① 结构体数组 s 中的 3 个元素 s[0]、s[1]、s[2]均为结构体类型。

② 结构体数组的初始化方法同数组，元素在内存中连续存放。初始化后，数组 s 的元素值如图 8-3 所示。

（2）结构体数组的使用

对于结构体数组而言，大多使用的是数组中的元素。由于数组中的元素是一个结构体变量，所以引用的是数组元素中的成员。

结构体数组元素成员的引用方法为：

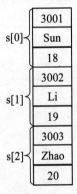

图 8-3　结构体数组的存储形式

结构体数组名[下标].成员名

下面通过一个例子，来介绍结构体数组的定义和使用方法。

【例 8-3】编写程序，利用结构体数组存储和显示 3 个学生的信息。

方法 1：使用初始化方法。程序如下：

```
# include   <stdio.h>
struct   stu_xx                                    /* 定义结构体类型 */
{    char   num[5] , name[10] ;
     int   age ;
} ;
main( )
{    struct   stu_xx   s[3] = {{ "3001" , "Sun " , 18 } , { "3002" , "Li" , 19 } ,
```

【高职高专新课程体系规划教材·计算机系列】

```
                              { "3003" , "Zhao" , 20 }} ;    /*定义结构体数组并初始化*/
      int  i ;
      printf( "Num \t Name \t age \n " ) ;                      /* 输出表头 */
      for ( i = 0 ; i < 3 ; i ++ )                              /* 输出3个学生信息 */
          printf(" %s \t %s \t %d \n " , s[i].num , s[i].name , s[i].age ) ;
}
```

方法 2：从键盘输入数据。程序如下：

```
（定义结构体类型略）
# include  <stdio.h>
main( )
{    struct  stu_xx  s[3] ;                                /* 在主函数中定义结构体数组 */
     int  i ;  .
     printf( "please  input  Num  Name  Age : \n " ) ;    /* 输出提示信息 */
     for ( i = 0 ; i < 3 ; i ++ )                           /* 输入3个学生信息 */
         scanf("%s%s%d" , s[i].num , s[i].name , &s[i].age ) ;
     printf( "Num \t Name \t Age \n " ) ;                  /* 输出表头 */
     for ( i = 0 ; i < 3 ; i ++ )                           /* 输出3个学生信息 */
         printf("%s \t %s \t %d \n " , s[i].num , s[i].name , s[i].age ) ;
}
```

运行程序，显示：please   input   Num   Name   Age :

输入：

3001	Sun	18↙
3002	Li	19↙
3003	Zhao	20↙

输出：

Num	Name	Age
3001	Sun	18
3002	Li	19
3003	Zhao	20

课堂训练：

① 在 scanf 语句中，引用结构体数组元素的成员时，什么情况下加&？

② 编程实现【例 8-2】中 5 个学生基本信息的输入、存储与输出。

2．结构体类型指针

指针变量使用灵活方便，如果把一个结构体变量的起始地址存放到一个指针变量中，那么，这个指针变量就指向该结构体变量。结构体指针变量既可以指向结构体变量，也可以指向结构体数组中的元素。

（1）结构体指针变量的定义和指向

结构体指针变量的定义同普通指针变量，不同的是结构体指针变量的数据类型为结构体类型。结构体指针变量可以指向一个同类型的结构体变量，可用初始化的方法和赋值的方法实现。例如：

```
struct   stu_xx
{   char   num[5] , name[10] ;
    int   age ;
} s , *p = &s ;              /* 定义结构体变量s和结构体指针变量p，并且让p指向s */
```

    或

```
struct   stu_xx   s , *p = &s ;
```

    或

```
struct   stu_xx   s , *p ;   p = &s ;
```

此时，指针变量 p 指向结构体变量 s。注意，指针变量只能指向同一类型的结构体变量。

（2）通过指针变量访问结构体变量的成员

通过结构体类型指针可以访问结构体变量的成员，有两种访问形式：

➥   指针变量->成员

➥   (*指针变量).成员

其中，->为指向运算符，它的优先级和 "." 相同，属于优先级最高的运算符。

例如，引用变量 s 的各个成员，可用下述方法：

p-> num、p->name、p->age   或   (*p).num、(*p). name 、(*p). age。

【例 8-4】使用指向结构体变量的指针变量来访问结构体变量的各个成员。

程序如下：

```
# include   <stdio.h>
struct   stu_xx
{   char   num[5] , name[10] ;
    int   age ;
};
main( )
{   struct   stu_xx   s = { "3001" , "Sun" , 18 } , *p = &s ;
    printf( " Num : %s \t" , p->num ) ;
    printf( " Name : %s \t" , s.name ) ;
    printf( " Age : %d \n" , ( *p ).age ) ;
}
```

运行结果：

Num : 3001   Name : Sun   Age : 18

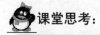课堂思考：

上例 3 个 printf 语句中，结构体成员的引用有何不同？

（3）指向结构体数组的指针

结构体类型的指针，可以一直指向数组的首元素，也可以通过指针的移动指向数组中的各元素，在使用时要区分。

【例 8-5】使用指向结构体数组的指针来访问数组元素。

程序如下：

```
# include   <stdio.h>
struct   stu_xx
{    char   num[5] , name[10] ;
     int   age ;
} ;
main( )
{    struct   stu_xx   s[3] = {{ "3001" , "Sun " , 18 } , { "3002" , "Li" , 19 } ,
                                  { "3003" , "Zhao" , 20 }} ;
     struct   stu_xx   *p ;
     int   i ;
     printf( "Num \t Name \t Age \n " ) ;                      /* 输出表头 */
     /* ——————— 程序段1：输出3个学生信息——————— */
     p = s ;
     for ( i = 0 ; i < 3 ; i ++ , p ++ )
         printf( "%s \t %s\t %d\n " , p->num , p->name , p->age ) ;
     /* ——————— 程序段2：输出3个学生信息——————— */
     p = s ;
     for ( i = 0 ; i < 3 ; i ++   )
         printf( "%s \t %s\t %d\n " , ( p + i )->num , ( p + i )->name , ( p + i )->age ) ;
}
```

课堂思考：

在输出 3 个学生信息时，程序段 1 与程序段 2 有何不同？

（4）指向结构体的指针作函数参数

在函数之间传递结构体类型的数据，有 3 种方法：

① 用结构体变量的成员作参数。例如，用 s[0].num，将实参值传给形参。应当注意实参与形参的类型要保持一致。

② 用结构体变量作实参。用结构体变量作实参时，对应形参也必须是同类型的结构体变量，这属于按值传递的参数传递方式。该传递方式只改变了形参的值，不会影响实参的值。如果结构体的成员很多时，这种方式开销很大，因此较少使用这种方法。

③ 用指向结构体变量的指针（结构体指针变量或数组名或数组元素的地址）作实参，将地址传给形参。这种方法比较常用。

【例 8-6】用指向结构体的指针变量作函数参数。

程序如下：

```
# include   <stdio.h>
struct   stu_xx
{    char   num[5] , name[10] ;
     int   age ;
} ;
```

```
void   output ( struct  stu_xx   *p )        /* 函数形参为struct stu_xx 类型的指针变量 */
{    printf( "%s \t %s \t %d\n " , p->num , p->name , p->age ) ;
}
main( )
{    struct   stu_xx   s[3] = {{"3001" , "Sun " , 18} , { "3002" , "Li" , 19 } ,
                             {"3003" , "Zhao" , 20}} ;
     int   i ;
     printf( "Num \t Name \t Age \n " ) ;
     for ( i = 0 ; i < 3 ; i ++ )
          output( &s[i] ) ;    /* 调用语句。函数实参为struct stu_xx 类型的数组元素地址 */
}
```

课堂训练:

请尝试用其他的实参与形参形式实现程序功能。

三、任务的实现

1）利用结构体数组处理多名学生信息

任务描述: 一个班级通常有多名学生,现假设班级有 3 名学生,3 名学生的入学成绩如表 8-1 所示。请从键盘输入并存储每个学生的信息,统计出该班每个学生的总分、平均分,输出班级成绩单。

表 8-1　某班学生成绩单

学　号	姓　　名	课　　程			
		语　文	英　语	高　数	计　算　机
3001	Zhao	88.3	93.5	91.6	86.5
3002	Qiao	84.2	98.6	85.9	78.4
3003	Sun	81.6	87.2	76.8	62.4

（1）分析: ① 观察表 8-1,将学生信息（学号、姓名和 4 科成绩）定义为结构体类型。
② 多名学生应定义成一个结构体数组。
③ 总分统计和平均分的计算,需要引用该结构体数组各元素的成员进行计算。
（2）实现的程序:

```
# include   <stdio.h>
# define   N  3
struct   stu_xx                                    /* 学生结构体 */
{    char   num[5] , name[10] ;
     float   score [4] ;
} ;
main( )
{    struct   stu_xx   s[N] ;
     int   i ;
     float   ave[N] , sum[N];
     for ( i = 0 ; i < N ; i++ )
```

```
        scanf( "%s%s%f%f%f%f" , s[i].num , s[i].name ,
            &s[i].score[0] , &s[i].score[1] , &s[i].score[2] , &s[i].score[3] ) ;
    printf("Num\t Name\t ch\t math\t en \t c\t ave\t sum\n " ) ;
    for ( i = 0 ; i < N ; i ++ )
    {   sum[i]= s[i].score[0] + s[i].score[1] + s[i].score[2] + s[i].score[3];
        ave[i] = sum[i] / 4.0 ;                          /* 计算平均分 */
        printf("%s \t %s \t %-4.1f \t %-4.1f \t %-4.1f \t %-4.1f" , s[i].num ,
            s[i].name , s[i].score[0] , s[i].score[1] , s[i].score[2] , s[i].score[3] ) ;
        printf("\t %-4.1f" , sum[i] ) ;                  /* 输出该学生的总分 */
        printf("\t %-4.1f \n " , ave[i] ) ;              /* 输出该学生的平均分 */
    }
}
```

运行程序，输入的数据及输出结果如图 8-4 所示。

图 8-4 【项目 8-任务 2】运行结果

2）使用函数处理多名学生信息

任务描述：在上例完成的基础上，使用函数实现处理多名学生信息。

（1）分析：① 观察表 8-1，学生的 4 科成绩除了定义为数组外，可定义为一个成绩结构体类型作为学生信息结构体的成员，即嵌套声明。

② 在知识点介绍中，已详细介绍了 3 种在函数之间传递结构体类型数据的方法。根据比较，本题可以使用指向结构体的指针变量作函数参数的方法。

（2）实现的程序：

```
# include    <stdio.h>
# define    N    3
struct    score                                  /* 定义成绩结构体类型score */
{    float    ch , math , en , c ;
} ;
struct    stu_xx
{    char    num[5] , name[10] ;
    struct    score    s ;
} ;
void    output    ( struct    stu_xx *p )        /* 输出学生信息函数 */
{    printf("%s \t %s \t %-4.1f \t %-4.1f \t %-4.1f \t %-4.1f" , p->num , p->name ,
        p->s.ch , p->s.math , p->s.en , p->s.c ) ;
}
float    getsum( struct    stu_xx *p )           /* 计算学生总分函数 */
```

```
{   float   sum ;
    sum = p->s.ch + p->s.math + p->s.en + p->s.c ;
    return   sum;
}
main( )
{   struct   stu_xx   s[N] ;
    int   i ;
    float   ave[N] , sum[N] ;
    printf( "请输入 Num   Name   Score (4) : \n " );
    for ( i = 0 ; i < N ; i++ )
        scanf( "%s%s%f%f%f%f" , s[i].num , s[i].name ,
                &( s[i].s.ch ) , &( s[i].s.math ) , &( s[i].s.en ) , &( s[i].s.c ));
    printf("Num\t Name\t ch\t math\t en \t c\t ave\t sum\n " );
    for ( i = 0 ; i < N ; i++ )
    {   sum[i]= getsum( &s [i] );
        ave[i] = sum[i] / N ;                      /* 计算平均分 */
        output ( &s [i] );                         /*输出学生的信息 */
        printf("\t %-4.1f\t %-4.1f \n " , sum[i] , ave[i] );
    }
}
```

运行结果同上题。

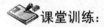 **课堂训练：**

请尝试用另外的实参与形参形式实现此程序功能。

 本节教学建议：

实验：验证本节 " （2）使用函数处理多名学生信息" 程序

8.3　共用体类型和枚举类型

任务 3　了解共用体类型和枚举类型

知识与技能：

☑　共用体类型的定义、初始化和引用
☑　枚举类型
☑　定义已有类型的别名

一、任务背景分析

共用体是一种类似于结构体的构造数据类型，但是它允许不同类型和不同长度的数据共享同一存储空间。枚举类型是一种基本数据类型，而不是一种构造类型，因为它不能再分解为任何基本类型。

二、知识点介绍

1. 共用体类型

1）定义共用体类型与定义共用体类型变量

所谓共用体类型是指将不同的数据项组织成一个整体，这些数据共用一段内存。定义共用体类型后，就可以定义共用体类型的变量。共用体类型和变量的定义有以下3种方式：

（1）先定义类型、再定义变量。例如：

```
union  un
{   char   a;
    int   b;
    float  c;
};                              /* 定义共用体类型 */
union   un   u1,u2;             /* 定义共用体类型变量 */
```

（2）定义类型的同时定义变量。例如：

```
union   un
{   char   a;   int   b;   float   c;
}   u1,u2;
```

（3）直接定义变量。例如：

```
union
{   char   a;   int   b;   float   c;
}   u1,u2;                      /* 定义共用体类型变量 */
```

上面定义的共用体类型 union un，包含 a、b 和 c 3 个成员。与结构体类型变量不同的是，共用体类型变量与其各成员的起始地址相同，而且共用体类型变量占用的存储空间，等于其中最长成员的长度，而不是所有成员长度之和。例如，共用体变量 u1、u2，在 32 位操作系统中，占用的内存空间均为 4 字节，而不是 1+2+4=7 字节。

2）共用体类型变量的引用

共用体类型变量的引用与结构体类型变量一样，一般不能整体引用，只能引用它的某一成员。例如，引用共用体变量 u1 各成员：u1.a、u1.b、u1.c。

【例 8-7】共用体应用举例。

```
# include   <stdio.h>
union   un                              /* 定义共用体类型 */
{   char   a;
    int   b;
};
struct   stu_xx                         /* 定义结构体类型 */
{   char   c;
    int   d;
};
main( )
{   union   un   un1;                    /* 定义共用体类型变量 */
    struct   stu_xx   stu1;              /* 定义结构体类型变量 */
```

```
            un1.a = 'A';    un1.b = 97;           /*  给共用体类型变量un1的成员赋值  */
            stu1.c = 'C';    stu1.d = 98;          /*  给结构体类型变量stu1的成员赋值  */
            printf(" a = %c , b = %d \t ", un1.a , un1.b );
            printf(" c = %c , d = %d \n ", stu1.c , stu1.d );
        }
```

运行结果：

```
a = a , b = 97      c = C , d = 98
```

说明：

① 在共用体中，系统采用覆盖技术，实现各变量各成员的内存共享。上例中 un1.a 的输出结果取决于最后一次存入的成员的值，所以不是'A'，而是'a'。

② 不能对共用体类型变量进行初始化，也不能将共用体类型变量作为函数参数，以及使函数返回一个共用体类型数据，但可以使用指向共用体类型的指针变量。

③ 共用体类型可以出现在结构体类型定义中，反之亦然。

2. 枚举类型

所谓"枚举"是指将变量的值一一列举出来，变量的值只限于列举出来的值的范围内。枚举类型和变量的定义和结构体相关处理类似，可以采用以下 3 种方式：

（1）先定义类型、再定义变量。例如：

```
enum   color  {  red ,  green ,  blue  };
enum   color  c1 ;
```

（2）定义类型的同时可以定义变量。例如：

```
enum color  {  red ,  green ,  blue  }  c1 ;
```

（3）直接定义变量。例如：

```
enum   {  red ,  green ,  blue  }  c1 ;
```

【例 8-8】枚举类型应用举例。

程序如下：

```
# include   <stdio.h>
main( )
{   enum  weekday  {  sun , mon , tue , wed , thu , fri , sat  }  a , b , c ;
    a = sun ;   b = wed ;    c = fri ;
    printf(" %d , %d , %d ", a , b , c );
}
```

运行结果：

```
0 , 3 , 5
```

说明：

① 枚举类型适宜于表示取值有限的数据，例如例题中一周 7 天。但它的值只能取相应枚举元素中的某一个，例如 a = sun。

【高职高专新课程体系规划教材·计算机系列】

② 枚举元素的值是常量，不是变量，不能对枚举元素再进行赋值操作。

③ 枚举元素作为常量是有值的，是按照定义时的顺序号，从 0 开始取值。例如，前面例子中的枚举元素 sun 的值为 0，mon 的值为 1，依此类推。枚举元素也可以比较大小，如 sun < mon。

④ 枚举元素的值可以在定义时指定。例如：

```
enum  weekday  {  sun = 7 , mon = 1 , tue , wed , thu , fri , sat  }
```

则 sun 的值为 7，Mon 的值为 1，从 Tue 开始，枚举元素的值依次为 2、3、4、5、6。

3. 使用 typedef 命名类型

在 C 语言中，可以直接使用 C 提供的标准类型名（如 int、char、float 等）和自己声明的结构体、共用体等类型，还可以用 typedef 指定一个类型名来代替已有的某个类型名。定义的一般形式为：

```
typedef  类型说明符  别名；
```

例如：

```
typedef  float  MF ;        /* 指定MF为float类型的别名 */
MF  x , y ;                 /* 用别名MF定义了两个变量x、y，相当于：  float  x , y ;*/
```

说明：

① typedef 语句只能够指定一个已有类型的别名，并不能生成或创建一种新的数据类型，也不能直接定义变量。若要定义变量，需要用别名来定义。

② 也可以用 typedef 为数组、结构体、共用体等类型定义别名。例如：

```
typedef  int  ARR[8] ;     /* 指定别名ARR为有8个元素的int类型数组 */
ARR  a , b ;               /* 用ARR定义了两个有8个元素的int数组，相当于：int  a[8] , b[8] ; */
```

【例 8-9】用 typedef 定义别名应用举例。

```
# include  <stdio.h>
typedef  struct  stu_xx        /* 指定结构体类型struct  stu_xx的别名为MSTU */
{   char  num[5] ;
    char  name[10] ;
    int  age ;
}  MSTU ;
main( )
{   MSTU  a = { "3001" , "Sun " , 18 } ;          /* 用别名定义了一个变量a */
    printf("%s %s %d " , a.num , a.name , a.age ) ;
}
```

本节教学建议：

（1）实验：实验 2-1

（2）作业：一、4、5，二 5、6

8.4　链　　表

任务4　利用链表存储多个学生信息

知识与技能：

☑　结构体数组的定义和引用

☑　结构体指针

一、任务背景分析

在程序设计中，结构体数组带来了很多的方便，但同样也存在一些弊病。因为结构体数组的大小必须在定义时确定，在程序中不能再调整。而数组的定义往往是按其最大需求量来声明的，这常常会造成一定存储空间的浪费。为了构造动态的数组，在程序中根据需要动态地申请或释放空间，以满足不同问题的需要，这就需要使用链表。

二、知识点介绍

1．链表的概述

链表是结构体最重要的应用。根据数据的结构特点和使用数量，链表可以实现内存的动态分配，提高内存的利用率。链表有单链表和双链表，其中单链表是最简单的一种链表。

一个单链表由若干个结构相同的"结点"和一个"头指针"变量组成，如图8-5所示。

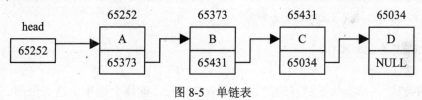

图8-5　单链表

head 表示单链表的头指针变量，它存放单链表第一个结点的地址。图中的数字表示假设的内存地址。单链表的每个结点包含两部分：数据域和指针域。数据域用来存放用户需要用的实际数据，而指针域用来存放下一个结点的地址，最后一个结点的指针域为空（用 NULL 表示）。

单链表和数组的作用类似，都可以用来存储多个相同类型的数据，但是有区别：首先，单链表结点的存储空间是在程序运行过程中分配的，即"动态分配"；而且单链表的结点在内存中通常是不连续的，结点之间通过指针域形成逻辑上的先后次序。因此，单链表的结点只能从前到后顺序访问。

单链表的结点通常用结构体类型来描述，如图 8-6 所示的单链表，其中的每个结点中存放一个学生的信息（学号、姓名和年龄）。这个单链表的结点可以用下面的结构体类型来描述：

```
struct    stu_node
{    int    num ;
```

【高职高专新课程体系规划教材·计算机系列】

```
        char  name[10];
        int    age;
        struct   stu_node   *next;
    };
```

结构体类型 struct stu_node 有 4 个成员，其中，num、name、age 分别用来表示学号、姓名和年龄，而 next 成员是 struct stu_node 类型的指针变量，用来存放下一个结点的地址。

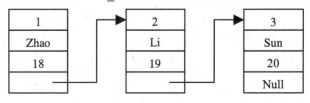

图 8-6   用结构体描述的单链表

2．动态地址分配

由于链表的每一个结点可以在程序的执行过中建立和删除，因此需要以下函数来动态分配内存空间及释放内存空间。

（1）malloc(size)函数：动态申请一个长度为 size 字节的连续空间。函数返回一个指向分配域起始地址的指针，如果申请不成功则返回空指针（NULL）。

（2）free(*ptr)函数：释放指针变量 ptr 所指向的内存区，其释放内存区的大小由 ptr 的类型决定。注意，ptr 所指向的内存空间必须是由 malloc(size)申请到的。

💡 提示：

有关动态存储分配函数的头文件请查看附录 D。

3．对链表的主要操作

（1）建立单链表

建立单链表，是指从无到有地建立起一个单链表，即逐个地申请结点空间、输入各结点数据并建立起前后结点之间的链接关系。其步骤为：首先，定义链表的数据结构，根据结构创建一个空表。然后，利用 malloc( )函数向系统申请分配一个结点。将该新结点的指针成员赋值为空。若是空表，将该新结点连接到表头；若是非空表，将该新结点接到表尾。最后，判断一下是否有后续结点要接入链表，若有则重复第（2）步操作，否则结束。

（2）在单链表中插入结点

插入的结点可以在表头、表中或表尾。假定单链表中的各结点是按其成员项 num（学号）由小到大排列的，则插入结点的方法是：插入的结点依次与表中结点相比较，找到插入位置。若插入的结点在表头，会对链表的头指针造成修改，所以将插入结点函数的返回值定义为结构体指针类型。

（3）在单链表中删除结点

删除的结点可以在表头、表中或表尾。根据要删除的学生学号，在链表中从头到尾依次查找各结点，找到要删除结点的位置。如果要删除的结点在表头，会对链表的头指针造成丢失，所以将删除结点函数的返回值定义为结构体指针类型。

三、任务的实现

任务描述：建立一个单向链表，存储从键盘输入的多名学生基本信息（学号、姓名）。输入学号为 0 的学生信息表示输入结束。输入完毕后，输出所有学生的基本信息，然后在单链表中插入一个给定学号和姓名的结点。

（1）分析：① 根据学生信息（学号和姓名），用结构体类型来描述学生信息单链表的结点结构，详见程序段 1。

② 编写建立单链表函数：首先，需要根据结点结构创建一个空表。然后判断输入的学号是否为 0。若不为 0，则利用 malloc( )函数向系统申请分配一个结点，并将该结点接到表尾；若为 0，则表示信息输入结束，需返回头结点的地址。函数详见程序段 2。

③ 编写输出链表信息函数。函数详见程序段 3。

④ 编写链表插入函数：首先，将形参 head 指向已有单链表的头结点，并且将 s 指向待插入的结点。然后通过顺序搜索，将新结点 s 插入到结点 q 和 p 之间。如果原单链表为空或待插入结点的学号小于原单链表头结点的学号，则将新结点 s 作为单链表头结点。函数返回插入后单链表的头结点地址。函数详见程序段 4。

（2）实现的程序：

```c
# include   <stdio.h>
# include   <malloc.h>
/*————— 程序段1：建立学生信息单链表的结点结构 ————————*/
struct   stu_node
{    int   num ;
     char   name[10] ;
     struct   stu_node  *next ;
};
/*————— 程序段2：建立单链表函数，函数返回类型为struct stu_node类型的地址—— */
struct   stu_node  *creat( void )
{    struct   stu_node  *head , *tail , *p ;    int   num ;
     head = tail = NULL ;
     printf( "建立单链表，请输入结点数据（num为0输入结束):\n" );
     printf( "input num : " );    scanf( "%d" , &num );
     while( num != 0 )                                    /* 建立新结点 */
     {    p = ( struct  stu_node * ) malloc( sizeof ( struct  stu_node ) );
          p -> next = NULL ;    p -> num = num ;
          printf( " input name :  " );    scanf( "%s" , p -> name );
          if ( head == NULL )     head = p ;          /* 新结点作为链表的第一个结点 */
          else    tail -> next = p ;                    /* 新结点链入原链表尾 */
          tail = p ;                                     /* 新结点成为链表的最后一个结点 */
          printf( " input num : " );    scanf( "%d" , &num );    /* 输入新的学号 */
     }
     return   head ;                                     /* 链表第一个结点的地址作为函数的返回值 */
}
/*——————————— 程序段3：输出链表信息函数 ——————————*/
void   out ( struct  stu_node  *head )
{    struct   stu_node  *p ;
     printf( " \n  print records : " );    printf( " \n num   name \n " );
```

```
        p = head ;
        if ( head != NULL )
        do
        {   printf( " %d    %s  \n ", p -> num , p -> name ) ;
            p = p -> next ;
        }  while( p != NULL ) ;
}
/* ——————————————程序段4：插入链表信息函数——————————————*/
struct  stu_node  *insert ( struct  stu_node  *head , struct  stu_node  *s )
{   struct  stu_node  *p , *q ;
    if ( ( head == NULL ) || ( s -> num < head -> num ) )
    {   s -> next = head ;    head = s ;  }
    else
    {   p = head ;              /* 查找单链表中第一个学号比待插入结点学号大的结点 */
        while( p != NULL && p -> num < s -> num )
        {   q = p ;    p = p -> next ;  }
        s -> next = p ;      q -> next = s ;
    }
    return   head ;
}
/* ——————————————— 主函数 ———————————————*/
main ( )
{   struct  stu_node  *head , *s ;   int  num ;   float  temp ;
    head = creat ( ) ;
    printf( " 请输入要插入的结点数据（num为0输入结束）: \n" ) ;
    printf( " input num : " ) ;
    scanf( "%d" , &num ) ;                          /* 输入新记录，输入0结束 */
    while ( num != 0 )
    {   s = ( struct  stu_node * ) malloc ( sizeof ( struct  stu_node ) ) ;
        s -> num = num ;
        printf( " input name : " ) ;    scanf( "%s" , s -> name ) ;
        insert ( head , s ) ;                       /* 将新记录插入原链表 */
        printf( " input num : " ) ;       scanf( "%d" , &num ) ;
    }
    out( head ) ;                                   /* 输出插入新记录后的链表 */
}
```

运行程序，显示：建立单链表，请输入结点数据（num 为 0 输入结束）：

```
input num :（输入）1
input name :（输入）Zhao
input num :（输入）3
input name :（输入）Li
input num :（输入）0
```

请输入要插入的结点数据（num 为 0 输入结束）：

```
input num :（输入）2
input name :（输入）Sun
input num :（输入）0
```

输出：

```
print records :
num    name
1      Zhao
2      Sun
3      Li
```

此程序建立单链表和插入链表的示意图，分别如图 8-7 和图 8-8 所示。

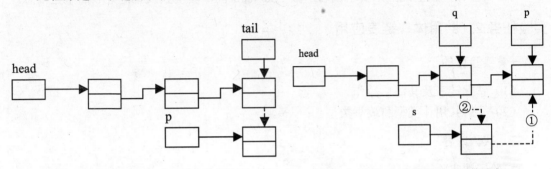

图 8-7　单链表的动态形成示意图　　　　图 8-8　插入一个新结点 s 到单链表

　本节教学建议：

（1）实验：实验 2-2
（2）习题：三（3）

8.5　实　　验

实验任务 1　结构体应用

一、实验目的

（1）掌握结构体类型与结构体变量的使用。
（2）掌握结构体数组及结构体指针的使用。

二、实验内容

1．验证性实验

（1）验证【例 8-1】程序（利用结构体类型交换学生信息），回答题后问题。

　　① 定义学生结构体类型的语句是＿＿＿＿＿＿＿＿＿＿＿＿＿＿。

　　② 交换两名学生信息的语句是＿＿＿＿＿＿＿＿＿＿＿＿＿＿。

　　③ 若仅交换学生的年龄信息，请写出此程序段并验证。

（2）验证【例 8-3】程序（利用结构体数组存储和显示 3 个学生信息），回答题后问题。

　　① 定义学生结构体数组变量的语句是＿＿＿＿＿＿＿＿＿＿＿＿＿＿。

② 输出学生年龄的语句是_____。

③ 利用指向结构体数组的指针变量存储显示 3 个学生信息，请写出程序并验证。

2．设计性实验

（1）编写一个程序，能够实现输入、存储、输出自己的个人主要信息。

（2）编写一个同学通讯录程序，利用结构体数组存储和显示 4 个学生的基本信息，每个学生的基本信息包括学号、姓名、出生日期、电话号码。

（3）在（2）题基础上，要求编写函数 find_name( )，实现查找指定姓名的学生信息。

实验任务 2　共用体、链表应用

一、实验目的

（1）掌握链表及其简单操作。

（2）了解共用体类型和枚举类型。

二、实验内容

1．验证性实验

（1）验证【例 8-7】程序（共用体的使用），回答题后问题。

　　① 定义共用体类型的语句是_____。

　　② 程序结尾处，结构体 stu1 成员 a 的值为_____，成员 b 的值为_____。

　　③ 程序结尾处，共用体 un1 成员 a 的值为_____，成员 b 的值为_____。

（2）验证任务二（建立学生信息单链表）程序，回答题后问题。

　　① 定义链表的数据结构使用的语句是_____。

　　② 判断是否为空表使用的语句是_____。

　　③ 变量 temp 的作用是_____。

2．设计性实验

（1）使用 typedef 为双精实型 double 定义一个别名 MD，并通过 MD 这个别名，编写程序计算两个实数之和。

（2）建立一个链表，每个结点包括学号、姓名、性别、年龄。输入一个年龄，如果链表中的结点所包括的年龄等于此年龄，则将此结点删去（链表结点的删除问题）。

习　题　8

一、选择题

1．当说明一个结构体变量时，系统分配给它的内存是（　　　）。

　　A．各成员所需内存的总和　　　　　　B．结构中第一个成员所需内存量

　　C．成员中占内存量最大者所需的容量　　D．结构中最后一个成员所需内存量

2．以下 scanf 函数调用语句中，对结构体变量成员的不正确引用是（　　　）。

```
struct   stu
{    char   name[20] ;
     int   age ;
}    pup[5] , *p ;    p = pup ;
```

　　　　A．scanf("%s" , pup[0].name) ;　　B．scanf("%d" , &pup[0].age) ;
　　　　C．scanf("%d" , &(p.age)) ;　　　D．scanf("%d", &(p->age)) ;

3．在如下定义中，对变量 person 的年份成员（year）进行赋值，正确的语句是（　　　）。

```
struct   date
{    int   year , month , day ;    }  ;
struct   worklist
{    char   name[10] , sex ;
     struct   date   birthday ;
}    person ;
```

　　　　A．year = 1976　　　　　　　　B．birthday.year = 1976
　　　　C．person.birthday.year = 1976　　D．person.year = 1976

4．以下对 C 语言中共用体类型数据的叙述正确的是（　　　）。
　　　　A．可以对共用体变量名直接赋值
　　　　B．一个共用体变量所有成员的地址相同
　　　　C．一个共用体变量所有成员的地址各不相同
　　　　D．共用体类型定义中不能出现结构体类型的成员

5．下面对 typedef 的叙述中不正确的是（　　　）。
　　　　A．用 typedef 可以定义各种类型名，但不能用来定义变量
　　　　B．用 typedef 可以增加新类型
　　　　C．用 typedef 只是将已存在的类型用一个新的标识符来代表
　　　　D．使用 typedef 有利于程序的通用移值

二、程序阅读题

1．阅读下列程序，写出运行结果＿＿＿＿＿＿＿＿＿＿＿。

```
# include < stdio.h >
struct   cp
{ int   a ;    int   b ;
} ;
main( )
{    struct   cp   p[2] = { 1 , 3 , 2 , 7 } ;
     printf( " %d \n" , p[0].b / p[0].a*p[1].a ) ;
}
```

2．阅读下列程序，写出运行结果＿＿＿＿＿＿＿＿＿＿＿。

```
# include   < stdio.h >
struct   s
{ int   x , y ;
```

```
} data[2] = { 10 , 100 , 20 , 200 } ;
void main( )
{   struct  s   *p = data ;
    printf( "%d \n" , ++ ( p->x ) ) ;
}
```

3. 阅读下列程序，写出运行结果_____。

```
# include < stdio.h >
struct  stu_xx
{   char   name[10] ;
    float   k1 , k2 ;
} ;
void   main( )
{   struct   stu_xx   a[2] = { { "zhang" , 100 , 70 } , { "wang" , 70 , 80 } } , *p = a ;
    printf( "\n name: %s , total = %f " , p->name , p->k1+p->k2 ) ;
    printf( "\n name: %s , total = %f \n" , a[1].name , a[1].k1 + a[1].k2 ) ;
}
```

4. 阅读下列程序，写出运行结果_____（字符 0 的 ASCII 码为十六进制的 30）。

```
# include < stdio.h >
union  {   char   c ;   char   i[4] ;  } z ;
void   main( )
{   z.i[0] = 0x39 ;    z.i[1] = 0x36 ;
    printf( "%c\n" , z .c ) ;
}
```

5. 阅读程序，写出程序的运行结果_____。

```
# include < stdio.h >
void   main( )
{   enum   em   {   em1 = 3 , em2 = 1 , em3   } ;
    char   *aa[ ] = { "AA" , "BB" , "CC" , "DD" } ;
    printf( " %s , %s , %s \n " , aa[em1] , aa[em2] , aa[em3] ) ;
}
```

6. 阅读下列程序，写出运行结果_____。

```
# include   < stdio.h >
struct  stu
{  int   x , *y ;  } *p ;
void   main( )
{   int   i , n = 1 ;   struct   stu   k[3] ;
    for ( i = 0 ; i < 3 ; i++ )
    {   k[i].x = n ;   k[i].y = &(k[i].x ) ;   n++ ;
    }
    p = k + 1 ;
    printf( " %d \n " , *p->y ) ;
}
```

三、编程题

1. 某名学生的注册信息包括学号、姓名、出生日期、入校日期和所属班级。从键盘输入该学生的基本信息，然后输出该学生信息。

2. 编写一个同学信息管理程序，利用结构体数组存储和显示 4 个学生的基本信息（信息包括学号、姓名、出生日期和一门课成绩），请按照成绩从高到低依次输出所有学生的基本信息。

3. 编写一个函数，该函数功能为计算链表中结点总个数。

第9章 文件操作

数据是程序的重要组成部分之一。在前面几章中，不论通过哪种方式给程序提供的数据，最终都存于内存中。一旦程序运行结束，这些数据将不复存在，下次运行程序需要重新输入数据。这种运行机制对于需要大量原始数据的程序来说，效率比较低，而且程序运行的结果也只能输出到屏幕或打印机上，不能永久保存。在 C 语言中，使用文件操作可以把需要长期保存的原始数据或结果存储到磁盘上。

内容摘要：

- ☑ 文件的概念与文件类型
- ☑ 有关文件的输入与输出函数
- ☑ 文件操作综合应用

学习目标：

- ☑ 了解 C 语言文件的类型和操作特点
- ☑ 掌握 C 语言文件的各种输入、输出函数
- ☑ 会使用 C 语言有关文件操作函数进行数据处理

 项目9：用文件保存学生成绩信息

1．项目功能

（1）将班级学生信息（学号、姓名、4 门课程成绩）保存到一个文件中。

（2）从文件中读取数据进行有关成绩的统计，并将程序运行后的结果保存到另一个数据文件中。

2．项目分解

该项目可分解为两个任务。

任务 1：保存班级学生信息到一个数据文件中。

任务 2：计算每个学生的总分及按总分排名并保存结果。

9.1 文件的读写操作

任务 1 保存班级学生信息到一个数据文件

知识与技能：

- ☑ 文件的有关概念

☑　文件的有关操作（打开、关闭、读写）

一、任务背景分析

假设一个班有学生 30 人，程序调试阶段，程序每运行一次，大量原始数据都要重新输入，不仅程序调试效率低而且极易产生输入错误。现在要求把这 30 人的全部数据（包括学号、姓名、4 门课程的成绩）只输入一次，然后以文件的形式保存在磁盘上，需要使用这些数据时只需从磁盘上读出即可。实现一次输入，永久使用。

二、知识点介绍

1．文件的有关概念

1）文件的概念及分类

所谓"文件"，一般指存储在外部存储介质（如磁盘、光盘等）上数据的集合。由于外部介质主要是磁盘，因此也称其为磁盘文件。操作系统就是以文件为单位对数据进行管理的。为了区分不同的文件，每个文件都必须有一个文件名。对文件操作实行"按名存取"。

常见的文件分类方法如表 9-1 所示。

表 9-1　文件的分类

划 分 角 度	分 类	
从用户角度	普通文件	设备文件
从存储形式	ASCII 码文件	二进制文件
从文件内容	程序文件	数据文件

（1）普通文件和设备文件：普通文件是指驻留在磁盘或其他外部介质上的有序数据集合，即磁盘上的文件。设备文件是指与主机相连的各种外部设备，如显示器、打印机、键盘等。通常把显示器定义为标准输出文件，把键盘定义为标准输入文件。标准输入输出文件有 3 个，在程序中可以直接使用。这 3 个文件是：

① 标准输入文件，文件指针为 stdin，系统指定为键盘。

② 标准输出文件，文件指针为 stdout，系统指定为显示器。

③ 标准错误输出文件，文件指针为 stderr，系统指定输出错误信息到显示器。

（2）文本文件和二进制文件：文本文件，也称 ASCII 文件，它是把数据转换成对应的 ASCII 码值，存放在磁盘上，每个字符占 1 字节。二进制文件则将数据以二进制形式存放到磁盘上。例如，短整型数据 1234，在二进制文件中，占用 2 个字节；而在文本文件中，则需占用 4 个字节。数据按文本文件形式存储在磁盘上时，占用存储空间较多，可直接输出显示，但操作时需进行二进制与 ASCII 码值之间的转换。数据按二进制形式存储在磁盘上时，占用空间少，操作时无须花费转换时间，但不能直接输出显示。

（3）程序文件和数据文件：程序文件即程序的源代码形成的文件；数据文件即程序运行时需要使用的数据保存在磁盘上时形成的文件。

2）缓冲区和文件指针

缓冲区是系统在内存中为每一个正在使用的文件开辟的一片存储区，其大小为 512 字

【高职高专新课程体系规划教材·计算机系列】

265

节。C 语言对文件的读写都是通过缓冲区进行，即从文件读数据时，先从磁盘文件一次性读取一批数据到缓冲区，然后再从缓冲区逐个将数据送入变量或数组中。向文件写数据时，也是将变量中的数据送到缓冲区，待缓冲区装满后，再一次写入磁盘。

文件指针是指向含有文件信息的结构体类型的指针。在 stdio.h 文件中将其定义为 FILE 类型。

因此，在程序中对每一个需要使用的磁盘文件必须先定义一个 FILE 类型的指针变量，用于记录控制一个文件使用时的相关信息。定义方法如下：

```
FILE  *fp;
```

只要把某个文件的 FILE 型变量地址赋给它，就表明在这个文件和 fp 之间建立起了联系，C 语言就把这个指针作为该文件的标识，在程序中就可以通过 fp 来访问这个文件。

3）数据文件的常用操作

（1）文件的输入与输出：将磁盘上文件的内容传送到内存的过程称为"读"文件，即输入。而把内存中的数据传送到磁盘文件中的过程称为"写"文件，即输出。

C 语言本身并不提供文件操作语句，而是由 C 编译系统以标准库函数的形式提供对文件的操作，所有对文件操作的函数都包含在头文件 "stdio.h" 中。

（2）数据文件的操作步骤：C 语言对文件操作一般要经过以下 3 个步骤：

① 打开文件。用标准库函数 fopen( )打开文件，它通知编译系统 3 个信息：需要打开的文件名、使用文件的方式（读还是写等）、使用的文件指针。

② 读写文件。用文件输入、输出函数对文件进行读写操作。

③ 关闭文件。文件读写完毕，用标准函数 fclose( )将文件关闭。关闭文件主要完成：关闭文件缓冲区，将缓冲区中还没有输出的数据输出到磁盘文件中，以保证数据不丢失；切断文件指针与文件名之间的联系，释放文件指针。

2．文件的打开与关闭操作

在使用对文件操作的函数之前，程序前面必须要有包含命令：# include "stdio.h"。

（1）文件的打开函数 fopen( )

fopen 函数的一般格式如下：

```
fopen( 文件名, 文件操作方式 )
```

功能：使程序与文件之间建立关联。若文件打开成功，返回一个 FILE 类型的指针值；若不成功，则返回一个空指针值 NULL。

说明：

① "文件名"是指要打开的、包含路径的一个文件名字，要用西文双引号括起来。若文件在默认路径上，则可以省略路径而只写文件名。

② "文件操作方式"是指要打开的文件性质（是文本文件还是二进制文件）和打开文件的方式（打开后是用于读还是写或者是又读又写）。文件操作方式如表 9-2 所示。

表 9-2 文件操作方式

文件打开方式		含 义	指定文件（包括路径）		对文件的读写操作
			不存在	存在	
文本文件打开方式	"r" （只读）	以只读方式打开一个已存在的文本文件	出错	打开正确	允许读
	"w" （只写）	以只写方式打开一个文本文件	建立新文件	删除原内容	允许写
	"a" （追加写）	以追加方式打开一个文本文件	建立新文件	打开正确	尾部写
	"r+" （读写）	以读/写方式打开一个文本文件	出错	打开正确	允许读、从头写
	"w+" （读写）	以读/写方式打开一个文本文件	建立新文件	写则删除原内容	允许读、写
	"a+" （读写）	以追加方式打开一个文本文件	建立新文件	打开正确	允许读、尾部写
二进制文件打开方式	"rb" （只读）	以只读方式打开一个二进制文件	出错	打开正确	允许读
	"wb" （只写）	以只写方式打开一个二进制文件	建立新文件	删除原内容	允许写
	"ab" （追加写）	以追加方式打开一个二进制文件	建立新文件	打开正确	允许写
	"rb+" （读写）	以读/写方式打开一个二进制文件	出错	打开正确	允许读、写
	"wb+" （读写）	以读/写方式打开一个二进制文件	建立新文件	删除原内容	允许读、写
	"ab+" （读写）	以读/写方式打开一个二进制文件	建立新文件	打开正确	允许读、写

③ 为确保文件操作的正常进行，有必要在程序中检测文件是否正常打开。常用下面的程序段来打开一个文件，并检查是否打开成功。

例如，以只读方式打开"d:\vc98\cc\test1.txt"文件。

```
FILE    *fp ;
if ( ( fp = fopen( "d:\\vc98\\cc\\test1.txt" , "r" ) ) == NULL )
{    printf( " file can not open! \n " ) ;    exit ( 0 ) ; /* \\为 '\' 的转义字符 */
}
…（文件打开成功后的语句）
```

如果打开失败（如在所给路径下没有找到 test1.txt 文件），则输出信息："file can not open!"，然后调用系统函数 exit(0)，终止程序运行；如果打开成功，fp 就指向该文件，在程序中对该文件进行的操作，就用这个指针来标识。

（2）文件的关闭函数 fclose( )

fclose 函数的一般格式如下：

fclose(文件指针名) ;

功能：关闭文件指针指向的文件。如果文件关闭成功，函数返回 0 值，如果关闭失败，函数返回 EOF（表示-1）。

3．读写字符串函数

字符串读、写函数 fgets( )和 fputs( )，是从文件中读取一串字符或把一串字符写入文件。因此，这是以字符串为单位进行的文件输入输出操作。

（1）写字符串函数——fputs( )

fputs 函数的一般格式如下：

```
fputs ( str , fp ) ;
```

功能：将 str 代表的字符串写入 fp 指向的文件中，字符串末尾的 "\0" 不予写入。若该函数执行正确，返回写入文件的实际字符个数，文件内部指针会自动后移到新的写入位置；如果执行错误，则返回 EOF（-1）值。

str 为要输出的字符串，可以是一个字符串常量、字符数组名或是一个字符型指针（它指向待输出的字符串）。

（2）读字符串函数——fgets( )

fgets 函数的一般格式如下：

```
fgets( str , n , fp ) ;
```

功能：从文件指针 fp 所指向的文件中最多读取 n-1 个字符，将读入的字符串存到 str 中。若操作成功，返回读取的字符串，否则返回 NULL。

说明：

① str 是字符型指针，指向存放字符串的存储区，也可以是一个字符数组名；n 是要读出的字符个数。

② 在读满 n-1 个字符前，如果遇回车符则舍去，继续读下一个字符。

③ 如果遇换行符则将其按字符 '\n'读出，在其后加 '\0'，结束读操作，函数正常返回。

④ 若遇文件结束标志，直接加 '\0'，函数正常返回。

【例 9-1】将字符串"Beijing"、"Shanghai"、"Xi'an"、"Dalian" 写入文件 "f9_4.txt" 中，然后再从文件中读出来，并显示在屏幕上。

分析：在向文件写入一个字符串时，其结束标志'\0' 并不写入，如果连续将多个字符串写入文件，读出时就无法判断一个字符串的结束位置。因此，写入一个字符串后需要再写入一个'\n'，在读出时遇'\n' 则自动替换成'\0'，从而正确读出一个字符串。程序如下：

```
# include    <stdio.h>
main( )
{    FILE   *fp;    int  i;
     char   str1[4][10] = { "Beijing" , "Shanghai" , "Xi'an" , "Dalian" } , str2[4][10] ;
     if ( ( fp = fopen ( "f9_4.txt" , "w" ) ) == NULL )
     {    printf ( "file  can  not  open!\n" ) ;    exit ( 0 ) ; }
     for ( i = 0 ; i < 4 ; i++ )
     {    fputs( str1[i] , fp ) ;                         /* 写字符串到文件 */
          fputs( "\n", fp ) ;                             /* 写完一个字符串后，再写一个换行符 */
     }
     fclose( fp ) ;
     if ( ( fp = fopen( "f9_4.txt" , "r" ) ) == NULL)
     {    printf( "file can not open!\n" ) ;    exit( 0 ) ;    }
     for( i = 0 ; i < 4 ; i++ )                           /* 读字符串到str2数组中 */
          fgets( str2[i] , 10 , fp ) ;
     fclose( fp ) ;
     for( i = 0 ; i < 4 ; i++ )                           /* 输出字符串到屏幕 */
          printf( "%s" , str2[i] ) ;
}
```

输出：

```
Beijing
Shanghai
Xi'an
Dalian
```

 课堂思考：

去掉上面程序中的语句"fputs("\n", fp)；"，运行结果是什么？

4．读写数据块函数

数据块读写函数是指一次性地将一个或若干个指定长度的数据块写入文件或从文件中读出的函数。

（1）写数据块函数——fwrite( )

fwrite 函数的一般格式如下：

```
fwrite( buf, size, n, fp );
```

功能：从 buf 所指向的内存地址开始，将 n 个大小为 size 个字节的数据块写入 fp 所指向的文件中。如果操作成功，函数返回实际写入的数据项块的个数，否则，返回 NULL。

说明：

buf 为内存中要输出数据（源数据）的首地址；size 为每个数据块的大小；n 为数据块的个数；fp 为文件指针，指向要写入的文件。

例如：

```
fwrite( buf, 2, 18, fp );
```

它表示要把数据写入文件 fp 中，数据存放在内存中由指针 buf 指向的区域中。写入的数据总共有 18 个，每个长 2 字节。

（2）读数据块函数——fread( )

fread 函数的一般格式如下：

```
fread( buf, size, n, fp );
```

功能：从 fp 所指向的文件中，一次读取 n 个大小为 size 的数据块，存放到 buf 所指向的内存中。如果操作成功，返回读取的数据块的个数，否则返回 0。

说明：

buf 为将要存放数据的内存首地址，size 为每个数据块的大小，n 为数据块的个数，fp 为文件指针。

【例 9-2】用函数 fwrite( )把数组中的 10 个数据写入文件"f9_2.txt"中，然后再用函数 fread( )读出并显示在屏幕上。

程序如下：

```
# include  <stdio.h>
main( )
{    FILE  *fp;
     int  a[10] = { 1 , 2 , 3 , 4 , 5 , 6 , 7 , 8 , 9 , 10 } , b[10] , i ;
     if ( ( fp = fopen( "f9_2.txt" , "wb" ) ) == NULL )
     {   printf( "file can not open!\n" );     exit( 0 );     }
     fwrite( a , sizeof( int ) , 10 , fp );                    /* 写数据到文件 */
     fclose( fp );
     if ( ( fp = fopen( "f9_2.txt" , "rb" ) ) == NULL )
     {   printf( "file can not open!\n" );     exit( 0 );     }
     fread( b , sizeof( int ) , 10 , fp );                     /* 读数据到数组b */
     fclose( fp );
     for ( i = 0 ; i <10 ; i++ )                               /* 输出数据到屏幕 */
         printf("%5d " , b[i] );
}
```

输出：

1   2   3   4   5   6   7   8   9   10

 课堂思考：

上述程序中若把第一个 "fclose( )" 去掉，结果会如何？

5. 格式读写函数

格式读函数 fscanf( )和格式写函数 fprintf( )是按指定格式对文件进行读、写操作的常用函数。它们与前面学过的格式输入和输出函数 scanf( )和 printf( )相对应，其功能和格式基本相同，不同的是 scanf( )和 printf( )的读写对象是标准输入输出设备，而 fscanf( )和 fprintf( )的读写对象是磁盘文件。

（1）格式写函数——fprintf( )

fprintf 函数的一般格式如下：

fprintf(文件指针,<格式控制字符串>,<输出变量列表>);

功能：将"输出变量列表"中的各输出项，按"格式控制字符串"中指定的格式写入由文件指针指向的文件中。若写入成功，返回实际写入文件的数据个数，否则返回 EOF(-1)。

说明：

"格式控制字符串"和"输出变量列表"的含义，与格式输出函数 printf( )完全一样。写入的信息全部按 ASCII 码值存放。

（2）格式读函数——fscanf( )

fscanf 函数的一般格式如下：

fscanf(文件指针,<格式控制字符串>,<输入地址列表>);

功能：从文件指针所指的文件中，按"格式控制字符串"指定的格式读取数据，输入到"输入地址列表"所列出的变量地址中。若读取正确，返回实际读取的数据个数；若没有读数据项，返回 0；若文件结束，则返回 EOF。

说明：

在使用 fprintf( )和 fscanf( )这两个函数时，要保证格式描述符与数据类型的一致性，否则会出错。通常应该是按什么格式写入数据，再按什么格式读出数据。

【例 9-3】 利用格式读写函数，将整数 24、实数 12.34、字符串 "hello" 写到 "f9_5.txt" 文件中，然后再读出并显示在屏幕上。

分析： 3 个数据的类型分别为整型、实型和字符串，因此写入时格式符为%d%f%s，而读出时也必须按这个格式，否则会出错。程序如下：

```
# include   <stdio.h>
main( )
{   FILE   *fp ;
    int   a1 = 24 , a2 ;    float   f1 = 12.34F , f2 ;
    char   c1[ ] = "hello" , c2[10] ;
    if ( ( fp = fopen("f9_5.txt" , "w" ) ) == NULL )
    {   printf( "file can not open!\n" );    exit( 0 );   }
    fprintf( fp , "%d %f %s" , a1 , f1 , c1 );            /* 写数据到文件fp中 */
    fclose( fp );
    if ( ( fp = fopen( "f9_5.txt" , "r" )) == NULL )
    {   printf( "file can not open!\n" );    exit( 0 );   }
    fscanf( fp , "%d %f %s" , &a2 , &f2 , c2 );           /* 从fp中读数据到内存变量中 */
    fclose( fp );
    printf( "\n %d    %f    %s " , a2 , f2 , c2 );
}
```

输出：

```
24    12.340000    hello
```

三、任务的实现

任务描述： 假设一个班有学生 30 人，每个学生信息包括学号、姓名和 4 科成绩，要求将全班的学生信息保存到一个文件中，然后读出并显示到屏幕上，用函数实现。

（1）分析：① 每个学生信息中包含有不同类型的数据，因此应该定义一个结构体类型，然后声明一个结构体数组用于存放这些数据。

② 30 名学生信息在一次性输入后保存在磁盘文件 "f9_1.txt" 中，输入数据用函数 input( )实现，保存数据用函数 save( )实现。以后若需要使用这些数据，只需从磁盘文件中读出即可。读出数据的过程用函数 load( )实现，在显示器上输出数据用函数 disp( )实现。

③ 此处对文件写、读操作是以一个学生记录为单位，采用数据块的读写方式。

④ 为了增加文件读写的通用性，对读、写的文件名在主调函数中用字符串常量给出。在 save( )、load( )函数中，形参 "char   filename[ ]" 用于接收主调函数传入的文件名。

（2）实现的程序：

```
# include   <stdio.h>
# define   N   30                    /* 调试程序时，可将班级学生人数定义为2个  */
```

```
struct  student                        /* 定义结构体类型 */
{   int   num ;
    char   name[10] ;
    int   sc[4] ;
} ;
/*———————————————— 定义输入函数input( ) ————————————————*/
void  input( struct  student  stu[ ] )
{   int  i ;              /* 以下循环实现从键盘输入N个学生的数据到结构体数组中 */
    for( i = 0 ; i < N ; i++ )
    {   printf( "请输入第%d个学生数据: " , i + 1 ) ;
        scanf( "%d%s%d%d%d%d" , &stu[i].num, stu[i].name ,
               &stu[i].sc[0] , &stu[i].sc[1] , &stu[i].sc[2] , &stu[i].sc[3] ) ;
    }
}
/*———————————————— 定义向文件中写数据函数save( ) ————————————————*/
void  save( struct  student  stu[ ] , char  filename[ ] )
{   FILE  *fp ;   int  i = 0 ;
    if ( ( fp = fopen( filename , "wb" ) ) == NULL )
    {   printf( "can't  open  this  file \n" ) ;   exit(0) ;    }
    while ( i < N )                          /* 一次写入一个学生完整数据 */
    {   fwrite( &stu[i] , sizeof( struct  student ) , 1 , fp ) ;
        i++ ;
    }
    fclose( fp ) ;
}
/*———————————————— 定义从文件中读取数据函数load( ) ————————————————*/
void  load( struct  student  stu[ ] , char  filename[ ] )
{   FILE  *fp ;   int  i = 0 ;
    if (( fp = fopen( filename , "rb" ) ) == NULL )
    {     printf( "can't  open  this  file\n" ) ;   exit( 0 ) ;  }
    while( i < N )                           /* 一次读取一个学生完整数据 */
    {   fread( &stu[i] , sizeof( struct  student ) , 1, fp ) ;
        i++ ;
    }
    fclose( fp ) ;
}
/*———————————————— 定义输出函数 disp ( ) ————————————————*/
void  disp( struct  student  stu[ ] )
{   int  i ;
    printf( " \t num       name     sc1      sc2      sc3       sc4 \n " ) ;
    for( i = 0 ; i < N ; i++ )
        printf(" \t %-8d %-7s %-8d %-8d%-8d%-8d \n" , stu[i].num, stu[i].name ,
               stu[i].sc[0] , stu[i].sc[1] , stu[i].sc[2] ,stu[i].sc[3] ) ;
}
/*———————————————— 定义主函数 ————————————————*/
main ( )
{   struct  student  stu1[ N ] , stu2[ N ] ;
    input( stu1 ) ;                          /* 调用input( )完成数据的输入 */
    save( stu1 , "f9_1.txt" ) ;              /* 调用save( )将结构体数组中的数据写入文件 */
```

```
    load( stu2 , "f9_1.txt" );        /* 调用load( )将文件中的数据读入到结构体数组中 */
    disp( stu2 );                     /* 调用disp( ) 完成数据的输出 */
}
```

（3）运行结果：

显示：请输入第 1 个学生数据：（输入数据）101　zhang　67　65　56　68↙

　　　请输入第 2 个学生数据：（输入数据）102　liyang　78　89　87　87↙

输出：

num	name	sc1	sc2	sc3	sc4
101	zhang	67	65	56	68
102	liyang	78	89	87	87

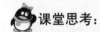 课堂思考：

上述任务中，若要将读/写的文件名从键盘输入，应如何实现？

四、知识扩展

1. 字符读写函数

字符读、写函数 fgetc( )和 fputc( )用于从文件中读取一个字符或把一个字符写入文件。因此，这是以字节为单位进行的输入输出操作。

（1）写字符函数——fputc( )

fputc 函数的一般格式如下：

```
fputc( ch , fp );
```

功能：将 ch 代表的字符输出到 fp 所指向的文件中。如果输出成功，函数返回刚写入的字符；否则返回 EOF（−1）值。

例如：

```
fputc( 'A' , fp );                    /* 将字符A写入fp指向的文件中 */
```

（2）读字符函数——fgetc( )

fgetc 函数的一般格式如下：

```
ch = fgetc( fp );
```

功能：从文件指针 fp 所指的文本文件中读取一个字符，并赋给字符型变量 ch。如果读取成功，返回读出的字符；如果读到文件结束符或出错，则返回 EOF（−1）值。

fputc、fgetc 函数的应用见【例 9-4】。

2. 文件操作中的其他函数

在对文件的操作中，除了前面讲述的各种读、写函数外，还需要一些其他函数来配合，以便对文件的操作能够更加完善、灵活。这些函数包括检测文件尾函数 feof( )、文件头定位函数 rewind( )、文件随机定位函数 fseek( )和文件出错测试函数 ferror( )等。

【高职高专新课程体系规划教材·计算机系列】

（1）文件尾测试函数——feof( )

feof 函数的一般格式如下：

feof(fp) ;

功能：测试 fp 所指向的文件指针是否遇到文件结束标志。如果文件指针已经到达文件尾，函数返回非 0 值，否则返回 0 值。通常，feof(fp)为 0 时才可对文件进行读操作，若为非 0 则应该结束读操作。

【例 9-4】 将字符串 "We are studying language C." 写入文件 "f9_6.txt" 中，然后再从文件中读出所有字符，并显示在屏幕上。

程序如下：

```
# include  <stdio.h>
main( )
{   FILE   *fp ;
    char   str1[ ] = "We are studying language C." , str2[50] ;
    if  ( ( fp = fopen( "f9_6.txt" , "w" ) ) == NULL )
    {   printf( "file can not open!\n" ) ;    exit( 0 ) ;    }
    fputs( str1 , fp ) ;
    fputc( '\0' , fp ) ;                    /* 在文件尾写入'\0' */
    fclose( fp ) ;
    if  ( ( fp = fopen( "f9_6.txt" , "r" )) == NULL )
    {   printf( "file can not open!\n" ) ;    exit( 0 ) ;   }
    {   int   i = 0 ;
        while( !feof( fp ) )                 /* 测试文件是否结束 */
        {   str2[i] = fgetc( fp ) ;          /* 若文件没有结束，则继续读取下一字符 */
            i++ ;
        }
    }
    fclose( fp ) ;
    printf( "\n %s " , str2 ) ;
}
```

运行结果：（略）

（2）错误测试函数——ferror( )

ferror 函数的一般格式如下：

ferror(fp) ;

功能：对文件最近一次的操作进行正确性测试。如果操作出错，返回非 0 值，否则返回 0 值。例如，可以编写一个通用的出错处理函数供其他函数调用：

```
void   errp( FILE *fp )
{   if ( ferror( fp ) != 0 )                    /* 操作出错，终止运行 */
    {   printf( "file operate be defeated. \n" ) ;    exit( 0 ) ;    }
    else    return ;                           /* 操作成功，返回继续运行 */
}
```

（3）文件头定位函数——rewind( )

rewind 函数的一般格式如下：

rewind(fp);

功能：使文件的内部读写指针移动到文件的开头。该函数无返回值。

（4）返回文件当前读写位置函数——ftell( )

ftell 函数的一般格式如下：

ftell(fp);

功能：返回文件指针的当前读写位置值。调用正确，返回文件指针的当前位置，返回值为长整型数，是相对于文件头的字节数；出错时，返回-1L。

例如：

下面程序段可以通知用户在文件的什么位置出现了文件错误。

```
long  i;
if((i=ftell(fp))==-1L)  printf("file error has occurred at %ld \n", i);
```

（5）文件随机定位函数——fseek( )

fseek 函数的一般格式如下：

fseek(fp，位移量，起始位置);

功能：将 fp 指向的文件指针从指定的"起始位置"移动一个指定的"位移量"。移动成功，返回 0；否则返回非 0。其中，"起始位置"指明文件定位的起始基点。"位移量"指明从起始基点开始移动的字节数，它是一个长整型，值为正时，表示向文件尾的方向移动；值为负时，表示向文件头的方向移动。

如果只需读取文件中的某一个或某一部分数据，可使用文件的随机定位函数 fseek( )。fseek 函数的"起始位置"如表 9-3 所示，可用符号常数，也可用对应的整数。

表 9-3 fseek 函数"起始位置"参数取值表

符 号 常 数	值	含 义
SEEK_SET	0	文件头
SEEK_CUR	1	文件内部指针当前位置
SEEK_END	2	文件尾

例如：

将文件 fp 的内部指针移到距文件头 100 个字节的地方，用如下命令：

fseek(fp，100L，SEEK_SET);   /* 等价于fseek(fp，100L，0);*/

再如：

从文件 fp 的尾部开始朝头部移动 100 个字节，用如下命令：

fseek(fp，-100L，SEEK_END);   /* 等价于fseek(fp，-100L，2);*/

【**例 9-5**】从 f9_1.txt 文件中取出第 2 个记录（第 2 个学生的信息）并输出。

程序如下：

```
# include   <stdio.h>
struct    student                                    /* 定义结构体类型 */
{   int   num ;
    char   name[10] ;
    int   sc[4] ;
} ;
main( )
{   struct   student   s ;
    FILE   *fp ;
    if ( ( fp = fopen( "f9_1.txt" , "rb" ) ) == NULL )
    {  printf( "can't  open  this  file\n" ) ;     exit( 0 ) ;   }
    /* ————以下语句将文件位置指针移到第二个学生记录的开始位置———— */
    fseek( fp , sizeof( struct student ) , 0 ) ;
    fread( &s , sizeof( struct student ) , 1 , fp ) ;             /* 读第2个学生记录 */
    printf( " %-8d %-8s%-8d%-8d %-8d%-8d " , s.num , s.name ,
            s.sc[0] , s.sc[1] , s.sc[2] ,s.sc[3] ) ;
    fclose( fp ) ;
}
```

输出： 102   liyang   78   89   87   87

本节教学建议：

（1）实验：9.3   实验任务 1
（2）作业：一、选择题   二、程序阅读题   三、编程题 1

9.2   文件的综合应用

任务 2   计算每个学生的总分及按总分排名并保存结果

知识与技能：

☑   熟练掌握文件操作的各种函数
☑   进行有关数据文件的编程

一、任务背景分析

在任务 1 中，学生的各科成绩等信息已经保存在文件"f9_1.txt"中。利用文件操作，可以读取这些数据，并对数据进行处理，也可以将结果进行保存。

二、知识点介绍

此处无新知识介绍。

三、任务的实现

任务描述：利用前面任务 1 中已经保存在"f9_1.txt"中的文件，读取出每个学生的信息，计算其总成绩，然后按总成绩进行降序排序，将排序后的结果写入另一个文件中。最后检查验证写入的结果。

（1）分析：① 学生原始成绩仍定义为如任务 1 的结构体类型并声明结构体数组。

② 假设原存放成绩的文件"f9_1.txt"已经存在。

③ 将排序结果存入文件"f9_7.txt"中。为了减少数据冗余，在此只保存学号、总成绩、名次。

（2）实现的程序：

```
# include     <stdio.h>
# define    N    2                        /* 为了调试程序方便先定义班级学生人数为2 */
struct   student                          /* 定义学生成绩信息结构体类型 */
{    int   num ;
     char    name[10] ;
     int    sc[4] ;
}  ;
struct   score                            /* 定义学生总成绩及名次的结构体类型 */
{    int   num , sum , rank ;
} ;
/*定义向存放排序结果的文件中写数据函数save_sort( ) */
void    save_sort( struct   score   sc[ ] , char   filename [ ] )
{    FILE  *fp ;
     if ( ( fp = fopen ( filename , "wb" ) ) == NULL )
     {    printf( "can't open this file \n" ) ;         exit ( 0 ) ;     }
     fwrite( sc , sizeof( struct   score ) , N , fp ) ;
     fclose( fp ) ;
}
/*定义从存放排序结果的文件中读数据函数load_sort( ) */
void   load_sort( struct   score   sc[ ] , char   filename[ ] )
{    FILE   *fp ;
     if ( ( fp = fopen( filename , "rb" ) ) == NULL )
     { printf( "can't open this file\n" ) ;     exit ( 0 ) ;  }
     fread( sc , sizeof ( struct   score ) , N , fp ) ;
     fclose( fp ) ;
}
/*定义从存放原始成绩数据的文件中读数据函数load( ) */
void   load( struct   student   stu[ ] , char   filename[ ] )
{                                         /* 在9.1节任务中已实现，此处代码略 */
}

void   disp( struct   student   stu[ ] )         /* 定义输出数据函数disp( ) */
{                                         /* 在9.1节任务中已实现，此处代码略 */
}
/* 定义计算总成绩函数total( ) */
void   total( struct   student   stu[ ] , struct   score   sort[ ] )
{    int   i ;
```

【高职高专新课程体系规划教材·计算机系列】

```
        for( i = 0 ; i < N ; i++ )                    /* 将读出的学号和计算的总成绩放入sort数组中 */
        {   sort[ i ].num = stu[ i ].num ;
            sort[ i ].sum = stu[ i ].sc[0] + stu[ i ].sc[1] + stu[ i ].sc[2] + stu[ i ].sc[3] ;
        }
    }

    void   sort( struct   score   sc[ ] )             /*定义按总成绩排序函数  sort ( ) */
    {    int   i, j, t ;
         for( i = 1; i < N ; i++ )                     /* 此循环对数组sc 按总成绩排序 */
             for( j = 0 ; j < N–i ; j++ )
                 if( sc[ j ].sum < sc[ j+1 ].sum )
                 {   t = sc[ j ].sum ; sc[ j ].sum = sc[ j + 1 ].sum ; sc[ j + 1 ].sum = t ;
                     t = sc[ j ].num ; sc[ j ].num = sc[ j + 1 ].num ; sc[ j + 1 ].num = t ;
                 }
         for( i = 0 ; i < N ; i++ )                    /* 将名次添加到数组sc的rank成员中 */
             sc[ i ].rank = i + 1 ;
    }
    main( )    /*定义主函数 */
    {    int   i, j ;   struct   student   stu2[ N ] ;
         struct   score   sc1[ N ] , sc2[ N ] ;
         load( stu2 , "f9_1.txt" ) ;                   /* 调用load( )将文件中的原始数据读入到结构体数组中 */
         printf( "Original score:\n\n " ) ;
         disp( stu2 ) ;                                /* 调用disp( )将结构体数组中的数据输出到屏幕上 */
         total( stu2 , sc1 ) ;                         /* 将每个学生的学号和计算出的总成绩放入sc1数组中 */
         sort( sc1 ) ;                                 /* 按总成绩排名，并加上名次 */
         save_sort( sc1 , "f9_7.txt" ) ;               /* 将排序结果存入文件中 */
         load_sort( sc2 , "f9_7.txt" ) ;               /* 从文件中读出数据到数组sc2中 */
         printf( "\n\nSort results:\n " ) ;            /* 将读出的数据（已排好名次）输出到屏幕上 */
         printf( " \t num        sum        rank \n " ) ;
         for( i = 0 ; i < N ; i++ )
             printf( " \t %-8d %-8d %-8d\n" , sc2[i].num , sc2[i].sum , sc2[i].rank ) ;
    }
```

（3）运行结果：

```
Original score:
        num        name        sc1        sc2        sc3        sc4
        101        zhang       67         65         56         68
        102        liyang      78         89         87         87
Sort results:
        num        sum        rank
        102        341        1
        101        256        2
```

四、知识扩展

【例 9-6】编写一个简单的学生成绩统计系统。功能及要求如下：

① 显示主菜单。选择各菜单项并实现相应功能。每一菜单项执行完成后，均应返回到主菜单，直到选择【退出】菜单项为止。要求：在 main( )函数中实现。

② 数据录入及保存功能。能够录入 5 名学生的学号、姓名及 4 门课程的成绩，并将数据写入到文件"students1.txt"中。要求：录入用 input( )函数，保存用 save( )函数实现。

③ 数据读出及显示功能。能将写入的数据从文件中读出，并显示在屏幕上。要求：读出用 load( )函数，显示用 disp( )函数实现。

④ 数据统计和排名功能。能够统计出每个学生的总分、平均分，按总分排出名次，并将结果写入到文件"students2.txt"中。要求：统计和排名用 tj_sort( )函数，保存结果用 save_sort( )函数实现，保存的结果包含学号、姓名、4 科成绩、总分、平均分、名次。

⑤ 统计和排名结果显示功能。能够按名次将结果输出到屏幕上（按行显示每个学生的学号、姓名、4 科成绩、总分、平均分、名次）。要求：结果读出用 load_sort( )函数，显示用 disp_sort( )函数实现。

程序如下（以下仅提供了程序的基本结构）：

```
/* 此处为本程序所用的头文件包含命令以及对所用被调函数的原型声明，略 */
# define  N  5
struct   student                                    /* 定义结构体类型 */
{   int   num ;
    char    name[10] ;
    int    sc[4] ;
} ;
main( )
{   int   mm , sum[N] = { 0 } ;
    float   ave[ N ] = { 0.0 } ;
    struct   student   stu1[ N ] , stu2[ N ] ;
    while( 1 )
    {    system("cls") ;                            /* 清除屏幕 */
        menu( ) ;                                   /* 调用menu( )函数 */
        printf( "    请选择（1～5）:") ;
        scanf( "%d" , &mm ) ;
        switch( mm )                                /* 判断菜单选项 */
        {   case  1 :   input( stu1 ) ;             /* 调用输入数据函数input( ) */
                        save( stu1 , "students1.txt" ) ;   /* 调用写文件函数save( ) */
                        disp( stu1 ) ;              /* 调用显示函数disp( ) */
                        break ;
            case  2 :   printf( "load file : \n\n " ) ;
                        load( stu2 , "students1.txt" ) ;   /* 调用读文件函数load( ) */
                        disp( stu2 ) ;
                        break ;
            case  3 :   load( stu2 , "students1.txt" ) ;
                        tj_sort( stu2 , sum , ave ) ;
                        save_sort( stu2 , sum , ave ) ;
                        disp_sort(stu2 , sum , ave ) ;
                        break ;
            case  4 :   load_sort( stu2 , sum , ave ) ;
                        disp_sort( stu2 , sum , ave ) ;
                        break ;
            case  5 :   exit( 0 ) ;                 /* 退出程序 */
            default :   break ;
```

```
        }
            printf( " \n Press any key return \n " ) ;.    getchar( ) ;
    }
}
/* 定义主菜单函数 */
void   menu( )
{    printf( " \n\n    ***************************************** \n\n" ) ;
     printf( "                 1. 数据录入及保存 : ( input、save ) \n" ) ;
     printf( "                 2. 数据读出及显示 : ( load、disp) \n" ) ;
     printf( "                 3. 成绩统计、排名及保存 : ( tj_sort、save_sort ) \n" ) ;
     printf( "                 4. 结果显示 : ( load_sort、disp_sort ) \n" ) ;
     printf( "                 5. 退出 : \n" ) ;
     printf( "\n      *****************************************\n\n " ) ;
}

void   input( struct   student   stu[ ] )                        /*定义输入数据函数input( ) */
{
     /* 输入学生的学号、姓名及4科成绩。在9.1节任务中已实现，在此略 */
}

void   save( struct   student   stu[ ] , char   filename[ ] ) /* 定义写文件函数save( ) */

{
     /* 将学生的学号、姓名及4科成绩写入文件。在9.1节任务中已实现，在此略 */
}

/* 定义写文件函数save_sort( ) */
void   save_sort( struct   student   stu[ ], int   sum[ ],   float   ave[ ] )
{
     /* 此处用于实现：将每个学生的学号、姓名、4科成绩、总分、平均分
          存于students2.txt文件中。代码略。*/
}

void   load( struct   student   stu[ ] , char   filename[ ] )            /* 定义读文件函数load( ) */
{
     /* 此处用于实现：读出每个学生的学号、姓名、4科成绩。
          在9.1节任务中已实现，在此略 */
}
/* 定义读文件函数load_sort( ) */
 void   load_sort( struct   student   stu[ ], int   sum[ ],   float   ave[ ] )
 {
     /* 此处用于实现：读出每个学生的学号、姓名、4科成绩、总分及平均分到形参变量。*/
     /* 代码略 */
}

/* 定义统计、排序函数tj_sort( ) */
 void   tj_sort( struct   student   stu[ ], int   sum[ ],   float   ave[ ] )
 {   int   i , j , k ;
     for( i = 0 ; i < N ; i++ )
     {    sum[ i ] = 0 ;
```

```
            for( j = 0 ; j < 4 ; j++ )
                sum[ i ] += stu[ i ].sc [ j ] ;
            ave[ i ] = ( float ) sum[ i ] / ( float ) 3.0 ;
        }
        for( i = 0 ; i < N-1 ; i++ )                /* 使用选择法对总分进行排序并交换对应数据  */
        {    k = i ;
            for( j = i + 1 ; j < N ; j++ )
                if ( sum[k] < sum[ j ] )   k = j ;
            if( k != i )                            /* 在此使用局部变量交换数据  */
            {    struct   student   t1 ;    int   t2 ;    float   q ;
                t1 = stu[ i ] ;    stu[ i ] = stu[ k ] ;    stu[ k ] = t1 ;
                t2 = sum[ i ] ;    sum[ i ] = sum[ k ] ;    sum[ k ] = t2 ;
                q = ave[ i ] ;   ave[ i ] = ave[ k ] ;   ave[ k ] = q ;
            }
        }
}

void   disp( struct   student   stu[ ] )                /* 定义显示函数disp( ) */
{
    /* 此处用于显示学生的学号、姓名、4科成绩。在9.1节任务中已实现，在此略  */
}
/* 定义显示函数  disp_sort( ) */
void   disp_sort( struct   student   stu[ ] , int sum[ ] , float ave[ ] )
{
    /* 此处用于实现：输出显示学生的学号、姓名、4科成绩、总分、平均分、名次。
代码略  */
}
```

说明：

若程序中需要输入或显示汉字，可在计算机上安装中文 DOS 系统。

课堂训练：

请将【例 9-6】程序补充完整。

> **本节教学建议：**
>
> （1）实验：无
>
> （2）作业：三、编程题 2，3

9.3　实　　验

实验任务 1　文件的综合应用

知识与技能：

☑　文件的概念

☑ 文件的各种操作函数的灵活运用

一、实验目的

（1）体验引入文件后的优势。
（2）熟练掌握有关文件的各种操作。

二、实验内容

1．验证性实验

（1）验证【例 9-1】、【例 9-2】程序，回答题后问题。

① 在【例 9-1】程序中，写入的文件名是_____，写入的文件存放在了_____位置。请用记事本打开写入的文件，看到的内容为：_____。

② 请将【例 9-1】程序修改为能够实现写入 4 个任意的字符串，应使用的程序段为：_____。

③ 在【例 9-2】程序中，文件先以_____方式打开，fwrite 语句一次写入了_____个数据。请写出一次读一个数据，共读出 10 个数据的程序段：_____。

（2）验证【例 9-3】程序，回答题后问题。

① 在【例 9-3】程序中，写入数据的语句是_____，读出数据的语句是_____，读出的数据存放在了_____。

② 能否使用其他方式或函数读出【例 9-3】程序中写入的数据？若能够，请写出程序段。

2．设计性实验

（1）参照【任务 1-实现的程序】将 5 个学生的信息（学号、姓名、4 科成绩）按行写入一个数据文件中，然后用记事本打开查看。

（2）在题（1）的基础上，将数据文件中 5 个学生的信息读出，然后计算每个学生的总分和平均分，再将结果按行写入另一个文件中（学号、姓名、4 科成绩、总分和平均分）。

（3）在题（1）、题（2）基础上，请用菜单、函数实现 5 个学生信息的写入、读出和计算。

3．实验总结

（1）在什么情况下需要建立数据文件？
（2）文件操作的步骤是什么？

习　题　9

一、选择题

1. 如果打开文件时，选用的文件操作方式为"wb+"，则下列说法中错误的是（　　）。

A．要打开的文件名必须存在　　　　　B．要打开的文件可以不存在

C．打开文件后可以读取　　　　　　　D．要打开的文件是二进制文件

2．当文本文件 abc.txt 已经存在时，执行函数"fopen("abc.txt","r+")"的功能是（　　）。

　　A．打开 abc.txt 文件，清除原有内容

　　B．打开 abc.txt 文件，只能写入新的内容而不能读出

　　C．打开 abc.txt 文件，只能读取原有内容

　　D．打开 abc.txt 文件，可以读取和写入新的内容

3．若用 fopen 函数打开一个新的二进制文件，该文件可以读也可以写，则文件打开的方式应该是（　　）。

　　A．"ab+"　　　　　　　　　　　　B．"wb+"

　　C．"rb+"　　　　　　　　　　　　D．"ab"

4．fputc 函数的功能是向指定的文件写入一个字符，文件的打开方式必须是（　　）。

　　A．只写　　　　　　　　　　　　　B．追加

　　C．可读写　　　　　　　　　　　　D．以上均正确

5．若定义了"FILE *fp；char ch；"且成功地打开了文件，欲将 ch 变量中的字符写入文件，正确的语句是（　　）。

　　A．fputc(fp , ch)；　　　　　　　B．fputc(ch , fp)；

　　C．fputc(ch)；　　　　　　　　　D．putchar(ch , fp)；

6．设有如下定义，欲将 st 数组中 30 位学生的数据写入文件，以下不能实现此功能的语句是（　　）。

```
struct  student
{ char name[10]；  float  score；  } st[30]；  FILE  *fp；
```

　　A．for(i = 0；i < 30；i++)　　fwrite(&st[i] , sizeof(struct student) , 1 , fp)；

　　B．for(i = 0；i < 30；i++)　　fwrite(st+i , sizeof(struct student) , 1 , fp)；

　　C．fwrite(st , sizeof(struct student) , 30 , fp)；

　　D．for(i = 0；i < 30；i++)　　fwrite(st[i] , sizeof(struct student) , 1 , fp)；

7．若 fp 是指向某文件的指针，且读取文件时已读到文件末尾，则函数 feof(fp)的返回值是（　　）。

　　A．EOF　　　　　　B．0　　　　　　C．非零值　　　　　　D．NULL

二、程序阅读题

1．假定名为 data1.dat 的二进制数据文件中存放了下列 4 个单精度实型数：-12.1、12.2、-12.3 和 12.4。写出运行程序后的结果＿＿＿＿＿＿＿＿＿＿＿。

```
# include  <stdio.h>
void  main( )
{   FILE   *fp；    float   sum = 0.0 , x；   int   i；
    if( ( fp = fopen( "data1.dat" , "rb" ) ) == NULL )   exit( 0 )；
    for( i = 0；i < 4；i++ , i++ )
```

```
    {    fread( &x , 4 , 1 , fp );
         sum += x ;
    }
    printf( " %f \n " , sum );
    fclose( fp );
}
```

2. 阅读下列程序，写出程序的主要功能_____。

```
# include  <stdio.h>
main( )
{    FILE   *fp ;   char   ch ;   long  count1 = 0 , count2 = 0 ;
     if ( ( fp = fopen ( "p1.c" , "r" ) ) == NULL )    exit ( 0 );
     while ( ! feof ( fp ) )
     {    ch = fgetc ( fp );
          if ( ch == '{' )    count1++ ;
          if ( ch == ')' )   count2 ++ ;
     }
     if( count1 == count2 )    printf( "YES!\n" );
     else      printf( "ERROR!\n" );
     fclose( fp );
}
```

3. 设文件"text1.txt"中的内容为 CHINA   BEIJING，写出程序运行的结果_____。

```
# include  <stdio.h>
main( )
{    FILE  *fp ;  char  ch ;
     if ( ( fp = fopen( "text1.txt " , "r" ) ) == NULL)       exit( 0 );
     ch = fgetc( fp );
     while( ! feof ( fp ) )                  /* stdout为标准的输出文件（显示器）的指针  */
     {   if( ch >= 'A' && ch <= 'Z' )   fputc ( ch+32 , stdout );
         ch = fgetc( fp );
     }
}
```

4. 有如下程序，写出程序运行后的结果_____。

```
# include  <stdio.h>
void  fout( char  *fname , char  *str )
{    FILE   *fp ;
     fp = fopen( fname , "w" );
     fputs( str , fp );
     fclose( fp );
}
main( )
{    FILE *fp ; char  ch ;
     fout( "file2.dat" , "well comming" );
     fout( "file2.dat" , "hello" );
     fp = fopen( "file2.dat" , "r" );
```

```
        ch = fgetc( fp );
        while( !feof( fp ) )
        { putchar( ch );
             ch = fgetc( fp );
        }
        fclose( fp );
}
```

三、程序设计题

1．用记事本创建一个文本文件，然后编程统计出该文件中的字母、数字个数和行数。
2．参照项目 7 完整程序和【例 9-6】，编写一个简单的学生成绩管理系统。
3．参照项目 7 完整程序和【例 9-6】，编写一个简单的学生通讯录管理系统。

第 10 章　初学者常见错误分析与改正

　　C语言功能强大，使用灵活方便，但其编译系统对语法的检查不如其他高级语言严格。因此，在编写程序时，要靠程序员自己设法保证程序的正确性。

　　对于初学者来说，常常会犯很多错误。一般有两类：一类是语法错误，另一类是逻辑错误。对于语法错误，系统在编译时，通常会检查出一些错误，并给出出错信息，同时将认为的出错语句以高亮显示，以提示程序员错误产生的可能位置。对于程序中的逻辑错误，编译系统并不检查这类错误，也不给出出错信息，这类错误要靠程序员自己根据运行结果分析解决。

　　本章列举了一些初学者在学习C语言时容易犯的错误以及改正的方法，并给出了程序调试和测试的方法，以指导大家学习，提高效率。

内容摘要：

- ☑　初学者初期常见错误
- ☑　数组和函数、指针部分常见错误
- ☑　程序常用调试方法

学习目标：

- ☑　熟悉C程序常见错误及改正方法
- ☑　掌握程序常用调试方法

10.1　初学者初期常见错误

任务 1　学习改正常见语法错误

知识与技能：

- ☑　了解C程序常见语法错误
- ☑　改正C程序常见语法错误

对于初学者，常犯的语法错误较多，在此列出其中的一部分，以帮助大家学习提高。

1. 忘记定义变量

例如：

```
void   main( )
{    x = 5 ;
     printf( " %d " , x ) ;
}
```

编译时出错信息为：

```
error C2065: 'x' : undeclared identifier
```

在 C 程序中，每个变量都必须先定义，后使用。上面程序中变量 x 使用前没有定义，应该在函数体的开头加上语句"int　x ;"。

2．关键字或库函数名输入错误

例如：

```
void    main( )
{    print( "Hello C! \n" ) ;    }
```

编译时出错信息为：

```
warning C4013: 'print' undefined; assuming extern returning int
```

C 语言中的关键字和库函数名必须严格按拼写输入，但初学者经常会拼写错误。上面程序中的 print 拼写有错误，将其改正为 printf 即可。

3．语句后面漏分号

例如：

```
i = 3
j = 6 ;
```

在编译程序时，系统会在"j = 6 ;"这一行检查出错误。给出的出错信息为：

```
error C2146: syntax error : missing ';' before identifier 'j'
```

C 语言规定每一个语句必须以分号";"结尾，但在编程时，初学者经常会忘记在语句末加分号";"。通常，系统会将认为的出错行高亮显示，以提示此行可能有错误。此类错误一般出现在高亮显示的上一行。

任务 2　学习改正常见输入、输出格式错误

知识与技能：

☑　了解 C 程序常见输入、输出格式错误
☑　改正 C 程序常见输入、输出格式错误

在 C 语言中，数据的输入、输出有严格的格式要求，应按照数据的类型及指定的格式输入、输出数据，不能随意乱用。若随意乱用，会导致许多错误。

1．在 scanf 语句中忘记了变量的取地址符

在使用 scanf 函数时，经常会忘记变量前的取地址符&。例如：

```
char  ch ;                    或              int  a ;
scanf( " %c" , ch ) ;                        scanf( " %d" , a ) ;
```

对于此类错误，编译程序时也不会给出出错信息，但运行结果与原意不符。应改为：

高职高专新课程体系规划教材 · 计算机系列

```
scanf("%c" , &ch) ;          或                scanf("%d" , &a ) ;
```

2．从键盘输入数据时与 scanf 语句中的格式不相符

从键盘输入数据时，若输入数据的格式与 scanf 函数中指定的格式不相符，则数据不能正确输入给变量。例如：

```
int   m , n ;
scanf( " %d , %d " , &m , &n) ;
```

运行程序时，若输入数据格式为：5 空格 6 ∠

与要求格式不符，数据不能正确输入给变量，导致程序运行结果与实际不符。

正确输入数据的格式为：5 , 6 ∠

3．数据类型与格式说明符不一致

在使用 scanf( )、printf( )函数输入、输出数据时，输入、输出的格式应与变量的数据类型一致，否则将不能正确输入、输出数据。例如：

```
void main( )
{    char   ch ;    float   f = 2.5 ;
     scanf( "%f " , &ch ) ;
     printf( " ch  =  %d ，  f = %d \n"、ch , f ) ;
}
```

程序中，字符型变量 ch 用了"%f"格式输入，实型变量 f 用了"%d"格式输出，输入、输出的格式与变量的类型不匹配。对于这种格式不匹配的错误，编译程序时不会给出出错信息，但运行结果与原意不符。

改正的方法是，将 scanf 语句中的"%f"改为"%c"，将 printf 语句中的"f = %d"改为"f = %f"即可。

任务3　改正常见其他错误

知识与技能：

    ☑　了解 C 程序常见其他错误

    ☑　改正 C 程序常见其他错误

初学者初期，会犯各种各样的错误，请不要着急。先看出错信息，再仔细阅读程序，相信自己会排除很多错误。

1．混淆字符与字符串的表示形式

在 C 语言中，字符常量、字符串常量二者不同，若不注意，时常会将字符常量和字符串常量搞混。例如：

```
char  ch = "A" ;
```

ch 是字符变量，只能存放单个字符，要用单引号括起来。而用双引号括起来的"A"，是个字符串常量，它包含两个字符：'A'和'\0'，无法放到字符变量 c 中。

应改为：char   ch = 'A' ;

【高职高专新课程体系规划教材·计算机系列】

2．误把"="作为"等于"运算符

在程序中进行比较判断时，常误将"="作为关系运算的"等于"运算符。例如：

```
if( a = b )   printf( "*" );
```

本意是进行 a、b 值的比较。当两者的值相等时，输出一个"*"。实际情况是把 b 的值赋给了 a，不论 a 的原值是多少，此时 a 的值为 b 的值，表达式(a = b)恒为真，总是输出一个"*"。在 C 语言中，"等于"要用"=="运算符。

若要进行 a 等于 b 的比较，应改为：if(a == b)   printf("*");

3．在不该加分号的地方加了分号

在 C 语言中，若在不该加分号";"的地方加了分号，将导致语句发生变化，得不到正确的运行结果。

（1）在 if 语句中。例如：

```
if( a > b );   printf( "%d", a );
```

本意是当 a 大于 b 时输出 a 的值，但由于在 if(a > b)后面加了分号，if 语句到分号处结束，语句"printf("%d", a); "成了 if 的下一条语句。不论 a 大于 b，还是 a 小于等于 b，都会输出 a 的值。应将(a > b)后面的分号删除。

（2）在循环结构中。例如：

```
int  i, s = 0;
for( i = 1; i <= 50; i++ )  ;
    s = s + i;
printf( " s = %d \n", s );
```

本意是输出 1~50 的和，但由于在 for(i = 1; i <= 50; i++) 后面加了分号，使循环体成了空语句，没有进行累加。执行 for 语句使 i 的值由 1 变到 51，s 加了 51 之后，最后输出的是 51。改正的方法是去掉多余的分号。

4．复合语句忘记加大括号

在 C 程序中，经常需要将多条语句加大括号{ }，以构成复合语句。若忘记了加大括号，程序将不能完成需要的操作。

（1）在 if 语句中。例如：

```
if( x > 0 )      y = x + 10;
                 printf( " y = %d \n", y );
```

本意是当 x > 0 时，计算 y 的值，并输出 y 的值，当 x <= 0 时，程序结束。但若忘记了加大括号，不管 x 为多少，都将输出 y 的值。应改为：

```
if( x > 0 )  {    y = x + 10;  printf( " y = %d \n", y );  }
```

（2）在循环结构中。例如：

```
int  i = 1, fac = 1;
while( i <= 6 )
    fac = fac * i;  i ++;
```

【高职高专新课程体系规划教材·计算机系列】

本意是实现求 6 的阶乘，但上面的程序只是重复了 fac * i 的操作，而且循环永不停止，因为 i 的值始终为 1。错误在于没有将 i++ 包含到 while 语句的循环体中。应改为：

```
while( i <= 6 )
{   fac = fac * i ;   i++ ;
}
```

5. 忘记给变量赋初值

在 C 程序中，经常对一些变量的初值有要求，如求累加和的变量初值应为 0，求累乘积的变量初值应为 1 等。但在实际编程时，往往忘记这一点，致使结果不正确。

（1）在求累加和时。例如：

```
int   i, sum ;
for( i = 1 ; i <= 50 ; i++ )
    sum = sum + i ;
```

本意是计算 1~50 的和，但没有给 sum 赋初值 0，sum 的初值为一不确定的数，所以计算的结果不正确。应将第一句改为：

```
int   i, sum = 0 ;
```

类似这样的错误还有求阶乘、求若干数中的最大数、最小数等。

（2）在循环结构中忘记给循环变量赋初值。例如：

```
int   i;                        或          int   i ;
while( i <= 10 )                            for( ; i <= 10 ; i++ )
{   printf( " * " );                            printf( " * " );
    i ++ ;
}
```

本意是在一行输出 10 个"*"，但没有给循环变量 i 赋初值，i 的初值为一不确定的数，致使循环次数不确定。所以，输出的结果不正确。应改为：

在 while 语句之前加上"int i = 1；"或 在 for 语句的第 1 个分号前加上"i = 1"。

6. 循环结构使用不正确，导致死循环

在循环结构中，当循环条件使用不当或忘记改变循环变量的值时，可能会导致死循环。例如：

```
int   i, sum = 0 ;
for( i = 1 ; i >= 0 ; i++ )        /* 循环控制条件始终为真 */
    sum = sum + i ;
```

或

```
int   i, sum = 0 ;
for( i = 1 ;   ; i++ )             /* 缺少循环控制条件 */
    sum = sum + i ;
```

或

```
int   i = 1 , sum = 0 ;
while( i <= 10 )                  /*  循环体中缺少改变循环变量的值的语句  */
    sum = sum + i ;
```

本意是计算 1～10 的和，但由于循环条件使用不当或忘记改变循环变量的值，以上程序段都将导致死循环。正确的程序段应是：

```
int   i , sum = 0 ;
for( i = 1 ; i <= 10 ; i++ )
    sum = sum + i ;
```

调试程序时，终止死循环用快捷键【Ctrl+Break】。

10.2　数组和函数、指针部分常见错误

任务 4　学习改正数组部分常见错误

知识与技能：

☑　了解 C 程序数组部分常见错误
☑　改正 C 程序数组部分常见错误

1．数组定义有错

定义数组时未指定数组的大小或使用了变量。例如：

```
int   n = 8 , a[ ] , b[n] ;
```

编译时出错信息为：

```
error C2133: 'a' : unknown size。
error C2133: 'b' : unknown size
```

在定义数组时，必须声明数组的大小，不能使用变量，但可以使用符号常量。例如，可以改为：

```
# define   N   8
int   a [8] , b[N] ;
```

2．给数组名赋值

例如：

```
int   a[8] , b[8] = { 1 , 2 , 3 } ;        或       char   s1[ 8 ] , s2[ ] = " china " ;
a = b ;                                              s1 = s2 ;
```

编译时出错。数组名是常量，代表数组首地址，不能重新赋值。若要将 b 数组内容给 a 数组，则可这样实现：

【高职高专新课程体系规划教材·计算机系列】

```
for( i = 0 ; i < 8 ; i++ )
    a[i] = b[i] ;
```

若要将 s2 数组中的内容给 s1 数组，则可这样实现：

```
strcpy( s1 , s2 ) ;
```

3．误认为数组名可以代表数组中的全部元素

例如：

```
main( )
{    int   a[3] = { 1 , 2 , 3 } ;
     printf( " %d , %d , %d " , a ) ;
}
```

C 语言中，数组名代表数组的首地址，不能通过数组名输出数组的全部元素。若要输出数组中所有元素的值，可结合循环结构逐一输出每个数组元素的值。

4．数组下标越界

例如：

```
main( )
{    int   a[10] , i ;
     for ( i = 1 ; i <= 10 ; i++ )
         scanf( "%d" , &a[i] ) ;
}
```

数组 a 有 10 个元素，下标从 0~9。程序中引用了 a[10]，属于数组下标越界。C 编译系统不检查这种错误，但它会带来一些意想不到的后果，甚至破坏系统，因此要避免此类错误。

5．用%s 格式输出不带字符串结束标志的字符数组中的内容

例如：

```
main( )
{    char   s[3] = { ' b ' , ' o ' , ' y ' } ;
     printf( "%s" , s ) ;
}
```

程序运行时多输出了内容，并出现乱码。因为用%s 格式符输出字符数组内容时，遇 '\0' 结束输出，数组 s 中没有字符串结束标志 '\0'。

6．混淆字符数组与字符型指针变量的区别

例如：

```
main( )
{    char   s[10] ;    s = "China" ;
     printf( "%s \n" , s ) ;
}
```

编译出错。s 是数组名，代表数组的首地址，是一个常量，不能再被赋值。上面的程序可以改为：

```
main( )                         或        main( )
{   char  *s ;   s = "China" ;             {    char   s[10] = "China" ;
    printf( "%s \n" , s ) ;                      printf("%s \n" , s ) ;
}                                         }
```

左边程序中，s 是字符型指针变量，"s = "China" ；"是合法的，它将字符串的首地址赋给指针变量 s，然后通过 printf( )函数输出字符串。

任务 5　学习改正函数和指针部分常见错误

知识与技能：

☑　了解 C 程序函数和指针部分常见错误

☑　改正 C 程序函数和指针部分常见错误

1．被调函数在主调函数之后才定义，而且在调用前未声明

例如：

```
main( )
{   pf( );   }
void  pf( )
{   printf( " Hello! \n " ) ;
}
```

上面的程序编译时出错，因为 pf 函数在 main 函数之后定义，而 main 函数调用 pf 函数之前并没有声明它。有两种修改方法：一种是在 main 函数中增加对 pf 函数的声明，另一种是把 pf 函数的定义放到 main 函数之前。

2．误认为形参值的改变会影响实参值

例如：

```
void  swap( int  x , int  y )
{   int  temp ;  temp = x ;  x = y ;  y = temp ;
}
main( )
{   int  a = 5 , b = 6 ;
    swap( a , b ) ;
    printf( " a = %d , b = %d \n " , a , b ) ;
}
```

本意是通过调用 swap 函数使 a 和 b 的值互换，但上面的程序无法实现这个目的，因为形参 x、y 值的变化不能传回给实参 a 和 b。如果想从函数得到多个变化的值，可以用指针变量作函数参数，使指针变量所指向的变量值发生变化。上面的程序可以改为：

```
void  swap( int  *px , int  *py )
{   int  temp ;  temp = *px ;  *px = *py ;  *py = temp ;
}
main( )
{   int  a = 5 , b = 6 , *pa = &a , *pb = &b ;
    swap( pa , pb ) ;
```

【高职高专新课程体系规划教材·计算机系列】

```
        printf("a=%d,b=%d\n",a,b);
    }
```

3. 混淆数组名与指针变量的区别

例如：

```
main()
{   int  i,a[3]={1,2,3};
    for(i=0;i<3;i++)
        printf("%d  ",*(a++));
}
```

本意是通过 a 的改变使指针下移，指向下一个数组元素。但数组名代表数组的首地址，它的值不能改变。上面的程序可以改用指针变量来实现，即：

```
main()
{   int  i,a[3]={1,2,3},*p=a;
    for(i=0;i<3;i++)
        printf("%d  ",*(p++));
}
```

4. 指针访问越界

例如：

```
main()
{   int  a[5],i,*p=a;
    for(i=0;i<5;i++)
        scanf("%d",p++);
    for(i=0;i<5;i++)
        printf("%4d",*(p++));
}
```

程序编译和运行都没有报错，但得不到预期的结果。在第 1 个 for 循环结束时，指针变量 p 已经指向数组 a 的最后，在第 2 个 for 循环时移动指针变量 p 就超越了数组的范围。C 语言对数组下标越界不做检查。应改为：

在第 2 个 for 循环之前加上"p=a;"使指针变量 p 重新指向数组的首元素。

10.3　程序常用调试方法

任务 6　了解程序的调试和测试

知识与技能：

☑　了解程序错误的类型
☑　了解程序的调试和测试

1. 程序错误的类型

程序错误的类型有 3 种：语法错误、逻辑错误和运行错误。

（1）语法错误

语法错误是指不符合 C 语言的语法规定，如变量在使用之前未定义，语句最后漏了分号等。编译程序时，会对程序中的每行作语法检查，凡不符合语法规定的都要发出"出错信息"。"出错信息"有两类："致命错误（error）"和"警告（warning）"。"致命错误"必须找出并改正，否则程序将不能通过编译。有"警告"的程序一般能通过编译，但可能会对运行结果有些影响。有的警告并不说明程序有错，可以不处理。

（2）逻辑错误

逻辑错误是指程序能通过编译并正常运行，但运行结果与原意不符。出现逻辑错误的原因是程序员设计的算法有错或编写程序有错。

对于逻辑错误，需要认真检查程序和分析运行结果。如果算法有错，则应先修改算法再改程序；如果算法正确而程序写得不对，则直接修改程序。

（3）运行错误

有时程序既无语法错误，又无逻辑错误，但程序不能正常运行或运行结果不对。多数情况是数据不对，包括数据本身不合适以及数据类型不匹配等。例如：

```
void   main( )
{   int  a , b , c ;
    scanf( " %d%d " , &a , &b ) ;
    c = a / b ;
    printf( " %d \n " , c ) ;
}
```

① 当输入给 b 的值为非零值时，运行无问题；当输入给 b 的值为零时，运行时出现"溢出（overflow）"的错误。

② 如果在执行上面的 scanf 函数语句时输入"6.5　2.3✓　或　6，2✓"，则输出的 c 值不符合题意，显然是不对的。这是由于输入的数据与 scanf 语句中的类型、格式不匹配而引起的。正确的输入应为"6　2✓"。

2．程序的调试

程序调试就是排除程序中的错误，使程序能顺利地运行并得到预想的结果。

调试程序一般应经过以下几个步骤：

（1）人工检查。它能发现程序员由于疏忽而造成的多数错误。

为了便于人工检查，在编写程序时应多加注释；在编写复杂的程序时，应多利用函数，用一个函数实现一个单独的功能。

（2）上机调试。在人工检查无误后，上机调试，根据编译时给出的语法错误信息找出程序的出错部分并改正。

应当注意的是，有时提示的出错行并不是真正出错的行，如果在提示出错的行找不到错误的话应当到上一行再找。如果系统提示的出错信息多，应当从上到下逐一改正。有时改正最上面的一两个错误之后，其他的错误会自动消失。

（3）运行程序。运行程序并对运行结果进行分析，看它是否符合要求。

（4）分析错误。运行结果不对，大多属于逻辑错误。将程序与流程图仔细对照，如果流程图正确，程序有错，那么直接修改程序；如果程序没有问题，就要检查流程图有无错误，如有则改正之，接着修改程序。

（5）设置 printf 语句。在上机调试程序时，可以在程序的不同位置设置几个 printf 语句，输出有关变量的值，以检查程序运行是否正常。另外，目前大多数的集成开发环境（IDE）都提供了调试（debug）工具，使用更为方便。

3．程序的测试

一个程序即使正常运行并得到正确的结果，也不能认为程序就一定没有问题了。要考虑是否在任何情况下都能正常运行并得到正确结果。程序测试的任务就是要找出那些程序不能正常运行的情况和原因。

在程序测试之前，根据流程图，分析程序运行时可能遇到的各种情况，设计多组输入数据并求出相应的输出结果。程序测试时，多次运行程序，分别输入各组数据，查看运行结果是否与原先预想的一致。如果不一致，说明程序有错，报告错误并改正。

任务 7   掌握程序常用调试方法

知识与技能：

☑   设置断点的方法
☑   了解调试工具栏

1．设置断点（breakpoint）

Visual C++ 6.0 和 Turbo C 等编译系统都提供了调试【debug】工具。利用调试【debug】工具，可以在程序中设置断点（breakpoint），让程序运行到断点处停下来，以方便我们观察程序的运行状态。

下面以在 Visual C++ 6.0 环境下计算两个任意整数的商和余数为例，介绍断点的设置方法。

（1）输入源程序。输入的源程序如图 10-1 所示。

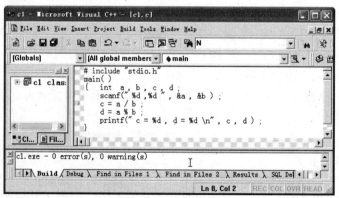

图 10-1   输入源程序

（2）设置断点。在程序的第 7 行设置断点，操作方法如下：

在程序中，单击第 7 行，然后单击工具栏上的手型按钮🖐或按快捷键【F9】，此时，在程序第 7 行处左边出现一个大圆点，表示已在第 7 行设置了一个断点，如图 10-2 所示。

（3）运行程序。单击工具栏上的【Go】按钮■或按快捷键【F5】，运行程序，在运行界面输入变量 a、b 的值，如输入"8，3"，然后按【Enter】键，程序运行到断点处停下来。返回到 Visual C++ 6.0 窗口，界面如图 10-3 所示。

图 10-2　设置断点

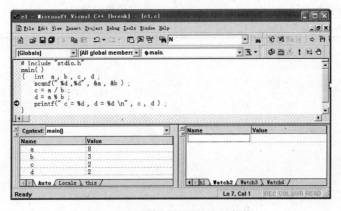

图 10-3　程序运行到断点处暂停

在图 10-3 中，窗口的左下方是变量窗口（Variables Window），可以看到各个变量的当前值。窗口的右下方是观察窗口（Watch Window），输入某个变量名后就可以看到该变量的当前值，如图 10-4 所示。

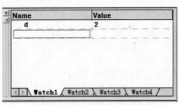

图 10-4　观察窗口

（4）取消断点。选择调试【Debug】菜单中的【Stop Debugging】命令或按快捷键【Shift+F5】，即可停止调试。要取消断点，可选择断点所在程序行，然后再单击工具栏上的手型按钮■或按快捷键【F9】即可。

【高职高专新课程体系规划教材·计算机系列】

2. 调试【Debug】工具栏

在 Visual C++ 6.0 的工具栏空白处单击鼠标右键，然后在弹出的快捷菜单中选择【Debug】命令，即可打开【Debug】工具栏，如图 10-5 所示。调试【Debug】工具栏的说明如表 10-1 所示。

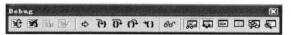

图 10-5　调试【Debug】工具栏

表 10-1　调试【Debug】工具栏中常用按钮的说明

按　钮	命　令	说　明
	Stop Debugging 【Shift+F5】	停止调试
	Step Into 【F11】	单步运行，进入函数内部
	Step Over 【F10】	单步运行，不进入函数内部
	Step Out 【Shift + F11】	单步运行，使程序从函数内部运行至函数返回处
	Run to Cursor 【Ctrl + F10】）	运行到当前光标处
	Watch	打开/关闭观察窗口
	Variables	打开/关闭变量窗口

附录 A　C 语言常用关键字

类别	关键字	说明	类别	关键字	说明
数据类型	char	字符型	流程控制	break	跳出循环或 switch 语句
	const	表明这个量在程序执行过程中不可变		case	switch 语句中的分支选择
	double	双精度实型		continue	跳出本次循环
	enum	枚举型		default	switch 语句中的其余情况标号
	float	单精度实型		do	在 do-while 循环中的循环起始标记
	int	整型		else	if 语句中的另一种选择
	long	长整型		for	for 循环语句
	short	短整型		goto	跳转到标号指定的语句
	signed	有符号类型		if	语句的执行条件
	struct	结构体		return	函数调用的返回
	union	共用体		switch	从所有列出的选择分支中作出选择
	unsigned	无符号类型		while	在 while 和 do…while 循环中语句的执行条件
	void	空类型	存储类型	auto	自动变量
	volatile	表明这个量在程序执行中可被隐含地改变		extern	外部变量
	typedef	定义同义数据类型		register	寄存器变量
运算符	sizeof	计算字节数		static	静态变量

附录 B　常用字符与 ASCII 码对照表

ASCII 码	字符	ASCII 码	字符	ASCII 码	字符	ASCII 码	字符	ASCII 码	字符
000	NUL	026	SUB	052	4	078	N	104	h
001	SOH	027	ESC	053	5	079	O	105	i
002	STX	028	FS	054	6	080	P	106	j
003	ETX	029	GS	055	7	081	Q	107	k
004	EOT	030	RS	056	8	082	R	108	l
005	EDQ	031	US	057	9	083	S	109	m
006	ACK	032	Space	058	:	084	T	110	n
007	BEL	033	!	059	;	085	U	111	o
008	BS	034	″	060	<	086	V	112	p
009	HT	035	#	061	=	087	W	113	q
010	LF	036	$	062	>	088	X	114	r
011	VT	037	%	063	?	089	Y	115	s
012	FF	038	&	064	@	090	Z	116	t
013	CR	039	'	065	A	091	[	117	u
014	SO	040	(	066	B	092	\	118	v
015	SI	041	)	067	C	093	]	119	w
016	DLE	042	*	068	D	094	^	120	x
017	DC1	043	+	069	E	095	_	121	y
018	DC2	044	,	070	F	096	`	122	z
019	DC3	045	–	071	G	097	a	123	{
020	DC4	046	.	072	H	098	b	124	|
021	NAK	047	/	073	I	099	c	125	}
022	SYN	048	0	074	J	100	d	126	~
023	ETB	049	1	075	K	101	e	127	del
024	CAN	050	2	076	L	102	f		
025	EM	051	3	077	M	103	g		

附录 C C 运算符的优先级和结合性

运算符类别	优先级	运算符	运算符功能	运算符类型	结合方向
单目	最高 1	( ) [ ] . ->	圆括号 数组下标 结构体成员 指向结构体成员	单目运算	自左至右
单目	2	! ~ * & (类型名) sizeof ++ -- + -	逻辑非 按位取反 指针运算符 取地址运算 强制类型转换 求所占字节数 自增1、自减1 求正 求负	单目运算	自右至左
算术	3	* / %	乘、除、整数求余	双目算术运算	自左至右
算术	4	+ -	加、减	双目算术运算	自左至右
移位运算	5	<< >>	左移、右移	双目移位运算	自左至右
关系	6	< <= > >=	小于、小于等于、 大于、大于等于	关系运算	自左至右
关系	7	== !=	等于、不等于	关系运算	自左至右
位运算	8	&	按位与	位运算	自左至右
位运算	9	^	按位异或	位运算	自左至右
位运算	10			按位或	位运算	自左至右
逻辑	11	&&	逻辑与	逻辑运算	自左至右
逻辑	12	||	逻辑或	逻辑运算	自左至右
条件	13	? :	条件运算	三目运算	自右至左
赋值	14	= += -= *= /= %= &= ^= |= <<= >>=	赋值、运算后赋值	双目运算	自右至左
逗号	15（最低）	,	逗号运算符	顺序运算	自左至右

附录 D 位 运 算

在很多系统的程序开发中，都要求有位（bit）运算或位处理。位运算和位处理通常由低级语言来提供。而作为高级语言的 C 语言也提供了位运算的功能。

1．位运算符

位运算是指对存储单元中的数按二进制位进行运算的方法。

C 语言提供了下述 6 种位运算符：

  ①   （按位与）   ② | （按位或）

  ③   ^ （按位异或）   ④   ~ （按位取反）

  ⑤   << （左移）   ⑥   >> （右移）

说明：

① 位运算符中除了"~"以外，均为二目运算符。

② 运算量只能是整型或字符型的数据，不能为实型数据。

③ 参与位运算的数据在运算过程中都以二进制补码的形式出现。

④ 位运算符的优先级顺序为：~（高于）<<、>>（高于）&（高于）^（高于）|。

⑤ 位运算符还可以与赋值运算符结合成为复合赋值运算符（参见附录 C）。

2．位运算

（1）"按位与"运算

"按位与"运算是将两个操作数的对应二进制位进行与运算。如果两个相应位都为 1，则该位的运算结果为 1；否则为 0。

例如：6&5。应先把 6 和 5 以补码表示，再进行按位与运算。运算过程如下：

6 的补码：0000 0110

5 的补码：<u>0000 0101</u>

 &运算： 0000 0100   （注意，结果是补码，故 6&5 的结果是 4）

说明：

"按位与"运算通常用于对一个数中的某些位清 0，即需要清 0 的位与"0"相与。

（2）"按位或"运算

"按位或"运算是将两个操作数的对应二进制位进行或运算。如果两个相应位有一个为 1，则该位的结果为 1；如果两个相应位都为 0，则该位的结果为 0。

例如：0x65 | 0x35。运算过程如下：

0x65 的补码：0110 0101

0x35 的补码：<u>0011 0101</u>

 | 运算： 0111 0101   （注意：结果是补码。故，0x65 | 0x35 的结果是 0x75）

说明：

"按位或"运算通常用于对一个数中的某些位置 1，即需要置 1 的位与"1"相或。

（3）"按位异或"运算

"按位异或"运算是将两个操作数的对应二进制位进行异或运算。如果两个相应位的值不同，则该位的结果为 1，如果两个相应位的值相同，则该位的结果为 0。

例如：0125 ^ 0017（以 0 开头的数表示八进制数）。运算过程如下：

0125 的补码：0101 0101

0017 的补码：0000 1111

　^ 运算：　　0101 1010　　（注意，结果是补码，故 0125 ^ 0017 的结果是 0x5a）

说明：

"按位异或"运算通常用于对一个数中的某些位取反，即需要取反的位与"1"相异或。

（4）"按位取反"运算

"按位取反"运算是对一个操作数的各二进制位进行按位取反。即将 0 取为 1，将 1 取为 0。

例如：~0125（以 0 开头的数表示八进制数）。运算过程如下：

0125 的补码：0101 0101

　~ 运算：　　1010 1010　　（注意，结果是补码，故结果是二进制数：1010 1010）

（5）"左移"运算

"左移"运算是将一个操作数的对应二进制位依次左移若干位。高位丢弃，低位补 0。

例如：设有"int　a = 3，b；"，则执行了"b = a<<2；"后，b 的值是 12。

说明：

① 被移位的变量其值保持不变。上例中 a 的值仍是 3。

② 左移 1 位，相当于乘 2。

（6）"右移"运算

"右移"运算是将一个操作数的对应二进制位依次右移若干位。操作数若为无符号数，移位后左端补 0。操作数若为有符号数，如果是正数（高位为 0），移位后左端补 0；如果是负数（高位为 1），移位后左端补 1。

例如：设有"int　a = 128，b；"，则执行了"b = a>>2；"后，b 的值是 32。

说明：

右移 1 位，相当于除 2。

附录 E　C 语言常用库函数

本附录仅从教学角度列出了 ANSI C 标准建议提供的常用的部分库函数。读者如有需要，请查阅所用编译系统的手册。

1. 数学函数（math.h）

使用数学函数时，要求在源文件中使用包含命令：# include　"math.h"。

函数名	函数原型	功　能	说　明
abs	int abs (int x) ;	计算并返回整数 x 的绝对值	
acos	double acos (double x) ;	计算并返回 acos (x) 的值	要求 x 在 1 和-1 之间
asin	double asin (double x) ;	计算并返回 arcsin (x) 的值	要求 x 在 1 和-1 之间
atan	double atan (double x) ;	计算并返回 arctan (x) 的值	
atan2	double atan2 (double x , double y) ;	计算并返回 arctan(x/y) 的值	
cos	double cos (double x) ;	计算 cos(x) 的值	x 的单位为弧度
cosh	double cosh (double x) ;	计算双曲余弦 cosh(x) 的值	
exp	double exp (double x) ;	计算 e^x 的值	
fabs	double fabs (double x) ;	计算 x 的绝对值	x 为双精度数
floor	double floor (double x) ;	求不大于 x 的最大整数	该整数的双精度实数
fmod	double fmod (double x , double y) ;	计算整除 x/y 后的余数	返回余数的双精度数
log	double log (double x) ;	计算并返回自然对数值 ln(x)	x > 0
log10	double log10 (double x) ;	计算并返回常用对数值 lg(x)	x > 0
pow	double pow (double x , double y) ;	计算并返回 x^y 的值	
sin	double sin (double x) ;	计算并返回正弦函数 sin(x) 的值	x 的单位为弧度
sinh	double sinh (double x) ;	计算并返回双曲正弦函数 sinh(x) 的值	
sqrt	double sqrt (double x) ;	计算并返回 x 的平方根	x 要大于等于 0
tan	double tan (double x) ;	计算并返回正切值 tan(x)	x 的单位为弧度
tanh	double tanh (double x) ;	计算并返回双曲正切函数 tanh (x) 的值	

2. 字符判别和转换函数（ctype.h）

使用下列函数时，要求在源文件中使用包含命令：# include　"ctype.h"。

函数名	函数原型	功　能	说　明
isalnum	int isalnum (int ch) ;	检查 ch 是否为字母或数字	是，返回 1，否则返回 0
isalpha	int isalpha (int ch) ;	检查 ch 是否为字母	是，返回 1，否则返回 0
iscntrl	int iscntrl (int ch) ;	检查 ch 是否为控制字符	是，返回 1，否则返回 0
isdigit	int isdigit (int ch) ;	检查 ch 是否为数字	是，返回 1，否则返回 0

函数名	函数原型	功　能	说　明
isgraph	int isgraph (int ch) ;	检查 ch 是否为可打印字符，即不包括控制字符和空格	是，返回 1，否则返回 0
islower	int islower (int ch) ;	检查 ch 是否为小写字母	是，返回 1，否则返回 0
isprint	int isprint (int ch) ;	检查 ch 是否为可打印字符（含空格）	是，返回 1，否则返回 0
ispunct	int ispunct (int ch) ;	检查 ch 是否为标点符号	是，返回 1，否则返回 0
isspace	int isspace (int ch) ;	检查 ch 是否为空格，跳格符（制表符）或换行符	是，返回 1，否则返回 0
isupper	int isupper (int ch) ;	检查 ch 是否为大写字母	是，返回 1，否则返回 0
isxdigit	int isxdigit (int ch) ;	检查 ch 是否为十六进制数字	是，返回 1，否则返回 0
tolower	int tolower (int ch) ;	将 ch 中的字母转换为小写字母	返回小写字母
toupper	int toupper (int ch) ;	将 ch 中的字母转换为大写字母	返回大写字母

3．字符串函数（string.h）

使用下列函数时，要求在源文件中使用包含命令：# include　"string.h"。

函数名	函数原型	功　能	说　明
strcat	char *strcat (char *str1 , char *str2) ;	将字符串 str2 连接到 str1 后	返回 str1 的地址
strchr	char *strchr (char *str , int ch) ;	找出 ch 字符在字符串 str 中第一次出现的位置	返回 ch 的地址，若找不到返回 NULL
strcmp	int strcmp (char *str1 , char *str2) ;	比较字符串 str1 和 str2	str1 < str2　返回负数 str1 = str2　返回 0 str1 > str2　返回正数
strcpy	char *strcpy (char *str1 , char *str2) ;	将字符串 str2 复制到 str1 中	返回 str1 的地址
strncpy	char * strncpy(char *dest, const char *src, size_t maxlen) ;	复制 src 串中至多 maxlen 个字符到 dest	返回 dest 的地址（仅适用 Turbo C 系统）
strlen	int strlen (char *str) ;	求字符串 str 的长度	返回 str1 包含的字符数（不含'\0'）
strstr	char *strstr (char *str1 , char *str2) ;	找出字符串 str2 在字符串 str1 中第一次出现的位置	返回该位置的地址，找不到返回 NULL

4．输入/输出函数（stdio.h）

使用下列函数时，要求在源文件中使用包含命令：# include　"stdio.h"。

函数名	函数原型	功　能	说　明
clearerr	void clearerr (FILE *fp) ;	清除文件指针错误	
fclose	int fclose (FILE *fp) ;	关闭文件指针 fp 所指向的文件，释放缓冲区	有错误返回非 0，否则返回 0
feof	int feof (FILE *fp) ;	检查文件是否结束	遇文件结束符返回非零值，否则返回 0
fgetc	int fgetc (FILE *fp) ;	返回所得到的字符	若读入出错，返回 EOF

【高职高专新课程体系规划教材·计算机系列】

续表

函数名	函数原型	功　能	说　明
Fgets	char *fgets (char *buf,　int n, FILE *fp);	从 fp 指向的文件读取一个长度为（n-1）的字符串，存放到起始地址为 buf 的空间	成功返回地址 buf,，若遇文件结束或出错，返回 NULL
fopen	FILE　*fopen (char *filename , char　*mode);	以 mode 指定的方式打开名为 filename 的文件	成功时返回一个文件指针，否则返回 NULL
fprintf	int fprintf (FILE *fp , char *format , args , …);	把 args,…的值以 format 指定的格式输出到 fp 指向的文件中	
fputc	int fputc (char ch , FILE *fp);	将字符 ch 输出到 fp 指向的文件中	成功则返回该字符,否则返回非 0
fputs	int fputs (char *str , FILE *fp);	将 str 指向的字符串输出到 fp 指向的文件中	成功则返回 0,否则返回非 0
fread	int fread (char *pt , unsigned size , unsigned n , FILE *fp);	从 fp 指向的文件中读取长度为 size 的 n 个数据项，存到 pt 指向的内存区	成功则返回所读的数据项个数，否则返回 0
fscanf	int fscanf (FILE *fp, char format, args,…) ;	从 fp 指向的文件中按 format 给定的格式将输入数据送到 args 所指向的内存单元	
fseek	int fseek (FILE *fp , long offset , int base);	将 fp 指向的文件的位置指针移到以 base 所指出的位置为基准，以 offset 为位移量的位置	成功则返回当前位置,否则返回-1
ftell	long ftell (FILE　*fp);	返回 fp 所指向的文件中的当前读写位置	
fwrite	int fwrite (char *ptr , unsigned size , unsigned n , FILE *fp);	将 ptr 所指向的 n*size 个字节输出到 fp 所指向的文件中	返回写到 fp 文件中的数据项个数
getc	int getc (FILE *fp);	从 fp 所指向的文件中读入一个字符	返回所读的字符,若文件结束或出错，返回 EOF
getchar	int getchar (void);	从标准输入设备读取下一个字符	返回所读字符,若文件结束或出错，则返回-1
gets	char *gets (char *str);	从标准输入设备读取字符串，存放到由 str 指向的字符数组中	返回字符数组起始地址
printf	int printf (char *format , args , …) ;	按 format 指定的格式，将输出表列 args 的值输出到标准输出设备	返回输出字符的个数,出错返回负数。format 是一个字符串或字符数组的起始地址
putc	int putc(int ch,FILE *fp) ;	将一个字符 ch 输出到 fp 所指的文件中	返回输出的字符 ch,出错返回 EOF
putchar	int putchar (char ch);	将字符 ch 输出到标准输出设备	返回输出的字符 ch,出错返回 EOF
puts	int puts (char *str);	把 str 指向的字符串输出到标准输出设备，将'\0'转换为回车符换行	返回换行符，失败返回 EOF

续表

函数名	函数原型	功　能	说　明
rename	int rename (char *oldname , char *newname) ;	把由 oldname 所指的文件名，改为由 newname 所指的文件名	成功时返回 0，出错返回-1
rewind	void rewind (FILE *fp) ;	将 fp 指向的文件中的位置指针移到文件开头位置，并清除文件结束标志和错误标志	
scanf	int scanf (char *format , args , …) ;	从标准输入设备按 format 指定的格式，输入数据给 args 所指向的单元。成功时返回赋给 args 的数据个数，出错时返回 0	args 为指针

5. 动态分配存储空间函数（stdlib.h）

使用下列函数时，要求在源文件中使用包含命令：# include　"stdlib.h"。

函数名	函数原型	功　能	说　明
calloc	void *calloc (unsigned n, unsigned size) ;	分配 n 个数据项的内存空间，每个数据项的大小为 size 个字节	返回分配的内存空间起始地址，分配不成功返回 0
free	void free (void *ptr) ;	释放 ptr 指向的内存单元	
malloc	void *malloc (unsigned size) ;	分配 size 个字节的内存	返回分配的内存空间起始地址，分配不成功返回 0
realloc	void *realloc (void *ptr, unsigned newsize) ;	将 ptr 指向的内存空间改为 newsize 字节	返回新分配的内存空间起始地址，分配不成功返回 0
random	int random (int x) ;	在 0～x 范围内产生一个随机整数	可用于 Turbo C 中
randomize	void randomize (void) ;	初始化随机数发生器	可用于 Turbo C 中
rand	int rand (void) ;	产生一个 0～32767 的随机整数	
srand	void srand (unsigned int)	初始化随机数序列	可用于 VC++ 6.0 中
exit	void exit(status) int status;	中止程序运行。将 status 的值返回调用的过程	无

6. 图形函数（graphics.h）

使用下列函数时，要求在源文件中使用包含命令：# include　"graphics.h"。

函数名	函数原型	功能及说明
arc	void　arc(int x , int y , int stangle , int endangle , int radius) ;	画一弧线
bar	void　r bar(int left , int top , int right , int bottom) ;	画一个二维条形图
bar3d	void　bar3d(int left , int top , int right , int bottom , int depth , int topflag) ;	画一个三维条形图
circle	void　circle(int x , int y , int radius) ;	以(x , y)为圆心画圆
drawpoly	void　drawpoly(int numpoints , int *polypoints) ;	画多边形
ellipse	void far ellipse(int x , int y , int stangle , int endangle , int xradius , int yradius) ;	画一椭圆

函数名	函数原型	功能及说明
floodfill	void floodfill(int x , int y , int border) ;	填充一个有界区域
getmaxx	int getmaxx(void) ;	返回屏幕的最大 x 坐标
getmaxy	int getmaxy(void) ;	返回屏幕的最大 y 坐标
getpixel	int getpixel(int x , int y) ;	取得指定像素的颜色
getx	int getx(void) ;	返回当前图形位置的 x 坐标
gety	int gety(void) ;	返回当前图形位置的 y 坐标
line	void line(int x0 , int y0 , int x1 , int y1) ;	在指定两点间画一直线
linerel	void linerel(int dx , int dy) ;	从当前位置点（CP）到与 CP 有一给定相对距离的点画一直线
lineto	void lineto(int x , int y) ;	画一从现行光标到点(x, y)的直线
moveto	void moveto(int x , int y) ;	将 CP 移到(x , y)
moverel	void moverel(int dx , int dy) ;	将当前位置（CP）移动一相对距离
outtext	void outtextxy(int x , int y , char *textstring) ;	在指定位置显示一字符串
pieslice	void pieslice(int x , int stanle , int endangle , int radius) ;	绘制并填充一个扇形
putpixel	void putpixel (int x , int y , int pixelcolor) ;	在指定位置画一像素
rectangle	void rectangle(int left , int top , int right , int bottom) ;	画一个矩形
sector	void sector(int x , int y , int stangle , int endangle) ;	画并填充椭圆扇区

参 考 文 献

1. 谭浩强. C 程序设计教程. 北京：清华大学出版社，2007
2. 向华. C 语言程序设计. 北京：清华大学出版社，2008
3. 李培金. C 语言程序设计案例教程. 西安：西安电子科技大学出版社，2003
4. 邱力. C 语言程序设计. 北京：清华大学出版社，2004
5. 谭浩强. C 程序设计教程学习辅导. 北京：清华大学出版社，2007
6. 何光明. C 语言程序设计与应用开发. 北京：清华大学出版社，2007
7. 王岳斌. C 程序设计案例教程. 北京：清华大学出版社，2006
8. 赵凤芝. C 语言程序设计能力教程. 北京：中国铁道出版社，2010
9. 张毅坤. C 语言程序设计教程. 西安：西安交通大学出版社，2008